魏娜 著

唐代诗歌自注研究

中华书局

图书在版编目（CIP）数据

唐代诗歌自注研究/魏娜著. —北京：中华书局，2024.9.—
ISBN 978-7-101-16801-3

Ⅰ. I207.227.42

中国国家版本馆 CIP 数据核字第 2024L56A88 号

书　　名	唐代诗歌自注研究	
著　　者	魏　娜	
责任编辑	王贵彬	
装帧设计	刘　丽	
责任印制	韩馨雨	
出版发行	中华书局	
	（北京市丰台区太平桥西里 38 号　100073）	
	http://www.zhbc.com.cn	
	E-mail：zhbc@zhbc.com.cn	
印　　刷	三河市中晟雅豪印务有限公司	
版　　次	2024 年 9 月第 1 版	
	2024 年 9 月第 1 次印刷	
规　　格	开本/920×1250 毫米　1/32	
	印张 11　插页 2　字数 300 千字	
国际书号	ISBN 978-7-101-16801-3	
定　　价	88.00 元	

目　录

表　目

序　言

胡可先

　　魏娜博士 2007 年考入浙江大学，在我的指导下攻读博士学位，从那时起就开始从事唐诗自注研究。其博士学位论文《中唐诗歌新变研究》的第二章《中唐诗歌形式之变：以诗歌自注为中心》，就是对中唐诗歌自注进行专题研究的成果。2011 年获得博士学位之后，她到了新疆师范大学工作，其学术研究在中唐诗歌自注研究的基础上进一步拓展，对唐代诗歌自注进行全面系统、通贯深入的研究，并于 2014 年获得国家社科基金青年项目的资助，成果完成以后，以优秀等级结项。因为这项成果具有较高的质量，有助于推进唐代文学研究的深化，我就极力推荐给中华书局俞国林先生。成果即将出版之际，魏娜博士希望我写一篇序言，我就把先行阅读的一些想法记录下来。

　　唐诗自注作为诗歌创作的一部分，随着写本和编集传世，自有其特殊的价值。以杜甫诗歌为例，杜甫诗歌存世最早的版本是宋人王洙、王淇所编的《杜工部集》，集中就保留了很多自注。这些自注提供了理解杜诗的原始资料，因而宋代注家也就非常重视它们。现在仍然传世的宋人杜诗注释的十余种版本，诸如赵次公《杜诗先后解》、黄鹤《补注杜诗》、郭知达《新刊校定集注杜诗》，都会对杜诗自注进行文献的考证。一直到清代，著名的杜诗注本如钱谦益《钱注杜诗》、朱鹤龄《杜工部诗集辑注》、杨伦《杜诗镜铨》、浦起龙《读杜心解》等都在利用杜诗自注以注释杜诗与理解杜诗。但是,古代的注本,只是将杜诗自注作为注释杜诗可以借助的材料,而没有将杜诗自注做综合系统的清理。魏娜博士则对杜诗自注进行专门的研究,论述杜甫对盛唐诗歌自注有两大突出贡献:第一,拓展了盛唐诗歌自注的内容。各类自注的阐释内容更加丰富多元是盛唐诗歌自注的显著特点之一,而在推动盛唐诗歌自注内容多元化的过程中,杜甫的重要性主要表现在两方面:一方面,杜诗自注提供了新创诗体的信息,为体式类自注增添了新的注释内容;另一方面,杜甫也是首位将对地方民俗风情的介绍引入自注的诗人。第二,杜甫是首位充分利用自注助推诗歌情旨内蕴表达的诗人。杜甫充分发掘并发挥自注助推诗情诗旨呈现的作用,其践行过程是不断满足自注传递情蕴信息的过程。杜诗自注的突出贡献,首先是对新创的诗歌体裁进行标举,拓展了体式类自注的内容;其次是突破自注侧重对诗歌所涉重大、突发事件进行叙述的传统,开始将诗句中充满地域色彩且更加日常化的土俗民风作为新的注释点,并由此显现出尚怪奇、求平俗的诗歌创作追求;再者是充分发掘并发挥自注彰显诗歌情旨意蕴的能力,从而使自注与诗歌的关系更趋内化。魏娜博士唐诗自注研究这项成果的开拓意义之一,就是对唐诗自注做了全面的清理和研究。

　　唐诗自注作为诗歌创作的一部分,自然也是唐诗研究的基本问题和核心问题。从二十世纪八十年代开始,唐诗自注问题就引起学者们的注意。比如,学者们在讨论宋代杜甫诗集注文的时候就会涉及自注问题,在注释唐诗别集如《白氏长庆集》时也会涉及自注问题。唐诗自注是诗集整理和注释绕不开的基本问题。但迄今为止,唐诗自注只是充当了诗歌研究的辅助手段,尚未成为独立的研究对象,大多数文章还停留在文献考证的层面。多年以来,魏娜博士对于唐诗自注进行了系统探索,发表过《论中唐诗歌自注的纪实性及文献价值》《论唐诗自注与情蕴的关系》《唐代诗歌自注发展轨迹探赜》《传诗与注诗：传播意识下的唐诗自注运用》《唐诗自注发展创变探析》《史书自注对唐诗自注之影响》《回顾与思考：唐诗自注与唐诗研究境域的开拓》《杜甫诗歌自注贡献探析》《论白居易诗歌自注与诗歌传播间的关系》等近十篇专题论文，梳理了唐诗自注的发展轨迹和创变关系，揭示了唐诗自注的纪实性、抒情性、传播性特点，并对杜甫、白居易等著名诗人的诗歌自注进行专题研究。在这样的基础上，她完成了体系完整的著作《唐代诗歌自注研究》。这一成果重在解决唐诗自注的发展流变、自注生成的影响因素、唐诗自注的特征，以及唐诗自注的价值与局限等问题。这一成果呈现唐诗自注的基本面貌及发展脉络，探究唐诗自注的生成动因在于借助史书自注的方式展开诗歌自注路径，总结出初、盛、中、晚唐四个时期诗歌自注的不同特点，指出自注内容与诗歌深层情蕴的黏合程度是决定自注与诗歌亲疏关系的关键，而其融合又表现为触引、补充、引申、强化四种基本形式。这样的研究，建立了唐诗自注研究的新体系，打开了唐代文学研究的新格局。

　　在唐诗自注研究体系的构建方面，作者致力甚多。作者总体上确立"一点两翼"的格局：以唐诗自注为立足点，是为一点；以自注本体探究为一翼，钩稽唐诗自注的基本面貌、自注发展的阶段特征以及唐诗自注的价值与局限，是谓入乎其内；以发掘诗歌自注与史书自注、诗歌文本、诗人三者关系的拓展研究为一翼，是谓出乎其外。魏娜博士在"一点两翼"的思路下，设置研究框架：第一章重在类别与阶段的划分，从纵横两个方面奠定唐诗自注的研究基础；第二章重在对唐诗自注生成与发展的探索，研究史书自注对于诗歌自注的影响和诗人传播意识的自觉；第三章重在对唐诗自注不同阶段特征的总结，根据初唐至晚唐诗的自注数量、自注诗人数量、自注类型格局、自注内容等发生的变化，概括唐诗自注的阶段性特征；第四章重在对唐诗自注的评价，论定其重要价值，指出其存在缺陷。由于唐诗自注篇幅短小，零散细碎，较唐诗本身而言，其整体研究的难度可想而知。要在众多碎片化的自注材料中凝聚出中心，提炼出论点，建构成体系，其挑战性比其他选题的学术研究更大。也是因为唐诗自注的短小性和碎片化，研究难度很大，故而学术界迄今为止的专门研究成果就不多，本书堪称唐诗自注研究的第一部专著。作者善于整合碎片化的自注材料，以点带面，以点串面，连点成线，将散见的材料纳入整体的框架中进行分析，确定立体坐标，建构完整体系，这也是本书的一大创获。

为了呈现唐诗自注生成、发展、变化、影响的演进脉络，纪实性、抒情性、传播性的基本内容，揭示唐诗自注的底蕴和特点，魏娜博士在研究方法上也努力推陈出新，我觉得有三个方面值得肯定：一是整体观照的动态性。魏娜博士在设计本书框架时，从唐诗自注的发展入手，进而剖析唐诗自注的生成因素，在此基础上阐述唐诗自注的特征，最后衡定唐诗自注的价值，指出相关研究的缺憾，这样的研究，既能呈现出唐诗自注的风貌，更能勾画出唐诗自注的发展轨迹。二是个案研究的体系化。本书的整体研究也是由多个个案研究支撑的，而且在个案研究方面呈现出的显著特色就是体系化。在各个阶段当中，精心选择最为典型的个案进行研究，如初唐时期选择王勃和李适，盛唐时期选择杜甫，中唐时期选择皎然和白居易，晚唐时期选择皮日休和陆龟蒙。在选择个案的时候，依据自注数量以及对唐诗自注发展的贡献作为标准，不同时期选择的个案能体现自注发展的特点。在同一个案当中，凸显其自注特点及其对于前后诗人的因革关系，构成个案内部的体系。三是数据表现的表格化。本书的研究，以唐诗自注的数量统计作基础，而表格化呈现就形成鲜明的特点。比如论述唐诗自注的四个发展阶段，就是在数据量化的基础上分类探讨，从而揭示唐诗自注的阶段性特征及其演变规律。这样的表格化处理，体现出可视性、简捷性，也增加了各项数据的对比度。

　　本书是魏娜博士的第二部专著,也体现出她在博士毕业十余年后的学术进境。她的第一部专著是其博士学位论文《中唐诗歌新变研究》,2016年由学苑出版社出版。在那部专著中,她对中唐诗歌自注进行了较为深入的专题研究,概括了中唐诗歌自注的特征,衡定了中唐诗歌自注的文献价值,探讨了杜甫、白居易诗自注与诗歌本身的内蕴关系。由中唐诗歌自注的专题研究到整个唐诗自注的体系构建,魏娜博士即将出版的这一部专著印证了她在学术研究方面文献运用的娴熟和理论思考的成熟。魏娜博士热衷于学术研究,希望她继续努力,开拓更宽的视野,取得更新的成果。

　　2024年4月18日写于浙江大学文学院

绪　论

诗歌自注是诗歌文本的一种注解方式，即诗人对其诗作进行自我阐释说明，能起到增加诗歌容量、扩充诗歌信息的作用。诗歌自注出现于南齐，至唐代渐获充分发展。就唐诗自注而言，从初、盛唐时期的规模未具，到中唐臻于繁荣鼎盛，至晚唐而势头尚存，既是诗歌自注首度勃兴的硕果，也为其在宋、明、清三代更为强劲的发展奠定了基础。换言之，诗人亲注其诗传统的正式确立始于唐代，在宋至清代的诗人手中又实现了对此传统的代际延续。

第一节　学术史回顾

自二十世纪八十年代起，唐诗自注开始受到学界关注，研究者们主要利用其中的时人时事信息进行作家作品的考证纠误。如邓绍基先生的《关于钱注吴若本杜集》、陈尚君先生的《杜诗早期流传考》、长谷部刚先生的《简论〈宋本杜工部集〉中的几个问题——附关于〈钱注杜诗〉和吴若本》、蔡锦芳先生的《杜诗版本及作品研究》均充分利用杜甫诗歌自注，对其诗集版本进行整理和考辨①。又如朱金

---

① 详见邓绍基：《关于钱注吴若本杜集》，《江汉论坛》1982 年第 6 期，第 44—46 页；陈尚君：《杜诗早期流传考》，《中国古典文学丛考》第 1 辑，上海：复旦大学出版社，1985 年，第 174—176 页；〔日〕长谷部刚：《简论〈宋本杜（转下页）

城先生的《白居易集笺校》和胡可先先生的《杜牧研究丛稿》分别以白居易《酬哥舒大见赠》《忆微之伤仲远》、杜牧《奉送中丞姊夫俦自大理卿出镇江西叙事书怀因成十二韵》《中丞业深韬略志在功名再奉长句一篇兼有咨劝》诗歌自注为依据,纠正了汪立名《白香山年谱》及缪钺《杜牧年谱》对以上四首诗歌系年的错误①。但在上述成果中,唐诗自注只是诗歌研究的辅助手段,尚未成为独立的研究对象。

　　较早将唐诗自注作为独立研究对象的是谢思炜先生《〈宋本杜工部集〉注文考辨》一文。该文以"二王本"及吴若本杜集的题下及行间注为考察对象,从文献辨伪的角度对杜诗自注进行了全面彻底的钩沉,对还原杜诗自注基本面貌具有突破性贡献②。严杰《〈津阳门〉诗注探源》一文,通过文献考辨、比对追讨诗歌自注中述史内容的史料来源,指出以《唐国史》为代表的正史及以《大唐新语》《谭宾录》《明皇杂录》为代表的笔记小说是《津阳门》诗述史自注的史料依据,进而认为以小说、正史入诗是唐人的创作倾向③。遗憾的是论者并未对此创作走向继续深入阐释,使文章仍停留在文献考证的层面。

　　继谢思炜、严杰之后,学界陆续出现了数篇探讨唐诗自注现象的专文。这些文章分为两类,一类是对唐诗自注的整体研究,另一类则是立足于具体诗人诗歌自注的个案研究。整体性研究的主要成果

（接上页）工部集〉中的几个问题——附关于〈钱注杜诗〉和吴若本》,《杜甫研究学刊》1999 年第 4 期,第 31—38 页;蔡锦芳:《杜诗版本及作品研究》,上海:上海大学出版社,2007 年,第 70—72 页。

① 详见〔唐〕白居易著,朱金城笺校:《白居易集笺校》,上海:上海古籍出版社,1988 年,第 724、995 页笺注;胡可先:《杜牧研究丛稿》,北京:人民文学出版社,1993 年,第 109 页。

② 谢思炜:《〈宋本杜工部集〉注文考辨》,《中国历史文献研究集刊》第 5 集,长沙:岳麓书社,1984 年,第 136—140 页。

③ 严杰:《〈津阳门〉诗注探源》,《古典文献研究》第 12 辑,南京:凤凰出版社,2009 年,第 141—150 页。

有:拙文《论中唐诗歌自注的纪实性及文献价值》《论唐诗自注与情蕴的关系》、咸晓婷《从题写到编集:论唐诗题注的形成与特征》、崔媞《自注"来诗"与诗歌空间的扩容》。《论中唐诗歌自注的纪实性及文献价值》以唐诗自注的繁荣期中唐为考察对象,主要从史料实证、诗文存佚、曲调留存三方面阐述中唐诗歌自注对诗句牵及的史实本事及诗人创作实况的存录之功;并进一步指出,对重要史学及文学信息的记录承载也正是中唐诗歌自注纪实特性的典型体现①。该文最重要的意义在于,突破了唐诗自注研究以个案分析为主的微观视角,而转向整体考察的宏观视角。《论唐诗自注与情蕴的关系》一文重在探究诗歌文本与自注的关系。在对唐代重要诗人的诗歌自注进行分类与量化统计的基础上,概括唐诗自注在阐释诗歌文本方面的阶段性特点,进而勾勒出自注与诗歌内蕴间关系的变化轨迹②。咸晓婷的文章以唐诗自注中的主体题下自注为研究对象,对注释内容进行分类,通过分析不同类型题下自注的语言表述,指出唐诗题注与诗歌文本书写的非同步性,前者具有延时补写的鲜明特征,而补写的依据则是诗人在诗歌创作时书写的署名、题记、诗记③。该文最大的价值在于揭示出唐诗题下自注内容的来源及生成过程,建立起署名、题记、诗记及诗歌题注几类不同诗歌衍生物之间的内在关系。崔媞《自注"来诗"与诗歌空间的扩容》一文以中唐至北宋时期的酬和诗自注为研究对象,专门考察该类诗歌中以引述或转述原唱或赠诗诗句、诗意为内容的自注。文章着重探讨了自注"来诗"现

① 魏娜:《论中唐诗歌自注的纪实性及文献价值》,《文献》2010 年第 2 期,第 39—50 页。

② 魏娜:《论唐诗自注与情蕴的关系》,《文艺理论研究》2013 年第 4 期,第 150—158 页。

③ 咸晓婷:《从题写到编集:论唐诗题注的形成与特征》,《浙江大学学报(人文社会科学版)》2016 年第 5 期,第 83—92 页。

象的源流发展、表述模式及其蕴含的诗歌传播意识,认为诗人在酬和之作中借助自注完成对原诗的截取、嵌入,不仅扩充了原作与酬和之作的意涵空间,而且还原并保存了诗人唱和的场景,将其呈现于阅读者面前,实现作为自注的诗歌文本在唱和者之间及唱和者与后世阅读者之间的双重传播①。该文的切入点无论是对诗歌与自注内容的关系研究还是对自注书写与诗歌传播互动性的探讨,无疑都极具启示意义。

唐诗自注个案研究方面主要有如下成果:徐迈《杜甫诗歌自注略论》《杜诗自注与诗歌境域的开拓》、滕汉洋《白居易诗歌自注辨析三则》《白居易诗歌自注的文献价值》《"诗史"意识与白居易诗歌自注的生成》《诗歌自注与白居易浅俗诗风之关系》、查正贤《论自注所示白居易诗歌创作的若干特征与意义》、俞芝悦《论中唐诗人自注其诗体现的读者意识——以白居易、元稹等诗人为中心》、拙文《论白居易诗歌自注与诗歌传播间的关系》,以及赵元皓《李德裕〈述梦诗〉自注中的翰林抒写》。

徐迈的《杜甫诗歌自注略论》《杜诗自注与诗歌境域的开拓》分别从文献考辨和文本内涵阐释两个层面对杜甫诗歌自注进行专门探讨。《杜甫诗歌自注略论》一文,主要梳理了杜诗自注自唐至清的保存、整理情况,指出后世注本中杜诗自注真伪夹缠的原因,归纳总结考辨杜诗自注真伪的基本方法与原则,并以宋本《杜工部集》为考察对象,将称谓、时态、得韵、谦辞使用几方面作为判定杜诗自注真伪的重要标准②。此文重在文献的爬梳考索,最具价值之处在于提出甄辨杜诗自注真伪的规则与标准,不仅较有效地解决了杜诗自注的辨

---

① 崔媞:《自注"来诗"与诗歌空间的扩容》,《文学遗产》2018 年第 6 期,第 50—59 页。
② 徐迈:《杜甫诗歌自注略论》,《杜甫研究学刊》2010 年第 3 期,第 32—40 页。

伪问题,而且也为唐诗自注的辨伪提供了切实可行的方法依据。《杜诗自注与诗歌境域的开拓》则以自注的文本内涵为切入点指出,一方面,杜诗自注作为一种非诗化形态,通过对诗歌中高度浓缩的情感、意象世界的填补与释解,明确并丰富了诗人内在情志的表达;另一方面,作为一种非正规且零散的诗论形式,杜甫的诗歌自注诠释并印证了诗人开拓诗歌新境的观念与创作实践①。此文不囿于对自注本身的探讨,而重在从学理层面发掘杜诗自注的情意传递与理论阐释功能,着力论析其对诗歌内涵的拓展、补充作用,不仅提升了杜诗自注的价值,更为解读杜甫诗歌及其诗学思想提供了富有启示性的思路。

滕汉洋《白居易诗歌自注辨析三则》《白居易诗歌自注的文献价值》两文主要从文献考证角度对白居易诗歌自注加以审视。前文重在翻案,选取白诗中关于"唐书""鹯鹉"以及"半月之间四人死"三个学界公认的伪自注再辨其真伪。文中通过对相关史料的引证、排比,陈明白居易自注中所称之"唐书"实非两《唐书》,而是唐人编修的本朝史书,因此白居易在自注中称本朝史书为"唐书"有充分的史源依据。通过比对《才调集》、金泽本、那波本、南宋绍兴本及马调元本白居易集中所收《东南行一百韵》诗"残芳悲鹯鹉"句中"鹯鹉"二字的音训注释,指出此句后的确存在对"鹯鹉"读音的自注;而且根据白居易以同音字训读的注音特点,认为各版本中将"鹯鹉"的读音注为"音啼决"者,为诗人的原注。以两《唐书》中的相关记载为参照,根据诗歌与自注信息的内在一致性,辩驳了自注"半月之间四人死"与传世文献所载相抵牾的传统观点②。后文侧重阐释白居易诗歌自注

---

① 徐迈:《杜诗自注与诗歌境域的开拓》,《安徽大学学报(哲学社会科学版)》2010 年第 6 期,第 34—38 页。

② 滕汉洋:《白居易诗歌自注辨析三则》,《九江学院学报(社会科学版)》2014年第 4 期,第 79—82 页。

的文献学意义。文章在对富含文学、历史信息的白诗自注进行分类梳理的基础上,指出其文献价值主要表现在印证及补纠史载、诗文辑佚、留存文人逸事、反映社会文化四个方面①。

其《"诗史"意识与白居易诗歌自注的生成》及《诗歌自注与白居易浅俗诗风之关系》着重论述尚实与尚俗的创作观念对白诗自注生成的促动。前文认为在"诗史"观念的影响下,白居易将诗歌作为真实记录社会及个人生活的载体,诗中大量自注的产生正是其以诗纪实的创作观的体现,也化解了诗歌的主情特质与其被赋予的史传功能这两者间的矛盾②。后文指出白居易追求浅俗的诗歌创作观与自注运用形成了互为因果的相促关系:自注通过重复诗歌内容、串讲式叙述及频繁注释熟典的方式来消解诗歌意蕴与读者的阅读兴味,从而实现对诗歌的浅俗化。文章认为自注的诠释对读者话语权具有负面干预性,"浅俗"亦从白居易的创作观念变为读者的阅读体验③。这两篇文章虽就白居易诗歌自注而论,实则揭示出自注书写与诗人创作观念间的一般关系,为唐诗自注的研究开辟了新思路。

查正贤、俞芝悦及拙文均是从文本传播与接受角度发掘白居易自注其诗的行为中所体现出的读者意识。查正贤文将白诗自注的特征概括为三点:一是对诗中典故、成句的解释重在联系文本关涉的具体情事,而非追讨事典、语典的原始内涵;二是善于征引自己或他人的既成诗句作为对所注之诗情意主旨的阐释;三是特别注重对诗歌本事精确、翔实的释解。文中进一步指出,白居易诗歌自注呈现的若

---

① 滕汉洋:《白居易诗歌自注的文献价值》,《盐城工学院学报(社会科学版)》2016 年第 3 期,第 50—52、71 页。

② 滕汉洋:《"诗史"意识与白居易诗歌自注的生成》,《现代语文(学术综合版)》2016 年第 8 期,第 20—21 页。

③ 滕汉洋:《诗歌自注与白居易浅俗诗风之关系》,《古典文学知识》2018 年第 1 期,第 41—46 页。

干特征正是诗人站在作者立场对读者进行合乎诗人期待与意愿的阅读做出的自觉引导①。俞芝悦文以白居易诗歌自注为代表,牵及对中唐诗歌自注的整体探讨。文章认为白居易等中唐诗人的诗歌创作与注解行为具有非同步性,自注大多完成于诗人对自身作品的编订过程中,是诗人以未知的预设读者立场阅读作品的产物;而立言以期不朽的传统观念则是促使白居易等中唐诗人自注其诗的重要原因。中唐时期大量出现的诗歌自注,在为读者提供阅读所需的有效信息的同时,也不可避免地压缩了作品的阐释空间,削弱了读者的话语权限②。拙文则重在从白居易寄赠诗自注称谓的角度揭示诗人自注其诗的行为所包含的读者意识。白居易的寄赠诗自注对赠答对象均以第三人称相称,诗人与之建立的并非"我"与"你"的对话关系,而是客观介绍式的"我"与"他"的关系。而这种称谓特点显然意味着诗人对听话方即读者的预设③。以上三文的价值在于,通过自注这一诗歌辅助表达手段来深究诗歌创作与阅读接受、诗人与读者间的互动关系,并且将自注作为传诗手段进行考察,发掘其传播功能。这无论是对唐诗的传播与接受研究,还是对唐诗自注研究视角的拓展都具有启示意义。

　　赵元皓的《李德裕〈述梦诗〉自注中的翰林抒写》,一方面从文献考证角度,通过史、注参读的方式,指出《述梦诗》自注对翰林学士恩例、夜值制度的说明具有证史、补史之功,而其中对翰林院方位的记录,则纠正了史载的错讹;另一方面从诗、注关系的角度,阐释了自注

① 查正贤:《论自注所示白居易诗歌创作的若干特征与意义》,《文学遗产》2015年第2期,第85—93页。

② 俞芝悦:《论中唐诗人自注其诗体现的读者意识——以白居易、元稹等诗人为中心》,《文艺理论研究》2016年第1期,第148—156页。

③ 魏娜:《论白居易诗歌自注与诗歌传播间的关系》,《新疆教育学院学报》2017年第2期,第107—112页。

在渲染凸显诗歌情感基调方面发挥的作用,指出其具有明情达意的功能①。

上述个案研究的系列成果,从整体上把唐诗自注的考索与探析推进到更加深入全面的程度。一方面,不仅展开杜甫、白居易诗歌自注的个案研究,而且拓展至对其他诗人乃至某一时期诗歌自注的考察,形成微观与宏观层面并重的研究导向;另一方面,研究视角呈现多元化特点。就考证类文章而言,在延续自注辨伪的传统思路的同时,注重以历史、文化、民俗等信息的保存流传为切入点,通过与传世史料对读,发现唐诗自注的文献价值。除了文献考证外,以上诸文还包括对自注与诗歌内容、诗歌创作观念及读者接受间关系的探究,从而构建了自注与诗歌本体、诗学理论及诗歌传播三个研究维度,不仅拓展了唐诗自注的研究空间,而且深化了对诗人自注其诗现象的认知。

第二节　研究现状的局限

通过对既有成果的梳理可以看出,二十世纪以来学界对唐诗自注的研究在深广度上确有不断推进,也形成了一系列有价值的结论,但仍然存在如下不足:

第一,研究相对边缘化。作为诗歌自注的最初发展阶段以及后世诗歌自注重要的取法对象,唐诗自注中涉及的各种问题都值得深入发掘和探讨。但与其发展规模及蕴含问题的丰富性相比,学者们的关注度及研究成果则颇显薄弱,仅有十五篇专文,难以覆盖唐诗自注中的众多问题。如从纵向沿革的角度看,自注作为一种由史家所

---

① 赵元皓:《李德裕〈述梦诗〉自注中的翰林抒写》,《大连理工大学学报(社会科学版)》2016 年第 3 期,第 119—123 页。

创用的文本阐释方式，至唐代渐兴于诗歌中，那么，唐人在使用诗歌自注时，是否有史书自注影响的痕迹，又形成了哪些史书自注未备的新特点？再如就唐诗自注的发展历程而言，其在初、盛、中、晚唐四阶段的规模、注释重点等有无变化？是否具有鲜明的阶段特征？在唐诗自注成熟兴盛的过程中，有哪些诗人作出了突出贡献？又如，同样以诗歌传播为目的，唐人存诗编集的积极行为与自注其诗的自觉实践之间又有何关联？这些问题在现有研究中虽已涉及，但仍有可深入拓展的空间。

目前学界对唐诗自注之所以关注不够，研究成果整体上流于浅表，主要由三方面因素所致。首先，唐诗自注的依附性极强，不易脱离诗歌作为独立的研究对象。这主要表现在两方面：一方面是内容的非独立性。唐诗自注作为诗歌的衍生物，以对诗歌文本的解读为主要目的。因此，其对诗歌有极高的附着性，几乎无法脱离诗歌语境的支持而保持内容意义的独立完整。另一方面是文体形式的非独立性。自注并未如诗、序一般成为传统的独立文体，对其的认知与探究亦缺乏系统丰富的文体批评理论的支撑。而在研究者的观念中，也极易将此种传统文体之外的注释形式边缘化，导致对其缺乏充分的关注与深入的认知，使相关研究难成规模体系。其次，有效信息的提炼与拓展难度较大。唐诗自注大多零散出现且文字简洁，这不仅给提炼、归纳自注表层信息造成极大困难，更阻碍了对信息的拓展延伸。这势必会限制唐诗自注及相关问题的研究思路与视野，使其限于一隅或滞于一点。最后，唐诗自注真伪夹缠的现象较普遍，这既增加了研究的难度，也会在一定程度上影响结论的准确性。由于流传、整理、版本等因素，部分他注或掺杂于唐诗自注中，或直接被误作唐诗自注。虽然有关杜甫、白居易诗歌自注辨伪的文章针对杜、白诗歌中伪自注的辨析，归纳出若干具有普适性的规律及方法，但必须承认的是辨伪之法并不能达到穷尽式甄别的理想状态，部分自注的真伪情况实难考证判断。因此，整体而言唐诗自注真伪相杂的事实及去伪存真的难度，势必使研究者对研究结论的客观性、真实性及研究价值心存疑虑，从而在一定程度上削弱了唐诗自注研究的关注度。

第二，系统成熟的研究格局尚未形成。学界对唐诗自注的探讨，一方面整体上仍偏向个案研究，且基本聚焦于杜甫与白居易，其他重要诗人则少有涉及。特别是元稹、刘禹锡、许浑、李商隐、陆龟蒙、皮日休等一批中晚唐大家，其诗歌自注不仅数量可观，而且包含诗人经历、重大史实、文学观念等一系列重要信息，能为作家生平考证及创作理论的探讨提供线索和突破口，甚至可能为相关的作家作品研究打开新的门径，从而丰富唐诗自注个案研究系统，应当被纳入探讨范围。另一方面，尚未进行由点到线的通史式考察，即对唐诗自注的演进过程未做系统宏观的探讨。具体来说，一是未将零散的个案整合到唐诗自注发展的链条中，进而反观并界定诗人在唐诗自注发展演进过程中的作用；二是未梳理并归纳唐代不同时期自注运用及格局的变化情况及特征，并勾勒唐诗自注完整的演变轨迹。

第三，研究维度的单一。首先是研究视角的单一。现有成果大多是从文献考证的角度甄别唐诗自注的真伪或阐发其史料价值，所得结论又作为主论题的材料支持。这种固定视角恰是研究者面对唐诗自注时思维局限的有力证明，即自然地将自注边缘化，强化自注对诗歌的依附性与服务功能。而若能突破上述思维定式，将诗歌自注作为独立的研究对象，更多超越文献考证范畴的问题可能会随之浮现。其次是研究思路的单一。目前的研究整体上仍囿于自注本身，拓展型研究思路尚未构建完成。如以唐诗自注为立足点，可发现其与史书自注、诗人创作观、作品接受传播之间均有密切关联。诸如此类的关联性研究是拓展型研究思路应当关注且现有成果中比较薄弱的环节。诗歌自注是阐释和传递诗人思想意图的第一手资料，较之他注，在真实性和准确性上更具优势。若能从诗歌自注中捕捉并解读关于诗人创作观念、诗歌传播等问题的信息,则有可能为深化、补充甚至颠覆相关的研究结论打开一条全新的通道。

综而言之,唐诗自注的固有特性及现有研究的不成熟加大了对唐诗自注深入探讨的难度,但这也恰恰说明对这一现象仍有深入思考的必要。

第三节　本书的研究思路

本书以唐诗自注研究的系统化、整体化为宗旨,建构"一点两翼"的基本研究思路:以唐诗自注为根本立足点,将其作为独立研究对象;以自注本体探究为一翼,包括对唐诗自注基本面貌、阶段特征的勾勒及价值与局限的阐释;以发掘诗歌自注与史书自注、诗歌文本、诗歌存传三者关系的拓展研究为一翼,力求揭示史书自注对唐诗自注生成发展的影响,自注与诗歌情旨关系亲疏变化的轨迹,以及自注入诗现象反映出的诗人的读者期待与作品传播意识,从而使唐诗自注研究更趋系统性、学理化。

在落实"一点两翼"研究思路的过程中,本书又特别注意对两条脉络的构建及重点个案的突出,以点线结合的方式搭建唐诗自注的研究框架。两条脉络的其中一条指唐诗自注的演进轨迹,即以初、盛、中、晚不同时期自注总体面貌及特征为核心的阶段发展状况。另一条是唐诗自注与其他要素的横向联系。首先是自注与诗歌文本之间的关系呈现,也即揭明自注内容与诗歌情旨内涵的相关性。在对唐代四个不同阶段自注诗人及诗歌自注数量统计的基础上,结合对诗歌文本及自注内容的分析,梳理不同时期自注对诗歌情感内蕴阐释力度的强弱转换,进而勾勒出诗、注内在关系的变化轨迹。其次是探析史书自注与唐诗自注的传承关系,分析前者对后者生成发展所产生的影响。最后,发掘自注运用与诗歌存传的内在关联。

对唐诗自注的研究,在坚持整体性原则的同时,亦不能放弃对典型个案的考察。唐诗自注阶段性特征的形成虽是各时期诗人们共同努力的结果,但在这一过程中各人发挥的作用与显现的价值是不等的。对自注发展的不同阶段中重要诗人的专门考察,有助于充分认识唐诗自注发展变化过程中关键人物的特殊贡献,亦有助于通过若干典型侧面细察唐诗自注的阶段特征。因此,本书非但不会将典型个案与所处自注发展阶段割裂开来,反而会密切结合相应阶段自注的总体特征对其进行考察。总之,个案研究的终极指向仍是穿点成线,是对唐诗自注演变轨迹的另一种勾勒与印证方式。

第四节　本书的研究内容与目的

本书以唐代诗歌自注为研究对象,分四章展开。第一章在对唐诗自注进行分类的基础上,着重梳理其发展的基本情况。唐诗自注始于初唐衰于晚唐,具有持续完整的发展历程。初唐自注诗采用的一诗一注形式,成为唐诗自注的基本样式。唐诗自注的三种类型——背景注、体式注、意义注在这一时期已齐备。盛唐时期,一诗多注、以他人诗文为自注的新现象陆续产生,仿体自注迎来小高峰。中唐时期,出现了自注次韵、以注释典、以己诗注己诗的系列创变。晚唐诗歌自注则在渐趋固化的同时,产生了"两减一增"的变化。第二章重点分析推动唐诗自注生成与发展的因素。唐诗自注的产生及渐盛受史书自注与诗人传诗意识的影响甚深,唐代诗人借鉴史书中三类主要的自注类型即训体自注、解体自注及参见法自注,将其变为诗歌自注的阐释方法。与此同时,唐诗自注的书写体例沿用史书自注中小字夹注的样式,既与诗歌正文的外在形式相区分,又实现了其意蕴内涵的扩容。唐诗自注的内容及人称使用折射出诗人自觉强烈的读者意识;反之,正是对预设读者的期待心理,促使诗人借助自注来达成与读者的隔空对话。而在对自己的诗歌作品躬亲整理或编集的诗人中,亦有不少是诗歌自注的积极使用者,这使得自注对诗歌文本信息的解码通过诗集的整理编纂得以保存和流传,进而也助力诗歌作品跨时空传播这一终极目的的实现。第三章主要探讨唐诗自注在不同阶段的基本特征。唐诗自注从初唐的发轫期至晚唐的衰落期,在自注数量、自注诗人数量、自注类型格局、自注内容等方面均发生了一系列变化,并由此产生鲜明的阶段特征。但其中又贯穿着一条最基本的脉络,即自注与诗歌情旨内涵亲疏关系的变化。在唐诗自注发展的不同阶段,亦涌现出极富代表性的典型诗人。这些诗人的诗歌自注在自注阶段特征形成过程中或具有集大成之意义,或具有开创之功,成为不同时期诗歌自注特色风貌的经典缩影。第四章从价值与局限两方面对唐诗自注进行评价。唐诗自注保存了大量时人时事信息,可信度极高,对其他各类史料文献具有印证、补缺及纠误之功。而自注内容的错讹、阐释的未为详尽及嵌于诗歌中的表现形式,均不同程度地影响了诗歌意蕴情感的有效表达。

　　本书通过对唐代诗歌自注的整体研究,以期达成以下目的:首先,通过对唐诗自注全貌的勾勒,为学界对唐诗自注的整体研究提供坚实基础。唐代是诗歌自注蓬勃兴盛的开端,诗人亲注己诗的传统贯穿于唐诗进程的始终。换言之,诗歌自注在唐代实际上具有既完整连续又充满阶段变化的发展轨迹。但学界目前的相关成果多属于个案研究,难以呈现唐诗自注的发展全貌;这种研究视角的偏向也容易造成对唐诗自注的误解,即它的出现是散在断续的,且仅存于个别诗人的作品中。因此,还原唐诗自注发展的真实样貌,呈现其完整的发展进程,从而为更加准确深入地认识、研究这一现象奠定基础是必要且必需的,也是本书努力实现的目标之一。其次,通过对初、盛、中、晚四个时期唐诗自注不同特征的归纳梳理,一方面力图为不同阶段的自注个案研究建构背景依托,摆脱孤立分析典型个案的研究思路,将其置于唐诗自注特定发展阶段的坐标系下,对其典型性、贡献、地位等重要问题进行考察,另一方面也期望能为诗歌自注的横向比较研究提供参照系。诗歌自注自唐代趋于繁荣勃兴,宋代之后已蔚为大观,唐以后的诗歌自注现象也引起了学界的关注与探讨。无论是相应的个案研究还是整体研究,继承与创变都是应当触及的重要问题,而"承"与"变"的显现必须以比较为前提,较早出现的唐诗自注的发展轨迹及特征自然就成为重要的参照对象。最后,通过对唐诗自注价值与局限的分析,确立更为公允客观的评价视角。自注因得益于诗人的亲自阐释,其对诗歌文本内涵解读的权威性及蕴藏信息的翔实丰富程度往往是他注无法企及的,这是唐诗自注最大的优势,也是目前相关成果讨论的焦点,但其本身存在的局限及所引发的问题却极少被关注。无论何种原因所致,这种"一面倒"的研究现状都或多或少反映出并继续导致对唐诗自注评价的偏狭。因此,在充分肯定并阐释唐诗自注价值的同时,认真审视并指出其局限,从而纠正片面的评价,也是本书力图实现的目的之一。

第一章　唐诗自注发展概述

　　自注是相对于他注而言的一种注解形式。他注是指注释者为他人作品进行的说明，释解者与作品作者并非同一人；而自注则是作者本人对其作品的自我阐释，注者即是原作者。自注最早出现在史书中，《左传》《战国策》已见自注的使用，而章学诚有云："太史叙例之作，其自注之权舆乎？明述作之本旨，见去取之从来，已似恐后人不知其所云而特笔以标之。"①将司马迁的《史记》视为史书自注之先河，这可能一方面由于《史记》自注较成规模，十表与纪传部分均有；另一方面是因为形成了一类比较固定的自注用语如"语在某纪""语见某传"，从而与正文更相区别。如作者将对鸿门宴全过程的铺陈置于《项羽本纪》中，因此在《留侯世家》中写张良赴鸿门宴时，便不复赘述宴会情况，并以自注"语在《项羽》事中"作为提示。谢灵运《山居赋》中有作者对文句的解释性文字，值得注意的是这些自注并非零星出现的只言片语，它们不仅对原文的意义阐释详尽，而且多达45处，贯穿全文始终。这是目前所见最早运用于文学作品中的自注。诗歌自注可追溯至南齐时期谢朓、江革、王融、王僧孺、谢昊、刘绘、沈约七人共赋的《阻雪连句遥赠和》。在此诗中，七人将各自的名字连同官职以注释的形式标于所

---

① 〔清〕章学诚著，仓修良编注：《〈文史通义〉新编新注》，北京：商务印书馆，2017年，第275页。

作诗句之下。诗歌自注真正获得推广是在唐代。至宋代,自注开始频现于词作中。可见,自注的产生是始自史学领域后被运用于文学领域。而在文学领域内,根据自注在不同文体中出现的时间先后,又经历了从文注到诗注再到词注的发展变化过程。本书要讨论的是作为诗歌自注发展开端的唐诗自注。

第一节　唐诗自注的基本类型

诗歌自注是指诗人对其诗歌做出的解释说明。唐诗自注始于初唐,兴于盛唐,中唐时期达到巅峰,至晚唐而渐衰。自注不仅是伴随唐诗发展始终的重要现象,更与诗歌文本存在千丝万缕的联系。唐诗自注数量繁多、内容丰富,在展开系统研究前,有必要对其进行合理的类型划分。笔者对唐诗自注类型的划分基于两个重要标准:一是以自注出现的位置为依据,一是以自注的内容为依据。按照自注的位置划分,可分为题中注、题下注、序中注与句下注四类①。出现在诗题当中的自注即题中注,紧随题目之后的称为题下注,位于诗序中对其进行注解的称为序中注,在诗歌某一句或几句之后的注释称为句下注。如周墀《酬李常侍景让立秋日奉诏祭岳见寄》诗题中的"景让"②交代了李常侍的字,属于题中注。陆龟蒙《渔具并序》序文中"扣而骇骇之曰桹"句后注"以薄板置瓦器上,击之以驱鱼";"置而守之曰神"句后注"器鱼鲤鱼满三百六十岁,蛟龙辄率而飞去。年置一神守之,则不能去矣。神,鳖也";"列竹于海澨曰沪"句后注"吴之沪渎是也"③分别对

---

① 题下注与句下注又可分别称为题后注与句后注,后续行文中有更换表述之处,不再做专门说明。

② 〔清〕彭定求等编:《全唐诗》卷五六三,北京:中华书局,1960年,第6532页。

③ 何锡光校注:《陆龟蒙全集校注·唐甫里先生文集》卷五,南京:凤凰出版社,2015年,第366页。

渔具"椴"的用途、置神守鱼的传统以及"沪"的意思给予说明,是为序中注。毛明素《与琳法师》的注释"贞观十一年,法师幽系,故致诗焉"①紧跟诗题之后,是典型的题下自注。而孙逖的《奉和李右相中书壁画山水》在"自保千年遇,何论八载荣"句后紧随注语"李公诗云:八载忝司存"②,以说明和诗诗句对应的对象。诸如此类的句后附注都属于句下注。

　　四类注释中,题下注数量最多,句下注次之,题中注与序中注仅为个例,极为少见。题中注除前举周墀诗外,只出现在皮日休《临顿里名为吴中偏胜之地陆鲁望居之不出郛郭旷若郊墅余每相访款然惜去因成五言十首奉题屋壁》。序中注共3例,除前举陆龟蒙《渔具并序》,仅见于其《四明山诗并序》及皮日休《五贶诗并序》。

　　以诠释的内容为标准,唐诗自注基本可归为三类:背景类注释、意义类注释以及体式类注释③。诗人在一首诗歌中通常只使用其中一类或两类,极少三类注释同时运用。背景类注释主要是对诗歌创作背景,包括创作缘由、目的、诗人自身相关情况以及作品所涉人、事、物信息的介绍。如毛押牙《白云歌》④一诗题下自注云:"予时落殊俗,随蕃军望之,感此而作。"⑤此诗作于乾元元年至建中二年

①〔清〕彭定求等编:《全唐诗》卷三八,第495页。

②〔清〕彭定求等编:《全唐诗》卷一一八,第1196页。

③ 以阐释内容为标准对唐诗自注类别的划分,参见拙文《论唐诗自注与情蕴的关系》,《文艺理论研究》2013年第4期,第150—151页。

④ 此诗收录于《全唐诗补编》,归于马云奇名下。后经考证,该诗作者应为毛押牙而非马云奇。详见柴剑虹:《敦煌伯二五五五卷"马云奇诗"辨》,《中华文史论丛》第2辑,上海:上海古籍出版社,1984年,第53—58页;潘重规:《敦煌唐人陷蕃诗集残卷作者的新探测》,《汉学研究》第1期,台北:汉学研究中心,1985年,第41—54页。

⑤ 陈尚君辑校:《全唐诗补编》第1编《〈补全唐诗〉拾遗》卷一,北京:中华书局,1992年,第61页。

（758—781），正值吐蕃入侵大唐疆土，逐渐吞噬河西、陇右地区之时①。诗人在注释中阐明此诗的创作缘由，是对自身陷落蕃地的处境有感而发。又如李适《饯唐永昌赴任东都》的题下自注"自尚书郎为令"②，则是对饯行对象唐永昌官职迁转情况的说明，提供了诗歌主人公的身份信息。意义类注释重在阐发诗句所包含的史实本事及诗歌深层情蕴。如张祜的《游蔚过昭陵十六韵》在"王寻徒百万，光武只三千"句后注曰："太宗常以骑兵三千破伪夏十万于虎牢。"③诗句本用《后汉书·光武纪》所载刘秀于昆阳以三千敢死者大败王莽大司徒王寻、大司空王邑所率百万兵将之事，但自注显然不是对史实本身的说明，而是揭出诗句中与典故相类的事件，即唐太宗在武牢关以少胜多大败窦建德的精彩传奇之战④。诗人对太宗丰功伟业的赞誉之情也在自注看似客观的陈述中得以自然流露。体式类注释侧重关注诗歌的形式层面，主要包括对诗歌体裁、字数、用韵、仿效对象、新创诗体等情况的说明。如王维《白鼋涡》题下自注"杂言走笔"⑤直接陈明此诗为杂言古体。又如白居易《答元郎中杨员外喜乌见寄》自注"四十四字成"⑥交代了诗歌的字数，进而可知此诗的体裁只能是杂言古体。再如杜甫《严公厅宴同咏蜀道画图》的题下自注"得空

---

① 此诗创作时间的推断，详见陈尚君辑校：《全唐诗补编》第 1 编《〈补全唐诗〉拾遗》卷一，第 64—65 页。

② 〔清〕彭定求等编：《全唐诗》卷七〇，第 778 页。

③ 尹占华校注：《张祜诗集校注》卷一〇，成都：巴蜀书社，2007 年，第 493 页。

④ 此次战役在《旧唐书》卷二《太宗纪》有载："（武德四年）会窦建德以兵十余万来援世充……（太宗）亲率步骑三千五百人趣武牢……生擒建德于阵。"〔后晋〕刘昫等撰：《旧唐书》卷二《太宗纪》，北京：中华书局，1975 年，第 27 页。窦建德曾立国号曰夏。

⑤ 〔唐〕王维著，〔清〕赵殿成笺注：《王右丞集笺注》卷一，上海：上海古籍出版社，1984 年，第 8 页。

⑥ 谢思炜撰：《白居易诗集校注》卷一〇，北京：中华书局，2006 年，第 843 页。

字"①,唐代诗人常以"得某字""赋得某字""探得某字"或"用某字"的形式标明诗歌用韵,可见杜甫此诗押的是空部韵。皇甫冉《送张南史》题下注"效何记室体"②,说明此诗在体裁上仿效何逊的五言格诗。在体式类自注中,对用韵情况的说明最常见,对体裁、字数及仿效对象的交代相对较少。

在以内容为划分依据而成的三类注释中,相对于牵扯诗歌形式层面的体式注而言,背景注和意义注均与诗歌内容层面存在不同程度的交织,从而形成彼此的兼释。一种情况是背景注对意义注的兼释,即背景类注释提供的信息对诗歌意蕴或诗中史实本事也有揭示,兼具意义类注释的功能。如张祜《高闲上人》题下注"善草书"③交代了高闲上人的擅长,这是对诗歌赋咏对象相关信息的补充说明,属于背景类注释。同时,诗中"卷轴朝廷钱,书函内库收"一句,对上人书法技艺及价值的赞誉彰显之意也因自注的阐释而更加明确。另一种情况则是意义注对背景注的兼释,即意义类注释对句意、本事的说明在一定程度上涉及诗歌的背景信息,兼具背景类注释的功能。如储光羲《贻丁主簿仙芝别》中,"摇曳君初起,联翩予复来"句下注云:"丁侯前举,予次年举。""联行击水飞,独影凌虚上"句下注云:"同年举,而丁侯先第。"④两处注释明确了诗句指涉的本事:丁仙芝先于储光羲举进士并登第⑤。

---

① 〔唐〕杜甫著,〔清〕仇兆鳌注:《杜诗详注》卷一一,北京:中华书局,1979 年,第 905 页。

② 〔清〕彭定求等编:《全唐诗》卷二五〇,第 2813 页。

③ 尹占华校注:《张祜诗集校注》卷八,第 396 页。

④ 〔清〕彭定求等编:《全唐诗》卷一三八,第 1399 页。

⑤ 《登科记考》卷七"开元十三年进士科"下,引《永乐大典》所收《嘉定镇江志》:"丁仙芝,曲阿人。进士第,余杭尉。"同卷"开元十四年进士科"下,引《唐才子传》:"储光羲,兖州人。开元十四年严迪榜进士。"〔清〕徐松撰,赵守俨点校:《登科记考》卷七,北京:中华书局,1984 年,第 240、243 页。与储氏《贻丁主簿仙芝别》自注所言其与丁仙芝应举、及第的时间顺序相符。以此可知诗歌及自注中所说应举登第,是指进士试。

而这段科举经历又恰好能作为丁氏生平事迹的重要补充,兼带发挥背景类注释的作用。需要说明的是,兼释现象只出现在部分诗歌中,并非背景注与意义注同时存在就必然会兼释。至于兼释现象增减变化的情况,将于后续相关章节专门讨论,兹不赘述。另外,在兼释的两种情况中,绝大多数是背景注对意义注的兼释,反向兼释则比较少见。

在初、盛、中、晚唐四个不同阶段,诗人对背景、意义、体式三类注释的使用频度是不断变化的。但整体而言,背景注的运用最普遍,意义注次之,体式注数量最少。

一般来说,出现在诗歌不同位置的自注,其阐释的内容范围也不尽相同。以位置标准划分的题下注以及句下注与以内容标准划分的背景注、意义注、体式注实则存在一种大致对应的关系①。换言之,三类不同内容的自注,会比较稳定地出现在诗歌的固定位置上。背景类与体式类自注一般位于诗歌题目之后,大多属于题下注。意义类自注的情况稍显复杂,由于这类自注重在揭示诗句包含的史实本事及情思意旨,故多为句下注;但仍有少数意义类注释并不紧跟相应的诗句,而是位于诗题之后。由上可见,背景类与体式类自注出现的位置比较固定,基本为题下注;意义类自注的位置则较为灵活,既可在诗题之后,也可在诗句之后,但总体上讲,以句下注的形式为主。

第二节　初唐诗歌自注的基本面貌

唐诗自注肇始于初唐衰于晚唐,具有完整的发展过程,对其基本

---

① 题中注与序中注仅为个例,故不纳入正文所涉的普遍情况,只在注释中单独说明。周墀、皮日休两例题中注,从内容上看属于背景注。三例序中注,除陆龟蒙《四明山诗并序》自注从内容上看属于背景注外,其《渔具并序》、皮日休《五贶诗并序》自注均为意义注。因此,位置划分标准下的题中注与内容划分标准下的背景注对应;而序中注,从内容上看可以是背景注也可以是意义注。

面貌的勾勒呈现是后续系列研究深入展开的基础。因此,下文将对唐诗自注的发展脉络进行梳理,为之后的专题探讨作铺垫。

初唐自注诗共计 26 首,出自 23 位诗人之手。其中王勃的自注诗数量最多,共 3 首①。太宗《赋得樱桃》的题下注"春字韵"②是首个体式注,也是首例自注用韵的诗歌。在唐代群体性赋诗活动中常常有对诗歌韵脚的规定,有同题同韵、同题异韵两种情况。分韵赋诗的方式在唐代虽很常见,但用注释加以说明则始于太宗。自此之后,以自注标明韵脚的做法逐渐普遍,成为体式注的主要内容。

任希古《和李公七夕》是第一首以自注标明追摹对象的诗歌,题下自注"谢惠连体"③。如前文所言,体式注多是交代诗歌用韵,说明体裁、字数的情况相对较少,声明仿创诗体的例子就更加少见。任希古此注是初唐唯一一条说明仿效诗体的体式注。关于谢惠连体有如是论述:"惠连少年好色,当不乏写情之作,《诗品》称其为'工为绮丽歌谣,风人第一'。今存诗中若《捣衣》、《七月七日咏牛女诗》,皆属此类,惟不若简文诗作之冶丽。"④由之可见,谢惠连体指诗人以吟咏男女之情为主的诗篇,风格基调绮丽香艳,善用顶真手法⑤,代表篇目为收录于《玉台新咏》的《捣衣》《七月七日咏牛女》等。而结合任希古自注不难判断,《和李公七夕》当是仿效谢惠连《七月七日咏牛

---

① 王勃自注诗数量统计的版本依据为〔唐〕王勃著,〔清〕蒋清翊注,汪贤度校点:《王子安集注》,上海:上海古籍出版社,1995 年。

② 吴云、冀宇校注:《唐太宗全集校注》,天津:天津古籍出版社,2004 年,第66 页。

③ 〔清〕彭定求等编:《全唐诗》卷四四,第 544 页。

④ 曹道衡、沈玉成:《中古文学史料丛考·谢惠连体》,北京:中华书局,2003 年,第 317 页。

⑤ 关于谢惠连体长于顶真手法运用的论述,详见王运熙:《谢惠连体和〈西洲曲〉》,《乐府诗述论》,上海:上海古籍出版社,2006 年,第 505 页;刘传芳:《谢惠连考论》,厦门大学硕士学位论文,2008 年,第 40 页。

女》而作,诗人对谢惠连体不仅熟稔而且也极为推崇。任希古的自注虽非系统完整的诗论之作,但至少表明其对绮艳言情之南朝诗风的肯定态度。这也代表了当时一批诗人的共识,只是他们多数在实际创作之外,缺少如任希古一般的直言宣称。因此,任希古这条声称追步谢惠连体的自注就不仅是其个人态度的表达,而且是为整个初唐诗坛标举以谢惠连为代表的南朝诗风的代言。

　　初唐诗歌自注以背景注与体式注居多,意义注较少。王勃、李适、张敬忠、沈佺期、刘行敏、马怀素六人的 8 首诗歌使用了意义注。严格来说,仅有王勃《深湾夜宿》、李适《钱唐永昌赴任东都》、张敬忠《戏咏》以及马怀素《奉和送金城公主适西蕃应制》4 首诗中的自注是纯粹的意义注。王勃《深湾夜宿》题下注"主人依山带江",是针对"村宇架危岑,堰绝滩声隐"①两句而言,将诗句中对夜宿人家所处地理环境的铺陈描述进行凝练概括:"依山"与"村宇"句呼应,"带江"则对应"堰绝"句。李适《钱唐永昌赴任东都》中"因声寄意三花树,少室岩前几过香"的句下注"有田在少室,不见十年矣"②,强调少室山对唐永昌的特殊意义:有田产府宅的久居之地,同时也以最直接的方式表明其宦游时间之长。诗题中的赴任东都与自注中的"有田在少室"彼此呼应,使诗句中蕴含的将归栖身地的圆满、欣然之情释放得更加彻底。张敬忠《戏咏》全诗云:"有意嫌兵部,专心望考功。谁知脚蹭蹬,几落省墙东。"末句下自注"膳部在省最东北隅也"③揭示"省墙东"的实际所指。自注点出求攀升者供职膳部的现状,非但与其心所向的考功之职有天壤之别,即便是与其所不屑的兵部之位相较亦不可比肩。诗人在自注中有意挑明令所戏者怅然若失的选任结

①〔唐〕王勃著,〔清〕蒋清翊注,汪贤度校点:《王子安集注》卷三,第 92 页。
②〔清〕彭定求等编:《全唐诗》卷七〇,第 778 页。
③〔清〕彭定求等编:《全唐诗》卷七五,第 819 页。

果,反而增强了全诗戏谑、轻嘲的意味,突出"戏咏"之旨。马怀素《奉和送金城公主适西蕃应制》中"空余愿黄鹤,东顾忆回翔"句后注"黄鹤见《汉书·西域传》,公主歌云:愿为黄鹄兮归故乡"①交代了诗句中典故的出处。其余 4 首则属于背景注对诗句意涵或本事的连带说明,实为背景注发挥了兼释诗意的功能,与纯粹的意义注终究不同。

总之,初唐是唐诗自注的发轫期,自注及自注诗人均未成规模,尽管如此,自注类型却基本发展齐全:位置标准下的两种主要类型——题下注、句下注,以及内容划分标准下的三种类型——背景注、意义注、体式注已全部出现。背景注对诗句诗意的兼释现象比较普遍,纯粹的意义注尚未充分发展,但句式简洁、内容精练、侧重揭示诗句本事的特点已大致形成,奠定了唐诗意义注的基本风貌。

第三节　盛唐诗歌自注的基本面貌

一、盛唐诗歌自注总体发展状况

盛唐时期自注诗共计 297 首,涉及 30 位诗人。其中卢僎、源乾曜、李元纮、崔灌、萧嵩、刘昇、韦抗、李暠、韦述、陆坚、程行谌、褚琇、薛业、宋昱、苑咸、丘为、李顾、周万、严武、李翰 20 位诗人各 1 首自注诗,张九龄、孙逖各 3 首,孟浩然 4 首,张说 7 首,王维 9 首,储光羲 11 首,高适 12 首,李白 37 首,岑参 62 首,杜甫 129 首②。与初唐相较,

---

① 〔清〕彭定求等编:《全唐诗》卷九三,第 1008—1009 页。

② 30 位诗人自注诗数量统计的版本依据分别为:〔唐〕张九龄撰,熊飞校注:《张九龄集校注》,北京:中华书局,2008 年;〔唐〕孟浩然著,佟培基笺注:《孟浩然诗集笺注》,上海:上海古籍出版社,2000 年;〔唐〕王维著,〔清〕赵殿成笺注:《王右丞集笺注》,上海:上海古籍出版社,1984 年;〔唐〕张说著,熊飞校注:《张说集校注》,北京:中华书局,2013 年;刘开扬著:《高适诗集编年(转下页)

盛唐使用诗歌自注的诗人数量只略有所增,自注诗总数却大幅上涨。卢僎等有 1 首自注诗的 20 位诗人,其自注诗数量占此时期自注诗总数的 6.7%①;而其余 10 位诗人的自注诗则占 93.3%。其中杜甫一人的自注诗就占整个盛唐时期自注诗总数的 43.4%。显而易见,此时期诗歌自注主要集中在李白、杜甫、高适、岑参等几位大诗人的作品中,且杜甫以一人之力撑起盛唐诗歌自注的几乎半壁江山,因而也成为推动此时期诗歌自注发展最关键的力量。与初唐相比,盛唐诗歌自注仍以背景注为主,其对诗句意义的兼释依然存在且更为普遍。同时,也出现了三个新现象。

二、盛唐诗歌自注中的新现象

首先,打破初唐一诗一注的自注惯例,出现一诗多注的新形式。一诗多注是指在一首诗歌中存在一处以上自注,这类诗歌即为多注诗。与之相应的便是一诗一注,即一首诗歌中只出现一次自注,这类诗歌为单注诗。初唐自注诗基本为一诗一注,这也是唐代诗歌自注

（接上页）笺注》,北京:中华书局,1981 年;〔唐〕李白著,瞿蜕园、朱金城校注:《李白集校注》,上海:上海古籍出版社,1980 年;〔唐〕岑参撰,廖立笺注:《岑嘉州诗笺注》,北京:中华书局,2004 年;〔唐〕杜甫著,〔清〕仇兆鳌注:《杜诗详注》,北京:中华书局,1979 年。李翰诗歌在《全唐诗》与《全敦煌诗》中均仅收录《蒙求》1 首,但辑录内容不同。《全唐诗》本《蒙求》共存 601 句,不带自注。《全敦煌诗》本《蒙求》共存 66 句,自注 31 处。据与李翰同时的饶州刺史李良《荐蒙求表》所言,其曾亲见李翰《蒙求》诗,共 3000 字左右且有详细自注。可见《全敦煌诗》本《蒙求》残损虽多,但保留多处自注。因本书以自注为研究对象,故以作家出版社 2006 年版《全敦煌诗》为李翰自注诗统计的版本依据。其余诗人的自注诗数量均依中华书局 1960 年版《全唐诗》进行统计。

① 为兼顾数据的准确度及表述的方便,本书中的百分比若非整数,依据四舍五入的原则保留小数点后一位小数。

的主要样式。尽管如此，部分盛唐诗歌中已出现多注现象。储光羲《苏十三瞻登玉泉寺峰人寺中见赠作》是第一首多注诗，诗、注全文如下：

> 庆门叠华组，盛列钟英彦。贞信发天姿，文明叶邦选。为情贵深远，作德齐隐见。别业在春山，怀归出芳甸。逖听多时友，招邀及浮贱。朝沿霸水穷，暮瞩蓝田遍。百花照阡陌，万木森乡县。苏居世业蓝田。洞净绿萝深，岩暄新鸟转。依然造华薄，豁而开灵院。淹留火禁辰，愉乐弦歌宴。时蓝田令招饮。肃肃列樽俎，锵锵引缨弁。天籁激微风，阳光铄奔箭。以兹小人腹，不胜君子馔。是日既低迷，中宵方盱眩。时醉霍乱。枕上思独往，胸中理交战。碧云暗雨来，旧原芳色变。欢然自此绝，心赏何由见。鸿濛已笑云，列缺仍挥电。忽与去人远，俄逢归者便。时蓝田尉朝行入城，与之俱。想像玉泉宫，依稀明月殿。峰峦若登陟，水木以游衍。息心幸自忘，点翰仍留眷。恨无荆文璧，以答丹青绚。①

此诗是五言古诗，诗题中的苏瞻为蓝田苏氏，睿宗朝吏部侍郎苏晋之子，时任驾部郎中②。结合诗题及诗歌内容看，苏瞻于蓝田别业休假期间至玉泉寺游览，受到蓝田县令的设宴款待。苏氏将此番宴饮畅游的愉快经历诉诸诗歌并赠予友人储光羲，该诗便是储光羲的答作。此诗的内容依然是应赠诗而来，以扬洒之笔墨对整个游赏邀饮的过程进行详尽再现。而在长篇铺写中，诗人共插入四条注释："苏居世

---

① 〔清〕彭定求等编：《全唐诗》卷一三八，第 1396—1397 页。
② 陶敏：《全唐诗人名汇考》，1396B《苏十三瞻登玉泉寺峰人寺中见赠之作》，沈阳：辽海出版社，2006 年，第 198 页。诗名在《全唐诗》中作《苏十三瞻登玉泉寺峰人寺中见赠作》，本书从之。

业蓝田""时蓝田令招饮""时醉霍乱""时蓝田尉朝行入城,与之俱"。第一处自注指出苏瞻的蓝田居所实为其祖传产业,说明苏氏家族世居蓝田。这正与《元和姓纂》对苏瞻属蓝田苏氏的记载相合①。除此之外,上述四条注释有两点值得注意:一是与意义注侧重解释具体词句的一般情况不同,这四条自注恰好将整首诗分成五个语段,每条注释位于相应语段的末尾概述该段主旨,因而更具段落大意的性质;二是这四条自注既然是对诗歌各语段中心意义的归纳,那么将其连缀起来自然就构成了全诗的基本脉络,是梳理诗歌情节内容的线索。这一功能是此前的意义注不具备的。

　　除上诗之外,盛唐时期的多注诗还有以下 10 首:储光羲《贻丁主簿仙芝别》共 4 处注释;岑参《梁园歌送河南王说判官》共 2 处注释,《稠桑驿喜逢严河南中丞便别》共 2 处注释,《送刘郎将归河东》共 2 处注释;杜甫《同李太守登历下古城员外新亭》共 2 处注释,《承沈八丈东美除膳部员外郎阻雨未遂驰贺奉寄此诗》共 2 处注释,《王竟携酒高亦同过》共 2 处注释,《八哀诗·故著作郎贬台州司户荥阳郑公虔》共 3 处注释,《秋日夔府咏怀奉寄郑监李宾客一百韵》共 5 处注释;李翰《蒙求》共 31 处注释。

　　包括储光羲《苏十三瞻登玉泉寺峰入寺中见赠作》在内的 11 首多注诗,除岑参《稠桑驿喜逢严河南中丞便别》《送刘郎将归河东》及杜甫《王竟携酒高亦同过》的自注为说明用韵的体式注与揭示诗句本事的意义注各 1 处外②,其余 8 首的自注均为意义注。显然,一诗多

---

① 《元和姓纂》卷三蓝田苏氏:"称自武功徙焉。刑部尚书苏洵生晋、瞻。瞻,驾部郎中,生端、平、宁、昶。"〔唐〕林宝撰,岑仲勉校记:《元和姓纂》卷三,北京:中华书局,1994 年,第 293 页。可知苏瞻祖上从武功徙至蓝田并定居于此。

② 岑参《稠桑驿喜逢严河南中丞便别》题下注"得时字",指出该诗用"时"部韵。在"不谓青云客,犹思紫禁时"句后注"参忝西掖曾联接"。〔唐〕岑参撰,廖立笺注:《岑嘉州诗笺注》卷三,第 571 页。所谓"西掖"是唐代中书省（转下页）

注的样式在盛唐并不普遍,至中晚唐才渐趋兴盛,但其反映出的诗人对自身作品更强烈的解读意识已开始显露。另外,这 11 首多注诗以长篇居多:储光羲《苏十三瞻登玉泉寺峰入寺中见赠作》五言二十三韵,《贻丁主簿仙芝别》五言二十韵;岑参《梁园歌送河南王说判官》杂言九韵,《稠桑驿喜逢严河南中丞便别》五言八韵;杜甫《同李太守登历下古城员外新亭》五言六韵,《承沈八丈东美除膳部员外郎阻雨未遂驰贺奉寄此诗》五言十韵,《王竟携酒高亦同过》五言四韵,《八哀诗·故著作郎贬台州司户荥阳郑公虔》五言三十二韵,《秋日夔府咏怀奉寄郑监李宾客一百韵》五言一百韵;李翰《蒙求》四言三十二韵。相对诗歌文本的篇幅,自注的使用并不密集。除李翰《蒙求》66句使用了 31 处自注,平均两句一注外,其余诗歌的自注没有形成对诗歌内涵的过度阐释。虽然多注诗的出现并未撼动唐代自注诗以单注为主的格局,但无疑丰富了自注的样式。自盛唐之后,单注与多注便一直并存于唐诗自注的发展历程中。

　　其次,说明诗文创作情况的自注开始零星出现,仅有 4 处。储光羲《酬李处士山中见赠》中"邀以青松色"句后注"李诗云:青青此松

（接上页）的别称。至德二载至乾元元年(757—758),岑参为右补阙在中书省,严武为给事中在门下省。唐制朝会之时,供奉官左右散骑常侍、门下侍郎、中书侍郎、谏议大夫、给事中、中书舍人、左右补阙、左右拾遗、通事舍人同在横班,故云"联接"。自注指出诗人与赠别者严武曾于朝堂横班并立的同僚关系。《送刘郎将归河东》题下注"同用边字",说明此诗为多人同题同韵赋咏之作中的一首,所有诗作均用"边"部韵。在"谢君贤主将,岂忘轮台边"句后注"参曾北庭事赵中丞,故有下句"。〔唐〕岑参撰,廖立笺注:《岑嘉州诗笺注》卷三,第 528 页。赵中丞为赵玼,天宝十四载(755)封常清被召回朝后,代其职任北庭节度使。陶敏:《全唐诗人名汇考》,2067E《送刘郎将归河东》,第 319 页。自注揭示"谢君"二句的来由,是诗人对曾西赴北庭,供职节度使赵玼麾下这一经历的回忆。

柏"①。李处士的生平及创作情况已不得而知,但凭此诗的题目及自注可捕获其文学活动的一些线索:他与盛唐著名诗人储光羲有诗文之交,二人应当常有诗歌的往来赠酬,"青青此松柏"诗与储光羲的答诗便是证明。储光羲在盛唐诗坛以清新隽秀的山水诗著称,而李处士能与之文墨相亲,可知其诗中应当亦不乏乐山好水且清逸澄澈之作。《贻阎处士防卜居终南》中"石门动高韵,草堂新著书"的句下注"时阎子有石门草堂诗序"②明确交代了阎防曾作石门草堂诗并序。该诗及序惜已亡佚,但自注至少在概念上补充了阎防的创作情况。同时,由自注可知其居石门期间的作品不止《全唐诗》已收的《晚秋石门礼拜》一首,可能有系列诗歌,但均如石门草堂诗一般散佚丢失,亦未可知。此外,从《全唐诗》现存篇章看,阎防诗歌大多近山水而远尘世,表现出疏朗超逸、抱朴怀真的野趣,其石门草堂诗虽面貌不存,但诗风诗思当与其惯有风格无异。

孙逖《奉和李右相中书壁画山水》是针对李林甫题画诗而作的一首和诗③。李林甫原作今已不存,仅有一逸句,因孙逖此诗自注得以保留。诗中"自保千年遇,何论八载荣"句下注云:"李公诗云:八载忝司存。"④《全唐诗补编》据孙注将此句录于李林甫名下。李诗逸句"八载忝司存"表现出对自己长期忝居高位、仕途顺畅的满足之情。孙逖答诗中的"自保"二句,正是迎合此句而来,流露出对李林甫官运通达长久的期待与信心,与原作之句在意思上密切呼应。

杜甫的《八哀诗·故著作郎贬台州司户荥阳郑公虔》为悼念友人

---

① 〔清〕彭定求等编:《全唐诗》卷一三八,第 1397 页。
② 〔清〕彭定求等编:《全唐诗》卷一三八,第 1404 页。
③ 诗题中的李右相为李林甫,参见陶敏:《全唐诗人名汇考》,1195E《奉和李右相中书壁画山水》,第 156 页。
④ 〔清〕彭定求等编:《全唐诗》卷一一八,第 1196 页。

郑虔所作。郑虔是盛唐时期书法、诗歌、绘画均造诣极高的艺术大家，同时也是一位百科全书式的通儒。在这首悼诗中诗人采用举例铺写、诗注呼应的方式，极力凸显郑虔的博学多才。诗中有两处自注涉及对郑虔学养诗才的彰显。一处是"荟蕞何技痒"的句后注"公著《荟蕞》等诸书之外，又撰《胡本草》七卷"①。《荟蕞》是郑虔的杂著，现已亡佚。据《新唐书》记载，此书收录郑虔文章四十余篇，由苏源明为之命名②。而《胡本草》则是论述外来药物的本草书籍，今已不得见，明代李时珍《本草纲目》、清代王道纯等奉敕辑录的《本草品汇纲要续集》及王象晋《广群芳谱》中对其内容有零星保存。《新唐书·艺文志》载"郑虔《胡本草》七卷"③当是依据杜甫自注而来。该注不仅提供了郑虔涉猎的知识领域及著述信息，而且保存了《胡本草》一书的原始卷数。另一处是"萧条阮咸在"的句后注"著作与今秘监郑君审，篇翰齐价，谪江陵，故有阮咸江楼之句"④。此注是对郑虔诗歌成就的评价，言其诗远能比肩竹林七贤之一的阮咸，近不逊于秘书监郑审。这不仅能印证史书中对郑虔书、诗、画三绝之美誉的记载⑤，其在当时诗坛享有的崇高地位于此亦可见一斑。

　　综上所言，可得出如下结论：第一，自注中涉及的诗文创作信息

---

① 〔唐〕杜甫著，〔清〕仇兆鳌注：《杜诗详注》卷一六，第 1410 页。

② 《新唐书》卷二〇二《郑虔传》："初，虔追缉故书可志者得四十余篇，国子司业苏源明名其书为《会粹》。"〔宋〕宋祁、欧阳修：《新唐书》卷二〇二《郑虔传》，北京：中华书局，1975 年，第 5766 页。仇兆鳌以为郑虔书名的正解应以杜诗自注为准，作《荟蕞》而非《会粹》。详见《杜诗详注》卷一六《八哀诗·故著作郎贬台州司户荥阳郑公虔》注释 7，第 1410 页。

③ 〔宋〕宋祁、欧阳修：《新唐书》卷五九《艺文志》，第 1571 页。

④ 〔唐〕杜甫著，〔清〕仇兆鳌注：《杜诗详注》卷一六，第 1413—1414 页。

⑤ 《新唐书》卷二〇二《郑虔传》："虔善图山水，好书，常苦无纸，于是慈恩寺贮柿叶数屋，遂往日取叶肆书，岁久殆遍。尝自写其诗并画以献，帝大署其尾曰：'郑虔三绝。'"〔宋〕宋祁、欧阳修：《新唐书》卷二〇二《郑虔传》，第 5766 页。

均属诗歌的寄赠或咏诵对象，而非诗人自己。储光羲两诗自注，分别提供了赠酬对象李处士和阎防的诗歌创作情况；孙逖诗注保存了李林甫题画诗的残句；杜甫诗注则是对其故友郑虔诗歌成就的评价。因自注多为片言只语，且随句而释，故对所涉对象创作情况的呈现比较简单零碎，不具系统性和完整性。第二，自注对诗文创作的介绍主要涉及三方面：一是说明具体诗句。储光羲《酬李处士山中见赠》、孙逖《奉和李右相中书壁画山水》的句下注属于此类。二是介绍诗文著述情况。储光羲《贻阎处士防卜居终南》自注、杜甫《八哀诗·故著作郎贬台州司户荥阳郑公虔》对郑虔《荟蕞》《胡本草》的注释均属此类。三是评价诗歌成就。杜甫《八哀诗·故著作郎贬台州司户荥阳郑公虔》中称赞郑虔诗歌堪与郑审诗歌"篇翰齐价"的自注属于此类。这类自注主观性更强，更能直接体现诗人对作家作品的评判力及好尚趣味。正如杜甫对郑虔诗歌的赞赏与追捧，一方面固然是由于郑虔的诗才与功力，但另一方面也因郑虔诗歌中流露出的雅正骨格契合了杜甫的审美追求。换言之，对郑虔诗歌的肯定实是杜甫诗风及趣尚的反映。上述三方面内容一直延续至中晚唐的同类自注中。第三，自注提供的诗文信息虽然零散随机，但对其他传世文献的记载不乏补充印证之功，从而进一步充实了盛唐文人的创作实况。如储光羲两诗的自注弥补了现有文献对李处士和阎防诗歌创作记载的缺失。特别是对李处士，若无储光羲诗注，其诗歌创作实绩便无从考索。

　　再次，诗歌的仿创情况成为体式注说明的新重点。如前所言，唐诗的体式类自注主要就诗歌的用韵、字数、诗体、仿效对象或体例创新予以说明。相较而言，诗歌的仿效或创新情况是体式注涉及最少的内容，与此相关的自注仅有 21 条①。从时间维度看，21 条自注中，

―――――――――

① 21 条自注，除文中所列初、盛唐诗作中的 7 条外，其余 14 条为中、晚唐诗人所作，分别为：皇甫冉《送张南史》题下注："效何记室体。"崔峒《清江（转下页

属于初唐的仅 1 条,即任希古《和李公七夕》中的题下注"效谢惠连体"。盛唐增至 6 条,虽然绝对数量不多,但鉴于说明仿创情况的体式注本就有限,故足以证明盛唐确实是仿创类内容的体式注获得显著发展的阶段。值得注意的是,这 6 条自注又只出现在李白、杜甫的诗作中。李诗有 5 条,均集中于其拟古乐府中,杜诗仅 1 条。

李白拟古乐府中的 5 条自注如下:李白《上云乐》题下自注:"老胡文康辞,或云范云及周捨所作,今拟之。"①《司马将军歌》题下自注:"代陇上健儿陈安。"②《君道曲》题下自注:"梁之雅歌有五章,今作一章。"③《东海有勇妇》题下自注:"代关中有贞女。"④《秦女休行》题下自注:"古词,魏朝协律都尉左延年所作,今拟之。"⑤从诗题的命名看,这五首诗分两种情况:一种是沿用乐府旧题之作,包括《上云乐》

(接上页)曲内一绝》题下注:"折腰体。"白居易《九日代罗樊二妓招舒著作》题下注:"齐梁格。"白居易《洛阳春赠刘李二宾客》题下注:"齐梁格。"白居易《奉和裴令公三月上巳日游太原龙泉忆去岁禊洛见示之作》题下注:"依来体杂言。"刘禹锡《三阁辞四首》题下注:"吴声。"李绅《移九江》题下注:"效何水部。余自九江及今,周一纪矣。"李绅《泛五湖》题下注:"效谢惠连。"李绅《忆登栖霞寺峰》题下注:"效梁简文。"李绅《上家山》题下注:"即惠山。余顷居梅里,常于惠山肄业,旧室犹在,垂白重游,追感多思,因效吴均体。"李绅《忆东郭居》题下注:"效丘迟。"李绅《忆西湖双鸂鶒》题下注:"效鲍明远。"曹邺《霁后作》题下注:"齐梁体。"温庭筠《西州词》题下注:"吴声。"

① 〔唐〕李白著,瞿蜕园、朱金城校注:《李白集校注》卷三,第 259 页。
② 〔唐〕李白著,瞿蜕园、朱金城校注:《李白集校注》卷四,第 317 页。
③ 〔唐〕李白著,瞿蜕园、朱金城校注:《李白集校注》卷四,第 321 页。
④ 〔唐〕李白著,瞿蜕园、朱金城校注:《李白集校注》卷五,第 352 页。《乐府诗集》卷五三《舞曲歌辞》中《魏陈思王鼙舞歌》题下注:"《古今乐录》曰:'……汉曲五篇:一曰《关东有贤女》,二曰《章和二年中》,三曰《乐久长》,四曰《四方皇》,五曰《殿前生桂树》,并章帝造。"〔宋〕郭茂倩编:《乐府诗集》卷五三《舞曲歌辞·魏陈思王鼙舞歌》,北京:中华书局,1979 年,第 772 页。可知李白自注所言汉乐府《关中有贞女》,当为汉章帝《鼙舞歌·关东有贤女》之误。
⑤ 〔唐〕李白著,瞿蜕园、朱金城校注:《李白集校注》卷五,第 396 页。

《秦女休行》；另一种是冠以新题之作，包括《司马将军歌》《君道曲》和《东海有勇妇》。《上云乐》自注中提到的《老胡文康辞》是此乐府题目下初创之作内容的组成部分；《秦女休行》自注所说左延年诗，也是该乐府题目的首创之作，故《老胡文康辞》及左延年诗的故事内容显然属于《上云乐》与《秦女休行》的本事范畴。由此可见，在两首沿用乐府旧题的诗作中，自注强调的是诗人拟作对旧题本事的归靠。而三首新题乐府的自注则不约而同地指出新题目与某一乐府旧题的关联，这并非指新题之作和旧题乐府本事的意旨依然保持高度的拟袭关系，而是更侧重将旧题本事作为素材或灵感的来源。诗人对旧题乐府本事两种不同的处理方式，其实已经体现在自注措辞的差异中：在表达对乐府旧题及本事的承袭之意时，注语使用的是"拟"，突出的是"因"而非"革"；表达对其的借鉴利用之意时，注语则改用"代"，强调的是"变"而非"承"。

　　李白《上云乐》自注指出此诗源自梁代范云或周捨创作的《老胡文康辞》。《上云乐》为梁武帝所制，共有七曲，收录于郭茂倩《乐府诗集》清商曲辞部分①。《老胡文康辞》是西域康国乐曲《老胡文康乐》的唱词，其原本是独立完整的歌舞表演曲目，东晋初年已传入中原②。梁武帝在制《上云乐》以代《西曲》的同时，便调整了《上云乐》的表演形式，将《老胡文康乐》改编成带有致辞性质的说唱歌舞表演作为《上云乐》的前奏，说唱的内容即为《老胡文康辞》，其后紧接《上

---

① 《乐府诗集》卷五一《清商曲辞·上云乐》解题云："《古今乐录》曰：'《上云乐》七曲，梁武帝制，以代《西曲》。一曰《凤台曲》，二曰《桐柏曲》，三曰《方丈曲》，四曰《方诸曲》，五曰《玉龟曲》，六曰《金丹曲》，七曰《金陵曲》。'按《上云乐》又有老胡文康辞，周捨作，或云范云。"〔宋〕郭茂倩编：《乐府诗集》卷五一《清商曲辞·上云乐》，第744页。

② 有关《老胡文康乐》起源地与传入中原时间的探讨，见黎国韬：《〈老胡文康乐〉的东传与改编》，《西域研究》2012年第1期，第104—106页。

云乐》七曲的演出①。被改编后的《老胡文康乐》及词成了《上云乐》
的一个组成部分,之后几乎找不到它被独立演出的记载。作为主戏
的《上云乐》也取代了作为前奏的《老胡文康乐》这一名称。也可以
说,《上云乐》这一大型歌舞剧表演由两部分组成:作为前奏的《老胡
文康乐》和作为主体的《上云乐》七曲。这两部分都有唱词,前者被
改编入《上云乐》之后,其初创者是梁武帝同时期的范云、周捨;后者
的创制者则是梁武帝本人。如此,则《老胡文康辞》讲述的事件与
《上云乐》七曲表现的内容从广义上将都可视为该乐府诗的本事。对
《上云乐》七曲表演的具体内容学界持论并不一致②,但有一点是可
以肯定的,即它表现的是仙家之境与仙家之事,并且是一套独立完整
的歌舞表演。而《老胡文康辞》主要表现了西域老胡文康带领一众胡
雏俳优进行胡人乐舞表演,为天子献寿之事。内容上首写老胡文康

---

① 《乐书》卷一八三:"梁三朝乐设寺子遵(案,当作导)安息孔雀、凤凰、文鹿、胡
　　舞登连《上云乐》歌舞伎。先作文康辞,而后为胡舞。舞曲有六:第一《踏
　　节》,第二《胡望》,第三《散花》,第四《单交路》,第五《复交路》,第六《脚掷》。
　　及次作《上云乐》、《凤台》、《桐柏》等诸曲。"〔宋〕陈旸:《乐书》卷一八三,
　　〔清〕永瑢、纪昀等编纂:《景印文渊阁四库全书》第 211 册"经部·乐类",台
　　北:台湾商务印书馆,1986 年,第 827 页。
② 有关《上云乐》七曲表现的内容,学界目前主要有四种观点。一种认为表演
　　的是西王母与穆天子瑶池会的故事。参见任半塘:《萧衍、李白〈上云乐〉之
　　体与用》,《唐戏弄》,上海:上海古籍出版社,1984 年,第 1251—1252 页。一
　　种认为《上云乐》七曲是互不连属的七个神仙故事,既无中心人物,也无上下
　　统一的故事情节。参见许云和:《梁三朝乐〈上云乐歌舞伎〉研究》,《汉魏六
　　朝文学考论》,上海:上海古籍出版社,2006 年,第 250 页。一种认为表现的
　　是道教仙家景象,包括对道教神山、道家装束、仙药、仙仪、仙乐的叙写。参见
　　黎国韬:《〈老胡文康〉的东传与改编》,《西域研究》2012 年第 1 期,第 102
　　页。还有一种观点认为《上云乐》七曲是一出建立在相当专业的道教知识基
　　础之上的、首尾完整的神仙剧,演的是茅君得道成仙的故事。参见刘航:《〈文
　　康乐〉与汉魏六朝戏剧艺术的发展》,《文艺研究》2011 年第 2 期,第 67 页。

的来历及形貌,继而呈现老胡率领佩戴动物面具的众舞伎起舞的场景,接着描写胡舞表演的精妙,最后写老胡以奇乐章献天子为之祝寿。正是因为《上云乐》七曲与《老胡文康辞》既同属一个整体,表现的内容事件又完全不同,李白才特意通过自注强调其仿拟的具体对象是《老胡文康辞》而非《上云乐》,在点名己作所本的同时,又明确了两者的关系。李白《上云乐》成于至德二载,广平王李俶从安史叛军手中收复西京之后,较之原作增添了肃宗即位、西京大捷、天子还朝的史实成分,在诗歌主旨上也多了一层目睹国家重回太平的振奋之情。但这些都是以延用原诗中文康老胡率俳优为天子献寿这一故事及框架为前提,并将基于江山复归正主的振奋融入到颂祝帝王长生的核心主旨中。因此从整体上看,李白《上云乐》对原作本事的确是重承袭而轻创变,这也是其在自注中将己作称为"拟"的含义所在。

　　《秦女休行》题下自注明确指出李白该诗所拟为左延年的同题乐府。《乐府诗集》所收《秦女休行》除李白之作外,仅有左延年与傅玄诗各一首。左、傅二诗所本之事并不相同:左诗以东汉顺帝阳嘉年间缑氏女玉报父仇之事为蓝本,傅诗则以东汉灵帝光和二年(179)庞淯母赵娥为父报仇之事为素材①。两件事均有史料记载,尽管发生时

---

① 关于左延年、傅玄《秦女休行》的本事,学界有四种主要观点。一是左延年《秦女休行》是以汉武帝子燕王刘旦谋反,事败自杀为蓝本进行的创作。秦女休可能是其妃妾,因谋反之事受连带而入狱。详见徐公持编著:《魏晋文学史》,北京:人民文学出版社,1999 年,第 154 页。二是左、傅《秦女休行》所本为东汉流传的同一民间故事。左延年采用的是此故事的前期形态,而傅玄采用的则是后期形态。详见胡适撰,骆玉明导读:《白话文学史》,上海:上海古籍出版社,2019 年,第 65—68 页。三是左、傅二诗均以东汉末庞氏烈妇赵娥报父仇的事迹为素材创作而成。两诗在情节上的唯一不同就在于女主人公复仇后的举动,左诗中的女休是奔逃山中,为官吏所截获;傅诗中的庞氏则是主动自首。详见吴世昌:《〈秦女休行〉本事探源——兼批胡适对此诗的错误推测》,《文学评论丛刊》第 5 辑,北京:中国社会科学出版社,1978(转下页)

间、女主人公身份、获罪原因、最终结局都截然不同，但都属于复仇与救赎模式，即女子替父报仇杀人，遇赦免死。可是在诗歌题目与故事模式的运用上，左诗具有首创性，傅作则是模仿沿袭，即所谓"义同而事异"，乃在左诗旧题与框架内更换了故事内容而已。尽管如此，左、傅诗作之于李白均是古辞，但李白自注却独言左诗，目的是突出其作为该乐府古题源头的地位。这同时也反映出李白在拟古乐府过程中，具有强烈而自觉的追本溯源意识。对比左延年与李白的同题之作，后者对前者的仿效程度更甚于前文所举的《上云乐》与《老胡文康辞》。除了句式不同外，李诗对左诗的故事文本从内容到情节再到主旨几乎全盘吸收，甚至在某些行文用语上都有很强的复刻色彩。如李诗中的"手挥白杨刀""直上西山去""婿为燕国王，身被诏狱加""素颈未及断""金鸡忽放赦"①与左诗中的"左执白杨刃""女休西上山""平生为燕王妇，于今为诏狱囚""刀未下，朣胧击鼓赦书下"②在

（接上页）年，第81—88页。四是左诗与傅诗所据本事不同，左诗所本为发生在汉顺帝阳嘉年间的缑氏女玉为父报仇的故事，而傅诗所本则是东汉桓灵之际，庞淯母赵娥替父复仇的故事。详见葛晓音：《左延年〈秦女休行〉本事新探》，《苏州大学学报（哲学社会科学版）》1984年第4期，第63—65页；叶文举：《〈秦女休行〉本事考》，《古籍整理研究学刊》2006年第1期，第42—44页。其实，郭茂倩《乐府诗集》卷六一《杂曲歌辞·秦女休行》题解中已意识到二诗所言虽大意相类却并不是同一回事，因此有傅诗与左诗"义同"而"事异"的判断，只是郭氏并未继续深究两诗中不同的本事究竟为何。俞绍初《〈秦女休行本事探源〉质疑》一文（《文学评论丛刊》第5辑，北京：中国社会科学出版社，1980年，第316—329页）否定了吴世昌提出的左、傅《秦女休行》源于同一本事的说法，认为两诗是用同一题名创作的不同题材作品，但也未对各自所据题材进一步考证。笔者赞同葛晓音、叶文举的结论，认为左诗所本为缑氏女玉为父报仇的事迹，傅诗所本则为庞淯之母赵娥替父报仇的故事。

① 〔唐〕李白著，朱金城、瞿蜕园校注：《李白集校注》卷五，第395页。
② 〔宋〕郭茂倩编：《乐府诗集》卷六一《杂曲歌辞·秦女休行》，第886页。

措辞用语上十分相似。而左诗中的这些语句恰恰承载了秦女休故事中几个非常关键的信息：女主人公复仇的行为、免死流放西山的结局、遭遇极刑前的遇赦。因此，李白效仿左延年诗的语言表述，实际是延续左诗中故事的核心内容与情节，袭其辞的目的在于秉其事承其意。由是观之，李白在自注中专门强调己诗乃是对左延年诗作的拟写，不仅意味着他在创作古题乐府时具有追根寻源、推尊本事的深刻观念，也表明其将在创作过程中力图恢复并发扬乐府旧题及本事所确立的原始意旨。

《司马将军歌》为李白自拟新题，但《乐府诗集》仍将其归于古题乐府下。关键在于该诗题目脱胎自古乐府《陇上歌》，而从旧题衍化出新题也是李白乐府诗的创题思路。两诗间的这种渊源关系正是通过自注"代陇上健儿陈安"透露的，若非如此，李白此诗则极易被当作普通的歌行之作。可是当仔细比较《陇上歌》与《司马将军歌》时就会发现，两者的渊源关系远比《陇上歌》初篇始辞与后续拟作关系疏离得多。原因在于《司马将军歌》之于《陇上歌》是"革"大于"因"的，最重要的一点体现在所本之事完全不同，前者没有蹈袭后者依据的本事。《陇上歌》见收于《乐府诗集》的《杂歌谣辞》中，所本为西晋末期猛将陈安为保陇城百姓安危，舍身诱引敌军，以寡敌众最终壮烈牺牲的史实①。因

---

① 《晋书》卷一〇三《刘曜载记》："曜亲征陈安，围安于陇城。安频出挑战，累击败之，斩获八千余级……安留杨伯支、姜冲儿等守陇城，帅骑数百突围而出，欲引上邽、平襄之众还解陇城之围。安既出，知上邽被围，平襄已败，乃南走陕中。曜使其将军平先、丘中伯率劲骑追安……安与壮士十余骑于陕中格战……会日暮，雨甚，安弃马……匿于溪涧……辅威呼延清寻其径迹，斩安于涧曲……安善于抚接，吉凶夷险与众同之，及其死，陇上歌之曰：'陇上壮士有陈安，驱干虽小腹中宽，爱养将士同心肝。骢骢父马铁瑕鞍，七尺大刀奋如湍，丈八蛇矛左右盘，十荡十决无当前。战始三交失蛇矛，弃我骢骢窜岩幽，为我外援而悬头。西流之水东流河，一去不还奈子何！'曜闻而嘉伤，命乐府歌之。"〔唐〕房玄龄等：《晋书》卷一〇三《刘曜载记》，北京：中华书局，1974年，第2694页。

歌谣首句为"陇上壮士有陈安",故名《陇上歌》①。《司马将军歌》所本
乃乾元二年八九月间,荆、襄招讨使,充山南东道处置兵马都使崔光远
率兵平定襄州番将张延嘉叛乱,收复荆、襄二州之事②。由于放弃对
《陇上歌》陈安之事的承继转而以时事为依托,《司马将军歌》的情节
内容及思想情感也发生了明显变化:内容上围绕崔光远襄州平叛敷
衍而成;旨在表达平叛之战必胜的信念,全无《陇上歌》所流露的缅怀
伤痛之意。而《司马将军歌》从《陇上歌》中继承提取的仅限于相同
的故事类型——将领率军抗敌,相似的人物气质——勇猛英豪以及
对抗敌将领同样的崇敬之情。相对于既多又关键的变化,这些因袭
之处反显得薄弱浅表。而这种主突破而辅以沿袭的创作方式,正是
李白《司马将军歌》自注中"代"字的含义。换言之,"拟《陇上歌》"
与"代《陇上歌》"的最大不同在于将古题乐府视为遵循的尺度还是
利用的资源,关键取决于对古题乐府本事的处理方法——是忠实地
回护再现还是灵活化用或恰到好处地突破。

　　《君道曲》的命名及创作灵感,据诗歌自注是源自梁代产生的
《雅歌》五章。王琦认为此诗拟效的是五曲中的《臣道曲》,诗题写作

---

① 《乐府诗集》卷八五《杂歌谣辞·司马将军歌》解题:"《司马将军歌》,李白所
作,以代陇上健儿陈安。"〔宋〕郭茂倩编:《乐府诗集》卷八五《杂歌谣辞·司
马将军歌》,第 1200 页。

② 《旧唐书》卷一〇《肃宗本纪》:"(乾元二年)九月甲午,襄州贼张嘉延袭破荆
州,澧、朗、复、郢、硖、归等州官吏皆弃城奔窜……丁亥,以太子少保崔光远充
荆、襄等州招讨使,右羽林大将军王仲昇充申、安、沔等州节度使,右羽林将军
李抱玉为郑州刺史、郑陈颍亳四州节度使。"〔后晋〕刘昫等撰:《旧唐书》卷一
〇《肃宗本纪》,第 257 页。《资治通鉴》卷二二一肃宗乾元二年:"九月,甲
午,张嘉延袭破荆州,荆南节度使杜鸿渐弃城走,澧、朗、郢、峡、归等州官吏闻
之,争潜窜山谷……丁亥,以太子少保崔光远为荆、襄招讨使,充山南东道处
置兵马都使。"〔宋〕司马光编著,〔元〕胡三省音注:《资治通鉴》卷二二一,北
京:中华书局,1956 年,第 7081 页。

《君道曲》是因为后人在传抄过程中错将"臣"字写为"君"字①。但从诗歌内容看，李白《君道曲》首句"大君若天覆，广运无不至"已点明全篇所论乃为君之道。若如王琦所说，诗题本应为《臣道曲》，则文题之间显然存在矛盾。再从诗歌题目看，李白乐府诗有自拟新题但内容本于古题乐府的情况，上举《司马将军歌》便是如此，那么《君道曲》之名并非沿用《臣道曲》而是李白自创，也极有可能。另外，"君""臣"二字字形差异明显，几乎没有因抄写而导致错讹的可能性。而《乐府诗集》则以为《君道曲》的内容是仿效《雅歌》五曲中的《应王受图曲》，但对诗题的命名却未多言。后世学者亦有持此论者，从内容与题目两方面就《君道曲》对《雅歌》五曲的摹拟借鉴进行阐释，观点颇为允当："从歌辞来看，梁《雅歌》中的《应王受图曲》所写为君王受命后所施之政，主要为使臣之法，李白《君道曲》所写意同于此，或许李白所拟为此篇，只是已据第二篇《臣道曲》之名而将《应王受图曲》改作了《君道曲》而已。"②可见，李白《君道曲》的立意承袭《应王受图曲》而来，题目则仿照《臣道曲》的样式而成，这也与李白反向生发乐府古题而创新题的制题方式相符③。李白在自注中没有直接用"拟"或"代"界定《君道曲》与《应王受图曲》的关系。从诗歌内容看，《君道曲》所言重在表现君王正确的使臣之道以及理想的君臣关

---

① 《李白集校注》卷四《司马将军歌》注释 1："王（琦）云：按《乐府诗集》：《古今乐录》曰：梁有《雅歌》五曲：一曰《应王受图曲》，二曰《臣道曲》，三曰《积恶篇》，四曰《积善篇》，五曰《宴酒篇》。无《君道曲》。疑太白拟作者，即《应王受图曲》。琦谓非也，盖后人讹臣字为君字耳。"〔唐〕李白著，朱金城、瞿蜕园校注：《李白集校注》卷四《司马将军歌》，第 322 页。

② 向回：《从本事的掌握和运用看李白"古乐府之学"》，赵敏俐主编：《中国诗歌研究》第 6 辑，北京：中华书局，2009 年，第 189 页。

③ 关于李白新题乐府的创题方式，详见赵立新：《李白新题乐府诗渊源及其特色》，《中国李白研究》，合肥：安徽文艺出版社，2000 年，第 277—280 页。

系;而《应王受图曲》体现的则是更广泛的为君之道,恩待贤臣只是其中一个方面。此外,据安旗先生所言,李白作《君道曲》很可能是有感于天宝中期玄宗丧德、贤臣遭疏的现实,深恐君臣古道不存而作。若如此,则《君道曲》所本乃时事时政,与《应王受图曲》自不相同。《君道曲》从《应王受图曲》中沿袭的也仅仅是何为贤君之道这样一个大的思考方向。综上可知《君道曲》实乃代《应王受图曲》之作。

《东海有勇妇》的制题依据与《司马将军歌》一样,均出自乐府旧题。李白在自注中指出,汉乐府《关东有贤女》是该诗题目及内容的来源。《关东有贤女》为东汉章帝所创《鞞舞歌》五曲之一。此五曲在魏晋时期尚存且被仿拟,只是五曲曲名发生了变化。至唐代,章帝《鞞舞歌》及魏明帝拟作皆已亡佚,但曹植及晋乐府拟作《鞞舞歌》仍传于世①。曹植拟作以还原汉代《鞞舞歌》原貌为宗旨,尽管其五曲的名称并未沿用原作旧题,但与其在曲调、内容方面建立了严格的对应关系。其中的《精微篇》便是汉《鞞舞歌·关东有贤女》的忠实摹本②。可见李白的《东海有勇妇》实为曹植《精微篇》的拟作,但诗人

---

① 《乐府诗集》卷五三《舞曲歌辞》中《魏陈思王鞞舞歌》题下注云:"《古今乐录》曰:'……汉曲五篇:一曰《关东有贤女》,二曰《章和二年中》……并章帝造。魏曲五篇:一《明明魏皇帝》,二《大和有圣帝》……并明帝造,以代汉曲。其辞并亡。陈思王又有五篇:一《圣皇篇》,以当《章和二年中》……四《精微篇》,以当《关中有贤女》……'"〔宋〕郭茂倩:《乐府诗集》卷五三《舞曲歌辞·魏陈思王鞞舞歌》,第772页。同卷,《晋鞞舞歌五首》题下注云:"《古今乐录》曰:'晋《鞞舞歌》五篇:一曰《洪业篇》,当魏曲《明明魏皇帝》,古曲《关东有贤女》……'"〔宋〕郭茂倩:《乐府诗集》卷五三《舞曲歌辞·晋鞞舞歌五首》,第776页。可见,曹植、曹叡、晋乐府均未沿用章帝《鞞舞歌》五曲的原曲名。就《关东有贤女》篇而言,曹叡以《明明魏皇帝》代之,曹植以《精微篇》代之,晋乐府则以《洪业篇》代之。

② 曹植《鞞舞歌五首序》云:"汉灵帝西园鼓吹有李坚者,能鞞舞。遭乱播迁,西随段煨。先帝闻其旧有伎,召之。坚既中废,兼古曲多谬误,异代之（转下页）

在自注中对此却避而不提,直接将己作与源头篇章《关东有贤女》对接。这和其《秦女休行》诗注只言左延年而绕过傅玄的意图是一样的,都旨在表达推重本事始辞的讨源意识。但仍须注意的是,李白在自注中陈明他的《东海有勇妇》与汉乐府《关东有贤女》的关系依然是"代"而非"拟"。这说明前者并非拘泥于后者始辞本事所搭建的框架中,而是在保持关联的基础上与后者形成一定程度的分离。《东海有勇妇》一方面继承了《关东有贤女》即曹植《精微篇》所本之女子复仇的故事类型,另一方面也沿用了其中若干典故,如精卫填海、杞妻哭夫、缇萦救父。此外,精诚所至、仇必得报的主旨也于两诗之间贯穿相承。以上都是两者相关性的具体表现。但《东海有勇妇》毕竟不是《精微篇》的翻版,两者的故事类型虽然相同,但所本之事绝无因袭,前者乃东海妇人为夫报仇,后者是关东女子苏来卿替父报仇。因此,在表达精诚所至、大仇必报这一共同主旨的基础上,前者放弃了后者所赞誉的孝道,转而歌颂女性的果决与勇气。在本事与典故关系的处理上,《东海有勇妇》也一改《精微篇》中因对本事的叙述过于单薄而导致的与典故主次关系的模糊不明,通过加大本事的叙述篇幅,精简典故数量、精练典故陈述建立起两者的主辅关系。

　　李白在乐府诗的创作上自有其明确、成熟的创作观念,其乐府诗成就的取得也得益于此。关于李白乐府诗创作观念的具体内涵学界

（接上页）文未必相袭,故依前曲,改作新歌五篇。不敢充之黄门,近以成下国之陋乐焉。"逯钦立辑校:《先秦汉魏晋南北朝诗》卷六,北京:中华书局,1983 年,第 427 页。可见其对汉代《鼙舞歌》在曲辞方面自觉的恪守。有关曹植《鼙舞歌》五曲对章帝《鼙舞歌》五曲的仿写研究,见〔日〕柳川顺子:《汉代鼙舞歌辞考究——以曹植〈鼙舞歌〉为线索》,《乐府学》2015 年第 2 期,第55—63 页。其中涉及对曹植《精微篇》与《关东有贤女》摹仿关系的阐释。

已多有探讨①，虽然结论不尽相同，但有一点可达成共识，那就是强调对乐府古题的回归，这一方面表现在对古题乐府本事原辞的恪守，另一方面则表现在对本事原辞思想内容、情感主旨等的吸收利用。由于在乐府诗的五大基本构成要素即曲名、曲调、本事、体式、风格中，本事是最能维护古题自身传统的一个，因此对待本事的态度及在创作中处理本事的方式自然就成为李白乐府诗创作观念的核心。另一个事实是，李白的乐府创作观往往并不表现为系统完整的理论篇章，而是落实到创作过程中，化为具体的方法路径，自注便是其一。在上述五首乐府诗中，李白通过自注交代乐府旧题始辞及题目，不仅体现了其正本清源、推尊本事的自觉意识，而且凸显出己作与乐府古题的深刻关联。同时，又通过自注措辞的细微变化，诠释其在不同情况下处理始辞本事的不同方式。言"拟某古题乐府"者，表示己作对古题本事的严格承袭，"仿"多于"创"，即胡震亨所言用古题之本意；而言"仿某古题乐府"者，则表示己作对古题本事是利用与创变并存，且后者多于前者，也就是胡震亨所说的"另出新意"。括而言之，这些自注看似琐屑寻常，实乃诠释和印证李白乐府诗创作观念的重要材料。

　　如果说李白的诗注反映了其对古题乐府原辞本事的恪守，那么杜甫《愁》诗自注"强戏为吴体"②则是其探索诗体创变的力证。吴体

① 关于李白古乐府学的探讨，主要有以下文章：郁贤皓：《论李白乐府的特质》，《李白学刊》第1辑，上海：上海三联书店，1989年，第41—52页；傅如一：《李白乐府论》，《文学遗产》1994年第1期，第25—33页；葛晓音：《论李白乐府的复与变》，《文学评论》1995年第2期，第5—13页；向回：《从本事的掌握和运用看李白"古乐府之学"》，赵敏俐主编：《中国诗歌研究》第6辑，北京：中华书局，2009年，第182—196页；王辉斌：《李白"古乐府学"及其批评史意义》，《重庆第二师范学院学报》2013年第2期，第78—83页。对李白古乐府学的含义，各家观点虽不尽相同，但就严格恪守乐府古题本事、本辞、曲调这点，持论则基本一致。
② 〔唐〕杜甫著，〔清〕仇兆鳌注：《杜诗详注》卷一八，第1599页。

之名源于此注,但自注并未对这一诗体进行细述。首次将"吴体"作为正式概念提出的是宋代方回的《瀛奎律髓》①。此后,学者们对杜甫吴体诗的内涵、基本特征、渊源承继等问题进行了持续不断的探讨,虽仍存在不少争议之处②,但也形成了四点共识。一是吴体诗为杜甫首创。老杜之前既无"吴体"之名,亦无"吴体"这一诗歌类型。二是吴体诗与七言律诗有相同之处,都为七言八句、押平声韵并且中间四句对仗。三是不遵循标准七律的平仄声律规范,存在通篇失粘、失对、失替、三平脚、孤平等问题,却不补救,这也是吴体诗与普通七言拗律的本质区别。四是齐梁体、吴均体与吴体渊源颇深,后者对前两者的继承主要表现在押平声韵脚及中间两联的对仗,但是将用韵与对仗由齐梁体与吴均体常用的五言八句诗转入七言八句诗中。

　　杜甫关于"吴体"的自注是其探索诗体创变的生动诠释。作为杜诗集中仅有的一条提出"吴体"这一全新诗歌体式的自注,其具有重要的诗体学意义。有研究者已对此自注进行过较为深入的分析,并指出其价值在于彰显杜甫对传统诗体的创新与突破意识,及其对非正统诗歌样式的兼收并包态度③。此论诚是。笔者仅对上述未备之

---

① 《瀛奎律髓》卷二五"拗字类"序:"拗字诗在老杜集七言律诗中,谓之'吴体',老杜七言律一百五十九首,而此体凡十九出。不止句中拗一字,往往神出鬼没。虽拗字甚多,而骨骼愈峻峭……唐诗多此类,独老杜'吴体'之所谓拗,则才小者不能为之矣。"〔元〕方回选评,李庆甲集评校点:《瀛奎律髓汇评》卷二五,上海:上海古籍出版社,2005年,第1107页。

② 学界专门论及或涉及杜甫吴体诗的研究成果较多,此处不一一举出。现有成果争议较大之处主要有以下三点:一是杜甫吴体诗在诗体类型上究竟属于七古还是七言拗律;二是语言的俚俗究竟是否能被视为"吴体"不可或缺的本质特征;三是"吴体"之"吴"是否包含"吴音""吴调"之意。换言之,杜甫的吴体诗是否脱胎于唐代吴地民歌。

③ 关于杜甫《愁》诗自注体现的诗体革新意识,详见徐迈:《杜诗自注与诗歌境域的开拓》,《安徽大学学报(哲学社会科学版)》2010年第6期,第37页。

处做一点补充。杜甫的"吴体"自注不仅是其诗体革新意识的实证，而且也使被注诗歌成为吴体诗的首个创作范本，进而作为后来者仿效及探究这一诗体的重要依据。杜甫《愁》诗及注虽未对"吴体"进行专门的概念界定及特征描述，但采取了以例代论的方式呈现吴体诗在形式、韵律等方面的基本创作规则。换言之，杜甫在自注中将《愁》诗称为"吴体"，那么此诗的创作规范及形式特征便是吴体诗的样板，其中包含着对该诗体写作规则的限定。《愁》诗自注特别指出此诗为吴体，具有开宗明义的意味，是诗人对一种新诗体及其创作范式的宣告，之后的同体诗作均遵循与其相同的形式、格律。因此，杜集中虽有若干吴体篇目，但仅于开篇之作《愁》诗中以注声明。后世学者意识到杜甫吴体诗的存在并对其进行分析探讨，也有赖于该诗自注。如北宋蔡宽夫《诗话·律诗体格》云："文章变态固亡穷尽，然高下工拙亦各系其人才。子美以'盘涡鹭浴底心性，独树花发自分明'为吴体……虽若为戏，然不害其格力。"[1]所举诗句即出自杜甫《愁》诗。蔡氏称此诗为"吴体"并注意到其对七言律诗声律规范的突破，就是因为自注的提点。再如杨伦在解读《愁》诗时，同样是从该诗题下关于"吴体"的注释入手，指出这一诗体在声律上的突破性及其对诗人非常之情态表达的辅助功用："戏者明其非正律也。《杜臆》：公胸中有抑郁不平之气，每以拗体发之。"[2]当世学者对杜甫吴体诗及后续仿"吴体"之作特征的辨析归纳，也大多遵循从总结《愁》诗的诗体特征入手，再以之观照其他同体篇目的思路，并进而以诗体特征为准绳，明确杜甫吴体诗及其仿作的数量与具体篇目名称。可以说，由于《愁》诗自注起到了推介、强调"吴体"这一有别于一般七

---

① 郭绍虞辑：《宋诗话辑佚》，北京：中华书局，1980年，第387页。
② 〔唐〕杜甫著，〔清〕杨伦笺注：《杜诗镜铨》，上海：上海古籍出版社，1981年，第739页。

言古、律的新诗体样板的作用,对该诗体形式、格律特征的勾勒概括才有了最初也是最基本的依据。

第四节　中唐诗歌自注的基本面貌

一、中唐诗歌自注总体发展状况

中唐时期有 1275 首自注诗,分属 95 位诗人,人均超过 13 首。这一时期使用自注的诗人数量是盛唐的 3 倍多,自注诗总量则是其 4 倍以上,进入唐诗自注发展的巅峰阶段。95 位诗人中,高于自注诗均值者 11 人,共有自注诗 1057 首,占自注诗诗人总数的 11.6%,占自注诗总数的 82.9%,分别是:刘长卿 31 首、韦应物 35 首、顾况 15 首、卢纶 23 首、权德舆 50 首、刘禹锡 107 首、元稹 155 首、白居易 475 首、李德裕 43 首、李绅 60 首、皎然 63 首。接近均值的有 3 人①,共有自注诗 35 首,占自注诗诗人总数的 3.2%,占自注诗总数的 2.7%,分别是:欧阳詹 12 首、吕温 11 首、孟郊 12 首②。明显低于均值的有 81

---

① 接近均值的计算标准为:诗人的自注诗数量至少达到人均值 13 首的 80% 即 11 首。

② 14 位诗人的自注诗统计,所据版本如下:储仲君撰:《刘长卿诗编年笺注》,北京:中华书局,1996 年;孙望编著:《韦应物诗集系年校笺》,北京:中华书局,2002 年;王启兴、张虹注:《顾况诗注》,上海:上海古籍出版社,1994 年;〔唐〕卢纶著,刘初棠校注:《卢纶诗集校注》,上海:上海古籍出版社,1989 年;〔唐〕权德舆撰,郭广伟校点:《权德舆诗文集》,上海:上海古籍出版社,2008 年;〔唐〕刘禹锡著,瞿蜕园笺证:《刘禹锡集笺证》,上海:上海古籍出版社,1989 年;杨军笺注:《元稹集编年笺注》,西安:三秦出版社,2002 年;谢思炜撰:《白居易诗集校注》,北京:中华书局,2006 年;〔唐〕李德裕撰,傅璇琮、周建国校笺:《李德裕文集校笺》,北京:中华书局,2018 年;〔唐〕李绅著,卢燕平校注:《李绅集校注》,北京:中华书局,2009 年;华忱之、喻学才校(转下页)

人,共有自注诗 183 首,占自注诗诗人总数的 85.3%,占自注诗总数的 14.4%。

由上可见,一方面诗歌自注在中唐时期运用得更加广泛,这不仅表现为使用诗歌自注的人数显著增加,也体现在与自注诗均值相关的比例变化上。较之盛唐,中唐时期超过自注诗人均值的诗人数及自注诗比例均有所下降。盛唐有 16.7% 的诗人自注诗数高于均值①,占当时自注诗总数的 84.5%;中唐则有 11.6% 的诗人自注诗数高于均值,占当时自注诗总数的 82.9%。反之,低于自注诗均值的盛唐诗人比例为 83.3%,自注诗占比 15.5%;而自注诗均值线下的中唐诗人及自注诗占比则分别增至 88.4% 和 17.1%。中唐时期绝大多数诗人的自注诗数量显然是低于均值的,这说明其并非推动诗歌自注发展的决定力量,但他们在人数和自注诗数量占比上的增加,意味着自注这一诗歌阐释方式在中唐获得了更普遍的接受与使用。

另一方面,中唐诗歌自注的鼎盛繁兴虽然离不开诗人们的合力助推,但主力依然是自注诗数高于均值的少数诗人。他们的自注诗占当时自注诗总数的八成以上,是推动中唐诗歌自注发展的绝对力量。白居易是其中用力最勤者。同为使用诗歌自注的典型代表,杜甫自注诗占盛唐自注诗总量的 43.4%,占当时均值线以上自注诗总量的 51.4%。而白居易自注诗的相应占比则分别缩至 37.3% 与 44.9%。这也再次证明无论是与白居易同属自注诗高产层的还是低于自注诗均值的中唐诗人,对诗歌自注的运用都较之此前更盛。就中唐诗歌自注高产群的几位诗人而言,权德舆于贞元十七至十九年

（接上页）注:《孟郊诗集校注》,北京:人民文学出版社,1995 年;其余 3 人的自注诗数量统计均以中华书局 1960 年版《全唐诗》为依据。

① 盛唐 30 位诗人共有 297 首自注诗,人均约 10 首。达到或高于均值者分别为:储光羲 11 首、李白 37 首、岑参 62 首、高适 12 首、杜甫 129 首,5 人有自注诗共计 251 首。

（801—803）连续三年知贡举①，同时又是贞元诗坛的领袖，受其栽培影响的门生才俊众多，其中不少人后来成长为中唐中后期文坛、政坛的中坚力量。权德舆对诗歌自注的积极运用，势必会引领以自注入诗的诗坛风尚，从而使这一现象更为普遍。使用诗歌自注尤为积极的白居易、元稹、李绅、刘禹锡又保持着频密的诗文往来，彼此的影响带动使自注在其诗歌中获得充分的发展。总之，追步诗坛领袖及诗人间的相互仿效是导致中唐诗歌自注繁荣的重要因素。

二、中唐诗歌自注中的新现象

唐诗自注在中唐发展至顶峰，生成了三个此前未有的新现象。第一，出现了说明次韵情况的自注。此类注释集中在白居易、元稹、刘禹锡酬和类长篇排律中，共 15 处：白居易《酬郑侍御多雨春空过诗三十韵》："次用本韵。"②白居易《戏和微之答窦七行军之作》："依本韵。"③刘禹锡《酬杨八庶子喜韩吴兴与予同迁见赠》："依本韵次用。"④元稹《酬许五康佐》："次用木韵。"⑤元稹《酬乐天书怀见寄》："次用本韵。"⑥元稹《酬窦校书二十韵》："次本韵。"⑦元稹《酬友封话

---

① 《旧唐书》卷一四八《权德舆传》："贞元十七年冬，以本官知礼部贡举，来年，真拜侍郎，凡三岁掌贡士，至今号为得人。"〔后晋〕刘昫等撰：《旧唐书》卷一四八《权德舆传》，第 4003 页。

② 谢思炜撰：《白居易诗集校注》卷二六，第 2070 页。

③ 谢思炜撰：《白居易诗集校注》卷二八，第 2203 页。此诗对应的是元稹《戏酬副使中丞见酬四韵》，属于次韵诗的变形。元稹诗为四句，分别押"全""天""船""钱"韵，白居易诗为八句，首二句与末二句与元诗用韵及次序同，中间四句增加"仙""传"韵。

④ 〔唐〕刘禹锡著，瞿蜕园笺证：《刘禹锡集笺证·外集》卷六，第 1342 页。

⑤ 杨军笺注：《元稹集编年笺注》，第 294 页。

⑥ 杨军笺注：《元稹集编年笺注》，第 296 页。

⑦ 杨军笺注：《元稹集编年笺注》，第 407 页。

旧叙怀十二韵》："依次重用本韵。"①元稹《和友封题开善寺十韵》：
"依次重用本韵。"②元稹《酬段丞与诸棋流会宿弊居见赠二十四韵》：
"次用本韵。"③元稹《和乐天送客游岭南二十韵》："次用本韵。"④元
稹《酬李甫见赠十首》："各酬本意，次用旧韵。"⑤元稹《和东川李相
公慈竹十二韵》："次本韵。"⑥元稹《酬东川李相公十六韵》："次用本
韵。"⑦元稹《酬乐天江楼夜吟稹诗因成三十韵》："次用本韵。"⑧元稹
《酬乐天喜邻郡》："此后并越州酬和，并各次用本韵。"⑨

　　次韵诗又称步韵诗，指按照原唱韵字及韵次所创作的和诗。
中唐之前的体式注常有对诗歌用韵的说明，但并不见于唱和诗而
是出现在同题或分题的共时性群体赋咏中，专门交代唱和诗用韵
的自注首见于中唐。以酬和诗诗题及次韵自注为线索，通过酬答
之作的韵字、韵次及大意，即能准确获知原唱篇目的旨意及用韵，
这为次韵唱和诗的搜集整理及深入研究提供了便利。若无自注标
识，无疑会增加次韵诗的判定难度。特别是对原唱已亡佚的和诗
来说，若无自注提示，其次韵属性可能难以被发现。如白居易《酬
郑侍御多雨春空过诗三十韵》，郑鲂所作原唱现已不存⑩，但据题下

① 杨军笺注：《元稹集编年笺注》，第 409 页。
② 杨军笺注：《元稹集编年笺注》，第 410 页。
③ 杨军笺注：《元稹集编年笺注》，第 490 页。
④ 杨军笺注：《元稹集编年笺注》，第 569 页。
⑤ 杨军笺注：《元稹集编年笺注》，第 608 页。
⑥ 杨军笺注：《元稹集编年笺注》，第 751 页。
⑦ 杨军笺注：《元稹集编年笺注》，第 753 页。
⑧ 杨军笺注：《元稹集编年笺注》，第 822 页。
⑨ 杨军笺注：《元稹集编年笺注》，第 877 页。
⑩ 《酬郑侍御多雨春空过诗三十韵》中的郑侍御为郑鲂。参见谢思炜撰：《白居
　易诗集校注》卷二六，第 2071 页注释 1。其诗作未见于各类文献，可知应无
　作品留存。

自注可判定郑、白二诗为次韵唱和。白诗所押依次为"狂""忙""光""疮""黄""肠""房""香""妆""长""茫""祥""滂""阳""张""藏""妨""娘""忘""将""襁""羊""伤""扬""床""彰""墙""芳""良""章"三十韵。诗以南方淫雨起篇,引出对民生疾苦的体恤挂怀,落脚于为民之良吏、解民之苦痛的决心表白。由此可推知郑鲂原唱之用韵及主旨大意。

　　目前所见有关次韵唱和的最早记载出自杨衒之《洛阳伽蓝记》中王肃妻的故事。王肃舍江南妻谢氏而娶魏元帝女,谢氏赠肃诗一首,以"丝""时"为韵,元帝女代肃答诗亦以"丝""时"为韵,次序不变①。可见,次韵唱和在南北朝时期已出现。而唐代最早的次韵唱和可追溯至贞元年间李益的《赠内兄卢纶》与卢纶的和作《酬李益端公夜宴见赠》②。但无论是王肃故妻与元帝之女还是李、卢的次韵唱答,均是偶一为之的五言二韵短篇,且并未对诗歌的次韵性质做特别说明。而元、白、刘虽非次韵诗的创始者,却对其有革新变化之功:不仅开启以长篇排律次韵唱和的先河,从而提升次韵唱和的技巧难度,而且以持续频繁的创作实践使次韵唱答由偶尔为之变为一种

---

① 《洛阳伽蓝记校释》卷三"正觉寺":"肃在江南之日,聘谢氏女为妻,及至京师,复尚公主。谢作五言诗以赠之。其诗曰:'本为箔上蚕,今作机上丝。得路遂胜去,颇忆缠绵时。'公主代肃答谢云:'针是贯线物,目中恒任丝。得帛缝新去,何能纳故时。'肃甚有愧谢之色,遂造正觉寺以憩之。"〔魏〕杨衒之撰,周祖谟校释:《洛阳伽蓝记校释》卷三,北京:中华书局,2010年,第109页。

② 李益《赠内兄卢纶》:"世故中年别,余生此会同。欲将悲与病,独对朗陵翁。"王亦军、裴豫敏编注:《李益集注》,兰州:甘肃人民出版社,1989年,第266页。卢纶《酬李益端公夜宴见赠》:"戚戚一西东,十年今始同。可怜歌酒夜,相对两衰翁。"〔唐〕卢纶著,刘初棠校注:《卢纶诗集校注》卷二,第167页。原唱与答诗均为五言二韵,李益原唱用"同""翁"韵,卢纶答诗韵字及韵次与之同。

创作时尚①。同时,开始用自注标识次韵诗篇,以此将这类对诗人技艺要求极高的唱和方式与普通唱和相区别,这既是对次韵诗特质的显扬,更是诗人对自我基于功力才思的诗歌驾驭力的彰显。

第二,阐释典故的自注开始大量出现。中唐之前自注释典的情况既已存在,但极其少见,而且侧重说明典故在诗歌语境中的实际指涉。如岑参《梁园歌送河南王说判官》中"单父古来称宓生,只今为政有吾兄"句下注云:"家兄时宰单父。"②诗句用了宓子贱鸣琴治单的典故③,但自注却并未对其进行解释,而是特意强调诗句所指的与典故相类的实际情况,交代用典原因。中唐时期则有 10 位诗人的 63 首诗歌使用了释典自注④。这相对于中唐自注诗总量而言并不足

---

① 卞孝萱指出次韵诗为元稹首创,第一首次韵诗篇为元稹元和五年(810)在江陵府所作《酬乐天抒怀见寄》。具体论述见其《唐代次韵诗为元稹首创考》,《晋阳学刊》1986 年第 4 期,第 93—95 转 6 页。元稹《酬乐天余思不尽加为六韵之作》自注云:"乐天曾寄予千字律诗数首,予皆次用本韵酬。后来遂以成风耳。"张表臣云:"前人作诗,未始和韵。自唐白乐天为杭州刺史,元微之为浙东观察,往来置邮筒倡和,始依韵,而多至千言,少或百数十言,篇章甚富。"〔宋〕张表臣:《珊瑚钩诗话》卷一,〔清〕何文焕辑:《历代诗话》,北京:中华书局,2004 年,第 458 页。卞孝萱与张表臣认为元白开次韵唱和先河,显然有误。可以确定的是,元白间的次韵创作自元和五年通江唱和始,至长庆二年到大和三年(822—829)杭越唱和持续不绝,并引发当时文士的仿效风潮。

② 〔唐〕岑参撰,廖立笺注:《岑嘉州诗笺注》卷二,第 313 页。

③ 《吕氏春秋·开春论第一·察贤》:"宓子贱治单父,弹鸣琴,身不下堂而单父治。"张双棣、张万彬等译注:《吕氏春秋译注》,长春:吉林文史出版社,1987 年,第 763 页。

④ 10 位诗人 63 首运用释典自注的诗歌分别为:皎然《苕溪草堂自大历三年夏新营泊秋及春弥觉境胜因纪其事简潘丞述汤评事衡四十三韵》《早春书怀寄李少府仲宣》《述祖德赠湖上诸沈》《奉和陆使君长源夏月游太湖》《哭吴县房耸明府》;落蕃人毛押牙《九日同诸公殊俗之作》;权德舆《八月十五日夜瑶台寺对月绝句》;羊士谔《都城从事萧员外寄海梨花诗尽绮丽至惠（转下页）

道,但较之此前确实是值得关注的新变化。中唐诗歌的释典自注重在交代典故的来源出处。如白居易《青毡帐二十韵》中,"王家夸旧物,未及此青毡"句下注便指出句中的事典出处:"王子敬语偷儿云:'青毡我家旧物。'"①青毡之典出自《晋书·王献之传》,王献之庇护旧毡的故事是诗人表达对自家青毡帐喜爱之情的铺垫。自注截取了

（接上页）然远及》;白居易《题卢秘书夏日新栽竹二十韵》《东南行一百韵寄通州元九侍御澧州李十一舍人果州崔二十二使君开州韦大员外庾三十二补阙杜十四拾遗李二十助教员外窦七校书》《听弹湘妃怨》《和寄乐天》《和微之诗二十三首·和三月三十日四十韵》《寄殷协律》《双鹦鹉》《和春深二十首·十四》《想东游五十韵》《尝黄醅新酎忆微之》《病眼花》《寄卢少卿》《裴侍中晋公以集贤林亭即事诗二十六韵见赠猥蒙征和才拙词繁辄广为五百言以伸酬献》《裴常侍以题蔷薇架十八韵见示因广为三十韵以和之》《青毡帐二十韵》《吴秘监每有美酒独酌独醉但蒙诗报不以饮招辄此戏酬兼呈梦得》《雪中酒熟欲携访吴监先寄此诗》《与梦得偶同到敦诗宅感而题壁》《戏赠梦得兼呈思黯》《又和令公新开龙泉晋水二池》《书事咏怀》《罢灸》《自解》《酬梦得贫居咏怀见赠》《酬梦得见喜疾瘳》《宣州崔大夫阁老忽以近诗数十首见示吟讽之下窃有所喜因成长句寄赠郡斋》《老病幽独偶吟所怀》《偶吟》《逸老》《病中看经赠诸道侣》《池鹤八绝句·乌赠鹤》《池鹤八绝句·鹤答乌》《哭刘尚书梦得二首·其一》《开龙门八节石滩诗二首·其二》《咏身》《吹笙内人出家》;刘禹锡《蜀先主庙》《武陵书怀五十韵》《送僧方及南谒柳员外》《自左冯归洛下酬乐天兼呈裴相公》《酬乐天醉后狂吟十韵》《和杨侍郎初至郴州纪事书情题郡斋八韵》《酬浙东李侍郎越州春晚即事长句》《浙西李大夫示述梦四十韵并浙东元相公酬和斐然继声》《和西川李尚书伤韦令孔雀及薛涛之什》;元稹《望云骓马歌》《和乐天送客游岭南二十韵》《酬乐天江楼夜吟稹诗因成三十韵》;李绅《忆万岁楼望金山》《欲到西陵寄王行周》;姚合《杏溪十首·石潭》;李德裕《郊坛回舆中书二相公蒙圣慈召至御马前仰感恩遇辄书是诗兼呈二相公》《汉州月夕游房太尉西湖》《仆射相公偶话于故集贤张学士厅写得德裕与仆射旧唱和诗其时和者五人惟仆射与德裕皆列高位凄然怀旧辄献此诗》《重忆山居六首·罗浮山》。

① 谢思炜撰:《白居易诗集校注》卷三一,第 2384 页。

典故中与诗句相扣合的片段①,指明了诗句所本,从而强调了诗中作为类比对象的故事的真实性,诗人极力表达的比王献之更胜一筹的珍视旧物之情才更具说服力。再如姚合《杏溪十首·石潭》"漱漱鱼相逐"句下注"潘岳赋'玩游鲦之漱漱'"②指出"漱漱"一词及整句乃出自潘岳《秋兴赋》。释典的一个重要目的在于实现诗歌情思主旨的充分表达,上举白诗自注便是个中典型。因此,对典故的注释实则反映出中唐时期自注对诗歌内蕴情感层面的阐释力度,而诗与注的这种纵深层面的融合也折射出中唐诗人崇实尚尽的创作观念。

从释典自注提供的典故出处可知,中唐诗歌的用典来源不仅包括文学、史学、儒佛道经典,如《诗经》《楚辞》、汉晋赋、《史记》《汉书》《礼记》《维摩经》《神仙传》等,也包括流行于民间的谚语歌谣甚至医学典籍。如刘禹锡《蜀先主庙》题下注"汉末谣:黄牛白腹,五铢当复"③旨在说明诗中"业复五铢钱"一句本于汉末民间童谣。元稹《望云骓马歌》诗中"峥嵘白草眇难期,谹洞黄泉安可入"句下注"白草、谹洞,并雒谷中地名。古谚云:谹洞入黄泉"④指出诗歌后半句是对民间谚语的化用。刘禹锡《武陵书怀五十韵》中"禽惊格磔起,鱼戏噞喁繁"句下注"《本草经》曰:鹨鸹声如钩辀格磔者是也"⑤陈明诗句中"格磔"一词本自医学经典《本草经》。总之,无论是典籍所载还是里巷所传,中唐诗人均能熟稔于心并信手拈来随机化用于诗歌,才学功力之深厚显而易见。诗人们通过自注典源的方式,不但

---

① 王献之护旧青毡的故事见《晋书》,原文云:"夜卧斋中,而有偷人入其室,盗物都尽。献之徐曰:'偷儿,青毡我家旧物,可特置之。'"〔唐〕房玄龄等:《晋书》卷八〇《王献之传》,第 2105 页。
② 〔唐〕姚合著,吴河清校注:《姚合诗集校注》卷七,第 356 页。
③ 〔唐〕刘禹锡著,瞿蜕园笺证:《刘禹锡集笺证》卷二二,第 594 页。
④ 杨军笺注:《元稹集编年笺注》,第 187 页。
⑤ 〔唐〕刘禹锡著,瞿蜕园笺证:《刘禹锡集笺证》卷二二,第 606 页。

有意彰显了其博学广识的能力,而且诠释出崇学尚典的诗歌创作观念。

　　第三,反映文学活动的自注数量显著增加,内容更为丰富。提供文学创作情况的自注始于盛唐,但仅见于储光羲、孙逖、杜甫 3 位诗人的 4 首诗歌中,占此时期自注诗总数的 1.3%。中唐则有 16 位诗人的 123 首诗歌在自注中保存了文学创作、诗人交往的信息,占此时期自注诗总数的 9.6%,无论是诗人及诗歌数量还是比例值都有比较明显的增长。123 首自注诗分布如下:白居易 68 首、元稹 23 首、李绅 9 首、刘禹锡 6 首、皎然 6 首、韦应物、张贾、沈传师、欧阳詹、无可、朱昼、裴度、姚合、孟郊、羊士谔、权德舆各 1 首。反映诗人创作交往情况的自注主要出现在白居易、元稹、李绅、刘禹锡、皎然 5 人的诗歌中,其中又以白居易为最。自注分布的相对集中,一方面是由于白居易、元稹、刘禹锡、李绅四人之间保持着以才华相当、创作观念相类为基础的长期密切交往,因此诗歌往来就成为其巩固、促进彼此情分的重要手段,也是他们分享创作成果、交流创作理念、了解彼此创作优劣的有效途径。而诗人们也热衷于在诗歌往还中示己之才、论人之作并借助注释深化拓展诗歌所未尽之处,以期实现彼此跨越空间的切磋琢磨。从实际情况看,白居易 68 首自注文人创作交往情况的诗歌中,有 27 首的自注与刘禹锡、元稹、李绅相关;刘禹锡 6 首同类自注诗中有 2 首与白居易相关;元稹 23 首同类自注诗中有 14 首与李绅、白居易相关;李绅 9 首同类自注诗中有 3 首与刘禹锡、元稹相关。如白居易《编集拙诗成一十五卷因题卷末戏赠元九李二十》中"苦教短李伏歌行"句下注云:"李二十尝自负歌行,近见予乐府五十首,默然心伏。"①从中虽可见李绅对自己乐府歌行创作水平的高度肯定,实则也显示出白居易乃至时人对其的推崇认可;而白居易以李绅的

①　谢思炜撰:《白居易诗集校注》卷一六,第 1334 页。

"默然心伏"作为衡量自己新乐府五十首创作水准的标杆,亦足见他对李绅乐府歌行成就的服膺。再如李绅《新楼诗二十首》题下注云:"到越州日,初引家累登新楼,望镜湖,见元相微之题壁诗云:'我是玉京天上客,谪居犹得小蓬莱。四面寻常对屏障,一家终日在楼台。'微之与乐天此时只隔江津,日有酬和相答。时余移官九江,各乖音问。顷在越之日,荏苒多故,未能书壁。今追思为《新楼诗》二十首。"①自注不仅保留了元稹的一首题壁诗,而且以追忆之笔复现白、元苏、越唱和的盛况②。据自注所言,李绅在江州刺史任期间几乎与两位好友失去了联系。尽管如此,他却依然能得知其诗歌唱酬的情况,这应当是之后通过与元、白的诗文往还获悉的,三人亲厚的情分可见一斑。由上可见,诗人们深厚的交谊与频密的诗文往还,是激发其以自注记录并评价彼此文学创作实况的重要动力。

另一方面,则与上述 5 位诗人自觉强烈的作品传播意识有关。对自己作品的保存编集是诗人们延续声名,实现立言以不朽之理想的有效途径。《吴兴昼上人诗》十卷虽由于頔奉命纂订,但皎然提供了集中全部的 546 首诗歌,并请求于頔为诗集作序③。由是可见诗人对自己作品保存之慎,欲传诗名于世的意愿之强烈。白居易在元和十年初至会昌五年(845)的三十年时间里曾前后七次对自己的作品

① 〔唐〕李绅著,卢燕平校注:《李绅集校注》,第 160—161 页。
② 《新楼诗二十首》题下注提到的元、白唱和,正值李绅任职江州,居九江时期。据《旧唐书》卷一七三《李绅传》,宝历元年(825)李绅由端州司马量移为江州长史。据谢思炜《白居易诗集校注》附录之白居易年谱简编,这一时期白居易在苏州刺史任,元稹为浙东观察使兼越州刺史。因此,自注所指当为白、元的苏、越唱和。
③ 参见〔唐〕于頔:《释皎然杼山集序》,〔清〕董诰等编:《全唐文》卷五四四,上海:上海古籍出版社,1990 年,第 2444 页;万曼:《唐集叙录·皎然集》,开封:河南大学出版社,2008 年,第 88—90 页。

整理分帙,并将最终定本《白氏文集》录为五本分置五处①。其中两本分别交予侄儿龟郎与外孙谈阁童保存,目的就是为了"藏于家,传于后"②。这是白居易实现自我声名与影响力在家族内部延续的重要方式。元稹诗作于朝野甚至番邦异域都备受推崇,"每一章一句出,无胫而走,疾于珠玉"③。这是其亲编诗文一百卷的重要动因,而对作品的整理编集又进一步加速了其诗名的流传。李绅于开成三年(838)将109首诗编为《追昔游》三卷,起于元和十四年山南西道节度判官任上所作《南梁行》,讫于开成三年宣武军节度使任上所作《到宣武三十韵》,记录了其宦海二十载的浮沉经历④。而诗歌自注中记述自我交游、唱和活动、作品流传的文字正是诗人期待流传于后,为世人所周知的重要内容,也反映出其传文以立名,期待异代知音的心理诉求。

　　中唐时期反映文学活动的自注在内容上实现了两方面的拓展。一是提供诗人交游往来、作品创作传播的信息。盛唐时期交代诗文创作情况的自注主要保存了零星的逸诗诗题、残句及诗评。这些虽能为考察诗人往来、诗歌传播、诗坛创作风尚等问题提供线索,但信息量极其有限。中唐诗注则正面提供了大量诗人交往、诗文创作编集及诗曲传播方面的信息,在细化、延伸诗歌文本内容的同时,还原了诗歌生成、流传及诗人间交道往来的生动背景。如白居易《余思未

---

① 白居易自编诗文集详情的论述,见万曼:《唐集叙录·白氏之集》,第305—306页。
② 白居易:《白氏长庆集后序》,〔唐〕白居易著,朱金城笺校:《白居易集笺校·外集》卷下,第3916页。
③ 白居易:《唐故武昌军节度处置等使正议大夫检校户部尚书鄂州刺史兼御史大夫赐紫金鱼袋赠尚书右仆射河南元公墓志铭并序》,〔唐〕白居易著,朱金城笺校:《白居易集笺校》卷七〇,第3738页。
④ 万曼:《唐集叙录·追昔游编》,第323—324页。

尽加为六韵重寄微之》中"走笔往来盈卷轴"句后注云："予与微之前后寄和诗数百篇,近代无如此多有也。"①此诗作于长庆三年,而元、白交谊始于贞元十八年二人同于长安参加制科考试之时。该注交代了两人相交二十余载诗歌唱和的大致情况,更重要的是提供了元白唱和诗数量为时人之最这一重要信息,可作为元白唱和诗乃至唐代诗歌唱和研究的可靠材料。"制从长庆辞高古"句后注:"微之长庆初知制诰,文格高古,始变俗体,继者效之也。""诗到元和体变新"句后注:"众称元、白为千字律诗,或号元和格。"两条自注分别指出元稹在文体、文风、诗体革新方面的成就及其所创长篇排律对诗坛的影响。这无论是对元稹诗文、唐代公文还是对唐代诗文传播研究都具有重要的文献参考价值。再如朱昼《喜陈懿老示新制》中"将攀下风手,愿假仙鸾翼"句后自注"予欲见诗人孟郊,故寄诚于此"②不仅明确了陈懿老、孟郊、朱昼三人的交往关系,而且提供了考察朱昼诗歌创作及韩孟诗派影响力的重要线索。已有学者在综合包括此诗及自注在内的系列资料的基础上指出朱昼诗歌有效仿孟郊的明显痕迹③,于此可见孟郊在贞元时期的影响力已辐射到韩孟诗派之外。总之,中唐时期包含诗人交往及诗歌创作、传播信息的系列自注不仅可以作为证补史载的文献资料,更可成为探究当时诗坛创作思潮与动向的可靠线索。

二是中唐诗人开辟出以己诗注己诗的新途径,且不局限于唱和诗篇。这与盛唐诗人仅在唱和之作中用他人诗句为己诗作注的情况明显不同。中唐时期共有10首诗歌采用了引己诗为注的方式,具体

———————

① 谢思炜撰:《白居易诗集校注》卷二三,第1801页。

② 〔清〕彭定求等编:《全唐诗》卷四九一,第5561页。

③ 傅璇琮主编:《唐才子传校笺》卷五《朱昼传》,北京:中华书局,1989年,第312—313页。

如下:白居易《酬元九对新栽竹有怀见寄》题下注:"顷有赠元九诗云:'有节秋竹竿。'故元感之,因重见寄。"①《闻杨十二新拜省郎遥以诗贺》"官职声名俱入手,近来诗客似君稀"句下注:"顷曾有赠杨诗,落句云:'不用更教诗过好,折君官职是声名。'今故云'俱入手'。"②《花前叹》"前岁花前五十二,今年花前五十五。岁课年功头发知,从霜成雪君看取"句下注:"五年前,在杭州有诗云:'五十二人头似霜。'"③《对镜吟》"二十年前一茎白,如今变作满头丝"句下注:"余二十年前尝有诗云:'白发生一茎,朝来明镜里。勿言一茎少,满头从此始。'今则满头矣。"④《秋游平泉赠韦处士闲禅师》"昔尝忧六十,四体不支。今来已及此,犹未苦衰羸"句下注:"予往年有诗云:'二十气太壮,胸中多是非。六十年太老,四体不支。'今故云。"⑤《洛城东花下作》"记得旧诗章,花多数洛阳"句下注:"旧诗云:'洛阳城东面,今来花似雪。'又云:'更待城东桃李发。'又云:'花满洛阳城。'"⑥《醉后听唱桂华曲》题下注:"诗云:'遥知天上桂华孤,试问常娥更有无?月宫幸有闲田地,何不中央种两株?'此曲韵怨切,听辄感人,故云耳。"⑦《听歌六绝句·听都子歌》题下注:"词云:'试问常娥更要无。'"⑧元稹《酬翰林白学士代书一百韵》"勇赠栖鸾句,惭当古井诗"句下注:"予赠乐天诗云:'皎彼鸾凤姿。'乐天赠予诗云:'无波古井水。'"及"山岫当街翠,墙花拂面枝"句下注:"昔予赋诗云:

---

① 谢思炜撰:《白居易诗集校注》卷一,第 63 页。
② 谢思炜撰:《白居易诗集校注》卷一七,第 1401 页。
③ 谢思炜撰:《白居易诗集校注》卷二一,第 1681 页。
④ 谢思炜撰:《白居易诗集校注》卷二一,第 1710 页。
⑤ 谢思炜撰:《白居易诗集校注》卷二二,第 1783 页。
⑥ 谢思炜撰;《白居易诗集校注》卷二三,第 1861—1862 页。
⑦ 谢思炜撰:《白居易诗集校注》卷三四,第 2588 页。
⑧ 谢思炜撰:《白居易诗集校注》卷三五,第 2699 页。

'为见墙头拂面花。'时唯乐天知此。"①李绅《逾岭峤止荒陬抵高要》
"鱼肠雁足望缄封,地远三江岭万重。鱼跃岂通清遂峡,雁飞难渡漳
江东"句下注:"余在南中日,知家累以其年九月九日发衡州,因寄云:
'菊花开日有人逢,知过衡阳回雁峰。江树送秋黄叶少,海天迎远碧
云重。音书断达听蛮鹊,风水多虞祝媪龙。想见病身浑不识,自磨青
镜照衰容。'慨然追感,以疏其下。又端州界有清远峡,深险莫测,皆
言水府,为鱼龙之恨也。"②以己诗为自注的情况只出现在白居易、元
稹、李绅的诗歌中,又以白诗最为典型。自注的引诗方均为照搬原句
的引述而非括其要义的转述③,而被注诗歌有唱和之篇亦有独吟之
作。这显然有别于盛唐及中唐以他者之诗为注④,且注释对象必为
唱酬诗篇的情况。

　　以己诗注己诗的方式将原本彼此独立的被注诗句与作为自注的
诗句融为相辅相成的共同体。一方面,对作为自注的诗句而言,当被
抽离原诗而变为另一诗歌的注脚时,其除了原有意涵外,势必会生成
契合被注诗句语境的新含义,诗句的内在层次因此更加丰富。如白
居易的《赠元稹》中有"有节秋竹竿"一句,全诗如下:

　　　　自我从宦游,七年在长安。所得唯元君,乃知定交难。岂无
　　山上苗,径寸无岁寒。岂无要津水,咫尺有波澜。之子异于是,

① 杨军笺注:《元稹集编年笺注》,第 308 页。
② 〔唐〕李绅著,卢燕平校注:《李绅集校注》,第 111 页。
③ 崔媞《自注"来诗"与诗歌空间的扩容》将唐代唱和诗中和诗在自注中对原
　　唱来诗的引用方式分为原封不动的截取即引述式,及撮其大意的概括即转述
　　式。这两种方式同样适用于中唐诗人以己诗注己诗的情况,故笔者沿用此说
　　法。崔文论述详见《文学遗产》2018 年第 6 期,第 55—57 页。
④ 这里所说的"以他者之诗"特指唱和之作中和诗所引原唱诗句,不包括对前
　　人诗歌词句的引述。

久处誓不谖。无波古井水，有节秋竹竿。一为同心友，三及芳岁阑。花下鞍马游，雪中杯酒欢。衡门相逢迎，不具带与冠。春风日高睡，秋月夜深看。不为同登科，不为同署官。所合在方寸，心源无异端。①

元稹曾以《酬乐天》回应此诗，题下自注云："时乐天摄尉，予为拾遗。"②可知白居易的赠诗作于元和元年七月至九月间。当时二人制科及第，白居易为盩厔县尉并权摄昭应县事，元稹则被授以左拾遗之职③，官阶虽低却伴于君侧，仕途顺畅。而此诗表达的却是诗人与元稹之间有别于利益相交的惺惺相惜。这源自两人品格心性的相投：己如水，淡泊清净；君如竹，傲岸高洁。而诗中的"有节秋竹竿"与白居易"无波古井水"的自喻相呼应，作比元稹孤直兀傲的心性，包含着诗人对友人由衷的知惜之情与欣赏之意。

元和五年，白居易作《酬元九对新栽竹有怀见寄》，"有节秋竹竿"则作为题下自注出现。诗云：

昔我十年前，与君始相识。曾将秋竹竿，比君孤且直。中心一以合，外事纷无极。共保秋竹心，风霜侵不得。始嫌梧桐树，秋至先改色。不爱杨柳枝，春来软无力。怜君别我后，见竹长相忆。长欲在眼前，故栽庭户侧。分首今何处，君南我在北。吟我赠君诗，对之心恻恻。④

---

① 谢思炜撰：《白居易诗集校注》卷一，第37页。
② 杨军笺注：《元稹集编年校注》，第98页。
③ 谢思炜撰：《白居易诗集校注》附录《白居易年谱简编》，第9页。
④ 谢思炜撰：《白居易诗集校注》卷一，第63—64页。

该诗为对元和五年元稹初贬江陵府士曹参军时所作《种竹》诗的酬答之篇。此次元稹遭贬的直接导火索是其作为监察御史在敷水驿与中使刘士元起驿房之争，因有失宪臣体统而获罪。而根本原因则在于其分司东都期间因弹奏河南尹、开国重臣房玄龄之后房式的不法之事，间接得罪了朝中权贵集团的利益，加之他此前任监察御史出使剑南东川时，因凌厉公正的行事作风所招致的积怨。这是元稹仕途道路上遭受的第一次重创，又正值其意气风发的壮年时期，他一直奉行的刚正为官、忠君为民的原则受到极大冲击。《种竹》诗正是元稹在此种际遇下重新咀嚼白居易秋竹之比的赞誉后所作。诗人借庭竹的孤独凄凉自况，在深重的自伤中夹杂着对自我孤直之性的嘲弄。而白居易此酬答之作同样以"有节秋竹竿"为话题展开，显然是对元稹自嘲之情的回应：劝诫其即使遭遇仕途重创也不可折辱君子之德，万不能学梧桐、杨柳的俯首附势之态，而应当贞静如秋竹，以不变之心应万变之世。显然，此诗不仅为"有节秋竹竿"赋予了应对世事浮沉的姿态与智慧这一新内涵，而且又使其生出原内涵所无的谏勉之意。

　　另一方面，在被注诗句拓展自注诗句意涵的同时，自注诗句也影响着被注诗句情感意义的生成。首先，自注诗句对被注诗句的情感内容指向具有限定作用，因而能够弱化甚至消除其表达泛化的倾向，突出其中情感内涵的特指性与独有性。如元稹《酬翰林白学士代书一百韵》中"山岫当街翠，墙花拂面枝"一句，从表面上看其无非是对寻常春色的一般性描写，但需要注意的是，此诗是元稹贬谪江陵时所作，追忆与挚友白居易同居同游长安的欢愉经历是全诗的重点。而"墙花"句下的自注更道出不寻常的深意："昔予赋诗云：'为见墙头拂面花。'时唯乐天知此。"[1]其中的"为见"诗句出自元稹贞元二十一

---

[1]　杨军笺注：《元稹集编年笺注》，第 308 页。

年于长安所作的《压墙花》，诗中平阳府宅繁花压墙的美景成为诗人最深刻的记忆，也是其心中长安城的标识。而且从自注中可知，此诗更是诗人与白居易亲厚情谊的见证。由此可见，"墙花拂面枝"并非寻常的写春诗句，它承载着诗人对帝都的深切眷恋、对挚友的浓郁思念及对快意往昔的追念。正是在自注诗句提供的特定背景下，这些藏于诗句背后的特别情愫才能清晰复现。其次，自注诗句呈现的情境往往与被注诗句生成的情境相契合，诗人一方面为创作时置身的场景所触动，另一方面又被自注诗句中相似的情景体验所感召，自注诗句从而成为促动被注诗句产生的关键。如白居易《对镜吟》开篇四句云："白头老人照镜时，掩镜沉吟吟旧诗。二十年前一茎白，如今变作满头丝。"紧接着诗人便对"旧诗"作了解释："余二十年前尝有诗云：'白发生一茎，朝来明镜里。勿言一茎少，满头从此始。'今则满头矣。"①旧诗乃为元和二、三年间白居易所作的《初见白发》，诗人截取其中对镜惊白发的诗句以自注的形式嵌入后作中，使两段相似的场景呼应叠合。二十年后所成的《对镜吟》，既是对眼前境况的感喟，又是因往日情形重现的触动。总之，《初见白发》中的忧虑惊惧成为二十年后《对镜吟》中自然浮现的情感底色；而《对镜吟》中似乐实悲的情绪则是《初见白发》中惊惧忧虑情绪的深度爆发。若白居易未用《初见白发》中的诗句作注脚，《对镜吟》中从二十年前开始追溯的情感动因便难以理解。

　　总而言之，以己诗注己诗的方式使同一诗人的不同诗作建立起千丝万缕的联系，自注诗句与被注诗句在情感内涵层面彼此渗透影响，进而实现了诗与诗之间的意脉衔接。这不仅拓展了诗歌的表达空间，也实现了诗人超时空的自我对话。

---

① 谢思炜撰：《白居易诗集校注》卷二一，第 1710 页。

第五节　晚唐诗歌自注的基本面貌

一、晚唐诗歌自注总体发展状况

晚唐时期共有 81 位诗人在 637 首诗歌中使用自注，人均自注诗数约 8 首。达到或高于均值者共 19 人，所作自注诗 533 首，占此时期自注诗诗人总数的 23.5%，自注诗总数的 83.7%。详情如下：杜牧 38 首、许浑 20 首、李商隐 39 首、赵嘏 8 首、薛能 14 首、李群玉 12 首、温庭筠 18 首、皮日休 75 首、陆龟蒙 76 首、方干 8 首、罗隐 20 首、郑谷 28 首、韩偓 37 首、吴融 18 首、杜荀鹤 8 首、韦庄 15 首、黄滔 19 首、贯休 63 首、齐己 17 首①。在均值线以下者共 62 人，所作自注诗 104 首，占自注诗诗人总数的 76.5%，自注诗总数的 16.3%。晚唐诸家中，陆龟蒙自注诗数量最多，占此时期自注诗总数的 11.9%。

---

① 19 位诗人自注诗数量统计的版本依据如下：吴在庆撰：《杜牧集系年校注》，北京：中华书局，2008 年；〔唐〕许浑撰，罗时进笺证：《丁卯集笺证》，北京：中华书局，2012 年；刘学锴、余恕诚著：《李商隐诗歌集解》，北京：中华书局，1998 年；谭优学注：《赵嘏诗注》，上海：上海古籍出版社，1985 年；羊春秋辑注：《李群玉诗集》，长沙：岳麓书社，1987 年；〔唐〕皮日休著，萧涤非、郑庆笃校注：《荆楚文库·皮日休集》，武汉：长江文艺出版社，2018 年；何锡光校注：《陆龟蒙全集校注》，南京：凤凰出版社，2015 年；李定广系年校笺：《罗隐集系年校笺》，北京：人民文学出版社，2013 年；〔唐〕郑谷著，赵昌平等笺注：《郑谷诗集笺注》，上海：上海古籍出版社，2009 年；〔唐〕韩偓撰，吴在庆校注：《韩偓集系年校注》，北京：中华书局，2015 年；胡嗣坤、罗琴著：《杜荀鹤及其〈唐风集〉研究》，成都：巴蜀书社，2005 年；〔五代〕韦庄著，聂安福笺注：《韦庄集笺注》，上海：上海古籍出版社，2002 年；刘学锴撰：《温庭筠全集校注》，北京：中华书局，2007 年；陆永峰著：《禅月集校注》，成都：巴蜀书社，2012 年；王秀林著：《齐己诗集校注》，北京：中国社会科学出版社，2011 年。其余 4 人的自注诗数量统计均以中华书局 1960 年版《全唐诗》为依据。

　　晚唐是唐诗自注发展的回落期。这首先表现为自注诗诗人数量、自注诗总量及自注诗人均值的全面下降。晚唐自注诗诗人较之中唐减少了 14 位,规模虽有缩减但依然可观。自注诗则锐减 638 首,仅为中唐自注诗总量的一半。人均自注诗数量较中唐减少了约 5 首。其次,均值线以上的诗人自注使用频度相对下降。这些诗人是自注诗的高产群体,人数不多却是决定各时期诗歌自注发展程度的关键因素。其自注诗在各自诗歌总数中占比越大,说明自注使用频度越高,整体发展也越强劲,反之亦然。中唐时期自注诗数高于均值的诗人共 11 位,在各自诗歌总数中占比低于 10% 者 4 人,分别是:刘长卿 6.2%、韦应物 6.3%、顾况 6.1%、卢纶 7%;占比在 10%—20% 之间者 4 人:权德舆 12.7%、刘禹锡 13.4%、白居易 16.1%、皎然 13.3%;占比在 20%—30% 之间者 2 人:元稹 20.7%、李德裕 26.1%;占比高于 30% 者 1 人:李绅 44.1%。晚唐时期自注诗数过均值的诗人共 19 位,其中自注诗在各自诗歌总数中占比低于 10% 者 16 人,分别是:杜牧 9.2%、许浑 3.8%、李商隐 6.6%、赵嘏 3.3%、薛能 4.6%、李群玉 4.5%、温庭筠 5.6%、方干 2.4%、罗隐 4%、郑谷 8.4%、吴融 5.9%、杜荀鹤 2.4%、韦庄 4.6%、黄滔 9.1%、贯休 8.5%、齐己 2.1%;占比在 10%—20% 之间者 3 人:皮日休 17.9%、陆龟蒙 12.7%、韩偓 11%。由上可知,自注诗数高于均值的晚唐诗人中,有八成以上者的自注诗占比集中在 10% 以下的低比例段,能达到 10%—20% 中比例段的诗人不到两成,20%—30% 的高比例段则无人能及。与中唐相比,晚唐处于自注均值线上的诗人,其自注诗占比整体偏低,主要集中在 10% 以下的比例段。主体比例区间的下移意味着晚唐诗歌自注使用频度的下降,以及中唐巅峰期过后的回落趋势。

　　诗歌自注发展至晚唐虽趋衰落但余力尚存。一方面,自注诗数过均值的高产诗人数量(19 人)及其自注诗数在该时期自注诗总量中的占比(83.7%)较之中唐(分别为 11 人和 82.9%)有增无减,可见支持诗歌自注发展的核心动力依然较为充足。另一方面,晚唐时期在自注诗均值线下的诗人比例为 76.5%,较之中唐的 88.4%有一定幅度的下降;同时,均值线下诗人的自注诗占自注诗总量的比例为 16.3%,较之中唐的 17.1%也有所降低。这表明晚唐均值线下诗人的自注使用频度整体高于中唐,在推动自注发展的过程中,比中唐同类诗人发挥了更积极的作用。

在形式和内容上,晚唐诗歌自注基本以继承为主。之前各种自注现象,如始于初唐的说明诗歌仿效对象的体式注,初现于盛唐的一诗多注样式、以他人诗文题句入注,中唐新产生的次韵自注、释典自注,提供诗人交往、诗文传播信息的自注,诸如此类在晚唐诗歌自注中大都有所体现。如,曹邺《霁后作》自注“齐梁体”①说明了诗歌的仿效体式;陆龟蒙《和寒日书斋即事三首每篇各用一韵》其三自注“袭美尝作《吊江都赋》”②,提供了其散佚篇章的题目;方干《献王大夫》自注“大夫佳句云:珠箔卷繁星,金樽泻明月。行于世”③,保存了王龟大夫的诗歌残句;吴融《和严谏议萧山庙十韵》自注“旧说常闻箫管之声,因而得名。次韵”④说明该诗为次韵之作,由诗题可知原唱篇目及作者;杜牧《早春寄岳州李使君李善棋爱酒情地闲雅》中“垆拨冻醪醅”句后注“诗云:为此春酒,以介眉寿。注云:冻醪⑤,解释“冻醪”之意并指出其源自《诗经》;许浑《酬副使郑端公见寄》自注“端公顷在当涂县青山别墅肆业,余尝守邑,因沐见知也”⑥,交代己与郑端公相识交往的经过;郑谷《题兴善寺》自注云:“十才子诗集,

---

① 梁超然、毛水清注:《曹邺诗注》,上海:上海古籍出版社,1982 年,第 58 页。
② 何锡光校注:《陆龟蒙全集校注·唐甫里先生文集》卷一〇,第 603 页。
③ 〔清〕彭定求等编:《全唐诗》卷六五三,第 7500 页。
④ 〔清〕彭定求等编:《全唐诗》卷六八四,第 7854 页。
⑤ 吴在庆撰:《杜牧集系年校注》卷二,第 275 页。
⑥ 〔唐〕许浑撰,罗时进笺证:《丁卯集笺证》卷八笺注第 3 条,第 546 页。

多有兴善寺后池之作,今寺在池无,每用追叹。"①可知大历十才子诗集在晚唐仍有流传,其中就有赋咏兴善寺的系列诗篇。此外,晚唐自注诗延续了盛唐以来单注诗为主,单、多注诗并存的格局,有单注诗558首,多注诗79首。总之,唐诗自注发展到晚唐阶段已基本定型,晚唐诗歌自注主要是对一系列既有模式的沿袭运用。

二、晚唐诗歌自注中的新现象

晚唐诗歌自注虽以"继往"为主,但仍有"两减一增"的新变化。"两减"是指此前存在而晚唐诗歌自注中消失的现象:一是初见于盛唐唱和诗的以原唱之诗句为和酬篇章的自注;二是始自中唐的以己诗注己诗。

"一增"是指郑嵎《津阳门诗》自注的出现,将自注在长篇叙事诗中的运用推向巅峰。首先,该诗自注的规模堪称唐诗自注之最。《津阳门诗》为七言古体的百韵长篇,1400字,自注32处②,共计2237字。自注所注诗句从1句、2句、4句、6句、8句不等,以4句一注的情况最为常见,共出现21次;共注释诗句125句,占全诗篇幅的60%以上;百字以上超长注释有5处,其中最长者多达190字,在唐诗自注中绝无仅有。

---

① 〔清〕彭定求等编:《全唐诗》卷六七六,第7757页。
② 关于《津阳门诗》的自注总数,据笔者所见有40余条和约50条两种说法。前者出自吴振华:《读〈津阳门诗并序〉》,《古典文学知识》2016年第2期,第20页。后者出自张佳、刘和平:《唐代诗歌注释学视域中的"本朝人注本朝诗"——以唐人注唐诗为例》,《华中师范大学研究生学报》2011年第1期,第75页;张佳:《唐集唐注考》,《天中学刊》2011年第3期,第80页。其统计依据不得而知。笔者以中华书局1960年版《全唐诗》卷五六七所收郑嵎《津阳门诗》为依据,以每若干诗句后所出现的自注为1处统计,有自注32处,本书以此为标准。

唐代其余百韵长篇的自注使用情况如下:杜甫《秋日夔府咏怀奉寄郑监李宾客一百韵》是第一首运用自注的百韵长诗,1000字,自注5处共70字,注释诗句7句,占全诗总篇幅的不足4%,最长注释23字。张祜《戊午年感事书怀一百韵谨寄献太原裴令公淮南李相公汉南李仆射宣武李尚书》1000字,自注1处共7字,注释诗句2句,占全诗总篇幅的1%。白居易《代书诗一百韵寄微之》1000字,自注20处共335字,注释诗句48句,占全诗总篇幅的24%,最长注释40字;《和梦游春诗一百韵》1000字,自注1处共22字,注释诗句2句,占全诗总篇幅的1%;《东南行一百韵寄通州元九侍御澧州李十一舍人果州崔二十二使君开州韦大员外庾三十二补阙杜十四拾遗李二十助教员外窦七校书》1000字,自注16处共300字,注释诗句41句,占全诗诗句总数的20.5%,最长注释为34字。刘禹锡《游桃源一百韵》1000字,自注3处共30字,注释诗句6句,占全诗总篇幅的6%,最长注释11字。元稹《代曲江老人百韵》1000字,自注1处共5字,注语"年十六时作"[1]为表明创作时间的题下注,不针对任何具体诗句;《酬翰林白学士代书一百韵》1000字,自注17处共411字,注释诗句43句,占全诗总句数的21.5%,最长注释132字;《酬乐天东南行诗一百韵》1000字,自注21处共344字,注释诗句50句,占全诗总篇幅的25%,最长注释58字。皮日休《吴中苦雨因书一百韵寄鲁望》1000字,自注1处共8字,注释诗句1句,占全诗总篇幅的0.5%;《鲁望昨以五百言见贻过有褒美内揣惭陋弥增愧悚因成一千言上述吾唐文物之盛次叙相得之欢亦迭和之微旨也》1000字,自注4处共23字,注释诗句4句,占全诗总篇幅的2%,最长注释9字。陆龟蒙的《奉酬袭美先辈吴中苦雨一百韵》1000字,自注3处共34字,注释诗句9句,占全诗总篇幅的4.5%,最长注释14字。温庭筠的《开成五年秋以抱疾郊野

---

① 杨军笺注:《元稹集编年笺注》,第1页。

不得与乡计偕至王府将议遐适隆冬自伤因书怀奉寄殿院徐侍御察院陈李二侍御回中苏端公鄠县韦少府兼呈袁郊苗绅李逸三友人一百韵》1000 字,自注 2 处共 28 字,注释诗句 4 句,占全诗总篇幅的 2%,其中较长的一处为 17 字。

由上可见,在唐代 14 首百韵长篇自注诗中,《津阳门诗》是自注篇幅最浩大且唯一超过诗歌规模的一首,同时也是自注对诗句注释频度最高的一首。正因如此,《津阳门诗》堪称唐代百韵长篇自注诗之最。

其次,诗人将对史实的叙述与评价延伸至自注,拓展了诗史互融的空间,使《津阳门诗》自注成为史诗类自注的典范。史诗的核心在于"历史意识",即"通过对古代或当代历史的书写,表达作者的史识,史识不仅仅是对历史事实的回顾与评价,而是要在征实的基础上总结历史经验,为当代提供借鉴"①。换言之,"史"即对典型重大历史事件的捕捉与完整展现;"实"即求实客观的书写态度;"识"即对史实的深刻思考与识见。这三条是史诗的基本要素。以此论之,杜甫的《自京赴奉先县咏怀五百字》《北征》、韩愈的《永贞行》、元稹的《代曲江老人一百韵》《连昌宫词》、杜牧的《杜秋娘诗》、李商隐的《行次西郊作一百韵》、郑嵎的《津阳门诗》、韦庄的《秦妇吟》都是非常典型的史诗篇章。诗人们或以亲身经历或以目睹耳闻之事为素材,在诗歌中建构宏大的历史画卷,淡化恣意任性的情感表达,更注重通过客观细致的叙事表明冷静理性的是非判断与反思,从而实现历史意识与诗歌的深度融合。

值得注意的是,上述诗歌中只有元稹的《连昌宫词》、杜牧的《杜秋娘诗》及郑嵎的《津阳门诗》采用了自注,并将其作为叙史与评史的新渠道,从而拓展了诗史互融的空间。而相较于元、杜诗注,郑嵎

---

① 吴振华:《读〈津阳门诗并序〉》,《古典文学知识》2016 年第 2 期,第 20 页。

《津阳门诗》自注中贯穿的历史意识无疑是最强烈的。一则,此诗自注依据的书面文献在三者当中最为丰富,这既是细化还原史实的有效手段,也反映出诗人言必有据的客观严谨的创作态度。元稹《连昌宫词》仅一处自注:"念奴,天宝中名倡,善歌。每岁楼下酺宴,累日之后,万众喧隘。严安之、韦黄裳辈辟易而不能禁,众乐为之罢奏。玄宗遣高力士大呼于楼上曰:'欲遣念奴唱歌,邠王二十五郎吹小管逐,看人能听否?'未尝不悄然奉诏,其为当时所重也如此。然而玄宗不欲夺侠游之盛,未尝置在宫禁。或岁幸汤泉,时巡东洛,有司潜遣从行而已。又玄宗尝于上阳宫夜后按新翻一曲,属明夕正月十五日,潜游灯下,忽闻酒楼上有笛奏前夕新曲,大骇之。明日密遣捕捉笛者,诘验之,自云:'某其夕窃于天津桥玩月,闻宫中度曲,遂于桥柱上插谱记之。臣即长安少年善笛者李谟也。'玄宗异而遣之。"①此注由念奴善歌与李谟善笛两部分信息构成。据笔者所见,除去《连昌宫词》自注,史料文献中对念奴善歌的记载共有 8 处,其中王灼《碧鸡漫志》、张书玉《佩文韵府》、史梦兰《全史宫词》的文字内容与《连昌宫词》自注一致②。有关李谟善笛的记载约有 30 处,其中与自注所言偷曲奏新声相符者仅 1 处,即张祜的《李谟笛》③。诗云:"平时东幸

---

① 杨军笺注:《元稹集笺注》,第786—787 页。

② 念奴善歌之事见于五代王仁裕《开元天宝遗事》、宋代王灼《碧鸡漫志》、朱胜非《绀珠集》,明代解缙主持编纂的《永乐大典》、王世贞《艳异编》,清代张玉书等编纂的《佩文韵府》、陈梦雷《明伦汇编宫闱典》、史梦兰《全史宫词》。其中《佩文韵府》和《全史宫词》所载完全征引了《连昌宫词》自注中念奴善歌的内容。《绀珠集》《永乐大典》《艳异编》《明伦汇编宫闱典》所载,沿用《开元天宝遗事》中的文字。《碧鸡漫志》则兼采《连昌宫词》自注与《开元天宝遗事》的内容。可见,《连昌宫词》自注与《开元天宝遗事》是有关念奴善歌文献记载的两个主要史料来源。

③ 有关李谟善笛的 30 处记载分别为:唐代李肇《唐国史补》2 处,张祜《李谟笛》诗 1 处,陆龟蒙《零陵总记》1 处,段安节《乐府杂录》笛部、歌部各(转下页)

洛阳城,天乐宫中夜彻明。无奈李谟偷笛谱,酒楼吹笛是新声。"①后人对此诗末两句的注释基本照搬了《连昌宫词》自注的内容,再未补充新材料。可见张祜此诗极有可能是据《连昌宫词》自注中李谟偷曲奏新声的故事而来。括而言之,传世文献虽不乏对念奴歌与李谟笛的记载,但与元稹《连昌宫词》自注内容相同者却很少,而少数的同系列故事又都是据此诗自注敷演而成。即是说《连昌宫词》自注并未援引任何书面文献,反而是目前所见关于玄宗遣念奴歌于连昌宫、李谟偷学宫中新笛曲故事的最早记载,因此成为后世文献传录的史源依据。

　　杜牧《杜秋娘诗》有两处自注,一处为"秋持玉斝醉,与唱《金缕衣》"句下注"劝君莫惜金缕衣,劝君须惜少年时。花开堪折直须折,莫待无花空折枝。李锜长唱此辞"②;另一处为"金阶露新重,闲撚紫

（接上页）1 处,卢肇《逸史》1 处;宋代陈旸《乐书》卷一三〇、卷一四八各 1 处,马端临《文献通考》卷一三八《乐考》2 处,曾慥《类说》卷一六、卷二六各 1 处,郎晔《经进东坡文集事略》卷一 1 处;元代陶宗仪《说郛》卷四八 1 处,阴幼遇、阴幼达《韵府群玉》卷二〇 1 处;明代谢肇淛《五杂俎》卷六、卷一二各 1 处,陆楫《古今说海》1 处,吴震元《奇女子传》卷三 1 处,清代董谷士《古今类传》1 处,钱谦益《牧斋有学集》卷一〇、卷一八各 1 处,李光地等编《御定月令辑要》1 处,张玉书《佩文韵府》第 146 部分 1 处,何焯等编《御定分类字锦》卷三一 1 处,汪灏等编《御定佩文斋广群芳谱》卷八五 1 处,张英等编《御定渊鉴类函》卷一九〇 1 处,沈宗敬等编《御定骈字类编》卷二五 1 处,《御定韵府拾遗》卷八〇 1 处。内容可分为五类:1. 越州鉴湖吹笛故事,史源可追溯至唐末段安节《乐府杂录》"笛部"的相关记载;2. 以笛伴奏永新娘子歌声故事,史源为《乐府杂录》"歌部"的相关记载;3. 瓜洲吹笛故事,史源为李肇《唐国史补》;4. 获李舟赠烟竹笛故事,史源同为《唐国史补》;5. 偷曲奏新声故事,史源为元稹《连昌宫词》自注。
① 尹占华校注:《张祜诗集校注》卷三,第 163 页。
② 吴在庆撰:《杜牧集系年校注》卷一,第 46 页。

箫吹"句下注"《晋书》:盗开凉州张骏冢,得紫玉箫"①。该诗为开成二年秋末,杜牧入宣州幕府时途经金陵,拜访曾为李锜姬室的杜秋娘,感其穷老而作。由此可知,第一处自注是对诗句中杜秋娘亲唱《金缕衣》曲场景的补充。自注的唱词及李锜与《金缕衣》曲的关系,显然都是出自杜秋娘之口,是一段典型的口传史料。而第二处自注中对"紫箫"的解释,则来自作为正史的《晋书》。

较之《连昌宫词》与《杜秋娘诗》,《津阳门诗》自注中涵盖的书面文献数量与种类则要丰富得多。该诗 32 处自注中,有 14 处注释出自正史及笔记小说。正史主要依据现已亡佚的唐国史,其也是两《唐书》的重要史料来源;而笔记小说的名目,切实可考者就有《明皇杂录》《大唐新语》《谭宾录》《逸史》四种②。

二则,《津阳门诗》自注在叙史过程中贯穿着强烈的场景还原意识,体现出对历史真实性的追求。《连昌宫词》与《杜秋娘诗》虽有自注但数量极少,尚不能充分发挥叙史功能。《津阳门诗》自注则几乎覆盖全诗,因此,对诗歌描述的场景及事件基本能实现对应式的延展扩充。此诗从"时平亲卫号羽林"到"鸳鸯瓦碎青琉璃",共 82 韵 164 句,以华清宫为窗口,铺陈开元至会昌时期的宫廷生活、历史事件、宫苑建筑,是全诗的主体部分,也是自注集中出现的区域。自注以近乎如影随形的方式紧跟诗句之后,通过更详尽的细节书写,或高度还原历史性的时空场景,或填充诗句中的信息留白。这些注释的内容或来自文献,或采自口传,或源于亲见,表现出诗人言必有据的创作准则。如写玄宗与诸王游猎的片段中有:"赤鹰黄鹘云中来,妖狐狡兔无所依"一句,自注特就"赤鹰黄鹘"的来历进行说明:"申王有高丽

---

① 吴在庆撰:《杜牧集系年校注》卷一,第 46 页。
② 据严杰:《〈津阳门诗〉注探源》,《古典文献研究》第 12 辑,南京:凤凰出版社,2009 年,第 142—148 页。

赤鹰,岐王有北山黄鹘,逸翩奇姿,特异他等。上爱之,每弋猎,必置于驾前,目为决胜儿。"①既显现出两种飞禽的名贵不凡,补充完善诗中未能言及的所属关系,又凸显出玄宗对二鸟的钟爱,从而彰显其与申王、岐王的兄弟情谊。又如从"忠臣张公识逆状"到"度曲悲歌秋雁辞"6 韵 18 句写安禄山谋反至玄宗奔逃蜀中的前后经过,每一环节均追加自注充实诗句细节,以求精准再现事件发生的场景。其中,叙写玄宗至蜀地后祭奠张九龄这一情节的诗句云:"青泥坂上到三蜀,金堤城边止九旒。移文泣祭昔臣墓,度曲悲歌秋雁辞。"注曰:"驾至蜀,诏中贵人驰祭张曲江墓,悔不纳其谏。又过剑阁下,望山川,忽忆水调辞云:山川满目泪沾衣,富贵荣华能几时。不见只今汾水上,唯有年年秋雁飞。上泫然流涕,顾问左右曰:'此谁人诗?'从臣对曰:'此李峤诗。'复掩泣曰:'李峤真可谓才子也。'"②注释增加了对祭奠对象及秋雁辞内容、作者的说明,并反复渲染玄宗的悲悔之意。这不仅使诗句叙述的事件更加饱满细腻,而且使玄宗内心的波动与祭奠对象及安史叛乱之间形成交融联动,将人物情感与史实紧密相连。再如诗中两处自注对石瓮寺的介绍也用墨颇多:"石鱼岩下有天丝石,其形如瓮,以贮飞泉,故上以石瓮为寺名。寺僧于上层飞楼中悬辘轳,叙引修筜长二百余尺以汲,瓮泉出于红楼乔树之杪。寺既毁拆,石瓮今已埋没矣。""寺额,睿宗在藩邸中所题也,标于危楼之上。世传孔雀松下有赤茯苓,入土千年则成琥珀。寺之前峰,古松老柏,泪乎嘉草,今皆樵苏荡除矣。"③不仅交代了寺宇所处位置、名称由来,而且对寺中的飞楼辘轳、百尺汲水竹绳、睿宗手题匾额三大景观细陈说明;并通过对寺院周围枯松乱石之象的捕捉细绘,尽显寺院的

①〔清〕彭定求等编:《全唐诗》卷五六七,第 6562 页。
②〔清〕彭定求等编:《全唐诗》卷五六七,第 6564 页。
③〔清〕彭定求等编:《全唐诗》卷五六七,第 6565—6566 页。

破败荒芜。石瓮寺见载于宋敏求的《长安志》："福严寺。《两京道里记》曰：'在县东五里南山半腹，临石瓮谷。有悬泉激石成臼，似瓮形，因以谷名名石瓮寺。'"①此寺位于华清宫东面，开元年间利用建造华清宫的余材修成，属于华清建筑群的组成部分。据《津阳门诗》序，诗人于开成年间寓居石瓮寺读书之余，曾仔细探访过包括该寺在内的华清古迹。正因如此，自注对寺院的介绍描述摆脱了依文献爬梳的概念化与扁平感，而重在构建立体可感的空间场景，并在今昔的对比转换中赋予其厚重的历史沧桑感。

　　除还原诗歌中的时空场景外，《津阳门诗》自注还体现出自觉的纠误意识，在文学表述中维护历史的真实，最典型地体现在纠正华清宫长生殿用途之误。白居易在《长恨歌》中将长生殿写为寝殿，郑嵎对此专门在自注中进行指正："飞霜殿即寝殿，而白傅《长恨歌》以长生殿为寝殿，殊误矣。"②而在此注之前的另一处自注已清楚说明了长生殿的用途："有长生殿，乃斋殿也。有事于朝元阁，即御长生殿以沐浴也。"③可见，在华清宫建制中，飞霜殿为寝殿而长生殿为斋殿，因此《津阳门诗》将玄宗对贵妃思念追忆的场所从长生殿移至飞霜殿。而自注中对飞霜、长生两宫殿的说法，在后世的考古挖掘中也得到证实。骆希哲主编的华清宫考古文献报告《唐华清宫》明确指出，飞霜殿为玄宗和贵妃临幸华清宫，沐浴莲花汤、海棠汤时休息、宴饮的寝宫。而长生殿又名朝元阁，是天宝元载修建的祭天场所④。《津阳门诗》的创作受《长恨歌》与《连昌宫词》的影响甚深，郑嵎对两篇

---

① 〔宋〕宋敏求撰，〔元〕李好文编绘，阎琦、李福标、姚敏杰校点：《长安志》（附《长安志图》）卷一五，西安：三秦出版社，2013 年，第 282 页。

② 〔清〕彭定求等编：《全唐诗》卷五六七，第 6565 页。

③ 〔清〕彭定求等编：《全唐诗》卷五六七，第 6563 页。

④ 详见骆希哲编著：《唐华清宫》，北京：文物出版社，1998 年，第 529—531、533 页。

诗作的熟稔程度亦可想而知。正因如此,诗人方能敏锐察觉白居易对长生殿的误解并通过自注予以纠正,从而明辨文学虚构与史实真相。尽管《津阳门诗》及注中仍然存在与史乖违之处,但仅为时间、名称的偏差①,是诗人在恪守史实前提下的细节疏漏,并未从根本上背离历史原貌。

三则,《津阳门诗》自注在客观的叙述中不失冷峻深沉的讽喻反思意识,体现出对史实的深刻识见力。《连昌宫词》中唯一的自注,侧重对念奴与李谟精湛才艺的渲染,以伶人之技烘托歌舞之盛,以歌舞之盛写开元之际的承平荣华,只有追缅眷恋之情而无针砭批判之意。《杜秋娘诗》牵及李锜叛乱、郑注与宋申锡之间的权臣争斗、漳王李凑的废立、文宗与王守澄所代表的皇权与宦官权势的角力等一系列错综复杂的历史事件。但诗中两处自注,一处是对《金缕衣》曲唱词的说明,一处则是引用《晋书》揭示紫箫句所化用典故,均与诗歌所系历史事件无关,更遑论由之所引发的思考感慨。《津阳门诗》注则明显不同,在从容平静的陈述中融入了诗人对史实的立场态度及认知评判。如自注中对华清汤池的描写:“宫内除供奉两汤池,内外更有汤十六所。长汤每赐诸嫔御,其修广与诸汤不侔。甃以文瑶宝石,中央有玉莲捧汤泉,喷以成池,又缝缀绮绣为凫雁于水中,上时于其间泛钑镂小舟以嬉游焉。次西曰太子汤,又次西宜春汤,又次西长汤十六所。今唯太子、少阳二汤存焉。又有玉女殿汤,今石星痕汤、玉名瓮汤所出也。”②对汤池数量、名称、等次、形制、装饰交代得细致准确,

---

① 有关《津阳门诗》自注舛误的问题,详见严杰:《〈津阳门诗〉注探源》,《古典文献研究》第 12 辑,南京:凤凰出版社,2009 年,第 149 页。

② “宫内除供奉两汤池……上时于其间泛钑镂小舟以嬉游焉”三句,见〔清〕彭定求等编:《全唐诗》卷五六七,第 6562 页。“次西曰太子汤……玉名瓮汤所出也”三句,为《全唐诗》本《津阳门诗》自注所无,据《资治通鉴》卷二一七“天宝十四载四月”胡三省注引《津阳门诗》华清宫汤自注补入。

由此凸显玄宗及其后宫逸乐奢靡的生活,旨在引出盛极必衰、奢极必乱的潜台词。再如形容杨氏一门出行的阵仗:"杨国忠为宰相,带剑南节度使,常与秦、虢联辔而出,更于马前以两川旌节为导也。"①在充分体现杨氏兄姊炙手可热、跋扈恣肆的同时,也将外戚专权视为侵蚀唐王朝的毒瘤,并暗藏着对玄宗滋养之、纵容之的昏聩行为的批判。再如诗人通过两处自注反复突出安史之乱前玄宗对安禄山的宠信:"上每坐及宴会,必令禄山坐于御座侧,而以金鸡障隔之,赐其箕踞。""时于亲仁里南陌为禄山建甲第,令中贵人督其事,仍谓之曰:'卿善为部署,禄山眼孔大,勿令笑我。'至于筥筐簸箕釜缶之具,咸金银为之。"②继而在自注中详述安禄山之反状:"其年,赐柑子使回,泣诉禄山反状云:'臣几不得生还。'上犹疑其言,复遣使,喻云:'我为卿造一汤,待卿至。'使回,答言:'反状。'上然后忧疑,即寇军至潼关矣。"③三处自注形成鲜明的对比反差,既尽显安禄山阴险狡诈之性,更流露出对玄宗用人失察、自毁江山行径的揶揄。

陈寅恪先生曾指出:"至《唐诗纪事》陆贰郑嵎《津阳门诗》,虽亦托之旅邸主翁之口,为道承平故实,抒写今昔盛衰之感。然不过填砌旧闻,祝愿颐养而已……以文学意境衡之,诚无足取。其所以至今仍视为叙述明皇太真物语之巨制者,殆由诗中子注搜采故实颇备,可供参考之资耳。"④从艺术价值上讲,《津阳门诗》并不算长篇史诗中的上乘之作,但其自注对书面文献的博采广收、对历史事件客观翔实的呈现,及以叙代议的理性批判色彩,将兴于中唐诗歌的历史意识与现实精神延伸至诗歌本体之外的新领域,成为史诗类自注的典范。

---

① 〔清〕彭定求等编:《全唐诗》卷五六七,第 6562 页。
② 〔清〕彭定求等编:《全唐诗》卷五六七,第 6564 页。
③ 〔清〕彭定求等编:《全唐诗》卷五六七,第 6564 页。
④ 陈寅恪:《元白诗笺证稿》,北京:商务印书馆,2015 年,第 75 页。

　　通过本章五节内容的详述,可将唐诗自注发展的基本脉络作如下概括:初唐是唐诗自注的发轫期,诗人以注入诗的意识尚不强烈,自注亦不成规模,但各种自注类型已基本齐备。自注侧重交代诗歌用韵及背景信息,缺乏对诗句意涵的深入阐释。盛唐是唐诗自注的发展期,自注诗数量较初唐有明显增长,一诗多注、以他人原唱诗句为己酬答之作的自注等新现象陆续产生;说明诗歌仿创情况的体式类自注开始增加,并集中出现在李白、杜甫的诗歌中,成为诗人诗学思想及创作观念的诠释手段。中唐时期以白居易为代表的一批诗人将诗歌自注的发展推向顶峰,自注诗与自注诗诗人数量均呈激增之势,并产生了自注次韵、以注释典、以己诗注己诗的系列创变。此外,在延续盛唐自注存诗文题句传统的基础上,中唐诗歌自注含纳了诗人交往、诗歌结集传播等更为丰富的内容,极大提升了自注对文学活动信息的承载力。上述现象的产生,与中唐次韵诗的繁兴、崇尚学识才思的创作思潮以及强烈的诗歌传播意识密不可分。晚唐诗歌自注的渐趋衰滞表现在自注诗及诗人数量的缩减、自注形式及内容的因袭固化两方面。同时,又有“两减一增”的变化:以己诗注己诗、以唱诗诗句及诗意为和酬之作自注的现象消失不见。郑嵎《津阳门诗》自注不仅在规模上创造了唐诗自注之最,而且贯注了自觉的历史意识,将诗史互融的创作观念在自注中贯彻到极致,成为唐代史诗自注的典范。

第二章　唐诗自注生成的影响因素

第一节　史书自注对唐诗自注的影响

史书自注是早于诗文自注出现的自注类别,初现于先秦史籍,两汉时期得到进一步发展,魏晋南北朝走向成熟,至唐代而更趋完善。刘知几在《史通·补注》中首次将史臣"手自刊补"的自注与训解式、补史式两种他注形式并列,作为史注三大类型之一①。这是史书自注具备独立属性的有力证明。史书自注的充分成熟,无疑为唐人诗歌自注的使用提供了可鉴之资。此外,无论是基于修身治国之需还是科考规则要求,精熟史书都是唐代文士的必备素质。唐代科举制

---

① 《史通》内篇"补注第十七"原文云:"昔《诗》、《书》既成,而毛、孔立传。《传》之时义,以训诂为主,亦犹《春秋》之传,配经而行也。降及中古,始名传曰注……次有好事之子,思广异闻,而才短力微,不能自达,庶凭骥尾,千里绝群,遂乃掇众史之异辞,补前书之所阙……亦有躬为史臣,手自刊补,虽志存该博,而才阙伦叙,除烦则意有所吝,毕载则言有所妨,遂乃定彼榛楛,列为子注。"白云译注:《史通》,北京:中华书局,2014年,第217—220页。可见刘知几的确提出三种类型的史注,但未对其定名。刘治立先生在此基础上将三类史注概括为"训解式史注、补阙式史注和自注"。参见刘治立:《〈史通·补注〉与史注》,《史学史研究》2005年第3期,第44—48页。

度将三史科设为贡举十二常科之一①,考试内容出自《史记》《汉书》
《后汉书》;而春秋三传则是明经科必考典籍②。即使不出于应试目
的,这些经典史籍也同样是文人学士的案头必备。总之,作为业已成
熟独立的注释体例,史书自注足以成为尚在初兴阶段的唐诗自注的
参习范本;而诗人们对经典史籍的熟读,又使唐诗自注对史书自注的
借鉴成为可能。

　　无论是史书自注还是诗歌自注都由三个要素构成:内容——注
释什么,方法——如何注释,形式——以何种样貌呈现。因此,分析
史书自注对唐诗自注生成发展的影响,就必须以此三要素为根据。
就自注内容而言,其阐释对象及详略程度取决于被释文本的性质、内
容及注者的考量,具有较强的主观针对性,故而不同的作注者或不同
文体中的自注很难相互仿效。史书与诗歌在内容、风格、行文等方面
截然不同,自注内容也势必随文因人而异。确切地说,唐诗自注的内
容选取并不受史书自注的影响,而与诗人面对具体作品时考量的阐
释重点直接相关。不同于自注内容因灵活具体而难以被套用,自注
的方法与形式在很大程度上不受制于被释对象的文体及内容,具有
相对独立的模式,可适用于不同类型的文本。因此,史书自注的方法
与形式对唐诗自注的影响最深。

---

① 《新唐书》卷四四《选举志》上:"唐制,取士之科,多因隋旧……其科之目,有
　　秀才,有明经,有俊士,有进士,有明法,有明字,有明算,有一史,有三史,有开
　　元礼,有道举,有童子……此岁举之常选也。"〔宋〕宋祁、欧阳修:《新唐书》卷
　　四四《选举志》上,第1159页。

② 《新唐书》卷四四《选举志》上:"而明经之别,有五经,有三经,有二经,有学究
　　一经,有三礼,有三传,有史科……凡《礼记》、《春秋左氏传》为大经,《诗》、
　　《周礼》、《仪礼》为中经,《易》、《尚书》、《春秋公羊传》、《谷梁传》为小经。
　　通二经者,大经、小经各一,若中经二。通三经者,大经、中经、小经各一。通
　　五经者,大经皆通,余各经一,《孝经》、《论语》皆兼通之。"〔宋〕宋祁、欧阳
　　修:《新唐书》卷四四《选举志》上,第1159—1160页。

一、史书自注对唐诗自注类别的影响

史书的自注方法即史书作者注解书中内容的方式与途径。古今学人大多将自注纳入宏观的史注方法中①,对其具体的注解方式缺乏系统的考察,为数不多的相关成果基本上是对《汉书》《史记》《通典》《唐六典》的个案探讨。研究者们对史书自注方法的归纳或过于局限,如那世平《〈汉书·艺文志〉班固自注浅析》、刘治立《试论〈史记〉自注》《论〈汉书〉自注》、徐适瑞《略论〈唐六典〉的注》,仅论及史书自注阐释法中的参见法(又称为互见法)②,但其显然不是史书自注的唯一方法。或有失准确,如秦子蓉《试谈我国古典目录学中的典范——〈汉书·艺文志〉自注》一文,将《汉书·艺文志》的自注方法归纳为辨析、标注、简介、征引、存疑五种③。征引是手段,或可服务于辨析,或可服务于简介;而存疑实就自注内容而言,可用标注加以提示。此五分法的划分标准显然不尽合理,从而导致彼此的交错重

① 最早从理论上认识自注并将其作为一种史注方法的是刘知几《史通·补注》篇,他把史书注释体式归纳为三类:训解式、补阙式、自注。李绍平、杨华文将早期史注法分为两类,一类是他注性质的"传"或"记",一类是作者自释性文字即自注。参见其《历史文献注释论述赘言》,《湖南师范大学社会科学学报》2003 年第 6 期,第 75—78 页。刘治立将魏晋至唐的史注体式归为七类,自注体为其中一类。参见其《魏晋南北朝时期的史注体式》,《固原师专学报(社会科学版)》2003 年第 1 期,第 45—48 页;《魏晋南北朝隋唐史注三题》,《宁夏社会科学》2007 年第 6 期,第 125—129 页。

② 参见那世平:《〈汉书·艺文志〉班固自注浅析》,《图书馆学刊》1995 年第 2 期,第 54 页;刘治立:《试论〈史记〉自注》,《渭南师范学院学报》2002 年第 6 期,第 5 页;刘治立:《论〈汉书〉自注》,《咸阳师范学院学报》2008 年第 3 期,第 26 页;徐适瑞:《略论〈唐六典〉的注》,《河南理工大学学报(社会科学版)》2012 年第 4 期,第 475 页。

③ 参见秦子蓉:《试谈我国古典目录学中的典范——〈汉书·艺文志〉自注》,《滨州师专学报》1992 年第 1 期,第 88 页。

合。再如赵英翘《司马迁〈史记〉自注别述》将《史记》自注分为义训、叙述、论断、插叙、综合五类①，除义训是承续经学注释而来的传统注释方法外，其他四类均将自注撰写手法与释解模式相等同，而且叙述与插叙本是包含关系，不应当作平行划分。总之，现有研究成果尚未能对史书自注的方法给予全面准确的概括。

事实上就史书自注本身而言，其在漫长的发展过程中已逐渐形成了系统有效的阐释方法，主要包括以下三种：第一种为训释法，自注主要是对名称概念、字词义的解释说明。其受经学注释方法的影响颇深，注重意义阐释的精确性，与被释对象在内容边界上高度重合。如《左传·宣公十二年》云："楚子曰：'非尔所知也！夫文，止戈为武。武王克商，作《颂》曰：……'"②此处的"夫文，止戈为武"为插入正文的随文自注，用以训释"武"字之意。又如《史记·秦本纪》："秦三将军相谓曰：'将袭郑，郑今已觉之，往无及已。'灭滑。滑，晋之边邑也。"③末句亦为随文自注，是对"滑"这一地名的介绍。再如《汉书·艺文志》在"《平原君》七篇"条目下注"朱建也"④，朱建为西汉初人，高祖赐号"平原君"，自注是对《平原君》作者的训释说明，目的在于和战国四公子之一的平原君赵胜相区分。

第二种为阐发法，自注用以深入阐释或延伸补充文本信息。与训释法重在解析概念、意义不同，阐发法的自注更关注对史实及事实的延展细述。如班固《汉书·艺文志》中"《杨氏》二篇"条目下自注"名何，字叔元，蓸川人"⑤，是对篇目作者身份信息的补充介绍。再

① 参见赵英翘：《司马迁〈史记〉自注别述》，《汉中师院学报（哲学社会科学版）》1988 年第 3 期，第 32—34 页。

② 杨伯峻编著：《春秋左传注》，北京：中华书局，1981 年，第 744 页。

③ 〔汉〕司马迁：《史记》卷五《秦本纪》，北京：中华书局，1959 年，第 191 页。

④ 〔汉〕班固：《汉书》卷三〇《艺文志》，北京：中华书局，1962 年，第 1726 页。

⑤ 〔汉〕班固：《汉书》卷三〇《艺文志》，第 1703 页。

如《史记·田叔列传》中"数岁，坐太子事。时左丞相自将兵，令司直田仁主闭守城门，坐纵太子，下吏诛死"①一段，从"时左丞相自降兵"到"坐纵太子"是插入正文中的自注，进一步详述"坐太子事"的始末。又如杨衒之《洛阳伽蓝记》中，"昭仪寺有池"句后自注云："京师学徒谓之翟泉也。衒之按杜预注《春秋》云：翟泉在晋太仓西南，按晋太仓在建春门内，今太仓在东阳门内，此地今在太仓西南，明非翟泉也。后隐士赵逸云：此地是晋侍中石崇家池，池南有绿珠楼。于是学徒始寤，经过者，想见绿珠之容也。"②不仅明确了寺池的正确名称，而且在详述考辨过程的同时增强了寺池的历史感与故事性。与用于训释法的自注相比，为阐发事、意服务的自注对史书内容的扣合明显减弱，供自注者发挥的空间相对扩大，自注的撰写不再囿于刻板精确的意义训释，而立足于对史实人事的细化扩充，甚至融入了注释者的思考判断，从而实现对历史的复原与认知。阐发性的注释不再囿于客观精确的意义训释与义理探索，而立足于对史实人事的充实延展，这种注解思路显然更能代表史书自注的特色，所以从魏晋南北朝开始，逐渐成为史家作自注时最常用的方法。

　　第三种为提示法，这种注释方法一般不涉及对文本内容的解释阐发，而重在发挥提示功能。此类自注最常用的提示方法就是参见法，参见法又称互见法，即"一事所系数人，一人有关数事，若各为详载，则繁复不堪。详此略彼，详彼略此，则互文相足尚焉"③。由此可知，参见法主要用于某一内容在史书不同部分需要反复提及的情况。若该内容于书中已有详载，则其再出现时，仅用自注标明可参见的详

①〔汉〕司马迁：《史记》卷一〇四《田叔列传》，第 2778 页。
②〔魏〕杨衒之撰，周祖谟校释：《洛阳伽蓝记校释》卷一"昭仪尼寺"条，第 44 页。
③ 靳德峻编纂：《史记释例·互文相足例》，上海：商务印书馆，1933 年，第 14 页。

载出处,而不再复述内容本身。阅读者可将被注对象与自注提示结合参读,从而建立篇目之间的内在关联。参见法自注最早见于《史记》,后世史书如《汉书》《隋书》《唐六典》等对此均有借鉴。参见法自注又细分为五类:书籍作者生平事迹参见、内容主旨同书参见、古书今解本参见、史传人物及事件参见、典章制度参见。前三类已有文章专门论述,兹不赘言①。史传人物及事件参见指自注所释人事在史书中已有详载,自注再次提及时,只交代详载出现的具体位置,而不赘述内容。此种情况多见于《史记》《汉书》的列传部分,诸如"事见某篇""语在某篇""语在某事中""语见某传"等参见法自注固定的特色提示语随之而生。这也引起了研究者的注意:"至于《史》《汉》在叙事之际,每遇彼此有关联处,辄云:'事见某篇','语在某篇',散见全书,不可胜数,亦史家自注之辞也。"②如《史记·留侯世家》云:"张良说汉王,汉王使良授齐王信印,语在《淮阴》事中。"③"语在《淮阴》事中"即为参见自注,提示韩信自立齐王的始末经过在《淮阴侯列传》中有细述,可与此处受信印之事相参照。再如《汉书·项籍传》中项羽、刘邦荥阳之争的记载:"三年,羽数击绝汉甬道,汉王食乏,请和,割荥阳以西为汉。羽欲听之。历阳侯范增曰:'汉易与耳,今不取,后必悔之。'羽乃急围荥阳。汉王患之,乃与陈平金四万斤以间楚君臣。语在《陈平传》。"④最后一句为参见自注,说明陈平以重金离间西楚君臣的全过程,在其个人传记中有所交代,读者可于此了解详情。典章制度参见的实例在《唐六典》中出现得最频繁,约有 20 处。

---

① 参见那世平:《〈汉书·艺文志〉班固自注浅析》,《图书馆学刊》1995 年第 2 期,第 54 页。此文虽以《汉书·艺文志》作论,但所归纳的三类参见法,适用于其他史书自注中的类似情况。

② 张舜徽:《史学三书平议》,北京:中华书局,1983 年,第 205 页。

③ 〔汉〕司马迁:《史记》卷五五《留侯世家》,第 2042 页。

④ 〔汉〕班固:《汉书》卷三一《项籍传》,第 1813 页。

与《史记》《汉书》的表述不同，《唐六典》多使用"已具某处""已详某注""某注详焉"这类新的提示语。如中书省部分"右补阙二人，从七品上"句下自注"废置已详门下省左补阙注"；"右拾遗二人，从八品上"句下自注"已详左拾遗注"①。中书省右补阙及拾遗与门下省左补阙及拾遗的沿革废置情况相同，撰者已在门下省左补阙、拾遗自注中有详细说明，因而此处仅用参见自注加以提示交代。又如同书太常寺部分对鼓吹署乐正的介绍："乐正四人，从九品下。"句下注云："其说已具太乐乐正下。"②表明鼓吹署乐正的设置、职能与太乐署乐正相同，参见之即可。

　　除参见法外，自注撰者对其认为重要信息的非阐释性交代都可视为提示性自注。主要有以下四种情况：说明编撰者姓名、标注时间地点、交代避讳、提示史料存佚。如《隋书·经籍志》中"《周易讲疏》十三卷"条目下自注"国子祭酒何妥撰"③，是说明书目作者。《汉书·艺文志》中"《封禅议对》十九篇"条目下自注"武帝时也"④，是明确作品写作时间。《通典》卷一《食货·田制上》中"故废井田，制阡陌，任其所耕，不限多少"句下自注"孝公十二年之制"⑤，交代了阡陌制在秦国的施行时间。《汉书·艺文志》中"《五经杂议》十八篇"条目下自注"石渠论"⑥，指出图书编修的地点。《通典》卷七《食货·历代盛衰户口》言及北齐亡国之事云："至崇化三年，为周师所

①〔唐〕李林甫等撰，陈仲夫点校：《唐六典》卷九"中书省集贤院史馆瓯使"条，北京：中华书局，1992年，第277页。
②〔唐〕李林甫等撰，陈仲夫点校：《唐六典》卷一四"太常寺"条，第407页。
③〔唐〕魏征等：《隋书》卷三二《经籍志》，北京：中华书局，1973年，第912页。
④〔汉〕班固：《汉书》卷三〇《艺文志》，第1709页。
⑤〔唐〕杜佑撰，王文锦、王永兴等点校：《通典》卷一《食货·田制上》，北京：中华书局，1988年，第6页。
⑥〔汉〕班固：《汉书》卷三〇《艺文志》，第1718页。

灭。"杜佑在"崇"字后作自注"国讳改之"①。"崇化"本为"隆化",乃北齐年号,自注陈明此改动因避玄宗名讳而来。《隋书·经籍志》中"《毛诗序义疏》一卷"条目下注"刘瓛等撰,残缺"②,不仅交代了该书作者,而且着重提示其残本的性质。

以上三种史书自注方法均为唐代诗人借鉴运用,作为诗歌自注的基本阐释方法。

首先,以明确概念及字词义为主要目的的训释法在唐诗自注中被沿用。唐诗中训释性自注的对象包括人名、物名、字词义。由于篇幅、押韵、表达习惯等因素的影响,诗歌中常以简称或别称称人,其完整正式的称谓则依靠自注的训解。如韦应物《送房杭州》题下自注"孺复"③;雍陶《和兵部郑侍郎省中四松诗》题下注"郑侍郎浣也"④,都是将诗题中的官职称谓明确为人名。又如白居易《江楼夜吟元九律诗成三十韵》中"常嗟李谪仙"句下注"贺知章谓李白为谪仙人"⑤,则是以姓名释别号所指。

物名训释又分为四类。一是释官职机构。如白居易《司徒令公分守东洛移镇北都一心勤王三月成政形容盛德实在歌诗况辱知音敢不先唱辄奉五言四十韵寄献以抒下情》"紫微留北阙"句下注"中书令即紫微令也"⑥。元稹《上阳白发人》"天宝年中花鸟使"句下对

---

① 〔唐〕杜佑撰,王文锦、王永兴等点校:《通典》卷七《食货·历代盛衰户口》,第147页。

② 〔唐〕魏征等:《隋书》卷三二《经籍志》,第917页。

③ 孙望编著:《韦应物诗集系年校笺》卷九,第423页。

④ 〔清〕彭定求等编:《全唐诗》卷四八八,第5543页。《全唐诗》将此诗系于陶雍名下,据陈尚君《全唐诗补编》考证,陶雍为雍陶之误,此诗乃为雍陶所作。

⑤ 谢思炜撰:《白居易诗集校注》卷一七,第1340页。

⑥ 谢思炜撰:《白居易诗集校注》卷三四,第2566页。

"花鸟使"之职的训释："天宝中,密号采取艳异者为花鸟使。"①唐诗自注中对官职机构名称的训释仅此两处,且释机构之名时采用了以原名释更名的方法。二是释山河、城邑等地名。如皮日休《鲁望昨以五百言见贻过有褒美内揣庸陋弥增愧悚因成一千言上述吾唐文物之盛次叙相得之欢亦迭和之微旨也》中"携将入苏岭"句下注对"苏岭"的解释："鹿门别名。"②李余《寒食》中"玉轮江上雨丝丝,公子游春醉不知"句下注对玉轮江的说明："汶江谓之玉轮江。"③白居易《正月三日闲行》中"黄鹂巷口莺欲语,乌鹊河头冰欲销"句下注对"黄鹂""乌鹊"之意的进一步明确："黄鹂,坊名。乌鹊,河名。"④三是释建筑形胜。如耿沣《题清源寺》题下注"即王右丞故宅"⑤;窦牟《奉诚园闻笛》题下注"园,马侍中故宅"⑥;王建《题应圣观》题下注"观即李林甫旧宅"⑦;李白《劳劳亭歌》题下注"在江宁县南十五里,古送别之所,一名临沧观"⑧。四是释曲名、诗体概念。曲名训释如白居易《听弹古渌水》题下注"琴曲名"⑨,又《忆江南词三首》题下注"此曲亦名《谢秋娘》,每首五句"⑩;聂夷中《大垂手》题下自注"言舞而垂其手也"⑪。自注或以别称释琴曲名,或阐明舞曲取名之含义。阐释诗体

① 杨军笺注:《元稹集编年笺注》,第 107 页。
② 〔唐〕皮日休著,萧涤非、郑庆笃校注:《荆楚文库·皮日休集》,第 360 页。
③ 〔清〕彭定求等编:《全唐诗》卷五〇八,第 5772 页。
④ 谢思炜撰:《白居易诗集校注》卷二四,第 1906 页。
⑤ 〔清〕彭定求等编:《全唐诗》卷二六九,第 2995 页。
⑥ 刘兴超著:《窦氏联珠集校注》,呼和浩特:内蒙古人民出版社,2010 年,第 83 页。
⑦ 尹占华校注:《王建诗集校注》卷六,成都:巴蜀书社,2006 年,第 253 页。
⑧ 〔唐〕李白著,瞿蜕园、朱金城校注:《李白集校注》卷七,第 514 页。
⑨ 谢思炜撰:《白居易诗集校注》卷五,第 467 页。
⑩ 谢思炜撰:《白居易诗集校注》卷三四,第 2598 页。
⑪ 〔清〕彭定求等编:《全唐诗》卷二六,第 366 页。

概念的自注仅一处,即白居易在《余思未尽加为六韵重寄微之》中对
元和体概念的提出及注解。诗人在"诗到元和体变新"句下注云:
"众称元、白为千字律诗,或号元和格。"①这里的"元和格"就是诗句
中所言的元和体,由注可知元和体的原始内涵仅指元、白的千字律诗
即长篇排律。

　　训解字词义的自注相对释人名与物名的自注而言比较少见。如
杜甫《谢严中丞送青城山道士乳酒一瓶》中"洗盏开尝对马军"句下
注对"马军"的解释为"军州谓驱使骑为马军"②,可知马军即骑兵。
又如智远《律僧》中"长长护有情"句下注"众生谓有情"③,阐释了
"有情"作为佛教概念的含义,从而与此词的世俗义相区分。再如薛
能《边城作》"管排蛮户远,出箐鸟巢孤"句下注"蜀人谓税为排户,谓
林为丛箐"④,诠释了"排""箐"两字在特定方言体系中的意义。

　　训释性自注是对概念、字词义的界定,释解内容与被释对象在内
涵上的严格对应是该注释方法遵循的基本原则。在史书的训释性自
注中已出现应此原则而生的具体训释方式即互释。所谓互释指同义
事物的相互阐释,被释者与释解内容实为同质异名,两者对调位置
后,训释关系依然成立。史书中训释性自注采用的互释法往往表现
为肯定判断句的形式,如前所举《左传·宣公十二年》中的自注"夫
文,止戈为武";《史记·秦本纪》的自注"滑,晋之边邑也"就分别采
用了"A 为 B""A,B 也"这两种典型的肯定判断句式,前者属于判断
词居中的结构,后者属于"……者……也"结构。在这两类句式中,A
(被释对象)与 B(释解内容)的位置可以交换而不影响彼此核心内涵

---

① 谢思炜撰:《白居易诗集校注》卷二三,第 1801 页。
② 〔唐〕杜甫著,〔清〕仇兆鳌注:《杜诗详注》卷一一,第 896 页。
③ 〔清〕彭定求等编:《全唐诗》卷八五〇,第 9621 页。
④ 〔清〕彭定求等编:《全唐诗》卷五六〇,第 6497 页。

的契合。例1中的"止戈为武"亦可表述为"武为止戈","武"与"止戈"完全同义,即使交换位置亦不影响句子的基本含义。例2中的"滑,晋之边邑也"亦可表述为"晋之边邑,滑也",虽然晋之边邑的外延要大于滑地,但两者在"边邑"这一核心内涵上是完全吻合的。由此再审视唐诗中的训释性自注,可以发现以肯定判断句式为特征的互释法同样运用得相当普遍。前文所举唐诗训释性自注例证中使用的判断句式,有如下七类:1. A 即 B;2. A 为 B;3. A,B 别名;4. A,B;5. A,B 也;6. A,一名/一曰 B;7. A 谓 B①。第 1、2、6、7 类,判断词虽不同但均属判断词居中结构。第 5 类则是标准的"……者……也"结构。而第 3、4 两类虽缺少判断词及标志性结构,但明显是肯定判断,将其套入判断词居中结构或"……者……也"结构,均能成立。可见,唐诗训释性自注中互释法采用的判断句变体虽多,但基本句型不外乎判断词居中的"A 为/即/谓/一名 B"式或"A(者),B 也"式,这与史书中能表征互释法的判断句式显然是一致的。然而问题的重点并不在史书自注与唐诗自注使用了相同的判断句式,而是以判断句为特征的互释法的使用,同时成为史书与诗歌训释性自注的特色。而且,是史书自注成熟的训释思路与实现途径启发了诗歌自注,并为之提供了可借鉴的模式,从而使"判断句—互释法—训释性自注"这一释解套路从史注转入诗注。

　　其次,阐发性自注在唐诗自注中大量出现,延伸式阐释也成为唐诗自注的主要注释方式,且又分为内向延伸与外向延伸。内向延伸指自注对被释对象的显微、进深式的说明,是自注对诗歌内容的纵向深化,主要通过延展细节和揭示本事两种途径实现。细节延展指自

---

① 文中对唐代诗歌训释性自注虽非穷尽式举例,但所有诗例中使用的判断句类型都不出文中所示的七类。因此,七类判断句句型可以代表唐诗训释性自注判断句式的整体情况。

注对诗句中片段、笼统的人事信息进行细化扩充,言其所未尽之处。诗歌作为与骈文、散文截然不同的文体,句式与篇幅的限制更为明显,因此,诗歌创作遵循蕴藉凝练的基本原则,通过提炼浓缩的方式择取与情感主旨密切相关的内容入诗而省略其他。这就使诗歌的某些情节内容缺少背景支持或前后的铺垫衔接,而自注则进一步对其进行缀补。如独孤及《自东都还濠州奉酬王八谏议见赠》中"天地变化县城改,独有故人交态在"句下注:"天宝中及尉华阴,郑县别后,经禄山之乱,郑县残毁,城移于州西。"①诗句的叙述仅反映出诗人曾居住过的城邑因战乱而引发重大变故这一现状,自注则不仅进一步明确所谓"天地变化"与"县城改"的具体所指,还交代了诗人与已面目全非的县城间的渊源,使诗句中概括式的书写因客观事实的支撑而更具充实饱满的情感张力。再如韦应物《谢栎阳令归西郊赠别诸友生》中"独此抱微疴,颓然谢斯职"一句,仅叙及自己因病辞去栎阳县令一事,而题下自注则补充了更翔实的信息:"大历十四年六月二十三日自鄠县制除栎阳令,以疾辞归善福精舍,七月二十日赋此诗。"②注语提供了诗人任、辞栎阳令的准确时间,同时交代了任职前及辞职后的情况,不仅通过准确的时间表述突出任职期的短暂,强化诗人因疾恙而被迫卸任的无奈之感,而且补充了诗中病辞栎阳令的过程,使事件得以有更完整的呈现。又如白居易《舟行阻风寄李十一舍人》中有"今日料君朝退后,迎寒新酎煖开颜"之句,注曰:"李十一好小酎酒,故云。"③诗句陈明了一个诗人极有把握的猜测:他的老友李建④在结束公务归家后,定会小酌驱寒。自注则进一步阐释作此推测的

---

① 〔唐〕独孤及撰,刘鹏、李桃校注:《毗陵集校注》卷三,沈阳:辽海出版社,2006年,第54页注释3。

② 孙望编著:《韦应物诗集系年校笺》卷四,第183页校记3。

③ 谢思炜撰:《白居易诗集校注》卷一五,第1225页。

④ 李十一为李建,参见谢思炜撰:《白居易诗集校注》卷一五,第1225页注释2。

原因,从而与诗句内容形成完整的因果逻辑,不仅呼应了诗人推测料想时的笃定心态,而且尽现其与李建熟识亲厚的情感关系。

自注对本事的揭示一般用于两种情况。一是诗歌避开对事实的直陈,而通过用典、类比、象征等方式曲折言之,自注则点明诗歌的实指。如韦应物《将往江淮寄李十九儋》中有"燕燕东向来,文鹢亦西飞"之句,表面上是写燕子与彩凤的东来西飞,题下自注则点明暗藏之实情:"予自西京至,李又发河洛,同道不遇。"①诗人以东来燕与西飞凤分喻自己和李儋行旅中的交错不遇。再如皎然《郑容全成蛟形木机歌》中"众木千丛君独知"之句表面上夸赞的是蛟形木机的独特美感及郑氏识木辨材的慧眼,句下自注则直指句中潜台词:"广德中,郑生避贼吴兴毗山,于稠人之中遇予,独见称赏。"②可见识木辨材仅是类比旁敲,诗人真正要表达的是其对郑容全的青睐与郑氏对蛟形木的欣赏一样,都是伯乐之于千里马的知音相惜。再如杜甫《奉赠萧十二使君》中"终始任安义,荒芜孟母邻。联翩匍匐礼,意气死生亲。张老存家事,嵇康有故人"六句下自注云:"严公既没,老母在堂,使君温清之问,甘脆之礼,名数若己之庭闱焉。及太夫人顷逝,丧事又首诸孙,主典抚孤之情,不减骨肉,则胶漆之契可知矣。"③诗题中的萧使君具体名字不详,原在剑南西川节度使严武幕府任郎官之职,不仅为严武属僚且与杜甫私交匪浅。诗句中罗列任安拒投霍去病而始终追随卫青、春秋时期晋大夫张老悉心教导赵氏遗孤赵文子助其成材、山涛培育嵇康临终所托一双儿女三个典故,自注则并非阐释典故本身,而是指出其在诗歌文本中影射的事实,即萧使君在严武逝后,对其家人的供养照料。诗中典故与自注内

---

①　孙望编著:《韦应物诗集系年校笺》卷二,第68页校记1。

②　〔清〕彭定求等编:《全唐诗》卷八二一,第9259页。

③　〔唐〕杜甫著,〔清〕仇兆鳌注:《杜诗详注》卷二三,第2052页。

容实为类比关系,自注的阐释是在诗歌语境中对典故原有事义进行的叠加与延伸。

二是诗歌主抒情议论,自注侧重交代触发情思的事由。如白居易《代林园戏赠》云:"南院今秋游宴少,西坊近日往来频。假如宰相池亭好,作客何如作主人?"①前两句叙事,交代其后议论感慨的缘由;后两句表明诗人对人与园林关系的看法:为豪园之客未若做小园之主。叙事与议论的诗句虽相同,但前者仅为铺垫,后者才是诗旨所在。因此,诗中对"南院""西坊"的介绍仅限于其中举办宴会多寡有别,却并未陈明个中原因。这使诗歌叙、议两部分的意脉衔接不够紧凑,议论感慨的生发略显突兀。而题下自注"裴侍中新修集贤宅成,池馆甚盛,数往游宴,醉归自戏耳"则对"西坊近日往来频"的缘由说明甚详,从而使诗歌中叙与议的逻辑衔接更加紧密。

外向延伸是指自注对与诗歌或诗句相关的外围信息的补充说明,与自注进行纵向深化阐释的内向延伸不同,自注的外向延伸重在信息的横向拓展,与被释对象的意涵关联不大。外向延伸自注一般以题下注居多,内容主要包括三类。第一类揭示诗歌创作原因,多使用"因以""故以"作为提示语。如刘长卿《春过裴虬郊园》题下注"时裴不在,因以寄之"②,说明此诗是为弥补裴虬无法亲赏自家园林春光的遗憾而作。白居易《惜梜李花》题下注:"花细而繁,色艳而黯,亦花中之有思者。速衰易落,故惜之耳。"③指出诗歌是有感梜李花的凋零易逝。韦庄《伤灼灼》题下注:"灼灼,蜀之丽人也。近闻贫且老,殂落于成都酒市中,因以四韵吊之。"④交代此诗的创作动机为感

---

① 谢思炜撰:《白居易集校注》卷三二,第 2444 页。
② 储仲君撰:《刘长卿诗编年笺注》,第 50 页。
③ 谢思炜撰:《白居易诗集校注》卷九,第 770 页。
④ 〔五代〕韦庄著,聂安福笺注:《韦庄集笺注·补遗》,第 372 页注释 1。

伤蜀地佳人灼灼贫老困窘的命运。第二类交代诗歌赠和对象。如岑参《使交河郡》题下注"郡在火山脚,其地苦热无雨雪。献封大夫"①,不仅提供了有关交河郡地理位置、气候特点的详细信息,也点明诗歌的呈赠对象为封常清。又如白居易《白牡丹》题下注"和钱学士作"②及无名氏《送游大德赴甘州口号》题下注"此便代书寄呈将军"③,都是以自注补充说明诗歌寄赠对象。诗歌的寄赠对象大多在诗题中直接体现,如上所举以自注说明的情况比较少,一般多见于歌行体中。如杜甫《醉时歌》题下自注"赠广文馆博士郑虔"④,《徒步归行》题下自注"赠李特进,自凤翔赴鄜州,途经邠州作"⑤,《丹青引》题下自注"赠曹将军霸"⑥;刘长卿《听笛歌》题下自注"留别郑协律"⑦;白居易《醉歌》题下自注"示妓人商玲珑"⑧。可见"某歌/行+赠/示某人"是唐代诗人创作歌行体时自注寄赠对象的常用格式。第三类陈述诗歌写作背景。如李白《鸣皋歌送岑征君》题下注"时梁园三尺雪,在清泠池作"⑨,明确了诗人作诗的时空场景。李白二入长安求仕失败后,曾有漫游梁宋的经历,期间在梁园居住十年之久。该诗即作于此时期,具体为天宝四年冬写于雪后的清泠池畔。再如杜牧《感怀诗一首》题下注"时沧州用兵"⑩点明诗歌创作的时代背景。沧州为横海军节度使治所,也是其所领四州(沧州、景州、德州、棣州)之一。敬宗

---

① 〔唐〕岑参撰,廖立笺注:《岑嘉州诗笺注》卷一,第142页。

② 谢思炜撰:《白居易诗集校注》卷一,第72页。

③ 陈尚君辑校:《全唐诗补编》第一编《补〈全唐诗〉拾遗》卷一,第62页。

④ 〔唐〕杜甫著,〔清〕仇兆鳌注:《杜诗详注》卷三,第174页。

⑤ 〔唐〕杜甫著,〔清〕仇兆鳌注:《杜诗详注》卷五,第385页。

⑥ 〔唐〕杜甫著,〔清〕仇兆鳌注:《杜诗详注》卷一三,第1147页。

⑦ 储仲君撰:《刘长卿诗编年笺注》,第187页。

⑧ 谢思炜撰:《白居易诗集校注》卷一二,第974页。

⑨ 〔唐〕李白著,瞿蜕园、朱金城校注:《李白集校注》卷七,第507页校记1。

⑩ 吴在庆撰:《杜牧集系年校注》卷一,第34页。

宝历二年四月，横海节度使李全略卒，其子李同捷擅自为留后。文宗大和元年五月，同捷入朝，呈请朝廷准其继承横海军节度使之位。朝廷未允，授其兖海节度使，同捷抗命不遵，八月，朝廷遣兵讨伐。此诗正作于征讨李同捷之时。

唐诗阐发性自注中内向及外向两种延伸阐释方式，在史书自注中均有迹可寻。《史记》《汉书》纪传部分的随句注释大多是对正文中事件经过及人物经历的详细展开。如前文所举《史记·田叔列传》中"坐纵太子事"自注；《汉书·项籍传》中"于是梁乃求楚怀王孙心"句后注"在民间为人牧羊"①，进一步说明怀王孙当时的境遇。《汉书·艺文志》《隋书·经籍志》自注对典籍作者、内容、卷数三类基本信息的说明；《汉书·地理志》自注对城邑建制沿革，各地地理形势、自然资源等的介绍；《通典》《唐六典》自注对正文中各项典章制度，机构官职之创变、设置、职能等详情的陈述，均属细节拓展式的内向延伸阐释。史书自注中对材料去取标准的说明、史料真伪的考辨、撰者自己见解的表达等，则是对史实之外的信息扩充，属于外向延伸阐释。唐诗阐发性自注分别从纵深细化和横向拓展两个维度增加了被释对象的既有信息量，在本质上继承了史书阐发性自注以追求事实为本、以增补诗歌信息为要义的阐释原则。

再次，史书中的提示性自注也为唐诗自注所借鉴。最典型的便是唐诗自注中依然有参见法自注的用例。作为一种不涉及意义阐释的提醒方式，参见法实为史书提示性自注的一大特色。唐诗自注中使用参见法虽不多，但史书自注的影响印记依然清晰可见。

唐诗自注中的参见法用例有五处：马怀素《奉和送金城公主适西蕃应制》中"空余愿黄鹤，东顾忆回翔"句下注云："黄鹤见《汉书·西

---

① 〔汉〕班固：《汉书》卷三一《项籍传》，第 1799 页。

域传》，公主歌云：愿为黄鹄兮归故乡。"①黄鹤本为黄鹄，典出《汉书·西域传》细君公主远嫁乌孙后吟唱的一首思乡曲。传曰："汉元封中，遣江都王建女细君为公主，以妻焉。赐乘舆服御物，为备官属宦官侍御数百人，赠送甚盛。乌孙昆莫以为右夫人……公主至其国，自治宫室居，岁时一再与昆莫会，置酒饮食，以币帛赐王左右贵人。昆莫年老，语言不通，公主悲愁，自为作歌曰：'吾家嫁我兮天一方，远托异国兮乌孙王。穹庐为室兮旃为墙，以肉为食兮酪为浆。居常土思兮心内伤，愿为黄鹄兮归故乡。'天子闻而怜之，间岁遣使者持帷帐锦绣给遗焉。"②由于史传记载已非常详细，诗注仅指出"黄鹤"一语的来源，对个中详情则采用"参见法"提示史载出处，而并未展开叙述。

权德舆《八月十五日夜瑶台寺对月绝句》中"嬴女乘鸾已上天，仁祠空在鼎湖边"句下注云："仁祠，寺也。见《后汉书·楚王英传》。"③《后汉书·楚王英传》中"楚王诵黄老之微言，尚浮屠之仁祠"④就将"佛寺"一词表述为"仁祠"。权诗自注只解释了仁祠之意，至于其渊源来历因《汉书》已有详细记载，为避免重复说明，同样采用了仅示语典出处的参见法。

白居易《捕蝗》中"又闻贞观之初道欲昌，文皇仰天吞一蝗"句下注云："贞观二年，太宗吞蝗虫，事具《贞观实录》。"⑤《贞观实录》现已不存，《贞观政要》中对太宗吞蝗虫事有比较详细的记载："贞观二年，京师旱，蝗虫大起。太宗入苑视禾，见蝗虫，掇数枚而咒曰：'人以

①〔清〕彭定求等编：《全唐诗》卷九三，第 1009 页。
②〔汉〕班固：《汉书》卷九六《西域传》，第 3903 页。
③〔唐〕权德舆撰，郭广伟校点：《权德舆诗文集》卷六，第 99 页。
④〔宋〕范晔：《后汉书》卷四二《楚王英传》，北京：中华书局，1965 年，第 1428 页。
⑤ 谢思炜撰：《白居易诗集校注》卷三，第 322 页。

谷为命,而汝食之,是害于百姓。百姓有过,在予一人,尔其有灵,但当蚀我心,无害百姓。'将吞之,左右遽谏曰:'恐成疾,不可。'太宗曰:'所冀移灾朕躬,何疾之避?'遂吞之。自是蝗不复为灾。"①《贞观政要》的直接史料来源是李延寿的《太宗政典》,于《贞观实录》仅作参考②。《政要》中对太宗吞蝗的记载虽非《实录》原文,但主要内容应相差不大。因此,《实录》中对该事件的叙述应当也较为翔实,故白居易在自注中仅指出史实出处,而未费笔墨铺陈其全貌。

白居易《自到郡斋仅经旬日方专公务未及宴游偷闲走笔题二十四韵兼寄常州贾舍人湖州崔郎中仍呈吴中诸客》中"愧无铛脚政"句下注:"河北三郡相邻,皆有善政,时为铛脚刺史。见《唐书》。"③《唐书》是唐人对本朝人所编本朝史书的统称,由注可知诗句中的"铛脚政"是化用书中铛脚刺史之典。《唐书》的主要史料依据又可以追溯到吴兢的《唐史》、韦述的《唐春秋》及《国史》④。吴、韦著作现已不存,而《旧唐书·薛大鼎传》中则有关于铛脚刺史的详细记载:"贞观中,累转鸿胪少卿、沧州刺史……时与瀛州刺史贾敦颐、曹州刺史郑德本,俱有美政,河北称为'铛脚刺史'。"⑤由于《旧唐书》的史料多采自唐代帝王的起居注、实录及唐人所修本朝史书,故所载"铛脚刺史"的故实也非常可能出自吴、韦所撰史书。与自注相比,史传所载要翔实许多,自注只对"铛脚刺史"之说的缘由做了简单交代,至于典

---

① 〔唐〕吴兢撰,葛景春、张弦生注译:《贞观政要》卷八《论务农第三十》,郑州:中州古籍出版社,2008年,第300页。

② 参见李万生:《关于〈贞观政要〉材料来源的商讨》,《人文杂志》1999年第2期,第104页。

③ 谢思炜撰:《白居易诗集校注》卷二四,第1877页。

④ 参见岑仲勉:《〈旧唐书逸文〉辨》,《岑仲勉史学论文集》,北京:中华书局,1990年,第594—596页;滕汉洋:《白居易诗歌自注辨析三则》,《九江学院学报(社会科学版)》2014年第4期,第79—80页。

⑤ 〔后晋〕刘昫等撰:《旧唐书》卷一八五《薛大鼎传》,第4787—4788页。

故详情则以提示出处的方式代替内容转述。

郑嵎《津阳门诗》中"画轮宝轴从天来,云中笑语声融怡。鸣鞭后骑何蹙蹀,宫妆襟袖皆仙姿。青门紫陌多春风,风中数日残春遗。骊驹吐沫一奋迅,路人拥慧争珠玑"句下注云:"事尽载在《国史》中。"又"四方节制倾附媚,穷奢极侈沽恩私。堂中特设夜明枕,银烛不张光鉴帷"句下注云:"虢国夜明枕,置于堂中,光烛一室。西川节度使所进。事载《国史》,略书之。"①自注所说《国史》为韦述、柳芳、令狐峘相继编撰而成,该书已亡佚。但两《唐书》同样采纳了其中大量的史料文献,故从中可窥得自注所引故实的来龙去脉。虢国夫人夜明枕未见于两《唐书》。杨氏姊妹出行之事,《旧唐书》中有一段与诗句描述类似的记载:"玄宗每年十月幸华清宫,国忠姊妹五家扈从,每家为一队,著一色衣,五家合队,照映如百花之焕发,而遗钿坠舄,瑟瑟珠翠,璨瓓芳馥于路。"②自注言虢国夫人夜明枕与杨氏姊妹出行之事俱依国史而出;同时,由《旧唐书》所载可推知《国史》对杨氏出行场面的叙写已十分细致。因而诗人在自注中对史实采取了略书甚至不书的方式,仅说明其来源,既重点突出又清晰简练。

由上可见,唐诗提示性自注中的参见法有两个特点。一是采用以提示出处代替内容重述的注解方法。自注中需要解释的语典及事典在文献中已有翔实记载,诗人通过注明典故出处的方式,既实现了对典故的间接注解,又避免了对其详情细节的重复叙述。这种操作方式明显是对史书参见自注的继承。二是具有相对固定的参见提示语,即"某事/语见某书""某事载某书"。这与史书参见自注使用的提示语基本相同,均先点明注释对象,继而交代其出处来源,同样反映出唐诗自注对史书参见自注用语的承袭。

---

① 〔清〕彭定求等编:《全唐诗》卷五六七,第 6562 页。
② 〔后晋〕刘昫等撰:《旧唐书》卷五一《后妃上》,第 2179 页。

　　除交代史料出处外,唐诗提示性自注还具有以下功能:第一,提示诗歌创作时间、地点。诗人对创作时间的标注采用两种方式。一是标注纪年。如李谅《苏州元日郡斋感怀寄越州元相公杭州白舍人》题下注"时长庆四年也"①,这种年号纪年的形式最为常见。部分自注对时间的记录更加详细,能够精确到具体的月份甚至日期,如李绅《肥河维舟阻冻祇待敕命》题下注"大和七年十二月"②;李德裕《东郡怀古二首》题下注"大和四年六月一日题"③。除年号纪年外,干支纪年也是唐诗提示性自注所采用的纪年方式,但不如年号纪年常见,主要集中于元稹和韩偓的诗注。如元稹《华之巫》题下注"景戌"④,《村花晚》题下注"庚寅"⑤。景戌年⑥即元和元年,庚寅年为元和五年。再如韩偓《赠吴颠尊师》题下注"丙寅年作"⑦,丙寅年即会昌六年;《裊娜》题下注"丁卯年作"⑧,丁卯年即大中元年(847)。二是标注作诗年龄。这种方式在王维诗注中最多见,其实也是对诗歌创作时间的提示。如《哭祖六自虚》题下注"时年十八"⑨,《息夫人》题下注"时年二十"⑩,《题友人云母障子》题下注"时年十五"⑪。对创作地的标注在提示性自注中也比较普遍,如朱湾《寒城晚角》题下注"滑

---

① 〔清〕彭定求等编:《全唐诗》卷四六三,第 5269 页。

② 〔唐〕李绅著,卢燕平校注:《李绅集校注》,第 33 页。

③ 〔唐〕李德裕撰,傅璇琮、周建国校笺:《李德裕文集校笺·别集》卷三,第575 页。

④ 杨军笺注:《元稹集编年笺注》,第 103 页。

⑤ 杨军笺注:《元稹集编年笺注》,第 205 页。

⑥ 唐人为避高祖父李昞之讳,以"景"字代"昞"字及含"丙"字部首之字。故自注中的"景戌"实为"丙戌",即宪宗元和元年。

⑦ 〔唐〕韩偓撰,吴在庆校注:《韩偓集系年校注》卷一,第 218 页。

⑧ 〔唐〕韩偓撰,吴在庆校注:《韩偓集系年校注》卷四,第 928 页。

⑨ 〔唐〕王维著,〔清〕赵殿成笺注:《王右丞集笺注》卷一二,第 236 页。

⑩ 〔唐〕王维著,〔清〕赵殿成笺注:《王右丞集笺注》卷一三,第 252 页。

⑪ 〔唐〕王维著,〔清〕赵殿成笺注:《王右丞集笺注》卷一三,第 253 页。

州作"①；元稹《楚歌十首》题下注"江陵时作"②；杜牧《偶游石盎僧舍》
题下注"宣州作"③；韩偓《玩水禽》题下注"在湖南醴陵县作"④。提示
性自注对诗歌的创作时间与地点大多是分开交代的，但也有同时注明
两者的情况，为诗歌建立更具体的时空坐标。如杜牧《大雨行》题下注
"开成三年宣州开元寺作"⑤；韦庄《南省伴直》题下注"甲寅年自江南
到京后作"⑥。第二，标注诗人作诗时的官职身份。如王维《双黄鹄歌
送别》题下注云："时为节度判官，在凉州作。"⑦李续《和绵州于中丞登
越王楼见寄》题下注云："时为同州刺史。"⑧第三，交代诗歌的诗体、字
数、用韵。诗人对诗体的说明分两种情况。一种为直接注出诗作体
裁，如白居易《春池闲泛》题下注"已下律诗"⑨不仅明确了该诗为律
体，而且表明编排其后的诗歌均为律体；又如吴融《古离别》题下注
"杂言"⑩则间接说明此诗为古体。另一种为标注仿效诗体的名称。
这类情况在各时期的唐诗自注中均有出现，如崔峒《清江曲内一绝》
题下注"折腰体"⑪；李绅《移九江》题下注"效何水部。余自九江及
今，周一纪矣"⑫；曹邺《霁后作》题下注"齐梁体"⑬。自注诗歌字数

---

①〔清〕彭定求等编：《全唐诗》卷三〇六，第3479页。

② 杨军笺注：《元稹集编年笺注》，第526页。

③ 吴在庆撰：《杜牧集系年校注》卷一，第118页。

④〔唐〕韩偓撰，吴在庆校注：《韩偓集系年校注》卷一，第101页。

⑤ 吴在庆撰：《杜牧集系年校注》卷一，第148页。

⑥〔五代〕韦庄著，聂安福笺注：《韦庄集笺注》卷八，第285页。

⑦〔唐〕王维著，〔清〕赵殿成笺注：《王右丞集笺注》卷一，第4页。

⑧〔清〕彭定求等编：《全唐诗》卷五六四，第6543页。

⑨ 谢思炜撰：《白居易诗集校注》卷三六，第2747页。

⑩〔清〕彭定求等编：《全唐诗》卷六八七，第7900页。

⑪〔清〕彭定求等编：《全唐诗》卷二九四，第3349页。

⑫〔唐〕李绅著，卢燕平校注：《李绅集校注》，第118页。

⑬ 梁超然、毛水清注：《曹邺诗注》，第58页。

也分为注明句字数与注明篇字数两种。前者如李白《宫中行乐词八首》题下注"奉诏作五言"①；温庭筠《送李亿东归》题下注"六言"②。后者如白居易《答元郎中杨员外喜乌见寄》题下注"四十四字成"③；吕温《青出蓝诗》题下注"题中有韵，限四十字成"④。唐代诗人根据分韵、同韵、次韵三种不同的用韵情况，形成了与之对应的固定标注模式。分韵赋咏之作的用韵自注，一般以"赋得某字""探得某字""分得某字""得某字""某字"的表述方式最为常见；少部分诗注也采用"以某字为韵""韵取某字""画得某字"的形式。此外，个别情况下自注甚至不说明具体韵字，只交代得韵来源。如韦式《一字至七字诗·竹》题下注"以题为韵"⑤；白居易《窗中列远岫诗》题下注"题中以平声为韵"⑥；吕温《白云起封中诗》题下注"题中用韵，六十字成"⑦，仅指出诗歌用韵出自诗题，并未明确具体的韵字。再如权德舆《送李处士归弋阳山居》题下注"限姓名中用韵"⑧，只知该诗所用韵字为诗人姓名的其中一字，但究竟选取何字，自注并未给出答案。同韵赋咏之作的自注一般采用"同用某字""共用某字"两种注释用语，仅张籍《送郑尚书出镇南海》自注"各用来字"⑨的表述略有不同。所有次韵诗的用韵及次序均依原唱而行，自注中一般不重复具体韵字而将其称为"本韵"或"旧韵"。最常见的表述模式是"次用本韵"。

① 〔唐〕李白著，瞿蜕园、朱金城校注：《李白集校注》卷五，第378页校记1。
② 刘学锴撰：《温庭筠全集校注》卷四，第277页。
③ 谢思炜撰：《白居易诗集校注》卷一〇，第843页。
④ 〔清〕彭定求等编：《全唐诗》卷三七〇，第4157页。
⑤ 〔清〕彭定求等编：《全唐诗》卷四六三，第5265页。
⑥ 谢思炜撰：《白居易诗集校注》卷三七，第2831页。
⑦ 〔清〕彭定求等编：《全唐诗》卷三七〇，第4157页。
⑧ 〔唐〕权德舆撰，郭广伟诗点：《权德舆诗文集》卷五，第89页。
⑨ 〔唐〕张籍撰，徐礼节、余恕诚校注：《张籍集系年校注》卷三，北京：中华书局，2011年，第396页校记1。

此外，"依本韵""依本韵次用""次本韵""依次重用旧韵"几种注释用语兼而有之。仅刘禹锡《同乐天和微之深春二十首》次韵注例外，云："同用家、花、车、斜四韵。"①直接点出次韵韵字及用韵顺序。

　　说明诗体、字数、用韵是唐诗提示性自注的常见内容，其实为唐诗自注内容分类中的体式注。换言之，体式注是就自注的内容而言，而从自注方法看，其本质上属于不关涉诗歌事、义层面的信息提示手段。

二、史书自注对唐诗自注书写形式的影响

　　除注释方法外，史书自注的书写形式对唐诗自注也产生了深刻的影响。史书自注主要经历了三种形态变化。最初为嵌入式自注，即自注采用和正文完全相同的字体字号直接插入其中，与之融为一体。嵌入式自注集中于先秦两汉的史书中，《左传》《战国策》《史记》《汉书》的自注均采用此种形式。其最大的问题是混于正文应需而注，但不具备与正文文本相区隔的形貌特征，从而造成正文内容在语意和逻辑上的断裂混乱。吕思勉先生在研究古书书写形式时曾云："古书原式，为后人所淆乱最甚者，莫如正文与注语之别。"②于史书自注而言，最易与正文混淆的书写形式莫过于和正文样貌无二又穿插其间的嵌入式自注。继而为采用提示语"本注曰"的自注。这一形式为西晋司马彪《续汉书》所创，虽然同样采用与正文一致的字体且随文出现，但由于提示语的存在，注语与正文便自然形成界限，使自注与正文间难分彼此的嵌入关系变为泾渭分明的主辅关系，实现了两者的区隔，从而很大程度上避免了自注对正文意脉及内容的干扰。但由于自注文字的大小形态仍与正文文字相同，因此"本注曰"式自

---

① 〔唐〕刘禹锡著，瞿蜕园笺证：《刘禹锡集笺证·外集》卷二，第1096页。
② 吕思勉：《文字学四种》，上海：上海教育出版社，1985年，第18页。

注依旧不具备独特面貌,与正文区分得不够彻底。最后为小字夹注,即自注不再使用诸如"本注曰"之类的提示语,而仅以小于正文字号的双行小字紧随被释语句之后。这种自注书写形式使注释与文本之间实现了从内在意脉到外在形态的完全区分。双行小字式自注兴于魏晋南北朝时期,自此之后便成为史书自注最常用的书写形式。杨衒之《洛阳伽蓝记》①、魏征《隋书》、杜佑《通典》、李林甫《唐六典》等书中的自注均采用此样式。

　　上述三种史书自注书写形式,以小字夹注式对唐诗自注的书写形式影响最深。小字夹注式自注最早出现在魏晋史书中,实则是对佛经合本子注的效仿。佛经传入中土后,同一经文经不同语言或不同译者的翻译,往往会生成表述各异的若干译本。而为了文献的完整保存及对经义全面精确的理解,译经者便将同一部佛经的所有翻译版本集中起来,以其中质量最高者为底本即母本,其余诸本为别本即子本。将译本内容按经义分割,母本中与之相匹配的翻译内容以大字正文出之,诸子本的译文以小字附于其后,这种因佛经翻译而产生的不同子本"进一步缩小裁割而成的文字"②即是子注。而这种包含了母本与不同翻译方式的诸子本的译经集合本则称为合本。由此可见,子注实质上是合本中诸译本对同一经文的不同翻译,其与母本译文不是意义层面的阐释与被阐释关系,而仅仅是语词表述层面的"同本异译"。因此,佛经合本子注与史书自注对正文中史实的增补

---

① 杨衒之《洛阳伽蓝记》的自注最初为小字夹注,这一书写形式一直延续到唐代,自宋代始不复存在,小字自注被篡改为与正文相同的字体,混入正文之中。可见唐人所见《洛阳伽蓝记》自注仍为其最初的小字夹注样式。参见刘治立:《〈洛阳伽蓝记〉自注的再认识》,《史学史研究》2001 年第 3 期,第 45—47 页。

② 赵宏祥:《自注与子注——兼论六朝赋的自注》,《文学遗产》2016 年第 2 期,第 68 页。

说明有本质区别。但随着魏晋时期佛经传播翻译的日渐隆盛，合本子注采用的小字夹注形式迅速在史书自注中普及，成为一种固定的书写形式。自此，史书自注在兼收佛经合本子注小字夹注形式的同时，内容上仍保持了增补史实这一根本属性，从而实现了对佛经子注的吸收内化，建立起史书自注新的书写范式。杨衒之的《洛阳伽蓝记》便是魏晋时期小字夹注式自注的典范。

唐人诗作的原稿早已亡佚不见，在史料文献中也无法寻获关于唐诗自注书写形式的蛛丝马迹，目前只能从以下两方面对唐诗自注的书写形式做出最接近真相的推测。

首先，从魏晋赋文中小字夹注的自注形式类推唐诗自注的书写形式。魏晋时期确切可考的使用自注的赋文作品有四篇，分别是谢灵运的《山居赋》、张渊的《观象赋》、颜之推的《观我生赋》及鲍照的《芜城赋》。从出现的位置看，前三篇中的自注为文中注，后一篇中的为题下注。而从内容上看，谢灵运与张渊的赋中自注实则是对正文内容以散文句式进行的复述而非意义的阐释，这与佛经合本子注的同本异译在性质上并无二致。而颜之推与鲍照赋的自注则真正发挥了细化增补题目及正文信息的功能，与史书自注的属性一脉相承。而在书写形式上，四篇赋文的自注均采用了小字夹注格式。更值得注意的是，这一书写格式并非后人修改而成，而是上述赋文自注的原貌。有学者对此曾指出："在史书中自注无论采用文中自注，还是'本注曰'的形式，都属于笔类。也就是说，这时的自注虽未采用小字标明，但其文体一致为笔类，仍然纯正可读。但赋中阑入之自注，诚为以笔入文，如果不加以区别，则赋、注相互淆乱，文笔交错，则韵之句读，难以寻觅，几乎不能顺利阅读。从此不难看出，采用子注是赋的自注得以顺利传播的可靠途径。所以在沈约辑入《山居赋》之前，谢灵运采用子注体式书写其自注的可能性，就变得非常大了。"①这段论述从文、笔差异及赋作与自注保存、传播完整性的角度来分析魏晋赋文采用子注式小字夹注形式书写自注的必然性,推论十分合理。虽以《山居赋》为例,实则适合解释所有赋作自注书写格式选择的问题。

用以上思路类推唐诗自注的书写形式,同样成立。诗歌与赋同属有韵之文,但在字句数、声韵、对仗等方面的要求比赋更加严格。加之古人行文无句读,若在诗句后仍采用史书中嵌入式或"本注曰"两种传统的自注书写格式,则无论是在形式还是内容上,都势必造成诗句与自注的相互夹缠肢解,不仅导致阅读障碍,也消解了自注增补细化诗句信息的功能。若要既保证自注对诗句内容的补释阐解,又能在形式上彼此区分,子注式自注无疑是最佳选择。因而唐诗自注的最初书写形式极有可能与魏晋赋自注一样,采用的是子注式自注。

其次,现存唐人诗集早期版本中的自注形式为推测唐诗自注的最初面貌提供了较可靠的依据。就现存集本而言,敦煌卷子中的唐人诗歌抄本最能直接体现唐诗书写的原始面貌;宋本唐人诗集虽已经过编纂者的整理、修订,但因时间上与唐相去不远,故而亦接近唐集原貌。因此,笔者将以张锡厚先生编著的《全敦煌诗》及系列具有代表性的宋本唐人诗集为例,对唐诗自注的书写形式进行推测。

1.《全敦煌诗》中唐诗自注的书写情况

《全敦煌诗》是目前所见辑录敦煌诗歌数量最多、类别最全的敦煌诗歌总集,其中又以唐诗占主体。该书在辑录过程中,以充分尊重遗书原抄格式,忠实反映诗歌原貌为宗旨②。因此,其所录唐诗自注

① 赵宏祥:《自注与子注——兼论六朝赋的自注》,《文学遗产》2016 年第 2 期,第 72 页。
② 参见孙博、李享:《〈全敦煌诗〉——敦煌学研究的重大收获》,《中国图书评论》2009 年第 12 期,第 112—113 页。

书写形式具有极高的还原度。其中共有 6 处诗歌自注可确定出自唐人之手,现尽数列举如下:

孟浩然《梅道士水亭》自注:"亭金刚般若。"①该诗见于敦煌遗书伯二五六七《唐人选唐诗残卷》,自注呈单行小字排列,紧随诗题之后②。

高适《同李司仓早春宴睢阳东亭》自注:"得花。"③该诗见于敦煌遗书伯二五二二,自注原抄格式为单行小字,紧随诗题之后。

李翰的《蒙求》采用四言体裁,是当时流行的童蒙读物。《全敦煌诗》本《蒙求》据敦煌研究所藏敦研〇九五、伯二七一〇、伯四八七七残片缀合为 32 句,除末句外,其余各句下均有自注,用以解释诗句中的典故,字数多达三四十字。所有自注均为双行小字,每行 17 至 22 字,字迹整齐清晰。

白居易《胡旋女》自注:"天宝年中外国进来。"④该诗见于敦煌遗书伯二四九二白居易诗残卷第十三题,自注原抄格式为单行小字,紧随诗题之后。

无名氏《赠阴端公》题下注云:"子侄逆,遂成分别,因赠此咏。"⑤另一首《军威后感怀》题下注云:"□□二年二月廿二日未,□□□身□人分□□。"⑥此二诗出自敦煌遗书无名氏诗十八首,前者见于伯

---

① 张锡厚主编:《全敦煌诗》卷三五,第 1729 页。
② 文中对孟浩然等六人诗歌自注行款情况的说明,分别依据《全敦煌诗》卷三五孟浩然《梅道士水亭》校记 1,第 1730 页;卷三七高适《同李司仓早春宴睢阳东亭》校记 1,第 1904 页;卷四五李翰《蒙求》校记 1,第 2333—2334 页;卷四八白居易《胡旋女》校记 1,第 2558 页;卷七九无名氏《赠阴端公》校记 1,第 3542 页;卷七九无名氏《军威后感怀》校记 1,第 3549 页。
③ 张锡厚主编:《全敦煌诗》卷三七,第 1904 页。
④ 张锡厚主编:《全敦煌诗》卷四八,第 2558 页。
⑤ 张锡厚主编:《全敦煌诗》卷七九,第 3542 页。
⑥ 张锡厚主编:《全敦煌诗》卷七九,第 3548 页。

二七六二,后者见于斯三三二九与斯六一六一的连接处。据郭炳林先生考证,无名氏诗十八首的作者是晚唐僧人悟真①。笔者依此说,将其纳入唐代自注诗的范围。《赠阴端公》题注的原抄格式为单行小字排列,紧随题后。《军威后感怀》题注的原抄格式呈双行小字,"□□年二月廿二日未"与"□□□身□人分□□"各成一行。

可见,以单行或双行小字形式排列并紧随诗题之后,是上述敦煌遗书唐诗自注的通用书写格式,这也基本上可以反映出唐诗自注的一般面貌。

2. 宋本唐人诗集中唐诗自注的书写情况

(1)唐人诗歌合集

《窦氏联珠集》与《松陵集》为现存唐代诗集中仅有的两部完整保存原集面貌的诗歌合集,两集目前可见的最早版本为宋本,故而其中的自注排布形式可以视为唐人自注书写的原始形态。褚藏言所编《窦氏联珠集》现有的最早版本为南宋淳熙五年(1178)刻本。清代缪氏艺风堂影宋抄本、乌程蒋氏密韵楼影宋刊本、刘云份《中晚唐诗》本及《四部丛刊三编》本《窦氏联珠集》都保存了淳熙本的原貌②。

笔者以密韵楼影宋刊本《窦氏联珠集》为对象,考察其中自注的书写格式。集中共有自注诗13首,自注13处,其中题下注12处,句下注1处,均采用小字。12处题下注中,单行排列式8处,包括2、3、4、6、7字句;双行排列式4处,包括7、9、12字句。1处句下注为双行形式。

《松陵集》现存的最早版本为蔡景繁所藏北宋京都旧本,笔者所

① 参见郑炳林:《敦煌碑铭赞辑释》,兰州:甘肃教育出版社,1992年,第269页。
② 参见杨军:《唐人别集提要(孟东野诗集、窦氏联珠集、张司业诗集、唐风集)》,《铁道师院学报》1998年第6期,第44—45页。

依《湖北先正遗书》本《松陵集》则属于北宋本一系,保留了此本的原貌①。集中共有自注诗 127 首,自注 166 处,其中题下注 23 处,句下注 143 处,包括 124 处文中句下注及 19 处文末句下注,所有自注均采用小字。题下自注单、双行排列式样兼有,单行式自注 5 处,均为 4 字以内(包括 4 字)句;双行式自注 16 处,基本为 5 字以上(包括 5 字)句。有一处例外为 2 字双行句,即皮日休《临顿为吴中偏胜之地陆鲁望居之不出郛郭旷若郊墅余每相访款然惜去因成五言十首奉题屋壁》于诗题中"临顿"之下自注双行小字"里名"。该注出现的位置为题中,这与绝大多数自注紧随题后的情况亦有所不同。诗集中所有句下自注均为双行排列。

(2)唐人诗歌别集

敦煌唐诗抄本及两部唐人诗歌合集中的自注均以单行或双行小字附于诗题或诗句之下,这是唐代诗歌自注原貌最直接有力的证据。此外,宋本唐诗别集作为唐人诗集的早期版本,对唐人诗歌书写面貌亦有一定程度的保留,故而有必要对宋本唐诗别集中的自注进行考察,以为辅证。

为确保结论的客观准确,作为考察对象的宋本别集需要满足下列条件:首先,入选诗人要兼顾唐代的四个阶段;其次,诗人自注诗数量须高于其所处时期自注诗均值②;第三,诗人曾亲编或保存整理过自己的诗歌作品。综合上述条件,以下 6 部宋本唐诗别集是筛选出

---

① 《湖北先正遗书》本《松陵集》为汲古阁本《松陵集》的影印本,而汲古阁本又以北宋蔡景繁藏本为底本进行刊刻。因此,《湖北先正遗书》本《松陵集》保存了北宋旧本的原貌。关于《松陵集》收诗数量及版本流传情况,参见叶英俊:《〈松陵集〉研究》,西南大学硕士学位论文,2008 年,第 2—5 页。

② 依据本书第一章、第三章对唐代各时期人均自注诗数量的统计,初唐为 1 首/人,盛唐为 10 首/人,中唐为 13 首/人,晚唐为 8 首/人。超过上述均值者,为各时期自注诗高产诗人。

的典型个案,笔者现就其中的自注书写格式逐一考察。

①当涂本《李翰林集》中李白诗歌自注书写格式。此本据清光绪年间贵池刘世珩玉海堂影宋咸淳本《李翰林集》三十卷影印。咸淳刻本的底本为北宋咸平元年(998)乐史所编二十卷本《李翰林集》与十卷本《李翰林别集》。乐史在《李翰林别集》的序文中清楚交代了此二本的编纂过程:"李翰林歌诗,李阳冰纂为《草堂集》十卷,史又别收歌诗十卷,与《草堂集》互有得失,因校勘排为二十卷,号曰《李翰林集》。今于三馆中得李白赋、序、表、赞、书、颂等,亦排为十卷,号曰《李翰林别集》。"①由此可知,二十卷本《李翰林集》中的作品来源有二:一是李阳冰所编十卷本《草堂集》,一是乐史从他处所收歌诗十卷。《草堂集》十卷是李白族叔遵李白遗命编辑并作序,自然保存了李白诗歌的原貌。乐史所见《草堂集》自成集流传至宋初业已历经三百余年,文字内容比之原本不免有所变化偏差,但基本面目应当尚得留存。因而,以宋咸淳刻本为底本影印的当涂本《李翰林集》,在一定程度上还保留着李白诗歌的大致面貌。

集中共有 35 处自注,注文均采用小字。其中 3 处为句下注,双行排列:《送王屋山人魏万还王屋》中 2 处,分别是"路创李北海"句下注"李公昔开此岭路","岩开谢康乐"句下注"有谢康乐题诗处"②;《题江夏修静寺》中 1 处,"我家北海宅"句后注"此寺是李北海旧宅也"③。其余均为题下注,单、双行兼有。单行式一般为 1 字或 2 字注,但也有字数较多的单行式个例,如《上崔相百忧章》题下注"四言,时在寻阳狱"④共 7 字,却以单行排列。双行式自注的字数一

---

① 马鞍山李白研究所整理:《李翰林集》,合肥:黄山书社,2004 年,第 16 页。
② 马鞍山李白研究所整理:《李翰林集》卷一一,第 333 页。
③ 马鞍山李白研究所整理:《李翰林集》卷一六,第 486 页。
④ 马鞍山李白研究所整理:《李翰林集》卷一五,第 456 页。

般在 5 字以上（包括 5 字），最多可达 30 余字。《登金陵冶城北谢安墩》题下注"此墩即晋太傅谢安与右军王羲之同登，超然有高世之志。余将营园其上，故作是诗"①，是李白诗歌自注中字数最多的，共计33 字。

　　②《续古逸丛书》本《杜工部集》中杜甫诗歌自注书写格式。该集是以明末毛扆刊刻南宋影写本为底本，以述古堂另一影宋抄本加以增补而成。而毛氏影写本则是以其所获王琪《杜工部集》的南宋刻本残卷为底本，命苍头刘臣影写并由毛扆侄王为玉补足而成。这个南宋刻本由两部分构成：一是浙本，即绍兴初年浙江覆刻嘉祐四年（1059）王琪增刻宝元二年（1039）王洙《杜工部集》原本；二是吴若本，亦称建康府学本，为绍兴三年（1133）吴若在建康府学对二王本加以重校后刊刻。王琪《杜工部集》南宋刻本的底本则为嘉祐四年其任姑苏郡守时所刊刻，而这个本子又以宝元二年王洙所辑二十卷本《杜工部集》为底本增补完善而成，也是后世一切杜集的祖本。王洙《杜工部集》则收集"古本二卷、蜀本二十卷、集略十五卷、樊晃序小集六卷、孙光宪序二十卷、郑文宝序《少陵集》二十卷、别题小集二卷、孙僅一卷、杂编三卷"②，将此九种杜集共八十九卷删其重复，最终将 1405篇作品，编为二十卷。这是杜甫去世后所编定的第一部完整的杜诗文集。王洙所采用的九种杜集中，能够确定大致编纂时间的有四种：孙僅本为北宋初年所编，孙光宪和郑文宝本为五代时期所编，樊晃《小集》成书最早，为唐大历五至六年（770—771）间樊晃任润州刺史时所编，即在杜甫去世后不久。孙僅、孙光宪及郑文宝本杜集中所收诗歌的确切来源虽不得而知，但可以肯定的是当出自晚唐五代散落

①　马鞍山李白研究所整理：《李翰林集》卷一六，第 494 页。
②　〔宋〕王洙：《杜工部集记》，张元济辑：《续古逸丛书・集部》，扬州：广陵书社，2013 年，第 121 页。

的杜诗。而樊晃《小集》中的诗歌来源，则在集序中有所交代："文集六十卷，行于江汉之南……属时方用武，斯文将坠，故不为东人之所知……今采其遗文，凡二百九十篇，各以志类，分为六卷，且行于江左。君有子宗文、宗武，近知所在，漂寓江陵，冀求其正集，续当论次云。"①据此可知，杜甫生前已有文集六十卷在江汉之南广为流传，但樊晃并未得见，故而有向杜甫二子求获正集的愿望。因此《小集》中的作品，当是樊晃利用润州任职之便，于当地及周边地区搜求而来。由此可以看出王洙《杜工部集》所收杜诗距诗人生活年代比较接近，因而能一定程度地保留杜诗的原初样貌。《续古逸丛书》中宋本《杜工部集》以之为原始底本，自然亦能存得一些杜诗的初始面目。

　　集中有自注诗115首，76处题下注与59处句下注均为小字。题下注单行与双行排列兼有。4字以内一般为单行式；4字以上（包括4字）10字以内（包括10字）的自注排列比较灵活，单、双行的切换没有固定的字数界限。同为4字注，《洗兵马》题下注"收京后作"②排为单行，而《夏日杨长宁宅送崔侍御常正字入京》题下注"得深字韵"③却列为双行。同为10字注，《宿赞公房》题下注"京中大云寺主，谪此安置"④作单行排列，而《奉寄别马巴州》题下注"时甫除京兆功曹在东川"⑤则为双行。10字以上题下注均采用双行式。句下注基本为双行排列，仅有两处例外，为单行形式：《绝句四首》其一"松高拟对阮生论"句下注"朱阮剑外相知"；同一组诗的第三首"窗含西

① 〔唐〕杜甫著，〔清〕钱谦益笺注：《钱注杜诗·附录》，上海：上海古籍出版社，1979年，第709页。
② 张元济辑：《续古逸丛书·集部》卷二，第143页。
③ 张元济辑：《续古逸丛书·集部》卷一七，第309页。
④ 张元济辑：《续古逸丛书·集部》卷一〇，第229页。
⑤ 张元济辑：《续古逸丛书·集部》卷一三，第259页。

岭千秋雪，门泊东吴万里船"句下注"西山白雪四时不消"①。

③《四部丛刊》影宋本《刘梦得文集》中刘禹锡诗歌自注的书写格式。该集以董康于日本所见宋刻本为底本影印，这个日藏宋刻本又是以南宋绍兴八年广川董弅三十卷本《刘宾客文集》为基础重新编排而成。该本对董弅本二十卷文的编次改动较大，十卷诗略有变化，但基本保持董本原貌。而董弅本则是现存最早的刘禹锡集刻本，存诗歌十卷，据董氏在《刘宾客文集》后序所言，是结合所得旧传本即宋敏求《刘宾客文集》三十卷残本、家藏刘禹锡诗卷及获于郡居士大夫私藏的诗歌部分整理校雠而成。宋敏求《刘宾客文集》三十卷是对刘禹锡诗文的第一次全面整理，其中相当数量的诗歌直接采自刘禹锡生前所编《杭越寄和集》《吴蜀集》《彭阳唱和集》等几种小集，应当说较好地保存了刘禹锡诗歌的原貌。尽管董弅所见宋敏求本《刘宾客文集》已"率皆脱略谬误，殆无全篇"②，但其借助家藏及士大夫私藏诗卷进行整合校勘，虽不能完全恢复刘禹锡诗歌自注的原貌，至少能有部分复现。

集中有自注诗 64 首，46 处题下注与 29 处句下注均采用小字。题下自注基本为双行格式，只有 4 处作单行排列：《善卷坛下作》题下注"在枉山上"③；《闻董评事疾因以诗赠》题下注"董生奉内典"④；《早秋集贤院即事》题下注"时为学士"⑤；《三阁词》题下注

---

① 张元济辑：《续古逸丛书·集部》卷一三，第 265 页。
② 〔宋〕董弅：《刘宾客文集跋》，〔唐〕刘禹锡撰，陶敏、陶红雨校注：《刘禹锡全集编年校注》，北京：中华书局，2019 年，第 2517 页。
③ 〔唐〕刘禹锡：《刘梦得文集》卷一，张元济等辑：《四部丛刊初编·集部》第 118 册，上海：上海书店，1989 年，叶 3a。
④ 〔唐〕刘禹锡：《刘梦得文集》卷三，张元济等辑：《四部丛刊初编·集部》第 118 册，叶 7a。
⑤ 〔唐〕刘禹锡：《刘梦得文集》卷三，张元济等辑：《四部丛刊初编·集部》第 118 册，叶 9b。

"吴声"①。29 处句下注均排作双行。

　　④宋蜀刻本《新刊权载之文集》中权德舆诗歌自注的书写格式。陈振孙《郡斋读书志》中著录有《权丞相集》五十卷,由权德舆孙权宪编次。杨嗣复作序的《权德舆文集》亦为五十卷,其中的作品当未经人转写抄录而来自权德舆本人。陈氏《郡斋读书志》中所录应当就是权宪手自编纂的五十卷《权德舆文集》。而陈振孙于南宋嘉熙二年(1238)始撰《郡斋读书志》,可见至南宋中叶,文集五十卷本尚流传于世。巧合的是,宋蜀刻本《新刊权载之文集》亦为五十卷并刊刻于南宋中叶,那么此本极有可能是以当时尚存的五十卷本文集为底本,自然也在很大程度上保存了权德舆诗文的本来面目。

　　集中有 44 首自注诗,36 处题下注及 12 处句下注全部采用小字。单行排列的题下注有 17 处,双行排列者 19 处。单行题下注以交代用韵的 2 字句为主,有 3 处例外:《送少清赴润州参军因思练旧居》题下注"得湘字"②;《送袁太祝衢婺巡覆》题下注"同用山字"③;《哭刘四尚书》题下注"勒于碑阴"④,或字数或内容与一般情况不符。双行题下注均为 4 字以上(包括 4 字)句。12 处句下注一律为双行排列。

　　⑤《四部丛刊》影宋本《樊川文集》中杜牧诗歌自注的书写格式。该集以明代嘉靖年间仿宋刻本《樊川文集》为底本影印而成。明本《樊川文集》又出自北宋本《樊川文集》。北宋本《樊川文集》由二十卷《樊川文集》、一卷《外集》、一卷《别集》组成。《外集》一卷由北宋中期人将各总集、选集中的杜牧集外诗汇集而成;《别集》一卷则是由

---

① 〔唐〕刘禹锡:《刘梦得文集》卷八,张元济等辑:《四部丛刊初编·集部》第118 册,叶 3a。

② 〔唐〕权德舆:《新刊权载之文集》,《宋蜀刻本唐人集丛刊》卷四,上海:上海古籍出版社,2013 年,第 79 页。

③ 〔唐〕权德舆:《新刊权载之文集》,《宋蜀刻本唐人集丛刊》卷五,第 96 页。

④ 〔唐〕权德舆:《新刊权载之文集》,《宋蜀刻本唐人集丛刊》卷七,第 128 页。

田棨于熙宁六年（1073）在魏野、卢讷处搜集未见于正集、外集的逸诗辑录而成；《樊川文集》二十卷则以杜牧外甥裴延翰手自整理编次的《樊川文集》二十卷为底本。此二十卷本的诗文是裴延翰对比所得杜牧亲自筛选保留的诗文与己处所藏杜牧二十余年所示作品整理编订而成，至宋代一直保存完好。虽然《别集》《外集》有他人诗歌作品混入，未能很好地保持杜牧诗歌原貌，但这些伪作毕竟数量有限，且作为《樊川文集》主体的二十卷本完整留存了杜牧诗歌的原始书写面貌，因此，属于宋二十卷本《樊川文集》一系的《四部丛刊》本能够反映出杜诗的原初面目。

　　集中有自注诗 46 首，自注 61 处，其中 11 处题下注、50 处句下注均为小字书写。题下自注几乎均采用单行排列，最短者 2 字，即《题元处士高亭》题下注"宜州"①；最长者 10 字，即《大雨行》题下注"开成三年宣州开元寺作"②。仅存 1 处例外，即《商山富水驿》题下注"驿本名与阳谏议同姓名，因此改为富水驿"③共 17 字，采用双行式。句下自注全部为双行排列。

　　⑥《续古逸丛书》影宋本《许用晦文集》中许浑诗歌自注的书写格式。该集为南宋蜀刻本《许用晦文集》的影印本，保留了宋蜀刻本的原貌。包括正集两卷、拾遗两卷，以北宋后期贺铸自编自校的两卷本《丁卯集》为祖本，以收诗 300 余首共两卷的北宋通行本《丁卯集》为底本比对增补而成，共收诗 454 首。而许浑诗集的最早版本是其于大中四年亲自整理编定而成者，名为《乌丝栏诗》。这个手抄本经

---

① 〔唐〕杜牧：《樊川文集》卷四，张元济等辑：《四部丛刊初编·集部》第 126 册，叶 9b。
② 〔唐〕杜牧：《樊川文集》卷一，张元济等辑：《四部丛刊初编·集部》第 126 册，叶 20a。
③ 〔唐〕杜牧：《樊川文集》卷四，张元济等辑：《四部丛刊初编·集部》第 126 册，叶 3b。

晚唐五代战乱散佚严重，仅存 171 篇诗歌残卷，为南宋岳珂编入其《宝真斋法书赞》卷六。但这些诗歌的真迹并未被宋代以来许浑集的编次者所见，可见北宋通行本《丁卯集》中的诗歌可能是据晚唐五代之后散见于世的许浑诗作所收。这些作品在转抄传播的过程中虽已偏离本来面目，但毕竟距许浑纂集的时间不太久远，故而应当尚能保留诗歌的部分原貌。

集中有自注诗 16 首，自注共计 20 处。题下注与句下注各 10处，一律采用单行小字样式。

由上可见，宋本唐诗别集中自注书写格式有以下特点：从排列样式看，唐诗题下注文字排列比较灵活，以双行居多，单、双行排列兼有。句下注的排列则比较统一，基本为双行式。自注字体皆与正文相同但字号偏小。从与正文的位置关系看，则分为自注缀于题下、篇末及夹于文中三种。除上举六种别集外，现存二十四种宋蜀刻本唐人集中，《孟浩然诗集》《王摩诘文集》《刘文房文集》《张文昌文集》《欧阳行周文集》《孟东野文集》《李长吉文集》《元微之文集》《姚少监文集》《郑守愚文集》，以及文学古籍刊行社影印北宋绍兴年间吴刻本《白氏长庆集》中所有自注也均为单、双行式兼具的小字缀注或夹注形式。这也与《全敦煌诗》《窦氏联珠集》及《松陵集》中唐诗自注的书写格式相吻合。尽管无法对唐诗自注的原始书写格式做穷尽式考察，但通过对上述典型个案的梳理也能够基本确定，以单行或双行小字的形式附于题末、诗末或句末是唐诗自注的基本书写格式。

若仅从小字缀注或夹注的形式来证明史书自注对唐诗自注的影响，显然缺乏足够的说服力。因为佛经合本子注乃至六朝文赋中的自注均有可能给唐诗自注的书写格式带来启发。而如前所述，唐诗自注虽以小字缀注或夹注的面目出现，但其实现的并非是对文本的翻译功能而是对事绪及诗意的增补阐释，换言之是重在对诗歌事义层面的开拓而非对语词表述层面的翻新。显然，从内容的维度看，唐诗的小字夹注式自注与佛经合本子注有着本质区别。它以子注的形式发挥释事解意的作用，从而将佛经的翻译校雠手段彻底转换为注释的书写格式，这从史书自注开始，也是史书中子注式自注与佛经合本子注的根本分野。在这个分界点上，唐诗自注恰与史书自注一脉相承。由此可见，史书中子注式自注对唐诗自注的影响不仅在于表面的书写形式，更在于这一书写形式所具有的不同于佛经合本子注及六朝文赋自注的新功能。因此，史书中子注式自注对唐诗自注的影响力显然更为深刻彻底。

第二节　诗歌传播意识与唐诗自注的运用

如果说史书自注为唐诗自注的阐释方法及书写形式提供了可资借鉴的成熟范式，那么自觉积极的诗歌传播意识则是推动诗歌自注在唐代渐趋成熟繁荣的观念要素。所谓传播是指传播者将承载特定内容的载体通过某种渠道传递给受传者，使之透过载体领会传播内容并有所反馈的过程。完整的传播链包括以下五个必备环节：传播者、传播内容、载体、传播渠道、受传者。而传播的终极目的是使受传者最大程度地接受传播内容并对其做出回应。具体到唐诗而言，诗人以诗歌为载体彰显自我精神世界及社会现实，并通过行卷、题壁、宴集、整理编订诗文等一系列途径实现作品与声名的跨时空流传。在这一过程中，诗人通常兼具创作者与传播者的双重身份，诗歌传播的效果及范围是其关注的重点。而无论是对受传者的重视还是对不同传播方式的并用，都是诗人努力传播自己的作品，从而获得"没而不朽"的生命永恒与"冀知者于异时"的超时空精神共鸣的表现。这种强烈的诗歌传播意识在唐诗自注中打下深刻的烙印，自注也成为应诗歌传播之需而采用的手段。

一、读者意识促动下的自注撰写

在传播过程中,信息的受传者一般分为现实受传者与隐含受传者两类。所谓现实受传者指具体明确的信息接收对象,一般为传播者所知晓了解,甚至由其所指定。所谓隐含受传者也可称为潜在或预设受传者,指传播者预设和期待的信息接收者。在开放性传播中,隐含受传者必然存在且具跨时空性,但不为传播者所熟悉掌握。就唐诗而言,现实受传者即诗歌寄酬对象是比较明确的,通常在诗歌题目中直接出现;而隐含受传者即诗歌的潜在读者却很难被发现。换言之,诗歌文本能够明确体现诗人与现实读者的对话关系,但几乎无法反映其与预设读者超越时空交流的意识。这显然并不符合诗人立言以不朽的诗歌传播意图。事实上,在诗人的观念中无疑存有对更为广泛遥远的潜在读者的设定与期待,否则便很难解释其题作于公众空间及存留编集自身作品的行为。而自注作为诗歌文本的衍生物,恰好传递出诗人对话预设读者的强烈诉求,这从自注的内容指向及人称表述两方面明显可见①。

自注的内容指向即诗人对谁做出的阐释。唐代诗歌分为交际性的赠酬唱和诗与非交际性的个人叙事抒怀之作。前者大多存在具体明确的现实读者即实际的酬赠对象,诗歌自注的内容往往又是其熟悉明了的信息。如卢僎《送苏八给事出牧徐州用芳韵》的题下注"相国请出"②是对送别对象苏给事出牧徐州缘由的说明。薛业《晚秋赠张折冲》题下注"此公事制举"③则交代了张折冲曾参加制科选拔的

---

① 关于唐诗自注内容指向与称谓所体现的预设读者意识,拙文《论白居易诗歌自注与诗歌传播间的关系》(《新疆教育学院学报》2017 年第 2 期,第 108—109 页)已有论述,此处有所参凭。

② 〔清〕彭定求等编:《全唐诗》卷九九,第 1071 页。

③ 〔清〕彭定求等编:《全唐诗》卷一一七,第 1185 页。

经历。王维《送岐州源长史归》题下注“源与余同在崔常侍幕中,时常侍已没”①指出源长史、诗人及崔常侍三人的渊源关系。李华《寄赵七侍御》中“世故坠横流,与君哀路穷”“相顾无死节,蒙恩逐殊封”“天波洗其瑕,朱衣备朝容”三句下的自注“逆胡陷两京,予与赵受辱贼中”“华贬杭州司功,赵贬泉州晋江尉”“华承恩累迁尚书郎,赵拜补阙御史”②,叙述了诗人与赠诗对象赵侍御升沉与共的经历。韦应物《答僩奴重阳二甥》题下注“僩奴,赵氏甥伉;重阳,崔氏甥播”③则介绍了作为寄答对象的两位外甥的姓名。刘长卿《自江西归至旧任官舍赠袁赞府》题下注“时经刘展平后”④所言乃为上元元年(761)十二月刘展部将张景超进据苏州,次年春为平卢军兵马使田神功所平之事⑤。而此诗的寄赠对象、时任苏州长洲县丞的袁赞府⑥对此定然知晓。韦应物《答刘西曹》题下注“时为京兆功曹”⑦是诗人对自己现职的说明,而作为同僚的刘西曹无疑是知情的。韩翃《送夏侯侍郎》题

---

① 〔唐〕王维著,〔清〕赵殿成笺注:《王右丞集笺注》卷八,第 135 页。

② 〔清〕彭定求等编:《全唐诗》卷一五三,1589 页。

③ 孙望编著:《韦应物诗集系年校笺》卷七,第 369 页校记 1。

④ 储仲君撰:《刘长卿诗编年笺注》,第 208 页。

⑤ 《资治通鉴》卷二二一“肃宗上元元年十二月”条:“李藏用与展将张景超、孙待封战于郁墅,兵败,奔杭州。景超遂据苏州,待封进陷湖州……将军贾隐林射展,中目而仆,遂斩之。”〔宋〕司马光编著,〔元〕胡三省音注:《资治通鉴》卷二二一,第 7101、7104 页。《旧唐书》卷一〇《肃宗纪》:“(上元元年)十一月乙巳,宋州刺史刘展赴镇扬州,扬州长史邓景山以兵拒之,为展所败,展进陷扬、润、昇等州……(二年)乙卯,平卢军兵马使田神功生擒刘展,扬、润平。”〔后晋〕刘昫等撰:《旧唐书》卷一〇《肃宗纪》,第 260 页。

⑥ 据《刘长卿诗编年笺注》中此诗的系年及笺注,诗歌创作于上元二年秋,诗人奉敕由江西归苏州重推。又据同书所附《刘长卿简表》,知诗人于至德二载进士及第,释褐苏州长洲县尉。诗题所谓“至旧任官舍”应当为长洲县署衙,而元赞府则为长洲县丞无疑。

⑦ 孙望编著:《韦应物诗集系年校笺》卷二,第 93 页校记 1。

下注"爱弟摄青州司马"①,若此注释针对夏侯侍郎所作则明显多余。

以上自注的内容或与诗歌赠酬对象或与其熟识之人事相关,若将此类自注的指向视为诗歌实际的接受者即现实读者,则无异于诗人向其陈述他们所熟知的信息,这显然不合逻辑。但若从预设读者的角度考虑这一看似悖于常理的问题,则可获得比较合理的解释:由于诗歌的预设读者对诗人而言是完全陌生的,他们的身份、经历、学养及所处时代环境可能迥然不同,对诗作的接受程度与领会角度亦千差万别,诗人无法与之一一对话,却又想尽量为其消减阅读中因信息不足而导致的理解障碍,自注就成为解决这一困境的有效手段。综上所述,具有交际性的赠酬唱和诗实际面向两个层面的读者群:一个是表面可见的现实读者,通常由诗题直接呈现,诗人可与之进行点对点的诗歌即时传播;另一个则是隐藏更深的预设读者,诗人利用自注充实、明确诗歌文本信息,以期为之提供深入解读作品的线索。从这个意义上讲,诗人在进行酬赠类诗歌的创作时,不仅期待着与具体酬赠对象充分交流,而且希望通过自注其诗的方式表达跨时空的沟通意识及"冀知者于异时"的明确意图。

在非交际性的个人叙事抒怀作品中,自注内容完全指向潜在读者的情况同样存在,如杜甫《冬日洛城北谒玄元皇帝庙》中"画手看前辈,吴生远擅场"句下注"庙有吴道子画《五圣图》"②;牛仙客《宁国院》题下注"在新城县"③;元结《将牛何处去二首》其二中"叔闲修农具,直者伴我耕"句下注"叔闲,漫叟韦氏甥;直者,漫叟长子也"④;

① 〔清〕彭定求等编:《全唐诗》卷二四三,第 2729 页。

② 〔唐〕杜甫著,〔清〕仇兆鳌注:《杜诗详注》卷二,第 91—92 页。

③ 陈尚君辑校:《全唐诗补编·全唐诗续补遗》卷三,第 366 页。

④ 〔唐〕元结撰,孙望编校:《新校元次山集》卷二,台北:世界书局,1984 年,第 30 页。

戎昱《苦哉行五首》题下注"宝应中过滑州、洛阳后同王季友作"①。
与寄赠酬唱类作品不同，个人叙事抒怀类的诗歌一般不存在作为酬
寄对象的现实读者，而诗人更无须用自注向自己交代这些已知的信
息，故自注唯一的指向便是那些诗人期待出现也势必存在的预设读
者。看似琐碎的注释内容，实则是诗人为预设读者提前储备的诗歌
信息，其是否能满足预设读者的阅读需要及满足程度如何姑且不论，
单从自注内容明显指向预设读者来看，诗人希冀其作品长久流播的
意图是显而易见的。

　　除内容指向外，诗人对预设读者的期待同样体现在自注的人称
表述上。诗歌自注中的称谓实际上反映出诗人的叙述视角及由此建
立的与读者（包括现实读者与预设读者）间的不同关系。由于个人叙
事抒怀类的诗歌不存在现实读者，自注的内容指向便足以作为判定
预设读者存在的依据。而酬答类诗歌既有明确的现实读者，又包含
着诗人对预设读者的期待，故而自注的人称表述在判定此类诗歌的
自注究竟是对谁而言这个问题上就变得更为重要。因此，下文的讨
论将围绕酬答类诗歌自注中的人称表述展开。此类诗歌自注常提及
具体寄赠对象，如果诗人将其作为自注信息的接受者，那么自注中应
当形成的是第一人称"我"即作为说话者的诗人与第二人称"你"即
作为听话者的寄赠对象之间的对话关系。若此，诗人在自注中应当
直接用第二人称代词称呼寄赠对象。如李华《寄赵七侍御》中有三处
句下自注"逆胡陷两京，予与赵受辱贼中""华贬杭州司功，赵贬泉州
晋江尉""承恩累迁尚书郎，赵拜补阙御史"，若这是诗人向酬寄对象
赵侍御做出的解释说明，注语中应当直接使用诸如"汝""尔"等第二
人称代词，而不当以姓氏称之。再如白居易《和钱员外答卢员外早春
独游曲江见寄长句》的句下自注云："云夫、蔚章同年及第，时予与蔚

①　臧维熙注：《戎昱诗注》，上海：上海古籍出版社，1982年，第3页。

章同在翰林。"①云夫、蔚章分别为诗题中钱徽、卢汀二员外的字,若自注是针对和答对象钱徽所说,那么前半句同样应当以第二人称代词而非以字称之,即"汝与蔚章同年及第"或"汝二人同年及第",这方符合听说双方的称谓习惯。

事实上,在唐代酬答类诗歌自注中,诗人对寄赠对象从不以第二人称相称,而多将其姓氏、名字、官职、行第单独或组合使用,甚至仅用"此公""此子""此君"称之。如岑参《寄韩樽》题下注"韩时使在北庭以诗代书□时使"②,沈传师《和李德裕观玉蕊花见怀之作》中"劳君想华发,近欲不胜簪"句下注"德裕原唱有'今来想颜色,还似忆琼枝'之句"③是称以姓名;李嘉祐《送窦拾遗赴朝因寄中书十七弟》题下注"窦拾遗叔向,其弟窦舒也"④,严维《奉和皇甫大夫夏日游花严寺》题下注"时大夫昆季同行"是称以官职;白居易《禁中九日对菊花酒忆元九》题下注"元九云:'不是花中唯爱菊,此花开尽更无花'"⑤是称以行第;高适《鲁郡途中遇徐十八录事》题下注"时此君学王书嗟别"⑥,刘长卿《送李秘书却赴南中》题下注"此公举家先流岭外,兄弟数人,俱没南中"⑦,卢纶《送姨弟裴均尉诸暨》题下注"此子先君元相旧判官"⑧则是以一般的代词相指称。上述诸称谓方式在本质上都等同于第三人称"他",将其全部替换为"他",完全不影响注释内容及其中人称关系的准确性。由此可知,在酬答类诗歌自

① 谢思炜撰:《白居易诗集校注》卷一二,第 914 页。

② 〔唐〕岑参撰,廖立笺注:《岑嘉州诗笺注》卷六,第 746 页校勘记。

③ 〔清〕彭定求等编:《全唐诗》卷四六六,第 5304 页。

④ 〔清〕彭定求等编:《全唐诗》卷二〇七,第 2162 页。

⑤ 谢思炜撰:《白居易诗集校注》卷一四,第 1070 页。

⑥ 刘开扬著:《高适诗集编年笺注》,第 140 页。

⑦ 储仲君撰:《刘长卿诗编年笺注》,第 509 页。

⑧ 〔唐〕卢纶著,刘初棠校注:《卢纶诗集校注》卷一,第 9 页。

注中,不存在作为阐释方的诗人"我"与作为寄赠对象"你"之间的对话。寄赠对象扮演的恰恰是第三方角色,是作为阐释方的诗人"我"向信息接受方介绍说明的那个人。换言之,酬答类诗歌的现实读者即诗歌赠予对象并非自注的接受者,而是其内容的组成部分,自注的接受方显然只可能是预设读者。自注中的人称表述也成为诗人预设读者意识的证据。

从自注的内容指向与人称表述,不难看出诗人对预设读者的期待及为其有效阅读而进行的先期准备。这种自觉明确的读者服务意识或者说读者立场,正源自诗人强烈的诗歌传播诉求,是应此而生的产物。

二、诗歌存编与自注的解码作用

除自注的内容指向及人称表述外,诗人对自己作品的整理结集与自注其诗之间亦关联密切,这同样反映出其作品传播意识及读者意识。诗人保留并编订自身作品无非是希冀其能获得更为广泛长久的流传。存诗编集之举愈自觉,其传诗意识就愈强烈,对诗文这一负载自身声名与情志的载体也愈加爱重。《四库全书总目·集部总叙》云:"古人不以文章名,故秦以前书无称屈原、宋玉工赋者。洎乎汉代,始有词人。迹其著作,率由追录。故武帝命所忠求相如遗书,魏文帝亦诏天下上孔融文章。至于六朝,始自编次,唐末又刊版印行。夫自编则多所爱惜,刊版则易于流传。四部之书,别集最杂,兹其故欤。"①可见文人别集的整理编定始于汉代,由于作者尚缺乏保存整理自己作品的自觉意识,其文集均由他人追录编订而成。文人自编文集至六朝时期才出现,这应当与此时期文学从经、史中剥离,走向

①〔清〕永瑢等:《四库全书总目》卷一四八"集部总叙",北京:中华书局,1965年,第1267页。

独立自觉并担负"立言以不朽"之崇高使命相关。尽管如此,魏晋六朝时期能将自身作品亲手纂订成集的文人依然极为罕见。穆克宏《魏晋南北朝文学史料述略》所录 160 位作家中,仅曹植与江淹曾亲编自己的作品。曹植《文章序》云:"余少而好赋,其所尚也,雅好慷慨。所著繁多,虽触类而作,然芜秽者众,故删定别撰,为前录七十八篇。"①可知曹植对自己的赋作进行过删汰,最终仅保留 78 篇编订成集,故其实为赋文的自选本。江淹诗文集的编定情况,据《梁书·江淹传》载:"凡所著述百余篇,自撰为前后集,并《齐史》十志,并行于世。"②后集已亡佚,仅有十卷本《前集》,所收诗、赋、公文兼有③。显然,无论是曹植还是江淹,虽都有自编别集,但均非单独的诗歌集本。而魏晋六朝其余作家的诗、文别集则都由他人编次而成,甚至从史料记载中都无法寻得其曾保存自身作品的线索。可见,留存、整理乃至将自己的作品结集作为最大程度实现作品系统完整传世的重要途径,并未得到魏晋六朝作家的足够重视,这意味着当时作者的作品存传意识尚未充分觉醒。

　　与魏晋六朝相比,唐人整理、编订己作的情况明显更加普遍。笔者以万曼《唐集叙录》为据进行分析。书中收录有别集传世的作者 108 位,其中保留或编次自我作品者有 36 位,占作者总数的 1/3。唐人对自己作品的重视与播扬意识显然远非魏晋六朝作家可比。36位存编自身作品的作家中,自编诗文集者有 21 位,详情如下:

　　1. 卢照邻。《四库全书总目》所收两江总督采进七卷本《卢昇之

---

① 〔唐〕欧阳询撰,汪绍楹校:《艺文类聚》卷五五"杂文部·集序",上海:上海古籍出版社,1982 年,第 996 页。

② 〔唐〕姚思廉:《梁书》卷一四《江淹传》,北京:中华书局,1973 年,第 251 页。

③ 关于江淹前、后集存佚及收录作品的情况,参见穆克宏:《魏晋南北朝文学史料述略》,北京:中华书局,1997 年,第 126—127 页;金开诚、葛兆光:《古诗文要籍叙录》,北京:中华书局,2005 年,第 241 页。

集》提要云："其集晁氏、陈氏书目俱作十卷。此本仅七卷,则其散佚者已多。又《穷鱼赋》序称尝思报德,故冠之篇首。则照邻自编之集,当以是赋为第一。而此本列《秋霖》《驯鸢》二赋后。其与在朝诸贤书,亦非完本。知由后人掇拾而成,非其旧帙矣。"①卢照邻生前曾自编包括诗赋在内的文集十卷,且将《穷鱼赋》作为全集首篇。后世传本与作者编次之旧帙相比,不仅散佚不少而且篇目次序亦有变动。

2. 骆宾王。郗云卿《骆宾王文集序》云:"文明中,与嗣业于广陵共谋起义。兵事既不捷,因致逃遁,遂致文集悉皆散失。后中宗朝,降敕搜访宾王诗笔,今云卿集焉,所载者即当时之遗漏,凡十卷。此集并是家藏者,亦足传诸好事。"②骆宾王在讨伐武后兵败后,因逃亡而致使文集尽失,后郗云卿奉敕搜求散佚之作并重编成集。骆宾王奔逃途中散落殆尽之文集,当是其手自编定而成,否则应不会随身携带。且据郗云卿所言"诗笔"一语,可知骆宾王编次的是诗文合集。

3. 颜真卿。殷亮《颜鲁公行状》云:"寻换吉州别驾,公与往来词客诗酒讲论为乐,甚有所著,编为《庐陵集》十卷。于大历三年迁抚州刺史……接遇才人,耽嗜文卷,未曾暂废焉。因命在州秀才左辅元编次所赋为《临川集》十卷。七年九月拜湖州刺史……著《韵海镜源》成一家之作……此外,饯别之文及词客唱和之作,又为《吴兴集》十卷。"③令狐峘《颜真卿墓志铭》所言与之大体一致,但更简略:"又著《吴兴集》十卷、《庐陵集》十卷、《临川集》十卷并行于代。"④颜真卿三部别集中,《广陵集》为其亲自编定,《临川集》虽由跟随左右的后生代为编次,但是其亲自授命,作品原稿仍由其本人提供。据殷亮所

---

① 〔清〕永瑢等:《四库全书总目》卷一四九"集部·别集类",第 1278 页。

② 〔唐〕骆宾王:《骆宾王集》,北京:中国书店,1988 年,叶 1a。

③ 〔清〕董诰等编:《全唐文》卷五一四,上海:上海古籍出版社,1990 年,第 2315 页。

④ 〔清〕董诰等编:《全唐文》卷三九四,第 1775—1776 页。

言,可以推断《庐陵集》应当为诗歌别集,《临川集》与《吴兴集》应为诗文合集,且《吴兴集》同时收录了他人与颜真卿的唱和之作。

4. 李华。独孤及《赵郡李公中集序》云:"故相国梁公岘之领选江南也,表为从事,加检校吏部郎中。明年遇风痹,徙家于楚州……唯吴楚之士君子,谋家传,修墓版,及郡邑颂贤守宰功德者,靡不赍货币,越江湖求文于公,得请者以为子孙荣。公遇胜日,时复缀录以应其求。过是而往,不复著书。素所著者,多散落人间。自志学至校书郎已前八卷……并因乱失之,名存而篇亡。自监察御史已后,迄至于今所著述者,公长男羔字宗叙编而集之。断自监察御史已前十卷,号为前集;其后二十卷颂赋诗碑表叙论志记赞祭文凡一百四十四篇为中集……他日继于此而作者,当为后集。"①由序文可知,李华曾以仕途迁转为据,先将作品分三个阶段整理编定,最后综合为完整的别集。第一阶段作品为任校书郎之前所作,结为八卷,篇名尚存但篇目已亡;第二阶段作品为校书郎期间至任监察御史前所作,结为十卷,定为前集;第三阶段作品为任监察御史之后所作,按序言所说,即李华任梁岘幕府从事兼检校吏部郎中之时的作品,结为二十卷,定为中集。此后的作品,再续而编之,定为后集。在几部阶段性文集中,八卷散佚之作及十卷前集的整理编定由李华亲自完成;长子李宗叙是二十卷中集的编次者,但未经历作品搜集的过程。因此,作品手稿应是李华本人提供,其对自己作品的看重与保护可见一斑。

5. 杜甫。樊晃《杜工部小集序》云:"文集六十卷,行于江汉之南,常蓄东游之志,竟不就。属时方用武,斯文将坠,故不为东人之所知……今采其遗文,凡二百九十篇,各以志类,分为六卷,且行于江左。君有子宗文、宗武,近知所在,流寓江陵,冀求其正集,续当论次

---

① 〔宋〕李昉等编:《文苑英华》卷七〇二,北京:中华书局,1966年,第3619页。

云。"①关于樊晃所编杜甫《小集》的基本情况前文已详述,知其成于杜甫去世后不久。而在此之前,曾有六十卷的杜甫文集在江汉以南广为流传,樊晃希望从杜甫二子手中得到此六十卷本的正集以充实已编。从数量和规模看,这个六十卷本文集极有可能是杜甫晚年对自己的诗文作品亲自删汰拣选后编辑而成②,交由其子保管留存。如此,从严格意义上讲,该本亦是作者精心整理编次的诗文选集。

6. 元结。李商隐《容州经略使元结文集后序》云:"次山有《文编》,有《诗集》,有《元子》三书,皆自为之序。"③可知在元结生前,其作品已编订过三次,且由诗人分别作序。《诗集》与《元子》的序文今已不存,故无法推知两部文集具体的成书经过。《文编》序尚存,对该集的编次过程叙述甚详:"天宝十二年,漫叟以进士获荐,名在礼部。会有司考校旧文,作《文编》纳于有司。……叟在此州,今五年矣。地偏事简,得以文史自娱,乃次第近作,合于旧编,凡二百三首,分为十卷,复命曰《文编》,示门人子弟,可传之于筐篋耳。叟之命称,则著于自释云,不录。时大历二年丁未中冬也。"④据序文,《文编》的结集经历了两个阶段,初编在天宝十二载元结进士及第后,供有司考校之用。初编本无疑是作者精心选文亲自编次所成,而且应当是诗文兼收。再编本则成于大历二年,以初编本为基础,将其任道州刺史五年期间所作按时间次序充实其中,仍沿用集本旧名,最终编成十卷共203 篇的定本《文编》。

7. 刘禹锡。刘禹锡《刘氏集略说》云:"前年蒙恩泽,以郡符居海

---

① 〔唐〕杜甫著,〔清〕钱谦益笺注:《钱注杜诗·附录》,第 709 页。
② 关于六十卷本杜甫文集编定情况的推论,参见张忠纲:《关于樊晃与〈杜工部小集〉》,《杜甫研究学刊》2012 年第 4 期,第 49 页。
③ 〔唐〕李商隐著,〔清〕冯浩详注,钱振伦、钱振常笺注:《樊南文集》卷七,上海:上海古籍出版社,2015 年,第 434 页。
④ 〔唐〕元结撰,孙望编校:《新校元次山集》卷一〇,第 154—155 页。

嬬,多雨慝作,适晴喜,躬晒书于庭,得以书四十通。迨而自哂曰:道不加益,焉用是空文为? 真可供酱蒙药楮耳。他日子婿博陵崔生关言曰:'某也向游京师,伟人多问丈人新书几何,且欲取去。而某应曰无有,辄愧起于颜间。今当复西,期有以弭愧者。'繇是删取四之一为集略,以贻此郎,非敢行乎远也。"①此序作于大和七年,刘禹锡任苏州刺史之时。据序文所言,其在大和七年之前已有文集四十卷藏于家中。应女婿崔氏的请求,又从四十卷本文集中择选精优之作,亲编为十卷本《集略》,交其手中。关于四十卷本的编定者,瞿蜕园先生通过序言中称"卷"为"通"的表述习惯及对收录内容与文集编排顺序对应关系的说明,推断是刘禹锡本人②。四十卷本包括刘禹锡的诗歌、文学性散文及公文,是一部诗文合集。除亲编四十卷文集外,刘禹锡又将其与不同诗友的大量唱和之作分编成集,作为对自我唱和类诗歌的专门保存。目前可知的有:与李德裕唱和的《吴蜀集》,与令狐楚唱和的《彭阳唱和集》,以及与白居易、裴度唱和的《汝洛集》。

　　8. 李贺。杜牧《李贺集序》云:"大和五年十月中,半夜时,舍外有疾呼传缄书者。某曰:'必有异。'亟取火来,及发之,果集贤学士沈公子明书一通,曰:'吾亡友李贺,元和中义爱甚厚,日夕相与起居饮食。贺且死,尝授我平生所著歌诗,离为四编,凡千首……子厚于我,与我为《贺集》序,尽道其所来由,亦少解我意。'"③可知李贺生前曾亲手将所有作品整理编次,定为四编。因多病早衰,李贺对生命中志在必行之事有清晰的规划,整理编订自己的作品作为计划事项之一,显然不会仓促完成,而是被仔细稳妥地推进。作品成集后,李贺又将其慎重地交与挚友沈亚之。这一系列举动无不反映出诗人对自己作

①〔唐〕刘禹锡著,瞿蜕园笺证:《刘禹锡集笺证》卷二〇,第540页。
② 参见《刘禹锡集笺证》卷二〇《刘氏集略说》笺证部分,第541页。
③ 吴在庆撰:《杜牧集系年校注》卷一〇,第773页。

品的珍视及希其传播久远的强烈愿望。

9. 元稹。元稹一生曾四次编定自己的作品。第一次为元和七至十年任江陵士曹参军期间。元和七年，在李景俭的请求下，元稹将自己16岁以来所作八百余首诗歌分为十体，编次为二十卷①。第二次为元和十四年，又将被贬江陵士曹参军以来所作古、律体诗各一百首，厘定为五卷，进呈令狐楚②。第三次为长庆元年奉穆宗之旨进献诗作，择选古风兴寄及两韵至百韵自抒性情之作，编为十卷③。第四次为长庆二年至大和二年任浙东观察使时期。此次结集是元稹对自己作品的全面整理编定，《元氏长庆集》一百卷即纂于此时。元稹有《郡务稍简因得整比旧诗连缀焚削封章繁委箧笥仅逾百轴偶成自叹因寄乐天》诗，所言便是《元氏长庆集》编次之事。从诗题可知，该集所收是经诗人拣选删汰后的精品，也是元稹意欲流传后世之作。大和五年元稹卒，次年白居易为其撰写的墓志中就有"公著文一百卷，题为《元氏长庆集》"④之说。可见，该集在元稹去世前已编定完毕。

10. 元宗简。白居易《故京兆元少尹文集序》云："二十年，著格诗一百八十五，律诗五百九，赋述铭记书碣赞序七十五，总七百六十九章，合三十卷。长庆三年冬，疾弥留，将启手足，无他语。语其子途云：'吾平生酷嗜诗，白乐天知我者，我殁，其遗文得乐天为之序，无恨

---

① 详见〔唐〕元稹：《叙诗寄乐天书》，〔唐〕元稹著，周相录校注：《元稹集校注》卷三〇，上海：上海古籍出版社，2011年，第855页。

② 详见〔唐〕元稹：《上令狐相公诗启》，〔唐〕元稹著，周相录校注：《元稹集校注·补遗》卷二，第1450—1451页。

③ 详见〔唐〕元稹：《进诗状》，〔唐〕元稹著，周相录校注：《元稹集校注》卷三五，第954页。

④ 〔唐〕白居易：《唐故武昌军节度处置等使正议大夫检校户部尚书鄂州刺史兼御史大夫赐紫金鱼袋赠尚书右仆射河南元公墓志铭并序》，〔唐〕白居易著，朱金城笺校：《白居易集笺校》卷七〇，第3738页。

矣。'"①由序可知,元宗简在去世前嘱托其子交予白居易的是已编定完成的诗文集,则此集必定是其生前亲自编次而成。

11. 白居易。白居易是唐代文人中对自己作品整理编定投入精力最大、持续时间最长、次数最频繁并且作品存传意识最强烈的一位。他对自己的诗文前后进行了六次三个阶段的整理:《前集》阶段的两次整理编次;《后集》阶段的三次整理编次;《续后集》的一次整理编次②。他将最终编定的七十五卷《白氏文集》抄录五本,三本分藏于庐山东林寺、苏州南禅寺、东都胜善寺,另两本则分别交付侄儿龟郎及外孙谈阁童。除此之外,白居易还对自己的唱和诗与居洛期间的诗歌专门整理结集,包括与元稹唱和的《因继集》、与刘禹锡唱和的《刘白唱和集》《刘白吴洛寄和集》、大和八年所编《洛诗》及开成五年在此基础上扩充而成的《洛中集》③。《刘白唱和集》抄写两本,分别交由龟郎与刘禹锡之子保存;而《洛中集》则被白居易特意藏于洛阳龙门香山寺。

12. 李绅。李绅《追昔游集序》云:"追昔游,盖叹世感时,发于凄恨而作也。或长句,或五言,或杂言,或歌,或乐府齐梁,不一其词,乃由牵思所属耳。起梁溪,归谏署,升翰苑,承恩遇,歌帝京风物,遭谗邪,播历荆楚,涉湘沅,逾岭峤荒陬,止高安,移九江,泛五湖,过钟陵,溯荆江,守滁阳,转寿春,改宾客,留洛阳,廉会稽,过梅里,遭谗者,再宾客,为分务归东周,擢川守,镇大梁,词有所怀,兴生于怨,故或隐显不常其言,冀知者于异时而已。开成戊午岁秋八月。"④李绅传世诗

---

① 〔唐〕白居易著,朱金城笺校:《白居易集笺校》卷六八,第 3653—3654 页。
② 详见尚永亮等:《中唐元和诗歌传播接受史的文化学考察》,武汉:武汉大学出版社,2010 年,第 176—181 页。
③ 详见尚永亮等:《中唐元和诗歌传播接受史的文化学考察》,第 181 页。
④ 〔唐〕李绅著,卢燕平校注:《李绅集校注》,第 275—276 页。

歌目前仅此三卷本的《追昔游集》。从序言可知此集为李绅亲自编订，所收诗歌起于元和十四年其任山南西道节度判官时，讫于开成三年任职宣武军节度使期间。因此，该集是具有鲜明阶段特征的诗歌选本，入选作品均作于诗人遭逢宦海沉浮的青壮年时期，且内容与其仕宦经历密切相关。这也符合李绅借诗歌以抒仕途升沉之感慨，期为异代知音所识的编集目的。

13. 许浑。许浑《乌丝栏诗自序》云："余卯岁业诗，长不知难，虽志有所尚，而长无可观。大中三年守监察御史，抱疾不任朝谒，坚乞东归。明年少闲，端居多暇，因编集新旧五百篇，置于几案间，聊用自适，非求知之志也。时庚午岁三月十九日，于丁卯涧村舍，手写此本。"①许浑于大中四年三月完成其诗歌作品的整理编集工作，将诗集命名为《乌丝栏诗》，共收诗歌 500 首。许浑生于贞元七年，卒于大中十二年，享年 68 岁。按自序所言，诗人幼年开始学习写诗，应当是在四五岁时，至大中四年编集之时正好 60 岁。他五十多年间创作的诗歌数量显然不止 500 首，诗集仅收 500 首的原因，不排除由各种因素所造成的作品丢失，亦不排除诗人在整理作品过程中对部分诗歌的删汰。因此，《乌丝栏诗》也并非严格意义上的完整诗歌别集，而是带有选本性质的集子。

14. 李群玉。李群玉《进诗表》云："草泽臣群玉言：臣宗绪凋沦，邱山贱品，幽沉江湖，分托渔樵。伏遇皇帝陛下，运属升平，率土欢泰，沐雨露亭育之化，在熏风长养之间，愿同率舞之诚，远逐越裳之贡。顷以鼓腹勋华之代，怡情林阜之隈，涵咏皇风。殆忘仕进，以至年逾不惑，疴恙暴侵。但虑寒饥江湖之滨，与枯鱼涸蚌为伍，瞑目黄壤，虚谢文明。是以徒步负琴，远至辇下，谨捧所业歌行、古体、今体

---

① 〔唐〕许浑撰，罗时进笺证：《丁卯集笺证·附录》，第 793 页。

七言、今体五言四通等合三百首,谨诣光顺门,昧死上进。"①此表为大中八年所上②,李群玉在此之前已完成对自己诗歌作品的整理编订。据表所言,诗人亲编的这部进呈宣宗皇帝的四卷本诗集,基本涵盖了主要的诗歌体裁,而且也极有可能是以诗体为编排依据。其进呈诗卷的动机是不愿自身的诗才文名被卑微贫寒的生活埋没。而诗集采用众体兼顾的纂录方式,无疑是诗人希冀向皇上展示其娴熟的诗艺与扎实的功底,从而获得扭转命运的机会。该诗集是为明确的呈奉对象及目的而编纂的诗歌选本,诗人实际的创作数量必定远不止300首。

15. 孙樵。孙樵于中和四年(884)所作文集自序云:"朝廷以省方蜀国,文物攸兴,品藻朝伦,旌其才行,诏曰'行在三绝'。右散骑常侍李潼有曾闵之行,职方郎中孙樵有扬马之文,前进士司空图有巢由之风,可载青史,以彰有唐中兴之盛。樵遂检所著文及碑碣书檄传记铭志得二百余篇,丛其可观者三十五篇编成十卷,藏诸箧笥以贻子孙。"③孙樵曾从自己200多篇不同体裁的作品中精心选取35篇,编为十卷小集。从自序看,此集应当是一部单纯的文集,不包括诗歌作品。作者编集的动因是源自朝廷对其"有扬马之文"的赞誉。此集作品数量虽不多,但必为能担其美誉的精品。而孙樵将该集本"藏诸箧笥以贻子孙"的行为,也反映出其欲传名于后的强烈愿望。

16. 皮日休。皮日休《文薮序》云:"咸通丙戌中,日休射策不上第,退归州,来别墅编次其文,复将贡于有司,登篚丛萃,繁如薮泽,因名其书曰《文薮》焉。比见元次山纳《文编》于有司,侍郎杨公浚见

---

① 〔清〕董诰等编:《全唐文》卷七九三,第3687页。
② 《全唐文》所收《进诗表》未体现写作时间,晁公武《郡斋读书志》、辛文房《唐才子传》均言此表作于大中八年,笔者权依之。
③ 〔清〕董诰等编:《全唐文》卷七九四,第3690页。

《文编》叹曰：'上第污元子耳。'斯文也，不敢希杨公之叹，希当时作者一知耳。"①皮日休咸通七年（866）首次科考失利后，便对自己的作品进行整理编集，《文薮》所收当为此前所作。序言未说明该集的规模及收录作品的体裁，《新唐书·艺文志》《崇文总目》等书目文献均载为十卷。孙星衍在其《廉石居藏书记》中言及《文薮》时云："唐人之文，自为编次者不多见，此本未为后人改窜卷次。"②可知该集在编定之时即为十卷本。而从皮氏欲将此集"贡于有司"的意图看，《文薮》实为行卷所用，以便推广其文采声名，为再战科场服务，故选录内容应当是诗、文兼备。

17. 陆龟蒙。陆龟蒙在为自己的《笠泽丛书》作序时云："丛书者，丛脞之书也。丛脞，犹细碎也。细而不遗大，可知其所容矣。自乾符六年春，卧病于笠泽之滨，败屋数间，盖蠹书十余篋。……体中不堪赢耗，时亦隐几强坐。内壹郁则外扬为声音，歌诗颂赋铭记传序，往往杂发。不类不次，混而载之，得称为'丛书'。自当谡忧之一物，非敢露世家耳目，故凡所讳中略无避焉。"③陆龟蒙于乾符六年（879）开始对自己的作品进行整理编订，序文中未言明作品排列的依据，但可以明确的是，时间与文体均非编次标准。

18. 司空图。司空图《绝麟集述》云："驾在石门年秋八月，愚自关畿窜浙上，所著歌诗，累年首题于屋壁，且入前集。壬戌春，复自檀山至此，目败痁作，火土二曜，叶力攻凌可知矣。冒没已多，幸无大愧，固非赍恨而有作也。尚虑道魁释酉见之，慊然于我者。盖自此集杂言，实病于负气，亦犹小星将坠，则芒焰骤作，且有声曳其

---

① 〔清〕董诰等编：《全唐文》卷七九六，第 3702 页。

② 〔清〕孙星衍：《廉石居藏书记·内编·词赋》卷上，新文丰出版公司编辑部主编：《丛书集成新编》第 2 册，台北：新文丰出版公司，1985 年，第 627 页。

③ 何锡光校注：《陆龟蒙全集校注·唐甫里先生文集》卷一六，第 925—926 页。

后，而可骇者，撑霆裂月，挟之而共肆，其愤固不能自戢耳。今之云云，况恃白首，无复顾藉，然后知贤英能客出肝肺以示千载，亦当不免斯累，岂遽咄咄耶！知非子述。"①《绝麟集》为司空图于天复元年（901）秋自编的诗集。"绝麟"一词出自《左传·哀公十四年》："十有四年春，西狩获麟。"杜预注："麟者仁兽，圣王之嘉瑞也。时无明王，出而遇获。仲尼伤周道之不兴，感嘉瑞之无应，故因《鲁春秋》而修中兴之教，绝笔于获麟之一句，所感而作，固所以为终也。"②后以"绝麟"为著作辍笔之典。从《绝麟集》的命名可知，此集为作者的封笔之作，也是其对自己诗歌作品最后的整理总结。该集的编成时间晚于司空图的文集《一鸣集》③，但与《一鸣集》均作为其作品前集的组成部分。

19. 郑谷。《云台编序》云："谷勤苦于风雅者，自骑竹之年则有赋咏，虽属对声律未畅而不无旨讽。同年丈人古川守李公朋、同官丈人马博士戴尝抚顶叹勉，谓他日必垂名。及冠，则编轴盈笥，求试春闱。历干于大匠故少师相国太原公，深推奖之。故薛许昌能、李建州频不以晚辈见待，预于唱和之流而忝所得为多。游举场凡十六年，著述近千余首，自可者无几。登第之后，孜孜忘倦，甚于始学也。丧乱奔离，散坠略尽。乾宁初，上幸三峰，朝谒多暇，寓止云台道舍，因以所记，或得章句缀于笺毫；或得于故侯屋壁，或闻于江左近儒，或只省一联，或不知落句，遂拾坠补遗，编成三百首，分为上、中、下三卷，目之为《云台编》。所不能自负初心，非敢矜于作者。"④郑谷于乾宁四

① 〔清〕董诰等编：《全唐文》卷八〇九，第 3769 页。
② 杨伯峻编著：《春秋左传注》，第 1680 页。
③ 司空图《中条王官谷序》（《一鸣集序》）云，《一鸣集》编成于光启三年（887）。序文内容见《全唐文》卷八〇七，第 3762—3763 页。
④ 〔清〕董诰等编：《全唐文·唐文拾遗》卷三三，第 167 页。

年（897）亲自编定的《云台编》三卷①，是对其自及冠初涉科场之后所作诗歌的整理总结。依序所言，郑谷蹭蹬科场十六年作诗千余首，而至《云台集》编纂之时仅收诗三百首，可知其诗歌散佚十分严重。究其原因，则是黄巢之乱及此后的系列战争引发的逃亡所致，即文中所言"丧乱奔离，散坠略尽"。诗人对自己创作的诗歌进行拾遗补缀式的整理编集，正是极力挽救以保留作品的表现。

20. 韩偓。《香奁集序》云："自庚辰辛巳之际，迄己亥庚子之间，所著歌诗，不啻千首。其间以绮丽得意者，亦数百篇。往往在士大夫口，或乐工配入声律。粉墙椒壁，斜行小字，窃咏者不可胜纪。大盗入关，缃帙都坠，迁徙流转，不常厥居。求生草莽之中，岂复以吟咏为意。或天涯逢旧识，或避地遇故人，醉咏之暇，时及拙唱。自尔鸠集，复得百篇，不忍弃捐，随时编录。遐思宫体，未解称庾信工文；却诮《玉台》，何必使徐陵作序。粗得捧心之态，幸无折齿之惭。柳巷青楼，未尝糠秕；金闺绣户，始预风流。咀五色之灵芝，香生九窍；咽三危之瑞露，美动七情。若有责其不经，亦望以功掩过。玉山樵人韩致尧序。"②可知韩偓开始整理编订其诗集是在黄巢之乱辗转迁徙期间，而成集的时间则在二十年之后，即其为户部侍郎之时。之所以经历如此漫长的时间，主要是因为战乱导致的作品散佚及居无定所。因此，与前文所举其他自编诗文集的作者不同，韩偓在编集之前，经历了作品搜集的艰难过程。原有千余首诗，最终只得百篇，可见诗歌丢失毁损的严重程度。而作品因战乱所遭受的巨大破坏，使韩偓深刻意识到诗作与诗名将被湮没的危机。其

① 乾宁三年六月，凤翔节度李茂贞犯阙，昭宗奔华州依韩建。此时，郑谷由右拾遗迁右补阙，奔蓝田。半年后，即乾宁四年，郑谷迁都官郎中，至华州三峰昭宗行在。由此可知，郑谷纂订《云台编》当在乾宁四年。

② 〔唐〕韩偓撰，吴在庆校注：《韩偓集系年校注》卷六，第1054页。

在颠沛流离的二十年间,苦寻自己丢失散落的诗篇,其实是对此危机的努力化解。

21. 贯休。吴融《禅月集序》云:"沙门贯休,本江南人。幼得空苦理,落发于东阳金华山,机神颖秀,止于荆门龙兴寺。余谪官南行,因造其室,每谈论,未尝不了于理性。自是而往,日入忘归,邈然浩然,使我不知放逐之感……丙辰岁,余蒙恩诏归,与上人别,袖出歌诗草本一,曰《西岳集》,以为尽矣。窃虑将来作者或未深知,故题于卷之首。时己未岁嘉平月之三日。"①可知《西岳集》的成书不晚于乾宁三年,吴融为其作序的时间为三年后的光化二年(899)。序中未言《西岳集》的收诗数量及卷数,文献中有十卷、三十卷、四十卷三种不同记载,尚未有定论②。贯休卒于后梁乾化二年(912),因此可以肯定《西岳集》仅为其手自编定的阶段性诗集,其徒弟昙域所编《禅月集》乃为贯休诗歌的定本。

除上述 21 位曾手自编次自己作品集的作者外,还有 15 位作者虽未亲编作品但对自己的诗文进行了自觉的保存整理。

1. 张九龄。陈振孙《直斋书录解题》载:"《曲江集》二十卷。唐宰相曲江张九龄子寿撰。曲江本有元祐中郡人邓开序,自言得其文于公十世孙苍梧守唐辅而刊之,于末附以中书舍人樊子彦所撰《行状》、会稽公徐浩所撰《神道碑》及太常博士郑宗珍《议谥文献状》。蜀本无之。"③张寿对其父张九龄的作品进行编纂,是受父命而为或是自觉为之虽不得而知,但基本可以确定的是作品手稿应得自张九龄处,可见张九龄对其诗文作品有比较妥善的保存。

---

① 〔清〕董诰等编:《全唐文》卷八二〇,第 3831 页。
② 详见田道英:《贯休的诗集〈西岳集〉考》,《西南民族大学学报(人文社科版)》2004 年第 9 期,第 188 页。
③ 〔宋〕陈振孙撰,徐小蛮、顾美华点校:《直斋书录解题》卷一六"别集类上",上海:上海古籍出版社,1987 年,第 468 页。

2. 王维。《旧唐书·王维传》云："代宗时,缙为宰相,代宗好文,常谓缙曰:'卿之伯氏,天宝中诗名冠代,朕尝于诸王座闻其乐章。今有多少文集,卿可进来。'缙曰:'臣兄开元中诗百千余篇,天宝事后,十不存一。比于中外亲故间相与编缀,都得四百余篇。'翌日上之,帝优诏褒赏。"①王缙《进王维集表》云："至于晚年,弥加进道。端坐虚室,念兹无生,乘兴为文,未尝废笔。或散朋友之上,或留箧笥之中,臣近搜求,尚虑零落诗笔,共成十卷,今且随表奉进。曲承天鉴,下访遗文,魂而有知,荷宠光于幽岁,没而不朽,成大名于圣朝……宝应二年正月七日。"②王维卒于上元二年,王缙在宝应二年(763)正月进呈王维文集,由此不难知晓王缙在王维卒后不久即展开文集的编次工作。据王缙所言,至开元中,王维所作诗歌已达百千余篇,说明其在创作过程中亦注意对作品的保存,而这些作品的丢失主要由战乱所致。其晚年作品虽有部分寄赠酬答之作直接送与亲友,但仍有非酬寄性的诗篇被保留下来。因此,王维集中的诗歌,特别是其晚年所作篇章有部分系由其本人存留。

3. 皎然。于頔《释皎然杼山集序》云："贞元壬申岁,余分刺吴兴之明年,集贤殿御书院有命征其文集,余遂采而编之,得诗五百四十六首,分为十卷,纳于延阁书府。上人以余尝著诗述论前代之诗,遂托余以集序。辞不获已,略志其变。"③皎然《杼山集》本名《吴兴昼上人集》④,

---

① 〔后晋〕刘昫等撰:《旧唐书》卷一九〇《王维传》,第5053页。

② 〔清〕董诰等编:《全唐文》卷三七〇,第1662页。

③ 〔清〕董诰等编:《全唐文》卷五四四,第2444页。

④ 关于《杼山集》本名《吴兴昼上人集》之说,钱曾《读书敏求记》云:"贞元壬申岁,于頔分刺吴兴之明年,集贤殿御书院有命征《皎然文集》,頔采而编之……纳于延阁书府,即此本是也。今漫称《杼山集》乃后人所题,非原书矣,识者辨之。"〔清〕钱曾撰,丁瑜点校:《读书敏求记》卷四"集类",北京:书目文献出版社,1984年,第126页。

由时任湖州刺史的于頔应集贤殿御书院之命编次并进奉朝廷,以充实宫廷藏书。在成书过程中,于頔仅参与了最后的编订工作,并未对诗稿进行搜求整理,诗作是由皎然直接提供的。从诗集"得诗五百四十六首,分为十卷"的规模,不难看出皎然对自己诗歌作品保存之妥帖细致。而皎然主动请于頔为诗集作序,原因在于其州刺史兼朝廷图书扩充使的身份及精湛的诗论水平,均可成为提升诗集价值及自我声名的助力。

4. 李白。李白的作品曾两度被整理结集。一次为安史之乱前,友人魏颢将其提供的作品手稿编次为《李翰林集》并作序①。由于李白当时尚在世,故此集仅为阶段性集本。集中诗文兼收,但作品数量及卷数已不可知。另一次为宝应元年,族叔李阳冰遵李白临终嘱托,将其交付的万卷草稿编纂为《草堂集》并撰序②。该集亦为诗文合集无疑,关于收录作品数量及卷数规模,李阳冰在序中并未说明,乐史在其《李翰林别集序》中称《草堂集》为十卷③。可见李白虽未亲手编订自己的作品,但其结集以流传于后的意识却相当强烈。正因如此,他才会一直小心保存自己的作品,并两次提供手稿请人编集。

5. 岑参。杜确《岑嘉州诗序》云:"岁月逾迈,殆三十年。嗣子佐公……收公遗文,贮之筐箧。以确接通家余烈,忝同声后辈,受命编次,因令缮录,区分类聚,勒成□卷。倘后之词人有所观览,亦由聆广

---

① 参见〔唐〕魏颢:《李翰林集序》,詹锳主编:《李白全集校注汇释集评》卷一,天津:百花文艺出版社,1996 年,第 3—4 页。

② 参见〔唐〕李阳冰:《草堂集序》,詹锳主编:《李白全集校注汇释集评》卷一,第 1—2 页。

③ 宋乐史《李翰林别集序》云:"李翰林歌诗,李阳冰纂为《草堂集》十卷,史又别收歌诗十卷。"参见詹锳主编:《李白全集校注汇释集评》卷一,第 5 页。

乐者识清商之韵,游名山者仰翠微之色,足以莹彻心府,发挥高致焉。"①岑参诗集是在诗人去世后三十年,即贞元十五年前后由其子岑佐公将手稿遗文交予杜确编次而成。从序文"收公遗文"的表述中不难发现,岑佐公所获是其父现成的手稿,可知岑参生前对自己的诗歌已保存得相当妥帖。关于杜确所编岑参诗集,有八卷与十卷两种不同记载,后者或更为可信②。

6.皇甫冉。独孤及《唐故左补阙安定皇甫公集序》云:"盖存于遗札者,凡三百有五十篇。其诗大略以古之比兴就今之声律……君母弟、殿中侍御史曾,字孝常……惧遗制之坠于地也……故衔痛编次,以论撰见托,遂著其始终,以冠于篇。"③皇甫冉逝后,其诗歌由其亲弟皇甫曾编纂成集,收诗350首。而集中作品则直接来自皇甫冉遗札,可见其生前确实有意保存自己的诗歌。

7.独孤及。独孤及文集二十卷共收诗文300篇,由其最为赏识信任的门人梁肃编次而成并作序,李舟又撰后序④。梁肃对独孤及文集的编纂是缀合其遗稿进行分卷,说明独孤及生前对作品有较完好的保存,梁肃在编集之前未在篇目收集上耗费精力。

8.权德舆。权德舆五十卷诗文合集由其孙权宪编次而成,杨嗣复作序⑤。在编纂文集的过程中,权宪并未经历搜求遗文的阶段,仅

---

① 〔唐〕岑参撰,廖立笺注:《岑嘉州诗笺注》,第2页。
② 参见〔唐〕杜确:《岑嘉州诗序》笺注第63条,〔唐〕岑参撰,廖立笺注:《岑嘉州诗笺注》,第13页。
③ 〔唐〕独孤及撰,刘鹏、李桃校注:《毗陵集校注》卷一三,第290—291页。
④ 参见〔唐〕李舟:《独孤常州集序》,〔清〕董诰等编:《全唐文》卷四四三,第2001页;〔唐〕梁肃:《常州刺史独孤及集后序》,〔清〕董诰等编:《全唐文》卷五一八,第2329页。
⑤ 参见〔宋〕晁公武撰,孙猛校证:《郡斋读书志校证》卷一八,上海:上海古籍出版社,1990年,第892页;〔唐〕杨嗣复:《丞相礼部尚书文公权德舆文集序》,〔清〕董诰等编:《全唐文》卷六一一,第2736页。

对作品进行分类编排,这充分说明权德舆生前对自己的作品有完整仔细的存留。

9. 韩愈。韩愈去世后,由与其情分最深的门生李汉将其生前作品按文体分类,编次为四十一卷共计 700 篇的诗文合集并撰序,以期世代相传①。从序文“遂收拾遗文,无所失坠”的表述中,可见李汉对韩愈作品整理的用心程度,也可知韩愈对自己作品保存得妥善完整。此外,已有学者指出,李汉在集序中将韩愈各体作品的具体篇数悉数列出,有发权威之言,杜绝杂乱伪妄之说的意图②。韩愈生前文名已盛,其作品亦被时人纂为不同版本的集子广为流传。而李汉之所以敢在序言中声称韩愈作品的准确数量,正是因为其所获遗文均来自韩愈手藏,由此亦能证明韩愈生前曾系统保存过自身作品。

10. 柳宗元。刘禹锡《唐故尚书礼部员外郎柳君集纪》云:“五岁不得召,病且革,留书抵其友中山刘某曰:‘我不幸卒以谪死,以遗草累故人。’某执书以泣,遂编次为三十通,行于世。”③柳宗元临终前将全部手稿交付刘禹锡,手书授意挚友纂订作品,可见其具有非常强烈的作品传播意识及保存文稿的自觉行为。柳宗元卒于元和十四年,刘禹锡遵其遗嘱编纂遗文成三十卷当在此年。

11. 杜牧。杜牧的《樊川文集》二十卷为其甥裴延翰所编,收录诗文作品 450 篇。集中作品来源有两方面。一是杜牧生前对其作品进行删选后,保留下的十分之二三的精华。其原想让裴延翰就此精华部分编订作序,以便传世。二是裴延翰处多年积累保存的杜牧诗文

---

① 参见〔唐〕李汉:《唐吏部侍郎昌黎先生讳愈文集序》,〔清〕董诰等编:《全唐文》卷七四四,第 3411 页。
② 参见〔宋〕陈振孙撰,徐小蛮、顾美华点校:《直斋书录解题》卷一六“别集类上”,第 475 页;尚永亮:《中唐元和诗歌传播接受史的文化学考察》,第 172 页。
③ 〔唐〕刘禹锡著,瞿蜕园笺证:《刘禹锡集笺证》卷一九,第 514 页。

作品。这是裴氏期望杜牧作品以完整面貌传播于后而自行增补的部分①。据裴延翰序文,杜牧所留少数精华之作是从千百篇文章中挑选而出的,可见其对自己的作品有长期完善的存留,这也为后来的作品拣选删汰提供了坚实基础。

12. 刘蜕。崇祯庚辰"大中两儁本"《刘拾遗集》闵齐伋序云:"先生名蜕,楚之长沙人。年二十四,以其所著歌诗文为三轴,遣使献诸节度使崔铉。铉甚异之,复书珍重。然先生援魏舒荐士之义,不即往见也。"②刘蜕曾精心挑选得意之作,勒为三轴向荆南节度使崔铉行卷。这说明其实际的作品数量远不止于此,而且所有作品均为作者精心保留,故方能在行卷时从容迅速地挑选整理其中的上乘之作。

13. 贾岛。《蜀中广记》引宋龚鼎《贾浪仙祠堂记》云:"浪仙由长江徙官安岳,而卒于会昌三年,凡为编次其诗者二人:许彬者,谓之《小集》;而天仙寺浮屠无可,谓之《天仙集》。当时之人有可名者,岛俱请之赞。"③许彬与无可仅仅是两部诗集的编次者,并非诗篇的收集者。而两部诗集都成于贾岛去世前,且颇为其看重。由此不难推断诗集中的作品是由贾岛亲自提供,可见其对自身诗歌必有妥善保存。

14. 周贺。晁公武《郡斋读书志》云:"右唐诗僧清塞,字南卿。诗格清雅,与贾岛、无可齐名。宝历中,姚合莅杭,因携书投谒。合闻其诵《哭僧诗》云:'冻须亡夜剃,遗偈病中书',大爱之,因加以冠巾,为周贺云。"④周贺为晚唐诗僧,法号清塞。从《郡斋读书志》的记载

---

① 参见〔唐〕裴延翰:《樊川文集后序》,〔清〕董诰等编:《全唐文》卷七五九,第3493 页。

② 转引自万曼:《唐集叙录》,第 371 页。

③ 〔明〕曹学佺:《蜀中广记》卷三〇,〔清〕永瑢、纪昀等编纂:《景印文渊阁四库全书》第 591 册"史部·地理类·杂记之属",第 369 页。

④ 〔宋〕晁公武撰,孙猛校证:《郡斋读书志校证》卷一八,第 952 页。

看,周贺曾向时任杭州刺史的姚合行卷。姚合在任时间为大和八、九年间,并非宝历时期,晁氏所载有误。但可以肯定的是,周贺在行卷之前显然对自己的作品有比较完整的保存,并做了细致的整理筛选工作,择精品为行卷所用。姚合所见《哭僧诗》仅为其中的一首。

15. 韦庄。韦蔼《浣花集序》云:"余家之兄庄,自庚子乱离前,凡著歌诗文章数十通。属兵火迭兴,简编俱坠,唯余口诵者,所存无几……迄于癸亥岁,又缀仅千余首。庚申夏,自中谏□□□□。辛酉春,应聘为西蜀奏记。明年,浣花溪寻得杜工部旧址……蔼便因闲日录兄之稿草中或默记于吟咏者,次为五卷,目之曰《浣花集》,亦杜陵所居之义也。余今之所制,则俟为别录,用继于右。时癸亥年六月九日蔼集。"①"庚子乱"即广明元年(880)的黄巢起义,在此之前韦庄曾将悉心保存的诗作亲编成集纂为十卷。而韦蔼所收的千余首作品是韦庄于广明元年之后至天复三年即癸亥年编集之前,约二十三年时间里所作。此时期韦庄一直颠沛流离,很难尽数保存所有诗歌,因此韦蔼所见千余首诗,极可能不是这期间诗人的全部作品。但经历二十余年的辗转生活尚能留存上千首诗,韦庄对自己作品的呵护亦可见一斑。

以上作者亲存作品或亲编文集中均包含诗歌,因此适用于本文的讨论。上述 21 位自编文集的作者中,除卢照邻、骆宾王、元宗简、孙樵 4 人外,其余 17 人均在诗作中使用了自注;15 位亲存作品的作者中,除韩愈、刘蜕、贾岛、周贺 4 人外,其余 11 人也同样使用了诗歌自注。不仅如此,表示过去时间概念的副词"时"在自注中出现的频度极高。据笔者统计,有 70 位诗人在自注中使用过"时"字句,既包括以上 28 位史有确载曾保存或编次自身诗歌的诗人,也包括 42 位作品存编情况未见史载的诗人。自注中的"时"字句,大致可分为四

---

① 〔清〕董诰等编:《全唐文》卷八八九,第 4118 页。

类。第一类说明诗人作诗时的年龄，一般采用"时年……"的表述方式。如王维《九月九日忆山东兄弟》题下注"时年十七"①；白居易《江南送北客因凭寄徐州兄弟书》题下注"时年十五"②；元稹《归田》题下注"时三十七"③。这类注释均为交代诗人的作诗年龄。第二类说明诗人或诗中所涉人物的任职情况，一般采用"时任某职"的表述方式。如岑参《送张郎中赴陇右觐省卿公》题下注"时张卿公亦充节度留后"④；杜甫《冬狩行》题下注"时梓州刺史章彝兼侍御史留后东川"⑤；权德舆《奉和郑宾客相公摄官丰陵扈从之作》题下注"时充卤簿使"⑥。第三类说明与诗作内容有关的地点，一般采用"时在某地"的表述方式。如李白《赠张相镐二首》题下注"时逃难病在宿松山作"⑦；秦系《耶溪书怀寄刘长卿员外》题下注"时在睦州"⑧均为点明诗歌创作地点。韩翃《送郑员外》题下注"郑时在熊尚书幕府"⑨；郑谷《叙事感恩上狄右丞》中"迩来趋九侧，又伴赏三峰"句下注"时大驾在三峰"⑩则交代了诗中人物所处之地。第四类说明与诗作内容有关的事件，一般采用"时+某事"的表述方式。如张九龄《洪州西山祈雨》题下注"是日辄应因赋诗言事"⑪；白居易《和元八侍御升平新

① 〔唐〕王维撰，〔清〕赵殿成笺注：《王右丞集笺注》卷一四，第 260 页。
② 谢思炜撰：《白居易诗集校注》卷一三，第 1041 页。
③ 杨军笺注：《元稹集编年笺注》，第 629 页。
④ 〔唐〕岑参撰，廖立笺注：《岑嘉州诗笺注》卷三，第 511 页。
⑤ 〔唐〕杜甫著，〔清〕仇兆鳌注：《杜诗详注》卷一二，第 1055 页。
⑥ 〔唐〕权德舆撰，郭广伟校点：《权德舆诗文集》卷六，第 97 页。
⑦ 〔唐〕李白著，瞿蜕园、朱金城校注：《李白集校注》卷一一，第 759 页校记 1。
⑧ 〔清〕彭定求等编：《全唐诗》卷二六〇，第 2899 页。
⑨ 〔清〕彭定求等编：《全唐诗》卷二四五，第 2750 页。
⑩ 〔唐〕郑谷著，赵昌平等笺注：《郑谷诗集笺注》卷二，第 158 页。
⑪ 〔唐〕张九龄撰，熊飞校注：《张九龄集校注》卷四，第 359 页。

居四绝句》题下注"时方与元八卜邻"①；陆龟蒙《闲书》中"南国羽书催部曲"句下注"时黄巢围广州告急"②。如前所述，"时"作时间副词时有"那时"之意，表示说话人在当下时空对过去的追述。唐诗自注交代时间、地点、事件，前缀过去时间状语"时"，证明自注撰写与诗歌创作时间的非同步性，前者是晚于后者的延时叙述。而且从实际情况看，自注提供的信息多为寄赠对象或诗人自身所熟知，在创作当下就撰写自注实无必要也几乎不可能。那么，自注最有可能是诗人在后期翻阅、整理作品过程中补充添加的。

　　另外，韦应物、白居易、元稹、李绅、李德裕、韩偓、韦庄七人的自注时有对诗歌编排情况的说明，其中又以白、元最甚，两人此类自注分别有 22 条和 18 条。如韦应物《伤逝》题下注"此后叹逝哀伤十九首，尽同德精舍旧居伤怀时所作"③；白居易《招王质夫》题下注"自此后诗，为盩厔尉时作"④，《春池闲泛》题下注"已下律诗"⑤；元稹《清都夜境》题下注："自此至秋夕七首，并年十六至十八时诗"⑥，《梦上天》题下注"此后十首并和刘猛"⑦；李绅《登禹庙回降雪五言二十韵》题下注"此诗一首在越所作，今编入卷内"⑧，《题法华寺五言二十韵》题下注"此一首亦在越所作……今编于《追昔游》卷中"⑨；李德裕《春暮思平泉杂咏二十首》题下注"自此并淮南作"⑩；韩偓《荔枝

① 谢思炜撰：《白居易诗集校注》卷一五，1189 页。
② 何锡光校注：《陆龟蒙全集校注·唐甫里先生文集》卷八，第473 页。
③ 孙望编著：《韦应物诗集系年校笺》卷三，第135 页校记 1。
④ 谢思炜撰：《白居易诗集校注》卷五，第459 页。
⑤ 谢思炜撰：《白居易诗集校注》卷三六，第2747 页。
⑥ 杨军笺注：《元稹集编年笺注》，第24 页。
⑦ 杨军笺注：《元稹集编年笺注》，第694 页。
⑧〔唐〕李绅著，卢燕平校注：《李绅集校注》，第71 页。
⑨〔唐〕李绅著，卢燕平校注：《李绅集校注》，第64—65 页。
⑩〔唐〕李德裕撰，傅璇琮、周建国校笺：《李德裕文集校笺》卷一〇，第718 页。

三首》题下注"丙寅年秋到福州，自此后并福州作"①。这类自注虽都附于某一诗题之下，但并非对该诗的注释，而是对某一阶段、体式、题材诗歌的总体说明，主要是交代特定系列作品的数量及创作起讫时间。而这些信息是诗人在创作当下无法预知的，只能在作品整理、编集阶段进行补充，这在上举李绅的两例自注中体现得尤为典型。更为巧合的是，以上七位诗人除韦应物外，均保存或编订过自己的作品。

　　综上所述，诗人对其诗歌作品的保存、编集与诗歌自注的撰写存在比较明显的相关性，自注现象多伴随诗人对诗歌的存留、编次而出现，两者之间的关联本质上是诗人对诗歌的自觉解码与积极传播。

　　信息传播是传播者将传播内容采用一定的符号形式即编码，借助媒介并通过具体传播渠道传递至信息接收者的过程。接收者对信息内容的理解与反馈，是信息实现有效传播的重要标准。就诗歌传播而言，诗人将意图传递的思想情感转化为诗歌语言的创作过程即信息编码过程；诗歌的保存结集、题壁、入乐等是传播渠道；而读者的阅读评鉴则是通过表层文字触摸作者情思意图的信息解码过程。读者的解码即对诗歌思想情感的获取、领受是否顺利，在很大程度上取决于诗人采用的信息编码符号是否为阅读者所熟知。换言之，诗人运用的语词、意象等符号形式与其内涵所指间的关系，是否也能为读者心领神会。而从唐人编集的目的、自注的内容指向与人称表述看，诗人们对存在于不同时空的预设读者显然抱有极大的期待。由于时代及个体的差异，势必造成预设读者对诗歌语词、意象等理解的障碍，从而导致作品传播受阻。而诗人在无法实现与预设读者即时对话的情况下，为了尽量规避其解码诗歌时的困境，便运用自注对诗歌所指之事、意进行阐释疏通，以助其实现准确有效的阅读。因此，诗

---

① 〔唐〕韩偓撰，吴在庆校注：《韩偓集系年校注》卷一，第182页。

歌自注实质上是诗人对诗歌的亲自解码,其与诗歌文本一同作为诗人传递的信息,通过诗歌存编,实现作品思想内容在读者尤其是预设读者中的有效传播。

基于自注的解码功能,诗歌中词语的特殊含义、隐晦不明的史实本事以及所涉人物的背景,这些极有可能构成预设读者阅读障碍的事项就成为自注的重点。如白居易的《晚春酒醒寻梦得》特别解释了"还携小蛮去,诚觅老刘看"中的"小蛮":"小蛮,酒榼名。"①"小蛮"一词在白居易诗歌中有两个义项,一为其所宠爱舞姬的名号,这在白诗中经常出现;一为酒榼名称,仅在此句中使用。若无此注,则读者极有可能将"小蛮"的酒榼之意错解为舞姬之意。诗人对这一看似寻常的小词加以注释,正是为读者提供正确的诗歌解码,避免对诗意的误解。皮日休《病中书情寄上崔谏议》题下注"时眼疾未平"②既对诗题的"病中"有所交代,又点透诗中"闭门无事忌春风"的真正原因,为预设读者解惑。杜牧《中丞业深韬略志在功名再奉长句一篇兼有咨劝》中"要君严重疏欢乐,犹有河湟可下鞭"句下注"时收河湟,且止三州六关"③,所言为宣宗大中三年收取河湟并设立三州六关之史实,此为杜牧及同时代人所熟知的重大事件,但未必为后世读者所了解。此注的目的便在于澄清诗句中"河湟"之事,为不知情的读者建构解读诗歌的历史背景。卢纶《送姨弟裴均尉诸暨》题下注"此子先君元相旧判官"交代了裴均之父裴行检与元载的渊源,此乃裴均得任诸暨尉的重要原因。而诗人也是因其舅韦曲牟的相助方有仕进之机,这与裴均的经历极为相似。自注正是解读"相悲得成长,同是外家恩"一句情感内涵的钥匙。

---

① 谢思炜撰:《白居易诗集校注》卷三三,第 2553 页。
② 〔唐〕皮日休著,萧涤非、郑庆笃校注:《荆楚文库·皮日休集》,第 402 页。
③ 吴在庆撰:《杜牧集系年校注·樊川外集》,第 1152 页。

由上可见，自注所释多是诗人与读者特别是预设读者无法达成认知默契的部分，这些内容一般具有专属性，仅为特定时代、地域的人群甚至只有诗人自己所知，而身处不同时空又身份各异的预设读者则是不甚熟悉甚至全然不知的。如果说自注作为解码方式将诗歌中蕴藏的信息变为属于诗人与预设读者的共识，那么诗人对作品的整理编订则是使这种共识得以传递，最终成为推动诗歌有效传播的关键。

第三章　唐代诗歌自注的特征

唐诗自注始见于初唐,逐渐繁荣于盛唐,中唐发展到巅峰,晚唐渐趋衰滞,具有持续完整的变化轨迹,并呈现出鲜明的阶段特征。勾勒唐诗自注在不同时期的显著特点,探究不同阶段的代表性诗人对唐诗自注发展的突出贡献,是本章要探讨的重点问题。

第一节　初唐诗歌自注的特征

一、初唐诗歌自注的总体特征

唐诗自注在初唐早期即已出现,太宗《赋得樱桃》题下注"春字韵"①,毛明素《与琳法师》题下注"贞观十一年,法师幽系,故致诗焉"②均是唐初贞观年间的诗歌自注,至初唐中后期亦有崔日用、王勃、沈佺期等诗人相继使用自注。据笔者统计,初唐时期共有 23 位诗人创作了 26 首自注诗,详情如表 1 所示:

---

① 吴云、冀宇校注:《唐太宗全集校注》,第 66 页。
② 〔清〕彭定求等编:《全唐诗》卷三八,第 495 页。

表 1　初唐诗歌自注详表

作者①	含体式注的诗歌（首）（包括两种）	含背景注的诗歌（首）	含意义注的诗歌（首）	含题下注的诗歌（首）	含句下注的诗歌（首）	自注诗总数（首）②	诗歌总数（首）③	自注诗比例④	备注⑤
太宗*	1			1		1	109⑥	0.9%	吴云、冀宇校注:《唐太宗全集校注》，天津:天津古籍出版社，2004年。
王绩*		1		1		1	118	0.8%	1.金荣华校注:《王绩诗文集校（转下页）

① 作者姓名后标"＊"者为主力诗人。

② 兼有两种以上（包括两种）自注类型的诗歌，在自注诗总数中不重复计算。如组诗中的自注仅出现在诗歌总题目之后而未见于各篇，计算自注诗数量时，该组诗只算作1首，而不管组诗的实际篇目；如果自注出现在诗题目之后，计算各篇诗的实际数量时，均以出现自注的实际诗歌数量为准。本书格中自注诗总数的计算，仅与同标准划分的含体式注、背景注和意义注的诗歌数据相关。

③ 各诗人的自注诗歌总数中不计入残句及作者有争议、重复收录的篇目。争议及重复篇目笔者以《全唐诗重篇索引》（开封:河南大学出版社，1985年）、佟培基《全唐诗重出误收考》（西安:陕西人民教育出版社，1996年）及各诗人别集中对伪作、重收、误收篇目的判定为依据。对组诗诗歌数量的计算，以其所含篇目数为准。

④ 表格中的百分比若非整数，依据四舍五入原则，保留到小数点后一位数。

⑤ 备注中标明数据统计所依据的诗歌版本。同一诗集多版本出现时，仅于首次出现处标明作者及出版信息。针对诗歌总数系由不同诗集凑合而成的情况，在各诗集后分别注明所收诗歌数量。

⑥ 《唐太宗全集校注》中收录了《全唐诗·太宗卷》中的《探得李》《守岁》《除夜》《探得弓》《琵琶》《咏桃》《咏弓》6首诗作，据《全唐诗重出误收考》第1—3页"太宗皇帝"条条目2—5，上述诗歌作者有争议。又据《全唐诗重篇索引》第272页"太宗皇帝"条，上述6首为太宗皇帝所作，故计入诗歌总数。

续表

作者	含体式注的诗歌（首）	含背景注的诗歌（首）	含意义注的诗歌（首）	含题下注的诗歌（首）	含句下注的诗歌（首）	自注诗总数（首）	诗歌总数（首）	自注诗比例	备注
毛明素		1				1	1	100%	又据佟培基《全唐诗重出误收》作者有争议。（接上页）注），台北：新文丰出版公司，1998年。（117首）2. 陈尚君辑校：《全唐诗补编·全唐诗补逸》卷一，北京：中华书局，1992年。（1首）
刘祎之		1		1		1	5	20%	《全唐诗》卷三八，北京：中华书局，1960年。
任希古	1			1		1	6	16.7%	《全唐诗》卷四四。
魏元忠	2			2		2	3	66.7%	1.《全唐诗》卷四六（2首）2.《全唐诗补编·全唐诗续拾》卷七（1首）
崔日用		1		1		1	14①	7.1%	《全唐诗》卷二一，卷四六，卷八六九。
王勃*	2	2	3	3		3②	111	2.7%	1.〔唐〕王勃著，〔清〕蒋清翊注，汪贤度校点：《王子安集注》，上海：上海古籍出版社，1995年。（95首）（转下页）

① 据《全唐诗重篇索引》第190页"崔日用"条，《奉和送金城公主适西蕃应制》作者有争议。又据佟培基《全唐诗重出误收》第28页"崔日用"条条目1，此诗乃崔日用所作，故计入诗歌总数。

② 王勃《寻道观》《八仙径》为背景、意义两类注释兼有，在其自注诗总数中不重复计算。

续表

作者	含体式注的诗歌（首）	含背景注的诗歌（首）	含意义注的诗歌（首）	含题下注的诗歌（首）	含句下注的诗歌（首）	自注诗总数（首）	诗歌总数（首）	自注诗比例	备注
									（接上页）2.《全唐诗补编·全唐诗续拾》卷四（16首）；《全唐诗补编·全唐诗续拾》卷四（16首）
李适*		1	1	1	1	1①	16	6.3%	1.《全唐诗》卷七〇（15首） 2.《全唐诗补编·全唐诗续拾》卷四（16首）
崔知贤	1			1		1	3	33.3%	《全唐诗》卷七二
席元明	1			1		1	1	100%	《全唐诗》卷七二
韩仲宣	1			1		1	4	25%	《全唐诗》卷七二
高球	1			1		1	2	50%	《全唐诗》卷七二
高瑾	1			1		1	4	25%	《全唐诗》卷七二
张敬忠			1		1	1	2②	50%	《全唐诗》卷七五、卷八六九

① 李适《饯唐永昌永赴任东都》为背景、意义两类注释兼有，在其自注诗总数中不重复计算。

② 《全唐诗》卷七五张敬忠名下所收《戏咏》，重出于同书卷八六九张敬忠名下，题为《咏王敬》。两诗诗题相异而内容相同，在诗歌总数中不重复计算。

续表

作者	含体式注的诗歌（首）	含背景注的诗歌（首）	含意义注的诗歌（首）	含题下注的诗歌（首）	含句下注的诗歌（首）	自注诗总数（首）	诗歌总数（首）	自注诗比例	备注
陈子昂*		1		1		1	129	0.8%	彭庆生校注：《陈子昂集校注》，合肥：黄山书社，2015年。
马怀素			1		1	1	12	8.3%	《全唐诗》卷九三
沈佺期*		1	1	1		1①	143②	0.7%	连波、查洪德校注：《沈佺期诗集校注》，郑州：中州古籍出版社，1991年。
张锡	1			1		1	2	50%	《全唐诗》卷一〇五
解琬	1			1		1	2	50%	《全唐诗》卷一〇五
许景先		1		1		1	6	16.7%	1.《全唐诗》卷一一一（5首） 2.《全唐诗补编·全唐诗续拾》卷一一（1首）

① 沈佺期《七夕曝衣篇》为背景、意义两类注释兼有，在其自注诗总数中不重复计算。

② 《沈佺期诗集校注》中的《芳树》《长安道》《有所思》《牛女》《铜雀台》其二、《巫山高二首》其一、《巫山高二首》其二、《和洛州康士曹庭芝望月有怀》《折杨柳》《梅花落》《王昭君》《和常州崔使君寒食夜》《秦州薛都督挽词》《再入道场纪事应制》《和上巳连寒食有怀京洛》《美食》《苑中遇雪应制》亦见于《全唐诗》沈佺期卷，据陈柏基《全唐诗重出误考》第62—64页"沈佺期"条条目1—7,9—14,16—18,20,22，以上诗歌或非沈佺期所作者仍无定论，不计入诗歌总数。

续表

作者	含体式注的诗歌（首）	含背景注的诗歌（首）	含意义注的诗歌（首）	含题下注的诗歌（首）	含句下注的诗歌（首）	自注诗总数（首）	诗歌总数（首）	自注诗比例	备注
张嘉贞	1		1	1		1	4	25%	《全唐诗》卷一一一
刘行敏		1	1	1		1①	3	33.3%	《全唐诗》卷八六九
各项总值	12	11	8	24	3	26	700	3.7%	

① 刘行敏《嘲李叔慎贺兰僧伽杜善贤》为背景、意义两类注释兼有，在其自注诗总数中不重复计算。

　　通过表中数据可归纳出初唐诗歌自注的两点明显特征:一是诗歌自注处于初生阶段,尚不具规模。这最直接地体现在自注诗的数量:初唐 23 位诗人共计 26 首自注诗,人均自注诗约 1 首,过此值者只有魏元忠、王勃两人,王勃又仅凭 3 首自注诗就成为初唐使用自注最多的诗人。自注诗数量的匮乏导致其在使用自注的诗人诗歌总数中占比极低,26 首自注诗在 23 位诗人的 700 首诗歌中,仅占 3.7%。另外,诗人自释其诗的意识淡薄故而极少使用自注也是初唐自注诗规模未具的重要表现。一般而言,一种诗歌现象的兴起发展与其出现的频度、范围成正比。换言之,诗歌现象广泛与繁荣的程度建立在诗人们大力推动的基础上,尤其是那些作品足以独立成卷的诗人,他们无论何时都是诗坛创作的主力,也是激发某种诗歌现象生命活力的重要推手,因此可以被称为诗歌创作的“主力诗人”。结合唐诗创作及作品留存的实际情况,本书以诗人作品在《全唐诗》或《全唐诗补编》是否独立成卷,作为判定其是否为主力诗人的依据。依此来看初唐诗人使用诗歌自注的情况,这一时期诗歌能够单独成卷的诗人有 31 位,他们是当时诗坛的中坚力量,其诗歌亦构成当时诗歌的主体。但这些诗人中只有唐太宗、王绩、王勃、李适、陈子昂、沈佺期 6 人采用了诗歌自注,而且仅李适的自注诗在其诗歌中比例稍高,其余 5 人的自注诗在各自诗歌中的占比均在 1% 左右。可以说,初唐时期绝大多数诗人尚未具备运用诗歌自注的意识,无法成为诗歌自注规模化发展的推动力量。除上述 6 人外,表格中其余 17 位诗人的自注诗在其诗歌中虽比例极高,但他们并非诗坛主力,诗歌数量亦不多,因此其自注诗的高比例并不能代表初唐诗歌自注的基本态势。

　　二是唐诗自注的几种主要类型基本齐全但数量不均。阐释对象标准下的体式、背景及意义三类自注,位置标准下最常见的题下注与句下注全部出现,唐诗自注类型的基本面貌自此确立。从阐释对象标准下的自注类型看,使用体式、背景、意义类自注的诗歌分别为 12

首、11首、8首,三类自注的数量看似比较均衡,而实际上,在8首采用意义类自注的诗歌中,王勃《寻道观》《八仙径》、李适《钱唐永昌赴任东都》、沈佺期《七夕曝衣篇》、刘行敏《嘲李叔慎贺兰僧伽杜善贤》5首作品的自注均属于背景类注释对诗句意义的兼释。以刘行敏诗为例,题下注云:"善贤,长安令。三人皆黑。"诗曰:"叔慎骑乌马,僧伽把漆弓。唤取长安令,共猎北山熊。"①此诗是一首谐谑之作,而自注旨在点明诗题中"嘲"的内容即"三人皆黑"。若无自注点题,诗人在诗句中精心营造的喜剧效果则难以发挥。而谐谑的前提一旦建立,诗句中的"嘲黑"之意也随即明了。可见,这种背景自注对诗句意义的说明是顺带兼及,并非特意为之。初唐时真正使用纯粹的意义类自注的诗歌仅有4首②。换言之,体式与背景类注释占主导,意义类注释薄弱才是初唐诗歌自注发展的实况。从位置标准下的自注类型看,使用题下注的诗歌为24首,使用句下注的诗歌仅3首,题下注具有明显的数量优势。如第一章所揭,阐释对象标准下与位置标准下的自注类型有相对固定的对应关系,背景、体式类自注均为题下注,意义类自注多位于句下。这也就解释了为何初唐诗歌的题下自注会远多于句下自注。而自注类型数量的不均衡与诗人对自注类型的选择互为表里,重背景、体式注而轻意义注势必造成自注类型发展的不平衡;反之,体式、背景类自注与意义类自注在数量上的多寡悬殊,正反映出诗人对自注类型选择的偏向。

　　表中数据虽能比较客观准确地呈现自注类型的分布特点,但无法进一步反映自注的阐释角度及诗、注关系的特征。初唐诗歌自注

---

① 〔清〕彭定求等编:《全唐诗》卷八六九,第9847—9848页。

② 李适《钱唐永昌赴任东都》虽存在背景注对诗句意义的兼释,但"因声寄意三花树,少室岩前几过香"句下注"有田在少室,不见十年矣",则为纯粹的意义类注释。

的阐释角度比较单一,这在体式与意义类自注中表现得尤为突出。
首先,唐诗体式类自注不仅包括对诗歌用韵情况的介绍,还包括对诗
歌字数、诗体的交代。而通观初唐诗歌 12 处体式类自注,除任希古
《和李公七夕》题下注"谢惠连体"是说明该诗所仿诗体外,其余 11
处均为注明诗歌用韵:太宗皇帝《赋得樱桃》题下注"春字韵"①;魏元
忠《修书院学士奉敕宴梁王宅》题下注"赋得门字"②,《银潢宫侍宴
应制》题下注"得枝字"③;崔知贤、席元明、韩仲宣、高球、高瑾五人宴
集时的同题之作《三月三日宴王明府山亭》采用统一格式交代各自用
韵情况,崔注"得鱼字"④,席注"得郊字"⑤,韩注"得花字"⑥,二高分
别注"得烟字"⑦、"得哉字"⑧;张锡、解琬参加高正臣林亭宴集时分
别作《晦日宴高文学林亭》《晦日宴高氏林亭》,均以"同用华字"⑨作
注;张嘉贞《恩敕尚书省僚宴昆明池应制》题下注"同用尧字"⑩。可
见,说明用韵几乎是初唐体式类自注唯一的内容。

　　其次,初唐诗歌的意义类自注多为揭明诗句所涉本事,绝少对诗
句典故及词义的注解。在 8 处意义类自注中,只有 1 处发挥了释典
功能,即马怀素《奉和送金城公主适西蕃应制》中"空余愿黄鹤,东顾
忆回翔"句下注,交代了该句的典源:"黄鹤见《汉书·西域传》,公主

① 吴云、冀宇校注:《唐太宗全集校注》,第 66 页。
② 〔清〕彭定求等编:《全唐诗》卷四六,第 556 页。
③ 〔清〕彭定求等编:《全唐诗》卷四六,第 556 页。
④ 〔清〕彭定求等编:《全唐诗》卷七二,第 785 页。
⑤ 〔清〕彭定求等编:《全唐诗》卷七二,第 785 页。
⑥ 〔清〕彭定求等编:《全唐诗》卷七二,第 786 页。
⑦ 〔清〕彭定求等编:《全唐诗》卷七二,第 787 页。
⑧ 〔清〕彭定求等编:《全唐诗》卷七二,第 788 页。
⑨ 〔清〕彭定求等编:《全唐诗》卷一〇五,第 1103 页。
⑩ 〔清〕彭定求等编:《全唐诗》卷一一一,第 1138 页。

歌云:愿为黄鹄兮归故乡。"①其余的意义类自注则重在揭示诗句文学性书写背后的事实。如沈佺期《七夕曝衣篇》题下注云:"按王子阳《园苑疏》:'太液池边有武帝阁,帝至七月七日夜,宫女出后衣曝之。'"②既揭示出女子七夕曝衣的节俗,提供诗歌的写作背景,同时也照应"君不见昔日宜春太液边,披香画阁与天连。灯火灼烁九微映,香气氛氲百和然"四句。诗句重在以赋笔渲染宫廷七夕热闹旖旎的场面,场景中的人物、事件是虚化的,而自注则与诗句互补,重在客观叙述七夕曝衣之俗,使诗句中被虚化、遮蔽的事件得以显现。再如李适在《饯唐永昌赴任东都》中"因声寄意三花树,少室岩前几过香"句下注云:"有田在少室,不见十年矣。"③可知唐永昌在少室山购有田产,因仕宦之故一别此地有十年之久。若无此注陈明事实,诗句中对少室山的特意提及则会显得突兀难解。

就自注与诗歌的关系而言,其释解诗歌的角度越多元,就越能彰显诗歌深层意蕴,对诗歌文本的阐释力也越强,诗、注的融合度也越高。据此看来,初唐时期的自注尚缺乏对诗歌的全面深度阐释,两者之间的关系明显比较疏离。

其一,初唐诗歌自注基本为一诗一注,且语句简练,篇幅较短。26首自注诗中,除李适《饯唐永昌赴任东都》中出现两处自注外,其余均为单注诗。初唐诗歌自注多为词或短语,少数以句子构成的自注也基本是精练的简单句,极少篇幅较长的复句或语段。12处体式类自注中,只有任希古《和李公夕》的注释"谢惠连体"为偏正短语,交代仿效的诗体,其余表明用韵情况的注释,一般采用"得/赋得/同

---

① 〔清〕彭定求等编:《全唐诗》卷九三,第 1008—1009 页。
② 连波、查洪德校注:《沈佺期诗集校注》,郑州:中州古籍出版社,1991 年,第 35 页注释 1。
③ 〔清〕彭定求等编:《全唐诗》卷七〇,第 778 页。

用某字"，为标准的动宾短语。11 处背景类注释中，只有毛明素《与琳法师》、王勃《八仙径》及沈佺期《七夕曝衣篇》的自注为复句或语段。而在意义类自注中，仅有马怀素《奉和送金城公主适西蕃应制》题下注为篇幅较长的语段。一般来说，自注的使用频次及篇幅与其对诗歌释解的程度成正比，而初唐诗歌自注普遍为单注且语言简省，这势必削弱自注的阐释力度进而限制诗、注的关联度。

其二，初唐诗歌自注单一的阐释视角造成各类自注内容的趋同，这又进而导致自注无法对诗歌展开全方位的注解。具体而言，体式类自注的重点在用韵，诗体与诗歌字数等内容成为注释盲点；意义类自注主要提供与诗歌相关的史实本事，罕有对词语、典故的训释说明。

其三，初唐时期，自注与诗歌文本尚未实现深度融合，根本原因在于注释内容几乎不涉及诗歌深层的情蕴内涵。诗歌是记录诗人思想情感、经历际遇乃至社会变迁的载体，因此，蕴含于诗句文字背后的情、思、事无疑是诗歌的核心信息。自注只有对其给予揭示说明，才能真正实现向诗歌深层的渗透。因而，自注对诗歌核心层有无阐释以及阐释的程度就成为判定诗、注关系紧密度的重要依据。据此，分别考察阐释对象标准下的三类自注，则可得出如下结论①：体式类自注包括对用韵、诗体、字数等属于诗歌形式要素的说明，和内容层面无交集，也就与诗歌核心层的情思本事更无关联；背景类自注包括对创作缘由、目的、时地以及诗歌所涉人、事的介绍，虽然有时兼带揭示诗歌情事，对诗歌深层意蕴时有触碰，但多数情况下其提供的仍然是与诗歌核心层关联不大的外围信息；意义类注释包括对诗句中词语、本事、情感、典故等的揭示说明，而且多为直接对应具体诗句的句

---

① 有关体式、背景、意义三类自注与诗歌情蕴本事关联性强弱的探讨，详见拙文《论唐诗自注与情蕴的关系》，《文艺理论研究》2013 年第 4 期，第 150—158 页。

下注,其与诗歌情思本事这一核心层关系最密切。要之,体式、背景、意义三类自注与诗歌核心层的关联度呈递增态势,意义注的大量出现是诗歌与自注深度融合的重要标志。初唐诗歌自注中,与诗歌核心层关涉不大甚至毫无关联的背景、体式类注释占主体,而对其最具阐释力的意义类自注却数量较少,这说明初唐时期诗歌自注与诗歌深层意蕴尚处于弱关联阶段。

二、初唐诗歌自注的典型个案——王勃、李适的自注诗

初唐处于唐诗自注的发轫期,规模未具,不仅自注数量极少,而且缺乏着力使用自注的典型诗人。尽管如此,仍然有两位诗人在自注的使用上较之同时期其他诗人有所不同,是初唐诗歌自注发展历程中的关键人物,他们就是王勃和李适。其诗歌自注不仅具备初唐诗歌自注的普遍特征,更体现出唐诗自注的发展趋势,具有一定的启后性,这主要表现在以下三个方面:

首先,体式类自注的边缘化。阐释对象标准下的三种自注类型中,体式注在初唐诗歌自注中最常见,意味着此时期自注阐释的重点是诗歌的形式层面,这也体现出体式注在此时期自注类型分布格局中的主导地位。王勃、李适的诗歌自注则与上述情况截然相反。他们是初唐时期为数不多的兼用不同自注类型的诗人,在一首诗作中同时使用背景、意义两种注释类型,同时又均未在诗歌中使用体式类自注。体式注的缺席意味着王勃、李适将自注重点由诗歌的形式层面推进至内容意蕴层面,这使两位诗人的自注呈现体式注边缘化,背景、意义注平分秋色的格局。这不同于初唐诗歌自注的类型分布特征,却与盛唐诗歌自注的类型分布更近似。

其次,增强自注对诗歌深层意蕴的阐释力度。由于意义类自注直接指向诗歌情蕴层面,其使用频度就成为反映诗、注融合深度的重要指标。王勃与李适诗歌的意义类自注在数量与使用灵活性上都胜

于同时期其他诗歌中的同类自注。就数量而言,初唐使用意义类自注的诗歌仅有 8 首,王勃与李适的诗作便占 4 首;8 首诗歌中有 4 首采用了兼释诗句意义的背景类自注,王勃占 2 首;而采用单纯意义类注释的诗歌也是 4 首,王勃、李适两人各 1 首。初唐是意义类自注数量最少,发展也最为缓慢的阶段,王勃、李适则是这一时期运用意义类自注最为积极的诗人,撑起此类自注的半壁江山,他们对诗歌内蕴的阐释意识可见一斑。就意义注使用的灵活性而言,初唐时期使用意义类自注的诗人有 6 位,分别是王勃、李适、张敬忠、马怀素、沈佺期和刘行敏。其中,只有王勃的诗歌自注是纯粹的意义注与兼释诗句意义的背景注并存。其《深湾夜宿》自注属于纯粹的意义注,"主人依山带江"是针对"村宇架危岑""堰绝滩声隐"①两句的注解,进一步说明诗句描述的地理环境。《寻道观》《八仙径》中的自注则属于具有兼释性质的背景注。《寻道观》题下注"其观即昌利观,而张天师居也"②交代道观的名称及主人,提供了赋咏对象的背景信息。此外,自注中对观主为张天师的说明,恰好呼应了"玉笈三山记,金箱五岳图"暗示出的书籍所有者,使诗句中隐藏的人物得以显现。《八仙径》的情况与之相似,题下注"寺南又有昌利观,去寺可数里,岩径窈窕,杖而后进"③一方面通过介绍佛寺与昌利观的空间位置关系来交代诗人的游赏路线,另一方面又顺带揭示出首句"奈园欣八正,松岩访九仙"的具体所指,在背景信息中包含了对诗句意义的说明。李适是初唐时期唯一一位在同一首诗歌中连续使用意义类自注的诗人。他的《钱唐永昌赴任东都》共出现两次意义注,一处为"翩翩矫翮度文昌"句下注"文昌即尚书省",属于概念训释;另一处为"因声

---

① 〔唐〕王勃著,〔清〕蒋清翊注,汪贤度校点:《王子安集注》卷三,第 92 页。
② 〔唐〕王勃著,〔清〕蒋清翊注,汪贤度校点:《王子安集注》卷三,第 79 页。
③ 〔唐〕王勃著,〔清〕蒋清翊注,汪贤度校点:《王子安集注》卷三,第 86 页。

寄意三花树，少室岩前几过香"句下注"有田在少室，不见十年矣"①，属于本事揭示。此诗共四句，其中三句已由自注进行了不同程度的阐释，特别是"因声"二句后的注释将诗中言而未明的离乡之思与即将回乡的欣喜激动一语道破，自注向诗歌意蕴层面的延伸于此可见。王勃与李适推动诗注深度融合的方式虽然不同，但在诗、注关系相对疏离的初唐时期无疑具有超前性，其对意义注的重视是盛、中唐诗歌自注发展趋势的先声。

最后，对诗歌多维度阐释的尝试。形式与内容是自注释解诗歌的两个基本层面，与形式层面相对应的是体式类自注，而内容层面又可再细分为外围信息与核心内涵两部分，分别对应背景类自注与意义类自注。因此，三种自注类型实际上代表了三重不同的阐释维度。一首诗中出现的自注类型越多，意味着对诗歌释解的角度越多元。初唐自注诗基本采用一诗一注的形式，三种注释类型仅出现其一，表现出单一维度的阐释特点。即使此时期已出现背景注对诗句意义的兼释，实现了对诗歌的多维阐释，但这只是背景类注释产生的客观效果，与诗人的自觉实践仍有本质区别。鉴于此，上文提到的李适《饯唐永昌赴任东都》便具有特别的意义。该诗是初唐唯一一首也是唐代第一首多注诗，共三处注释，两处纯粹的意义注分别训释词义及揭示诗句包含的本事；一处背景注"自尚书郎为令"说明饯行对象唐永昌赴任东都的原因，同时也交代出诗歌创作的契机。诗人首次运用两种自注类型，对诗歌创作背景与诗句意涵两个不同层面进行释解。当同代的多数诗人尚未具备自注诗歌的意识时，李适已经通过兼用不同的自注类型来拓展自注的阐释空间。

要之，王勃与李适作为初唐自注诗发展历程中的两个关键人物，最主要的贡献并非自注数量，而是对背景、意义类自注的着力使用及

---

① 〔清〕彭定求等编:《全唐诗》卷七〇，第 778 页。

其昭示的自注发展新趋势。盛唐诗歌自注的部分特征在王勃和李适的诗歌自注中已有迹可循。故而,此二人在诗歌自注由初唐至盛唐的发展过程中起到了重要的承接作用。

第二节　盛唐诗歌自注的特征

一、盛唐诗歌自注的总体特征

盛唐诗歌自注在上承初唐的同时,进一步形成鲜明的阶段特征,为中唐诗歌自注发展高峰的到来奠定了基础。这一时期,有 30 位诗人在 297 首诗歌中使用了自注。具体情况如表 2 所示:

通过表 2 中的数据可以发现,盛唐诗歌自注在三方面延续了初唐诗歌自注的特征。一是完全沿用初唐诗歌自注的类型。从表中可见,阐释对象标准下的三类自注及位置标准下的两类自注虽数量有别,但全部出现。二是使用自注的诗人数量依然不成规模,以注入诗的现象尚不具备普遍性。盛唐时期使用自注的诗人有 30 位,比初唐时期仅多 4 位,而在《全唐诗》中确载的盛唐诗人约有 185 位。显然,自注己诗的方式在盛唐时期也仅为少部分诗人所尝试,尚未在诗坛流行开来。三是基本保持了初唐时期自注类型的分布格局:在阐释内容标准下的三类自注中,背景注与体式注的数量依然相当可观;而位置标准下的两类注释中,题下注在数量上也远超句下注。如前所述,体式、背景、意义三类注释对诗歌深层意蕴的阐释力度呈递增趋势,而背景与体式类自注又基本为题下注。因此,盛唐诗歌自注以背景注与题下注为主的分布格局,意味着诗、注之间尚未形成深入内在的关联。

作为诗歌自注发展过程中的一个独立阶段,盛唐诗歌自注在承前的同时,也发生了一系列新变化,从而又表现出与初唐诗歌自注明显不同的特征。

表 2　盛唐诗歌自注详表

作者	含体式注的诗歌（首）	含背景注的诗歌（首）	含意义注的诗歌（首）	含题下注的诗歌（首）	含句下注的诗歌（首）	含多处注的诗歌（首）	自注诗总数（首）	诗歌总数（首）	自注诗比例	备注
张九龄*	2	2	2	2	1		3①	222②	1.4%	〔唐〕张九龄撰，熊飞校注:《张九龄集校注》，北京:中华书局,2008年。
张说*	4	4	3	4	3	3	7	380	1.8%	1.〔唐〕张说著，熊飞校注:《张说集校注》，北京:中华书局,2013年。（379首）2.《全唐诗补编·全唐诗续补遗》卷二(1首)
卢僎	1	1	1	1			1	13③	7.7%	《全唐诗》卷九九
源乾曜	1	1	1	1			1	4	25%	《全唐诗》卷一〇七
李元纮	1	1	1	1			1	3	33.3%	《全唐诗》卷一〇八

① 张九龄《临泛东湖》一诗为背景、意义两类注释兼有，在其自注诗总数中不复计算。

② 熊飞校注《张九龄集校注》中，备考部分《读书岩中寄沈郎中》《九度仙楼》《答陆澧》《飞廉答》《岳州九日宴道观西阁》5首诗的作者存疑，不计入诗歌总数。

③ 据《全唐诗重篇索引》第168页"卢僎"条，《途中口号》作者有争议；又据佟培基《全唐诗重出误考》第66页"卢僎"条目1，该诗乃郭向所作，故不计入诗歌总数。

续表

作者	含体式注的诗歌(首)	含背景注的诗歌(首)	含意义注的诗歌(首)	含题下注的诗歌(首)	含句下注的诗歌(首)	含多注诗的诗歌(首)	自注诗总数(首)	诗歌总数(首)	自注诗比例	备注
崔湜	1			1			1	4	25%	《全唐诗》卷一○八
萧嵩	1			1			1	2	50%	《全唐诗》卷一○八
刘昇	1			1			1	1	100%	《全唐诗》卷一○八
韦抗	1			1			1	1	100%	《全唐诗》卷一○八
李嵩	1			1			1	1	100%	《全唐诗》卷一○八
韦述	1			1				5	20%	1.《全唐诗》卷一○八(4首) 2.《全唐诗补编·全唐诗续拾》卷一三(1首)
陆坚	1			1			1	2	50%	《全唐诗》卷一○八
程行谌	1			1			1	1	100%	《全唐诗》卷一○八
褚琇	1			1			1	1	100%	《全唐诗》卷一○八
薛业		1	1	1			1①	2	50%	《全唐诗》卷一一七

① 薛业《晚秋赠张折冲》一诗为背景、意义两类注释兼有，在其自注诗总数中不重复计算。

续表

作者	含体式注的诗歌（首）	含背景注的诗歌（首）	含意义注的诗歌（首）	含题下注的诗歌（首）	含句下注的诗歌（首）	含多注的诗歌（首）	自注诗总数（首）	诗歌总数（首）	自注诗比例	备注
孙逖*		2	3	2	1		3①	62②	4.8%	《全唐诗》卷一一八、卷八八三
宋昱		1	1	1			1③	2④	50%	《全唐诗》卷二一一
王维*	2	7	1	9			9⑤	438	2.1%	［唐］王维著，［清］赵殿成笺注：《王右丞集笺注》，上海：上海古籍出版社，1984年。
苑咸			1	1		1	1	2	50%	《全唐诗》卷一二九

① 孙逖《和韦兄春日南亭宴兄弟》《长洲苑》两诗为背景、意义两类注释兼有，在其自注诗总数中不重复计算。

② 据《全唐诗重篇索引》第145页"孙逖"条，《送杜侍御赴上都》《和常州崔使君寒食怀京洛》《进船泛洛水应制》作者有争议；又据佟培基《全唐诗重出误收考》第81—82页"孙逖"条条目1—4，《和上巳连寒食有怀京洛》《进船泛洛水应制》为孙逖所作，故计入诗歌总数。

③ 宋昱《题石窟寺》一诗为背景、意义两类注释兼有，在其自注诗总数中不重复计算。

④ 据《全唐诗重篇索引》第238页"宋昱"条，《晚次荆江》作者有争议；又据佟培基《全唐诗重出误收考》第84页"宋昱"条条目1，此诗乃戎昱所作，故不计入诗歌总数。

⑤ 王维《愚公谷三首》一诗为背景、意义两类注释兼有，在其自注诗总数中不计入诗歌总数。

续表

作者	含体式注的诗歌（首）	含背景注的诗歌（首）	含意义注的诗歌（首）	含题下注的诗歌（首）	含句下注的诗歌（首）	含多类注的诗歌（首）	自注诗总数（首）	诗歌总数（首）	自注诗比例	备注
丘为	1						1	16	6.3%	1.《全唐诗》卷一二九（11首①） 2.《全唐诗补编·补全唐诗》（5首）
李颀*		1	1	1			1②	128	0.8%	[唐]李颀著，隋秀玲校注：《李颀集校注》，郑州：河南人民出版社，2007年。
储光羲*		5	10	5	6	2	11③	222④	5%	《全唐诗》卷一三六—一三九

① 据《全唐诗重篇索引》第473页"丘为"条，《留别王维》《省试夏日可畏》《登润州城》作者有争议。《全唐诗》卷一二九为《寻庐山崔征君》，重见于同书卷二六八耿湋名下，题为《夜寻卢处士》。又据佟培基《全唐诗重出误考》第95—96页"丘为"条条目1—5，《留别王维》《省试夏日可畏》《登润州城》3首乃丘为所作，故计入诗歌总数。其余2首的作者仍无确论，则不计入诗歌总数。

② 李颀《宴陈十六楼》为背景，意义两类注释兼有，在其自注诗总数中不重复计算。

③ 储光羲《陆象作挽歌》《至闲居精舍呈正上人》《刘先生闲居》《赠主客员郎中》为背景，意义又两类注释兼有，在其自注诗总数中不重复计算。

④ 据《全唐诗重篇索引》第195页"储光羲"条，《沧浪峡》条、《储光羲》第103—104页"储光羲"条条目1—4，仅《蓝上茅茨期王维补阙》作者有争议。又据佟培基《全唐诗重出误考》将《蓝上茅茨期王维补阙》纳入诗歌总数，其余3首不计算在内。故将《蓝上茅茨期王维补阙》可确定为储光羲所作，其余3首仍无定论。

续表

作者	含体式注的诗歌（首）	含背景注的诗歌（首）	含意义注的诗歌（首）	含题下注的诗歌（首）	含句下注的诗歌（首）	含多注诗的诗歌（首）	自注诗总数（首）	诗歌总数（首）	自注诗比例	备注
周万		1	1	1			1①	1	100%	《全唐诗》卷一四五
孟浩然*	2	2	1	1			4②	265	1.5%	1.［唐］孟浩然著，佟培基笺注：《孟浩然诗集笺注》，上海：上海古籍出版社，2000年。（264首③）2.张锡厚主编：《全敦煌诗》卷三五，北京：作家出版社，2006年。（1首）
李白*	6	31	15	34	3		37④	1013	3.7%	1.［唐］李白著，瞿蜕园，（转下页）

① 周万《送沈芳谒观察求仕进》为背景、意义两类注释兼有，在其自注诗总数中不重复计算。

② 孟浩然《送韩使君除洪都曹》为背景、意义两类注释兼有，在其自注诗总数中不重复计算。

③ 据佟培基笺注《孟浩然诗集笺注》，《题梧州陈司马山斋》《雨》《咏青》《送张舍人往江东》《寻裴处士》5首为误收作品，不计入诗歌总数。

④ 李白《赠崔郎中宗之》《赠历阳褚司马》《鲁郡尧祠送窦明府薄华还西京》《答杜秀才五松见赠》《游太山六首》其一、《与周刚清溪玉镜潭宴别》《题金陵王处士水亭》《口号赠杨征君》《寄张相二首》《泾川送族弟錞》《金陵江上遇蓬池隐者》为背景、意义注释兼有；《秦女休行》《宫中行乐词八首》《君道曲》《上云乐》为背景、体式注释两类兼有，在其自注诗总数中不重复计算。

续表

作者	含体式注的诗歌（首）	含背景注的诗歌（首）	含意义注的诗歌（首）	含题下注的诗歌（首）	含句下注的诗歌（首）	含多注诗歌（首）	自注诗总数（首）	诗歌总数（首）	自注诗比例	备注
岑参*	41	20	8	60	4	3	62①	387	16%	（接上页）朱金城校注：《李白集校注》，上海：上海古籍出版社，1980年。（987首） 2.《全唐诗补编·全唐诗续补遗》卷三；《全唐诗补编·全唐诗续拾》卷一四。（26首） 1. ［唐］岑参撰，廖立笺注：《岑嘉州诗笺注》，北京：中华书局，2004年。（386首②）（转下页）

① 岑参《送王录事却归华阴阴尉归华阴尉自华阴尉录事参军》《冀州客舍酒酣贻王绮寄题南楼》《奉送李太保兼御史河南河中丞河渭北节度使》《送郭司马赴伊吾郡请示李明府》为体式、意义两类注释兼有；《奉陪封大夫宴》为背景，意义两类注释兼有，体式两类注数中不重复计算。

② 据《岑嘉州诗笺注》，以下23首诗为误收之作，不计入诗歌总数：《石犀》《下外江舟中怀终南旧居》《狂歌行》《汉上题韦氏庄》《南溪别业》《送郑侍御谪闽中》《送刘山人归洞庭》《送李二郎中丞充京西京北覆粮使》《奉送袁司徒今公自东都留守再命兼御史大夫赴淮南节度》《同群公题张处士菜园》《寄孙山人》《冬夕》《沈询侍郎除郎归义节度作游仙绝句》《送史司马赴崔相公幕》《奉和相春日幸望春宫应制》《酬畅当嵩山寻麻道士见寄》《冀国夫人歌词七首》。

续表

作者	含体式注的诗歌（首）	含背景注的诗歌（首）	含意义注的诗歌（首）	含题下注的诗歌（首）	含句下注的诗歌（首）	含多注诗歌（首）	自注诗歌总数（首）	诗歌总数（首）	自注诗比例	备注
高适*	3	7	5	11	1		12①	241②	5%	（接上页）2.《全唐诗补编·全唐诗续拾》卷一五（1首） 刘开扬著：《高适诗集编年笺注》，北京：中华书局，1981年。
杜甫*	26	67	47	90	41	5	129③	1440	9%	1.〔唐〕杜甫著，〔清〕仇兆鳌注：《杜诗详注》，北京：中华书局，1979年。（1439首④）（转下页）

① 高适《东平留赠狄司马》《同群公题郑少府田家》《途中寄徐录事》为背景、意义两类注释兼有，在其自注诗总数中不重复计算。

② 据《高适诗集编年笺注》，以下9首诗为误收之作，不计入诗歌总数：《奉和储光羲》《钿雀妓》《筝下曲》《感五溪茅荑》《听张立本女吟》《在哥舒大夫幕下请辞退鄱兴奉诗》《闺情为洛城蕃隐陈上相知人》《闺情》。

③ 杜甫《同李太守登历下古城员外新亭》《送蔡希曾都尉还陇右因寄高三十五书记》《官定后戏赠》《严中丞枉驾见过》《扬旗》《寄岑嘉州》《大觉高僧兰若》《王竟携酒高亦同过》为背景、意义两类注释兼有；《草堂寄州水亭》《山寺》为背景、意义两类注释兼有，在其自注诗总数中不复重计算。

④《杜诗详注》逸诗部分从历代诗话、笔记等史料文献中辑录6首所谓杜甫诗歌，真实性有待考证，故不计入诗歌总数：《草堂诗话》《朝阳岩诗》《杜公石文诗》《树萱录》《记杜诗》《百韵明珠》《记杜诗》《辩杜诗话》《秋雨吟》。

续表

作者	含体式注的诗歌(首)	含背景注的诗歌(首)	含意义注的诗歌(首)	含题下注的诗歌(首)	含句下注的诗歌(首)	含多注诗的诗歌(首)	自注诗总数(首)	诗歌总数(首)	自注诗比例	备注
										（接上页）2.《全唐诗补编·全唐诗续拾》卷一五（1首）
严武			1		1		1	5①	20%	《全唐诗》卷二六一
李翰		1	1	1	1	1	1	1	100%	张锡厚主编:《全敦煌诗》卷四五
各项总值	92	152	102	235	63	11	297	4865	6.1%	

① 据《全唐诗篇章索引》第437页"严武"条,《班婕妤》作者有争议;又据佟培基《全唐诗重出误收考》第209—210页"严武"条条目1,此诗非严武所作,故不计入诗歌总数。

　　首先,诗人使用自注的意识渐趋自觉。与初唐相较,自注在盛唐诗人群中的普及程度虽未有显著提升,但就运用诗歌自注的诗人而言,其个体的实践力度则远大于初唐诗人。盛唐时期使用自注的诗人数量仅比初唐增加了4人,但自注诗数量却从初唐的26首增至297首,增加了十余倍,自注诗的人均量也从初唐时期的1首激增至约10首。这是诗人对诗歌自注高频使用的结果,也反映出盛唐诗人在自注运用上较之初唐诗人更强烈的自觉性。在诗歌自注渐趋自觉化的使用过程中,盛唐诗坛的主力诗人发挥了关键作用。一方面,自注其诗的主力诗人数量较之初唐有所增加,从而壮大了自注发展的推动力量。30位使用自注的盛唐诗人中,《全唐诗》所收作品可独立成卷的主力诗人有11位,分别是张九龄、张说、孙逖、李颀、王维、孟浩然、储光羲、岑参、高适、李白、杜甫,占比36.7%。如前所述,初唐时期使用自注的诗人有23位,其中主力诗人6位,占比26.1%。较之初唐,盛唐使用自注的主力诗人增加了近一倍,占比增长了10个百分点。由此可见,尽管自注尚未在盛唐诗歌中普遍出现,却在诗坛主力层中得到了一定的发展。另一方面,主力诗人的诗歌自注构成了盛唐诗歌自注的主体。盛唐11位主力诗人的自注诗达到278首,占此时期自注诗总数的93.6%,而初唐6位主力诗人仅有8首自注诗,仅占当时自注诗总数的30.8%。尽管盛唐时期各主力诗人贡献的自注诗数量有明显的差别,但整体而言,他们在自注发展过程中明显发挥了比初唐主力诗人更积极关键的作用。

　　其次,自注的内容更加多元,阐释方式亦更显灵活,这在体式与意义两类自注中表现得尤为突出。初唐诗歌中的体式注多用来交代诗歌用韵,仅任希古《和李公七夕》自注“效谢惠连体”为说明仿效对象,属于阐释内容上的特例。盛唐诗歌体式注的内容则更加丰富,除了依然占据主导的用韵说明外,又增加了对诗体的介绍。如丘为《冬至下寄舍弟时应赴入京》题下注"杂言"①,王维《白鼋涡》题下注"杂言走笔"②,高适《赋得还山吟赠沈四山人》题下注"杂言"③,实则点明诗歌采用古体创作而成。首见于任希古诗歌中以仿效对象为注释内容的体式注,则在李白、杜甫的诗歌中被进一步推广开去。

　　盛唐诗歌的意义类注释,一方面,在内容上继承初唐同类自注对诗句中典故、词义的训释。如李翰《蒙求》诗以31处句下自注,每注平均三四十字的篇幅详述诗中62处典故的来源及内容,成为盛唐意义注发挥释典功能的典型代表。以其中一处为例,诗歌首句"王戎简要,裴楷清通"之下自注云:"《晋书》王戎字濬冲,裴楷字叔则。为吏部郎阙,晋文帝问其人于钟会,会曰:'裴楷清通,王戎简要。'其选也,于是用楷。"④注释不仅交代了对王戎、裴楷评价的出处,而且详述其渊源由来,丰富了诗句中人物的背景信息。又如杜甫《秋日夔府咏怀奉寄郑监李宾客一百韵》中"市暨瀼西巅"句下注"峡人目市井泊船处曰市暨,江水横通山谷处,方人谓之瀼"⑤则属于对词义的解释。另一方面,盛唐诗歌的意义类注释在形式上首创"自注来诗"的注解方式。所谓"自注来诗"是指在寄赠唱和类诗作中,赠和诗作者以原唱诗句或诗句大意为己作之注脚的方式。这种自注形式在盛唐诗歌中仅有两处,一处是孙逖《奉和李右相中书壁画山水》中"自保千年遇,何论八载荣"句下注"李公诗云,八载忝司存"⑥;另一处是储光羲《酬李处士山中见赠》中"坐看芳草歇,邀以青松色"句下注"李诗云:

① 〔清〕彭定求等编:《全唐诗》卷一二九,第1320页。
② 〔唐〕王维撰,〔清〕赵殿成笺注:《王右丞集笺注》卷一,第8页。
③ 〔唐〕高适著,刘开扬笺注:《高适诗集编年笺注》,第178页笺语。
④ 张锡厚主编:《全敦煌诗》卷四五,第2325页。
⑤ 〔唐〕杜甫著,〔清〕仇兆鳌注:《杜诗详注》卷一九,第1710页。
⑥ 〔清〕彭定求等编:《全唐诗》卷一一八,第1196页。

青青此松柏"①。以韵语形式的诗句为注突破了唐诗自注以散句为主的句式传统,使自注句式骈散兼备。

再次,自注对诗歌的阐释力增强,两者关系渐趋紧密。这主要体现在以下三方面:

第一,一诗多注的现象增多,这意味着自注对诗歌的阐释更为细致深入。初唐时期的多注诗仅有李适的《饯唐永昌赴任东都》,而盛唐时期则增至11首,分别是储光羲的《苏十三瞻登玉泉寺峰入寺中见赠作》《贻丁主簿仙芝别》,岑参的《梁园歌送河南王说判官》《送刘郎将归河东》《稠桑驿喜逢严河南中丞便别》,杜甫的《同李太守登历下古城员外新亭》《承沈八丈东美除膳部员外郎阻雨未遂驰贺奉寄此诗》《王竟携酒高亦同过》《故著作郎贬台州司户荥阳郑公虔》《秋日夔府咏怀奉寄郑监李宾客一百韵》,李翰的《蒙求》。其中有4首诗歌兼用了不同类型的自注。岑参的《稠桑驿喜逢严河南中丞便别》题下注"得时字"为交代用韵的体式注;而句下注"参忝西掖曾联接"②则属于意义注,揭示"犹思紫禁时"一句所指之事:诗人曾任中书省右补阙,与时任门下省给事中的严武在朝会上同列横班,有同僚之谊。其《送刘郎将归河东》中的"同用边字"③,亦是交代诗歌用韵的体式注;"参曾北庭事赵中丞,故有下句"是意义注,指出"岂忘轮台边"一句中包含的诗人边塞经历。杜甫《王竟携酒高亦同过》题下注云:"共用寒字。"又"移樽劝山简,头白恐风寒"句下注云:"高每云:'汝年几小,且不必小于我,故此句戏之。'"④体式注与意义注并用,不仅说明诗歌用韵,而且揭明了诗句中"山简"的实际指代及"头白"之谑

① 〔清〕彭定求等编:《全唐诗》卷一三八,第 1397 页。
② 〔唐〕岑参撰,廖立笺注:《岑嘉州诗笺注》卷三,第 571 页。
③ 〔唐〕岑参撰,廖立笺注:《岑嘉州诗笺注》卷三,第 528 页。
④ 〔唐〕杜甫著,〔清〕仇兆鳌注:《杜诗详注》卷一〇,第 864 页。

的来由,呈现藏匿于诗句背后的事实,并彰显好友间戏嘲谐谑之趣。其《同李太守登历下古城员外新亭》则兼采背景、意义两类自注。题下的背景注"时李之芳自尚书郎出齐州,制此亭"点明诗题中"古城新亭"的由来,而"新亭结构罢,隐见清湖阴"句下的意义注"亭对鹊山湖"①在说明"清湖"具体所指的基础上,进一步明确了亭与湖的方位关系。其余 7 首诗均为仅使用意义注的多注诗。如储光羲的《贻丁主簿仙芝别》先后出现了 4 处意义注。"摇曳君初起,联翩予复来"句下注云:"丁侯前举,予次年举。""兹年不得意,相命游灵台"句下注云:"同为太学诸生。""联行击水飞,独影凌虚上"句下注云:"同年举,而丁侯先第。""脱巾从会府,结绶归海裔"句下注云:"予后及第,又应制授官。"②四处自注不仅勾勒出诗人与丁仙芝科考仕进的完整经历,而且凸显了二人相识相交的情谊,使诗中所表之情与所言之事更为清晰饱满。

　　综上所言,盛唐时期的多注诗尽管仍比较少见,但其数量较之初唐也确有相对增长,这意味着自注开始向诗歌内蕴层面深入。诗人在多注诗中通过增加自注的数量及类型拓展了注解空间,进而实现了自注对诗歌从形式到内涵的全面阐释。

　　第二,意义注数量的大幅增长,增强了自注对诗歌内蕴的阐释力,也推动了诗、注关系的深入。初唐自注诗 8 处意义注中,兼释诗句的背景注与纯粹的意义注各有 4 处。盛唐时期使用意义注的诗歌共 102 首,在 63 首诗歌中出现纯粹的意义注,占比 61.8%,其中不乏意义注连用的多注诗;有 39 首采用兼释诗句的背景注,占比 38.2%。由上可见,背景注兼释功能的弱化及纯粹意义注占比的明显增加意味着自注的着力点正转向诗歌内蕴层面。尤其是多注诗中意义注的

①〔唐〕杜甫著,〔清〕仇兆鳌注:《杜诗详注》卷一,第 38 页。
②〔清〕彭定求等编:《全唐诗》卷一三八,第 1399—1400 页。

频繁出现,更预示着自注的阐释将渐趋精细。

　　第三,有关诗歌内蕴的主要阐释途径基本形成。所谓阐释途径即自注揭明诗歌内蕴的方式,它的稳定成熟能带动诗、注密切关系的建立。盛唐诗歌自注对作品内蕴的阐发一般遵循以下三种途径:

　　1. 触引式。自注是触动诗情诗思的媒介,为诗中的议论、抒情进行导引或铺垫。如宋昱《题石窟寺》题下注:"魏孝文所置。"诗云:

　　　　梵宇开金地,香龛凿铁围。影中群象动,空里众灵飞。檐牖笼朱旭,房廊挹翠微。瑞莲生佛步,瑶树挂天衣。邀福功虽在,兴王代久非。谁知云朔外,更睹化胡归。①

此诗前八句采用赋笔全方位描写佛寺景观,后四句则宕开一笔,对王朝兴衰、华夷一统生发慨叹,是典型的借物咏怀之作。而这类诗歌的创作关键在于从咏物到抒怀的过渡,即建立所咏之物与所抒之情的联系。此诗的题下自注正是引发诗人感喟历史的触点。若无自注对佛寺建造者特殊身份的说明,那么建寺的历史背景便无法显现,诗中"兴王代久非""更睹化胡归"的思绪感慨也就会因失去史实的依托而显得突兀。换言之,正是自注对石窟寺限定性的说明,将其拉回到北魏孝文帝推进汉化改革的历史时空,为诗人历史情怀的酝酿发抒提供了前提,避免了诗歌从咏寺转向咏怀的意脉断裂。

　　2. 补充式。因篇幅及表达重点所限,诗歌中的情感、事件多为片段式呈现,自注则对其充实拓展,提供诗句未言或未能尽言的背景信息,使诗歌情蕴的彰显更为透彻妥帖。兹以孟浩然的《送韩使君除洪州都曹》为例说明。该诗题下自注云:"韩公父尝为襄州使。"全诗曰:

---

① 〔清〕彭定求等编:《全唐诗》卷一二一,第 1215—1216 页。

　　　述职抚荆衡,分符袭宠荣。往来看拥传,前后赖专城。勿剪棠犹在,波澄水更清。重颁江汉治,旋改豫章行。召父多遗爱,羊公有令名。衣冠列祖道,耆旧拥前程。岘首晨风接,江陵夜火迎。无才惭孺子,千里愧同声。①

　　诗题中的韩使君乃韩朝宗。开元二十二年(734)韩朝宗为荆州刺史兼判襄州刺史、山南道采访使,即该诗首句"述职抚荆衡"之意。开元二十四年九月,韩朝宗因荐官失当被贬洪州刺史②,此诗当作于他赴任洪州之前。全诗对韩朝宗任襄州刺史期间卓越政绩的赞誉溢于言表。但从诗歌前六句看,诗人所敬服的显然不止韩朝宗一人,"袭宠荣""前后""棠犹在""水更清"四组词明显含有彼此交相辉映的意味。但这个与韩朝宗同享清誉,并为诗人所赞赏者究竟是谁,其与韩朝宗为何会荣耀相续,诗歌并未言明。自注则给出了答案:韩朝宗之父韩思复曾于景龙初年、开元十二至十三年两任襄州刺史,因治州有方而名动朝野③。当自注带出韩思复其人其事时,诗歌所极力表现的甘棠遗爱、父子同辉之意方能水到渠成。

　　3. 引申式。诗句言外之旨往往通过修辞技巧被藏匿,自注则直击诗歌潜台词,将其推向台前。杜甫的《喜雨》自注便是个中典型:

　　　春旱天地昏,日色赤如血。农事都已休,兵戎况骚屑。巴人

---

① 〔唐〕孟浩然著,佟培基笺注:《孟浩然诗集笺注》卷中,第241—242页。
② 参见郁贤皓:《唐刺史考全编》卷一八九"山南东道襄州"部分"韩朝宗"条,合肥:安徽大学出版社,2000年,第2578页。
③ 韩思复任襄州刺史的时间,参见郁贤皓:《唐刺史考全编》卷一八九"山南东道襄州"部分"韩思复"条,第2575、2577页。韩思复两任襄州刺史,政绩斐然,《新唐书》云:"复为襄州刺史,治行名天下。"〔宋〕宋祁、欧阳修:《新唐书》卷一一八《韩思复传》,第4273页。

困军须,恸哭厚土热。沧江夜来雨,真宰罪一雪。谷根小苏息,沴气终不灭。何由见宁岁,解我忧思结。峥嵘群山云,交会未断绝。安得鞭雷公,滂沱洗吴越。时浙右多盗贼。①

此诗为宝应、广德年间杜甫寓居梓州、阆州所作。开篇四句为总起,直陈巴蜀百姓的两大苦境——春旱与兵戎。而从"巴人困军须"一句中不难看出蜀地旱情与军粮补给是相互牵动的。按照诗歌先总后分的谋篇思路,自"沧江"句始,应当围绕旱情与战乱分别细述。而诗人似乎只表达了目睹春雨缓解蜀地旱灾时的欣喜之情,几乎未涉及战争一事。但结合篇末自注看,却并非如此。自注所谓"时浙右多盗贼"是指宝应元年(762)台州袁晁谋反,攻陷浙东诸州郡之事②。诗人通过自注陈述史实,则诗末四句话外音全现:诗句中的"群山云""鞭雷公""洗吴越"实非诗人为吴越之地求雨,而是将能够平息吴越战乱的勇士猛将比作还百姓安宁生活的"鞭雷公""及时雨",希冀其如大雨浸透巴蜀春旱一般荡平吴越贼寇以解兵祸。自注一语道破诗句的真实意旨,将"叙兵乱"这条暗线明朗化,从而使喜雨与止战两重情思交织呼应,实现了情感表达上丰富与圆融的兼备。

　　总之,盛唐诗歌自注通过发挥触引、补充、引申的功能,助推诗歌情感意蕴的充分表达,这是诗、注关系渐趋深入的结果,也是两者关系由疏离转向融合的推动力。但另一个值得注意的问题是,上述三种自注阐释途径虽备于盛唐却不盛于此,其在中唐诗人手中方得到更广泛自如的运用。

---

① 〔唐〕杜甫著,〔清〕仇兆鳌注:《杜诗详注》卷一二,第 1019—1020 页。
② 浙右盗贼之事,《旧唐书》有载:"(广德元年)八月己酉朔……台州贼袁晁陷台州,连陷浙东州县。"〔后晋〕刘昫等撰:《旧唐书》卷一一《代宗本纪》,第 270 页。

二、盛唐诗歌自注的典型个案——杜甫的自注诗

　　盛唐时期,各家自注诗在数量上的差距开始显现,主力诗人尤其是其中的自注高产者成为当时诗歌自注发展的核心动力;而杜甫又是其中影响力最大、最具代表性的诗人。之所以如此定位杜甫,主要基于以下两点原因。其一,从数量上看,杜诗自注是盛唐诗歌自注之最。他的 129 首自注诗占当时自注诗总数的 43.4%,占其自身诗歌总数的 9%。换言之,盛唐有将近半数的自注诗都出自其手,而在他的个人作品中大约每 11 首就有 1 首自注诗。可以说,杜诗自注是盛唐诗歌自注的关键组成部分,更是其规模格局形成的基础。其二,从各类自注运用的全备性与倾向性而言,杜甫是唯一一位既能兼用不同类型自注又能有所侧重,从而体现当时诗歌自注发展新趋势的诗人。就自注类型使用的全面性而言,30 位盛唐自注诗人中,能在诗歌中兼用体式注、背景注与句下意义注的只有王维、孟浩然、李白、岑参、高适、杜甫 6 人,他们使用体式、背景、意义三类自注的诗歌数量分别为:王维 2 首、7 首、1 首,孟浩然 2 首、2 首、1 首,李白 6 首、31首、15 首,岑参 41 首、20 首、8 首,高适 3 首、7 首、5 首,杜甫 26 首、67首、47 首。可见盛唐诗人对自注的运用整体上还远不够充分自如,其中的大多数尚不能兼用各类自注对诗歌进行不同维度的阐释。以上 6 位诗人在诗歌自注使用的多样性及熟稔性上实属少数的突出者。而杜甫又是其中兼用不同类型自注最自觉的一位,其使用各类自注的诗歌数量在 6 人中明显占优。如果说从以上可以看出盛唐诗人开始具有兼采不同类型自注的意识,那么杜甫无疑是在这方面最积极的践行者。

　　在盛唐诗人中不仅能尽用三类自注,还能由此体现自注发展新趋势的诗人,只有杜甫与岑参。如前所述,一诗多注是盛唐诗歌自注的新变之一,这在杜、岑诗中都有体现。从表 2 中可知,岑参与杜甫

的多注诗分别是 3 首和 5 首,在自注使用的灵活度及新途径的探索上,岑参是稍逊于杜甫的,但杜甫更高一筹之处在于其对意义注的积极使用更能反映盛唐诗歌自注的新特征。前文已提到,岑参的 62 首自注诗中,使用体式注与背景注的诗歌分别是 41 首和 20 首,而使用意义注的诗歌仅有 8 首。这种体式注与背景注占优势的自注类型格局与初唐诗歌自注的整体情况相似。但杜诗自注的情况却截然不同:129 首自注诗中,用到体式、背景、意义注的诗歌分别为 26 首、67首、47 首。体式注的边缘化,意义注数量的明显增加是杜诗自注的突出特点,而这也更能代表盛唐诗歌自注的发展态势。再者,盛唐诗歌自注的又一变化便是注释重点向诗歌内蕴层面的倾斜,其显著标志便是意义注的激增。而在盛唐 102 首使用意义注的诗歌中,杜甫就贡献了 47 首,占比 46.1%,无疑是推动自注重点转变的决定力量。可见,无论是数量、对各类自注的兼容度,还是对自注新阶段特征的促进程度,杜诗自注都远胜于盛唐诸家,是该时期诗歌自注规模及新走向的奠定者,足以作为盛唐诗歌自注发展的里程碑。

　　杜甫对盛唐诗歌自注有两大突出贡献。第一,拓展了盛唐诗歌自注的内容。各类自注的阐释内容更加丰富多元是盛唐诗歌自注的显著特点之一,而在推动盛唐诗歌自注内容多元化的过程中,杜甫的重要性主要表现在两方面。一方面,杜诗自注提供了新创诗体的信息,为体式类自注增添了新的注释内容。唐代体式类自注的内容基本分为三类,一是提供诗歌用韵情况,二是交代诗歌字数及体裁,三是说明诗人仿效或新创的诗体。三类内容中,第一类最为常见,是体式注的主体,第二类次之,第三类出现得最少,在整个唐代体式注中只有 21 条。这 21 条自注,其中 1 条出自初唐任希古的诗歌,12 条出自中唐皇甫冉、崔侗、白居易、刘禹锡和李绅的诗歌,2 条出自晚唐曹邺与温庭筠的诗歌,其余 6 条则来自盛唐李白和杜甫的诗歌。这类自注在数量上虽然不算多,但毕竟成为了体式注中的一类内容。盛唐与中唐是该类自注内容集中出现的两个高峰期,这 21 条自注奠定了仿创类内容在体式注中的数量基础,其中便有杜甫的贡献。当然,杜甫以说明仿创对象为内容的体式类自注并不以数量取胜。仅与同时代的李白相比,其该类内容的体式注只有 1 条,而李白则有 5 条。但值得注意的是,杜甫的这则自注,即《愁》诗题下注"强戏为吴体"①是盛唐甚至整个唐代唯一一条交代自创诗体的诗注。换言之,在 21 条说明仿创信息的唐代体式类自注中,只有杜甫的这条自注是对新创诗体的说明,余者均是诗人对所仿诗体的交代。杜甫的"吴体"自注是其探索诗体创变的生动诠释。作为杜诗中仅有的 1 条提出"吴体"这一全新诗歌样式的自注,其具有重要的诗体学意义。前文对此已有详述,兹不赘言。另一方面,杜甫也是首位将对地方民俗风情的介绍引入自注的诗人。初、盛唐时期并不缺少书写地域风情土俗的诗歌,却没有以此为内容的自注,仅沈佺期《七夕曝衣篇》与岑参《使交河郡》自注略具风土民俗介绍的性质。沈佺期诗自注云:"按王子阳《园苑疏》:太液池边有武帝阁,帝至七月七日夜,宫女出后衣曝之。"②这虽是对七夕节女子曝衣活动的说明,但七夕曝衣属于无明显地域色彩并且仅发生在特定时间点的节俗,与地方性、常态化的民间生活习俗不同。而岑参诗对交河郡"苦热无雨雪"③这一气候特点的说明,确实带有鲜明的地域色彩,然而也只限于对物候的介绍,却未涉及民俗方面。杜甫则在 3 首诗歌中使用自注以详解一地的民俗风貌。《火》诗题下注:"楚俗,大旱则焚山击鼓,有合神农书。"④《雨二首》其一"殊俗状巢居"句下注:"巴人都在山陂架木为居,自号阁

①〔唐〕杜甫著,〔清〕仇兆鳌注:《杜诗详注》卷一八,第 1599 页。
② 连波、查洪德校注:《沈佺期诗集校注》,第 35 页注释 1。
③〔唐〕岑参撰,廖立笺注:《岑嘉州诗笺注》卷一,第 142 页。
④〔唐〕杜甫著,〔清〕仇兆鳌注:《杜诗详注》卷一五,第 1297 页。

拦头。"①《秋日夔府咏怀奉寄郑监李宾客一百韵》中"市暨瀼西巅"
句下注："峡人目市井泊船处曰市暨，江水横通山谷处，方人谓之
瀼。"②这3首诗作于大历元年至二年诗人初至夔州时期，而3条注
释也分别涉及对巴楚地区驱灾、居住方式及方言语汇的介绍说明。

　　已有相关成果从杜甫对诗歌语言的改造与开拓的角度切入，注
意到上述诗歌中的语言具有明显的地域性及俚俗性，而以方言代替
雅正的书面语入诗，正是杜诗语言的创新之处；自注则发挥了翻译转
化作用，有效地服务于方言化诗歌的跨时空传播，从而使这一诗歌语
言的革新能够顺利推进③。但以上有关方言的3条诗歌自注的意义
并不限于助推杜诗语言的表现功能。如前所述，杜甫之前的唐人诗
篇中不乏对风俗民情的书写，但辅之以自注同步阐释的却寥寥无几。
杜甫是这方面的开拓者，他将民俗风土的内容植入自注，为其开辟了
新的阐释领域，实现了地域民情风貌在诗、注中的双重进深式呈现。
民俗风土类的自注虽然在白居易、元稹、李绅等人手中走向繁荣，而
源头实在杜甫。可以说，杜诗自注最早将具有地域性与日常化的民
间生活状貌与习俗纳入阐释范围，为此类内容的自注在中唐获得进
一步发展奠定了基础。

　　此外，杜甫在自注中引入对民俗风情的观照，也预示着一种新文
学观念的形成。对异域空间中陌生习俗的阐释，实则是以消解新奇
的方式来彰显新奇。对诗句中一地风土民情的注解是诗人以自身所
属的地域文化圈理解并表述另一地域空间中人们的习俗状貌，是不
同文化与生活体系的碰撞对话。因此，这类阐释本身就具有因强调

---

① 〔唐〕杜甫著，〔清〕仇兆鳌注：《杜诗详注》卷一五，第1327页注释1。
② 〔唐〕杜甫著，〔清〕仇兆鳌注：《杜诗详注》卷一九，第1710页注释8。
③ 关于杜诗自注对杜诗语言革新观念的诠释，详见徐迈：《杜诗自注与诗歌境域
　　的开拓》，《安徽大学学报(哲学社会科学版)》2010年第6期，第37—38页。

并放大"他者日常"而产生的奇特生新效果。而一地的民俗风情说到底不过是居于特定空间的人群在心理、文化、生活等层面的积习和传统,稳定与持久所构成的常态是其底色。杜甫诗注中对地域民俗的呈现,其实是对一种常态的关注。这与诗歌自注自产生之初便形成的承载非常态的、具有特殊意义的重大历史事件或个人深刻经历的传统截然不同。由此可见,尚怪奇、好平俗的创作理念在杜甫的诗歌自注中已有显现,中唐诗人在此道路上掀起的风潮实乃对杜甫的接续。

　　第二,杜甫是首位充分利用自注助推诗歌情旨内蕴表达的诗人。诗歌自注是诗人对其作品进行的旁白式阐释解读,可以为读者提供确解诗篇的线索依据。因此,诗歌自注便具有两方面的作用:一是增加诗歌文本的客观信息量,为读者扩充更丰富的知识性内容;二是传递诗篇的情蕴意旨,为读者呈现更清晰可信的作品情感世界。但在唐诗自注的实际情况中,这两种作用往往不是同步实现。换言之,并非所有的自注都能兼顾知识与意蕴的同时输出。一般来说,诗歌自注均能提供与作品相关的客观信息,如创作背景、诗句本事、字词意义等,只是信息量大小有别,但若要完成对诗歌意蕴的传递,则需满足两个条件。其一,充分使用意义注和背景注。这是自注得以揭扬诗歌意蕴的前提。三类自注中,体式注与诗歌内容层面几无关联,而背景与意义注则与诗歌内容存在千丝万缕的联系;特别是意义注,由于其直接以具体诗句为阐释对象,对其中的本事、典故、词义等进行说明,故而与诗文内容的关系也最密切。因此,意义与背景类注释使用得越充分,意味着诗歌被深入剖解的可能性越大,居于诗歌深层的情旨意蕴也越有可能被阐发。其二,意义或背景注要针对承载诗歌情旨意蕴的关键句进行阐释,彼此扣合对位,这是自注能够助推诗歌情蕴彰显的关键。诗歌中各句包含的信息量是不均衡的,作为诗句信息构成部分的情旨意蕴,自然也不会每句平均分布,其中被着重赋予情蕴信息的句子往往是全诗的命门所在。因此,若意义或背景注并未以关键句为释解对象，其明情达意的功能也无法充分发挥。

　　将初、盛唐诗歌自注置于上述条件下加以审视可以发现，初唐时期体式注最多，26 首自注诗中有 12 首采用了该类注释，占比 46.2%。而背景与意义注大多又缺乏对寄托诗歌情旨的关键句的对标阐释，仅李适《钱唐永昌赴任东都》与张敬忠《戏咏》两诗的意义注真正发挥了助力诗歌情旨表达的作用。总体而言，初唐诗歌自注在对作品情蕴的解析传递上明显发力不足。盛唐诗歌自注的明情达意功能开始增强，而杜甫则是充分发掘并发挥自注助推诗情诗旨呈现的第一人。其践行过程即是不断满足自注传递情蕴信息的两个基本条件的过程。

　　首先，杜甫充分使用背景注与意义注。他的 129 首自注诗中，体式注仅出现在 26 首诗歌中，占比 20.2%，是三类自注中数量与比例最少的一类。而背景与意义两类自注则呈现截然相反的强劲势头：采用背景注及意义注的诗歌分别为 67 首、47 首，占比分别为 51.9% 和 36.4%。在 152 首使用背景注与 102 首使用意义注的盛唐诗歌中，杜甫同类自注诗的占比分别为 44.1% 与 46.1%。从一系列数据中不难看出杜甫在增加背景、意义注上做出的努力。这意味着其自注重点向诗歌内容层面的转移，也为自注助推诗歌情旨的外显奠定了坚实基础。

　　其次，杜甫注意背景或意义注的内容与诗情诗旨的衔接扣合，使其强化充实或明晰落实诗歌的情感意图，从而成为诗歌情蕴的重要构成板块。下面试以数例论之。

　　《戏题寄上汉中王三首》题下注："时王在梓州，断酒不饮，篇中戏述。"诗云：

　　　　西汉亲王子，成都老客星。百年双白鬓，一别五秋萤。忍断杯中物，只看座右铭。不能随皂盖，自醉逐流萍。
　　　　策杖时能出，王门异昔游。已知嗟不起，未许醉相留。蜀酒浓无敌,江鱼美可求。终思一酩酊,净扫雁池头。

　　群盗无归路,衰颜会远方。尚怜诗警策,犹记酒癫狂。鲁卫弥尊重,徐陈略丧亡。空余枚叟在,应念早升堂。①

汉中王为让皇帝李宪第六子李瑀。宝应元年,杜甫于梓州适逢因反对收群臣之马以助战事而触怒宪宗、被贬蓬州的李瑀,遂作此诗。三首诗实为一组组诗,以"劝饮"为核心,分别从彼此久别方聚、蜀地酒肴佳美、故人耽酒心理应得到满足三方面连续展开,在貌似情理兼备的严肃口吻中充满着逗引的姿态。而激起诗人戏谑之意的正是自注所指出的李瑀"断酒不饮"的立誓。对方戒酒态度的坚决,反倒激起作为老友的诗人调侃、试探的欲望,使"断酒"与以酒相诱具有博弈游戏般的轻松刺激感。总之,该诗自注不仅清楚交代了作者的创作动机,而且准确简洁地呈现了诗人与好友一"戏"一"断"的迥然态度,诗歌则以铺叙的方式强化由两种态度的反差所形成的喜感氛围,从而实现了自注与诗歌文本在情感上的呼应。

　　再如其《送元二适江左》:

　　乱后今相见,秋深复远行。风尘为客日,江海送君情。晋室丹阳尹,公孙白帝城。经过自爱惜,取次莫论兵。元尝应孙吴科举。②

该诗最耐人寻味的莫过于诗末的两句叮嘱,充满极力克制却终难掩饰的战兢不安;而引起这种复杂情绪的根由很难从诗歌的字里行间探得。只有将诗作背景与自注相结合,答案方能浮出水面。此诗作于广德元年(762)九月,时吐蕃大举犯唐,已攻陷包括泾州在内的九

---

① 〔唐〕杜甫著,〔清〕仇兆鳌注:《杜诗详注》卷一一,第 937—939 页。
② 〔唐〕杜甫著,〔清〕仇兆鳌注:《杜诗详注》卷一二,第 1032—1033 页。

个州郡。高适正练兵于蜀地,以图对吐蕃形成牵制。当时身处梓州
的杜甫,自然能深切感受到王朝所面临的危机。元二将赴的江左之
地,亦在两三年前刚经历过淮西节度副使刘展及农民起义军领袖袁
晁发动的叛乱。据谢思炜先生推测,元二至江左当是投奔浙西节度
使兼丹阳刺史季广琛,希望在其幕中谋求职位①。季氏曾是永王李
璘阵营中的成员,现又兵权在握,而诗末的自注"元尝应孙吴科举",
则道出友人在兵法作战方面的特殊才能,显然这是其奔投季氏幕府
的资本,亦是季氏日后能大加利用之处。至此,杜甫对元二"莫论兵"
叮嘱背后的深意才露出眉目:诗人深知元二的军事谋略与才能是把
双刃剑,与其个人乃至社稷的命运紧密相连。其所献之计将为何人、
何事所用,是否会再度将国家推向危难,是诗人希望友人三思的。这
大概也是仇兆鳌诗注所言"嘱其前途慎密"的真正含义。由上可见,
杜甫对元二的切切嘱托不仅是对友人前途的关切,更是对其所负才
华将如何影响国家命运的忧虑。而将这两重忧患之情推向台前并将
其连接起来的,正是诗末的自注。自注以诗歌话外音的形式对诗歌
中留置的潜台词进行补充说明,使隐含于诗句字里行间的真实情感
意图得以透彻呈现。

又如《奉赠萧十二使君》,诗句中援引任安追随卫青、张老教导赵
氏孤儿、山涛抚养嵇康遗孤三个典故,但自注"严公既没,老母在堂,
使君温清之问,甘脆之礼,名数若己之庭闱焉。及太夫人顷逝,丧事
又首诸孙,主典抚孤之情,不减骨肉,则胶漆之契可知矣"②却并不囿
于对典故的阐释,而直指其所类比的实情:萧使君在上司严武去世后
对其家人悉心竭力的照料,从而将深藏在典故中的对萧使君品格的

①　参见〔唐〕杜甫著,谢思炜校注:《杜甫集校注》卷一二《送元二适江左》,上海:
　　上海古籍出版社,2015 年,第 2004 页注释 2。
②　〔唐〕杜甫著,〔清〕仇兆鳌注:《杜诗详注》卷二三,第 2052 页。

含蓄赞誉变得鲜明直接。

　　总之,构建背景注、意义注与诗歌内涵的呼应关系,使自注扣合承载诗歌内蕴的关键语句进行阐释,是杜诗自注能够成为推动盛唐自注阐释重点向诗歌内部转移的关键力量的重要原因。而自注明情达意功能的有效发挥,也在一定程度上推动了诗、注关系的深化。

　　综上所论,杜诗自注在盛唐诗歌自注发展历程中的代表性与影响力不仅来自"量"的绝对优势,更是由于"质"的胜出:杜诗自注类型最为全备,且最能体现盛唐诗歌自注新的发展趋势。而杜诗自注的突出贡献主要体现在三方面:首先,首次标举新创的诗歌体裁,拓展了体式注的内容;其次,最先突破自注侧重交代诗歌所涉重大、突发事件的传统,开始将诗句中充满地域色彩且更加日常化的风土民俗作为新的注释点,并由此显现出尚怪奇、求平俗的诗歌创作追求;最后,充分发掘并发挥自注彰显诗歌情旨意蕴的能力,从而使自注与诗歌的关系更趋内化。杜诗自注不仅拓展了唐诗自注的注释内容,而且成为推动诗、注关系进一步深化的关键力量。杜甫在诗歌自注方面做出的突破与贡献,既代表盛唐诗歌自注新的发展方向,也成为中、晚唐诗歌自注学习借鉴的宝贵资源。从这个意义上讲,杜诗自注作为唐诗自注发展史上的里程碑是当之无愧的。

第三节　中唐诗歌自注的特征

一、中唐诗歌自注的总体特征

　　中唐是唐诗自注发展的繁荣期,95位诗人在其1275首诗作中使用了自注,诗人与自注的规模都达到顶峰,自注也出现了不同于以往的新特点。在阐述中唐诗歌自注整体特征之前,笔者仍以表格形式细呈此时期诗歌自注的基本情况(表3)。

表 3　中唐诗歌自注详表

作者	含体式注的诗歌(首)	含背景注的诗歌(首)	含意义注的诗歌(首)	含题下注的诗歌(首)	含句下注的诗歌(首)	含多注诗歌(首)	自注诗总数(首)	诗歌总数(首)	自注诗比例	备注
德宗	1			1			1	14①	7.1%	《全唐诗》卷四
刘长卿*	4	25	15	31			31②	500	6.2%	储仲君撰:《刘长卿诗编年笺注》,北京:中华书局,1996年。
颜真卿*		1	1	1			1③	9	11.1%	1.《全唐诗》卷一五二(8首④) 2.《全唐诗补编·全唐诗续拾》卷一八(1首)

① 德宗《三日书怀因示百僚》又见于崔元翰名下,据佟培基《全唐诗重出误收考》第 6 页"德宗皇帝"条条目 1,此诗乃德宗所作,故计入诗歌总数。

② 刘长卿《送严维尉诸暨》《送逯少府使东京便应制举》《将赴岭外留题萧寺远公院》《自江西归至旧任官舍赠袁赞府》《送张字文迁明府赴洪州张观察追摄丰城令》《哭魏兼遂》《题灵佑上人法华院木兰花》《酬郭夏人日长沙侯晓怀见赠》《哭员外郎》《寄会稽公徐侍郎》《郧上送韦司士归上都旧业》《送李秘书却赴南中》《送张栩扶侍之睦州》为背景、意义两类注释兼有,在其自注诗总数中不复计算。

③ 颜真卿《题杼山癸亭得暮字》为背景、意义两类注释兼有,重见于同书卷八一七皎然名下,题为《奉和颜使君真卿与陆处士羽登妙喜寺三癸亭》,两诗诗题异而内容同;据佟培基《全唐诗重出误收考》第 126 页"颜真卿"条条目 1,此诗乃皎然所作,故不计入诗歌总数。

④ 《全唐诗》卷一五二颜真卿名下所收《赠僧皎然》,意义两类注释兼有,在其自注诗总数中不复计算。

续表

作者	含体式注的诗歌（首）	含背景、意义注的诗歌（首）	含意义注的诗歌（首）	含题下注的诗歌（首）	含句下注的诗歌（首）	含多注诗歌（首）	自注诗总数（首）	诗歌总数（首）	自注诗比例	备注
李华*		1	2	1	1	1	2①	29	6.9%	1.《全唐诗》卷一五三（27首②） 2.《全唐诗补编·全唐诗续补遗》卷三（2首）
萧颖士*		1	2	1	2	1	3	44	6.8%	《全唐诗》卷一五四、卷一五八二
韦应物*	1	31	16	32	3	3	35③	560	6.3%	1.孙望编著：《韦应物诗集系年校笺》，北京：中华书局，2002年。（557首④） 2.《全唐诗补编·全唐诗续拾》卷一八（3首）

① 李华《仙游寺》为背景、意义两类注释兼有，在其自注诗总数中不重复计算。

② 据《全唐诗重篇索引》第127—1278页"李华"条条目1—3，《春游吟》乃李华所作，故计入诗歌总数。又据佟培基《全唐诗重出误收考》第316页"李华"条，《海上生明月》《尚书都堂瓦松》作者有争议；其余2首或非李华所作或作者仍无定论，则不计入诗歌总数。

③ 韦应物《送崔押衙相州》《天长寺上方别子西有道》《同李二过亡邦子故第》《再游龙门怀旧侣》《将往江淮寄李十九僧》《登宝意寺上方旧游》《赠令狐士曹》《寄畅当》《谢栎阳令归西郊赠别诸友生》《寄洪州幕府卢二十一侍御》《送唐明府赴溧水》，意义、背景两类注释兼有，不计入诗歌总数。在其自注诗总数中不重复计算。

④ 《韦应物诗集系年校笺》中收录7首参考之作，分别是《上皇三台》《奉酬》《赠冯著》《冬夜宿司空曙野居因酬赠》《鹦鹉》《南池宴钱子辛赋得科斗》《送宫人入道》。

续表

作者	含体式注的诗歌（首）	含背景注的诗歌（首）	含意义注的诗歌（首）	含题下注的诗歌（首）	含句下注的诗歌（首）	含多注的诗歌（首）	自注诗总数（首）	诗歌总数（首）	自注诗比例	备注
包佶*		1	1	1			1①	29	3.4%	1.《全唐诗》卷二〇五（28首②） 2.《全唐诗补编·全唐诗补逸》卷六（1首）
李嘉祐*		4	2	4			4③	129	3.1%	1.《全唐诗》卷二〇六—二〇七（126首④）（转下页）

① 包佶《酬兵部李侍郎晚过东厅之作》为背景、意义两类注释兼有，在其自注诗总数中不重复计算。

② 据《全唐诗重篇索引》第232页"包佶"条，《寄杨侍郎》《再过金陵》作者有争议；又据《全唐诗重出误收考》第159页"包佶"条条目2—3，《寄杨侍郎》乃包问所作，《再过金陵》的作者仍无定论，故均不计入诗歌总数。

③ 李嘉祐《晚春送吉校书归楚州》《送韦司直西行》为背景、意义两类注释兼有，在其自注诗总数中不重复计算。

④ 据《全唐诗重篇索引》第341—343页"李嘉祐"条，《自苏台至望亭驿人家尽空驿舟皆缆于树下》《赴南中留别褚七少府湖上林亭》《袁江口忆王司勋别孟都护湖上望月怀故》作者有争议。又据《全唐诗重出误收考》第161—163页"李嘉祐"条条目1—19，《自苏台至望亭驿人家尽空驿舟皆缆于树下》《秋晚招隐寺东峰茶宴送内弟阎伯均归江州》作者有争议。又据空寒人家尽空望亭驿根然有作因寄从弟纾》《送山人弟》《将士瞻楚州戳官》《答泉州薛播使君重阳日赠酒》《送严员外》《送杜审言》《送马将军》《送客游荆州》《登秦岭》《润州杨别驾宅送九侍御收兵归淮南》《秋朝木芙蓉》《润州杨》《送皇甫冉还丹阳》《送皇甫曾还丹阳》《送马将军奏事毕归滑州使幕》7首为李嘉祐所作，其余12首，或确为误收或作者归属仍无定论，故计入诗歌总数。

续表

作者	含体式注的诗歌（首）	含背景注的诗歌（首）	含意义注的诗歌（首）	含题下注的诗歌（首）	含句下注的诗歌（首）	含多注的诗歌（首）	自注诗总数（首）	诗歌总数（首）	自注诗比例	备注
皇甫曾*		1	1	1			1①	37②	2.7%	（接上页）2.《全唐诗补编·全唐诗续拾》卷一六（3首）。
钱起*		2	3	3			3③	429	0.7%	《全唐诗》卷二一〇。1.王定璋校注：《钱起诗集校注》，杭州：浙江古籍出版社，1992年。（424首④）（转下页）

① 皇甫曾《酬鉴詧拾遗秋日见呈》为背景、意义两类注释兼有，在其自注诗总数中不重复计算。

② 据《全唐诗重篇索引》第216—218页"皇甫曾"条，《粤岭四望》《送举公归越》《送人还荆州》《送表兄才赴京》《国子柳博士兼领太常博士辄申贺赠》《送郑秀才贡举》《锡杖歌送明楚上人归佛川》《遇风雨作》《赠老将》《送商州杜中丞赴任》《玉山岭上作》《寄净虚上人初至云门》作者有争议。又据佟培基《全唐诗重出误收考》第164—165页"皇甫曾"条条目1及3—14，上述诗歌中仅《粤岭四望》为皇甫曾所作；其余或非出自其手或作者仍无定论，则不计入诗歌总数。此外，同书"皇甫曾"条条目2指出《送少微上人东南游》与刘长卿《送少微上人游天台》为同书异名，但未见于《全唐诗重篇索引》。该诗作者仍无定论，故不计入诗歌总数。

③ 钱起《李虞尉四功勋氏属李七勉为开封尉》《登刘宾客高斋》为背景、意义两类注释兼有，在其自注诗总数中不重复计算。

④ 《钱起诗集校注》附录部分《钱起集中重出诗考辨》，考证以下7首诗歌非钱起所作：《奉和圣制登会昌应制》《蓝上茅次期王维补阙》《送费法师师之上都》《送元中丞转运》《题秘书王迪城北池亭》《九日宴浙江西亭》《过故洛城》，不计入诗人诗歌总数。

续表

作者	含体式注的诗歌（首）	含背景注的诗歌（首）	含意义注的诗歌（首）	含题下注的诗歌（首）	含句下注的诗歌（首）	含多注的诗歌（首）	自注诗总数（首）	诗歌总数（首）	自注诗比例	备注
元结*		4	3	4	2		6①	101	5.9%	（接上页）2.《全唐诗续拾》卷一六（5首） 1.〔唐〕元结撰，孙望编校：《新校元次山集》，台北：世界书局，1984年。（98首） 2.《全唐诗补编·全唐诗续拾》卷一五（3首）
韩翃*		1	2	2	2		2②	156③	1.3%	《全唐诗》卷二四三—二四五

① 元结《喻常吾直》为背景、意义两类注释兼有，在其自注诗总数中不重复计算。

② 韩翃《送夏侍御》为背景、意义两类注释兼有，在其自注诗总数中不重复计算。

③ 据《全唐诗重篇索引》第369—371页"韩翃"条，《宴杨驸马山池》《奉和元相公家园即事寄王相公》《赠苏许公林亭》《送山阴姚丞携妓之任兼寄山阴妹少府》《经月岩山》《奉和元相公家园即事寄王相公》《送张丞归北海》《送许公林亭》《褚主薄宅会毕庶子钱员外郎使君》《江南曲》《奉和元相公家园即事寄王相公》《华亭夜宴庾侍御幕》其二作者有争议。又据佟培基《全唐诗重出误收考》第186—190页"韩翃"条条目1—17，《送张丞归北海》《送许公缙水路幽州巡边》《题苏许公缙水路幽州巡边》《寄赠衡州杨使君》《江南曲》《汉宫曲二首》《送张丞归北海》《奉和元相公家园即事寄王相公》《奉送王相公缙水路归北海》《题苏许公缙水路幽州巡边》《寄赠衡州杨使君》其二乃韩翃所作，故计入诗歌总数；其余6首，或非出自其手或作者仍无定论，则不计入诗歌总数。此外，韩翃《寄柳氏》在《全唐诗》卷二四五、卷八九〇中重出，诗歌总数中不重复计算。

续表

作者	含体式注的诗歌（首）	含背景注的诗歌（首）	含意义注的诗歌（首）	含题下注的诗歌（首）	含句下注的诗歌（首）	含多重注的诗歌（首）	自注诗总数（首）	诗歌总数（首）	自注诗比例	备注
独孤及*	1		3	1	3		4	85	4.7%	1. [唐]独孤及撰，刘鹏、李桃校注：《毗陵集校注》，沈阳：辽海出版社，2006年。（81首） 2.《全唐诗补编·全唐诗补编》卷五；《全唐诗补编·全唐诗续补遗》卷三；《全唐诗补编·全唐诗续拾》卷一六（4首）
皇甫冉*	7			7			7	225	3.1%	1.《全唐诗》卷二四九—二五〇、卷八八二（221首①）（转下页）

① 据《全唐诗重篇索引》第211—216页及第528页"皇甫冉"条，《早发中严寺别契上人》《寻戴处士》《闲居》《又得云字》《送夔州班使君》《浪淘沙二首》《怨回纥歌》《与诸公同登无锡北楼》《送普门上人》《送韦山人归钟山所居》《润州南郭留别》《送郑判官赴徐州》《赴东山人云门所居》《夜发沂江寄李颍川刘侍郎》《华清宫》《宿严维宅送包七》《送康判官往新安赋得江路西原水》《送从弟豫贬远州》《送孔巢父之江河南》《春思》《三月三日义兴李明府后亭泛舟》《同李万晚望》《岳寺怀普门上人》《酬李郎中侍御秋夜登福州城楼见寄》《清明日青龙寺上方赋得多字》《赠普门上人》《送顾长在新安》《送崔使君赴寿州》《酬户十一过宿》《送王司直》《润州南郭留别》《赴无锡寄别灵一净虚二上人云门所居》《夜集张谏所居》《宿严维宅谭所居》作者有争议。又据佟培基《全唐诗重出误收考》第193—199页"皇甫冉"条条目1—36，上述诗歌《又得云字》《宿严维宅谭所居》《夜集张谏所居》《同温丹徒登万岁楼》《送邹判官赴河南》《春》（转下页）

续表

（接上页）2.《全唐诗补编·全唐诗逸》卷六；《全唐诗补编·全唐诗续补遗》卷四；《全唐诗续拾》卷一五（4首）

作者	含体式注的诗歌（首）	含背景注的诗歌（首）	含意义注的诗歌（首）	含题下注的诗歌（首）	含句下注的诗歌（首）	含多注的诗歌（首）	自注诗总数（首）	诗歌总数（首）	自注诗比例	备注
令狐峘			1	1	1		1	2	50%	《全唐诗》卷二五三
刘眘虚*	1		1	1	1		1①	13②	7.7%	《全唐诗》卷二五六

（接上页）思》《三月三日义兴李明府后亭泛舟》《同李万晚望圣南岳寺怀普门上人》《酬李郎中侍御秋夜登福州城楼见寄》《清明日青龙寺上方赋得多字》《赠普门上人》《送顾苌往新安》《送崔使君赴寿州》《酬户十一过宿》为皇甫冉所作，计入诗歌总数；其余或为他人所作或作者尚无定论，故不计入诗歌总数。此外，皇甫冉名下《途中送权三兄弟》《酬张二仓曹扬子所居兼呈韩郎中》《送裴员外往江南》3首，作者亦有争议，但《全唐诗重篇索引》未收。据《全唐诗出误收考》"皇甫冉"条，《送裴员外往江南》为皇甫冉所作，仅《送裴员外往江南》中原收录皇甫冉诗3首，其中《送韦判官赴闽中》《寄章司直》作者有争议，不计入诗歌总数。

① 刘眘虚《寄阎防》为背景、意义两类注释兼有，在其自注总数中不重复计算。

② 据《全唐诗重篇索引》第466页"刘眘虚"条条目2—3，上述两诗均非刘眘虚所作，故不计入诗歌总数。又据佟培基《全唐诗重出误收考》第204页"刘眘虚"条条目2—3，上述两诗均非刘眘虚所作，故不计入诗歌总数。

续表

作者	含体式注的诗歌（首）	含背景注的诗歌（首）	含意义注的诗歌（首）	含题下注的诗歌（首）	含句下注的诗歌（首）	含多注的诗歌（首）	自注诗总数（首）	诗歌总数（首）	自注诗比例	备注
秦系*	3	4	5	5			5①	40	12.5%	1.《全唐诗》卷二六〇（39首②）2.《全唐诗补编·全唐诗续拾》卷一九（1首）
郭受	1	1	1	1	1	1	1③	1	100%	《全唐诗》卷二六一
严维*	1	2	1	1		1	2④	60	3.3%	1.《全唐诗》卷二六三卷八八三（58首⑤）（转下页）

① 秦系《耶溪书怀寄刘长卿员外》《即事奉呈郎中韦使君》为背景、意义两类注释兼有，在其自注诗总数中不重复计算。

② 据《全唐诗重篇索引》第421—422页"秦系"条，《晓鸡》《答泉州薛播使君重阳日赠酒》《题茅山李尊师山居》《送王道士》《朔王炼师不至》《题章野人山居》《秋日送僧志幽归山寺》《题镜湖野老所居》《将移郯溪旧居留赠严维秘书》作者有争议。又据佟培基《全唐诗重出误收考》第208—209页"秦系"条，其余9首皆为秦系所作，不计入诗歌总数。

③ 郭受《寄杜员外》为背景、意义两类注释兼有，在其自注诗总数中不重复计算。

④ 严维《和刘采酒伤白马》为背景、意义两类注释兼有，在其自注诗总数中不重复计算。

⑤ 据《全唐诗重篇索引》第437页"严维"条，《奉试水精环》《奉和刘员外》《重送新安刘员外》《哭灵一上人》《九日登高》条条目1—9、第30页"张儿龄"条条目1—9，第211—212页"严维"条为严维所作，《题茅山李尊师所居》《奉试水精环》《哭灵一上人》《九日登高》诗重出误收考，故计入诗歌总数，其余8首皆为严维所作。上述诗歌中仅《发桐庐寄刘员外》，则不计入诗歌总数。其余或非出自其手或作者尚无确论，则不计入诗歌总数。

续表

作者	含体式注的诗歌（首）	含背景注的诗歌（首）	含意义注的诗歌（首）	含题下注的诗歌（首）	含句下注的诗歌（首）	含多注诗歌（首）	自注诗总数（首）	诗歌总数（首）	自注诗比例	备注
顾况*		5	12	14	1		15①	245	6.1%	（接上页）2.《全唐诗补编·全唐诗续补遗》卷三；《全唐诗补编·全唐诗续拾》卷一九。 1.王启兴、张虹注：《顾况诗注》，上海：上海古籍出版社，1994年。（244首） 2.《全唐诗补编·全唐诗补逸》卷六（1首）
耿湋*		1	1	4			4②	156③	2.6%	《全唐诗》卷二六八—二六九，卷八八三

① 顾况《上古之什补亡训传十三章》之《左车二章》《持斧一章》为背景、意义两类注释兼有，在其自注诗总数中不重复计算。

② 耿湋《题清源寺》为背景、意义两类注释兼有，在其自注诗总数中不重复计算。

③ 据《全唐诗重篇索引》第161—162页"耿湋"条，《观邻老栽松》《哭苗垂》《题云际寺故僧院》《拜新月》《秋日》《题庄上人房》《客行赠人》《赠山老人》《赠胡居士》《荐福寺送元伟》《新蝉》《废庆宝寺》作者有争议。又据佟培基《全唐诗重出误收考》第214—216页"耿湋"条条目2,4,上述诗歌或非耿湋所作或作者仍无定论，故不计入诗歌总数。另据同书"耿湋"条条目2.4,耿湋名下《夜寻卢处士》《送蜀客还》两诗亦属重出，但不见于《全唐诗重篇索引》。两诗作者尚无定论，故不计入诗歌总数。

续表

作者	含体式注的诗歌（首）	含背景注的诗歌（首）	含意义注的诗歌（首）	含题下注的诗歌（首）	含句下注的诗歌（首）	含多注的诗歌（首）	自注诗总数（首）	诗歌总数（首）	自注诗比例	备注
戎昱*		1		1			1	119	0.8%	1. 臧维熙注：《戎昱诗注》，上海：上海古籍出版社，1982年。（118首①） 2.《全唐诗补编·全唐诗续补遗》卷四（1首）
窦常		1	1	1		1	1	25②	4%	刘兴超著：《窦氏联珠集校注》，呼和浩特：内蒙古人民出版社，2010年。
窦牟	1	1	1				3	21	14.3%	刘兴超著：《窦氏联珠集校注》。
窦群		1	1	1			1③	22④	4.5%	刘兴超著：《窦氏联珠集校注》。

① 《戎昱诗注》中《耒阳溪夜行》《别离情》《衡阳春日游僧院》《途中寄李二》《题云公山房》《寄许炼师》《闻笛》7首诗作亦载于《全唐诗》戎昱卷。据佟培基《全唐诗重出误收考》第217—219页"戎昱"条条目1、3、6、7、8、9、13，上述诗歌或非戎昱所作或作者仍无定论，不计入诗歌总数。

② 《窦氏联珠集校注》附录—《全唐诗》第220页"窦常"条条目1—2，以上两诗非窦常所作，不计入诗歌总数。

③ 窦群《中牟县经鲁公庙》为背景、意义注释两类兼有，在其自注诗总数中不重复计算。

④ 《窦氏联珠集校注》附录—《全唐诗》所补窦群诗包括《自京将赴黔南》，据佟培基《全唐诗重出误收考》第220—221页"窦群"条条目1，此诗非窦群所作，不计入诗歌总数。

续表

作者	含体式注的诗歌（首）	含背景注的诗歌（首）	含意义注的诗歌（首）	含题下注的诗歌（首）	含句下注的诗歌（首）	含多注诗歌的诗歌（首）	自注诗总数（首）	诗歌总数（首）	自注诗比例	备注
窦庠		4	3	4			4①	20	20%	刘兴超著：《窦氏联珠集校注》。
韦夏卿		1	1	1	1	1	1	2②	50%	《全唐诗》卷二七二
戴叔伦*	1	1	1	1			2③	189	1.1%	1.[唐]戴叔伦著，蒋寅校注：《戴叔伦诗集校注》，上海：上海古籍出版社，2010年。（187首④）2.《全唐诗补编·全唐诗续拾》卷一八（2首）
冯宿		1	1	1	1		1	2	50%	《全唐诗》卷二七五
张众甫	1	1	1	1			1	3	33.3%	《全唐诗》卷二七五
卢纶*	4	11	15	23	23		23⑤	327	7%	[唐]卢纶著，刘初棠校（转下页）

① 窦庠《于圆钟歌》《赠道芬上人》《金山行》为背景、意义两类注释兼有，在其自注诗总数中不复计算。

② 据《全唐诗重篇索引》第350页"韦夏卿"条条目1，此诗非韦夏卿所作，《别张贾》条，作者有争议；又据佟培基《全唐诗重出误收考》第223—224页"韦夏卿"条条目1，此诗非韦夏卿所作，故不计入诗歌总数。

③ 戴叔伦《游清溪兰若》为背景、意义两类注释有争议。

④ 《戴叔伦集校注》卷三中58首诗作者有争议，在其自注诗总数中不计入诗歌总数。

⑤ 卢纶《送吉中孚校书归楚州旧山》《赴池州拜觐舅氏留上考功郎中勇》《春日卧病示谚季黄》《秋中过孤邨居》《送李方东归》《送抚州周使君》《送王录事赴任苏州》为背景、意义两类注释兼有，在其自注诗总数中不复计算。

续表

作者	含体式注的诗歌（首）	含背景注的诗歌（首）	含意义注的诗歌（首）	含题下注的诗歌（首）	含句下注的诗歌（首）	含多注诗歌（首）	自注诗总数（首）	诗歌总数（首）	自注诗比例	备注
李益*	1	3	1	4			4①	168	2.4%	（接上页）注：《卢纶诗集校注》，上海：上海古籍出版社，1989年。 1.王亦军、裴豫敏编注：《李益集注》，兰州：甘肃人民出版社，1989年。（167首②） 2.《全唐诗补编·全唐诗续拾》卷二五（1首）
李端*		2	2	3			3③	242④	1.2%	《全唐诗》卷二八四—二八六

① 李益《秋晚溪中寄怀大理齐司直》为背景、意义两类注释兼有，在其自注诗总数中不重复计算。

② 《李益集注》中有14首诗作者存有争议：《胡腾儿》《江南曲》《宿石邑山中》《寄许炼师》《夜上受降城闻笛》《野田行》《回军行》《长干行》《失题》《感杯》《途中寄李二》《汉宫词》《寄赠衡州杨使君》。

③ 李端《送杨少府赴阳翟》为背景、意义两类注释兼有，在其自注诗总数中不重复计算。

④ 据《全唐诗重篇索引》第277—279页"李端"条，第161—162页"耿湋"条，第267页"祖咏"条，《鸟栖曲》《春游乐二首》《晚夏闻蝉寄广文》《留别故人》《云际中峰居喜见苗发》《送从舅成都丞江南归蜀》《夜投丰德寺谒海上人》《塞上》《送归中丞使新罗》《拜新月》《羌城》《赠新月》《赠胡老人》《赠山中老人》《荐福寺送元伟》《春晚游鹤林寺寄使府诸公》《客行赠冯著》《茂陵山行陪韦金部》作者有争议。又据佟培基《全唐诗重出误收考》第255—258页"李端"条条目1—28，（转下页）

续表

作者	含体式注的诗歌(首)	含背景注的诗歌(首)	含意义注的诗歌(首)	含题下注的诗歌(首)	含句下注的诗歌(首)	含多注诗的诗歌(首)	自注诗总数(首)	诗歌总数(首)	自注诗比例	备注
司空曙*		1	1	2			2	164①	1.2%	[唐]司空曙著，文航生校注：《司空曙集诗校注》，北京：人民文学出版社，2011年。
崔峒*	1	2	2	4			4②	42③	9.5%	《全唐诗》卷二九四

（接上页）《乌栖曲》《弓柄曲》《晚夏闻蝉寄广文》《留别故人》《送从舅成都丞广南归蜀》《夜投丰德寺谒海上人》《塞上》《送归中丞使新罗》《春晚游鹤林寺寄使府诸公》为李端所作，计入诗歌总数。此外，据同书"李端"条条目29，李端《酬前大理寺评事张芬》实为张芬所作，误收李端名下，故不计入诗歌总数。

① 《司空曙集校注》中《经废宝庆寺》《暮春野望寄钱起》《长安晓望寄程补阙》《病中嵒望程补阙》《送王司直》《分流水》《杜鹃行》《箕塘》《梁城老人怨》9首诗亦见于《全唐诗》司空曙卷。据佟培基《全唐诗重出误考》第261—263页"司空曙"条条目1，2，4，8，10，13，16—18，以上诗歌或非司空曙所作或作者仍无定论，不计入诗歌总数。

② 崔峒《赠窦十九》为背景、意义两类注释兼有，在其自注自注总数中不重复计算。

③ 据《全唐诗重篇索引》第184—185页"崔峒"条，《题兰若》《送苏修游上饶》《登蒋山开善寺》《咏门下画小松上元王杜三相公》《送王侍御佐黎州》作者有争议。又据佟培基《全唐诗重出误考》第263—264页"崔峒"条条目1—3，5，7，仅《送王侍御佐黎州》为崔峒所作，计入诗歌总数；其余诸诗或非自其手或作者仍无定论，不计入诗歌总数。此外，据同书"崔峒"条条目4，6，崔峒《送冯八汐军奉毕奏幕府》《送呈甫事毕归滑渭南在白田》亦为重出之作，但未见于《全唐诗重篇索引》，两诗均非崔峒所作，不计入诗歌总数。

续表

作者	含体式注的诗歌(首)	含背景注的诗歌(首)	含意义注的诗歌(首)	含题下注的诗歌(首)	含句下注的诗歌(首)	含多注的诗歌(首)	自注诗总数(首)	诗歌总数(首)	自注诗比例	备注
苗发			1	1			1	3	33.3%	1.《全唐诗》卷二九五(2首) 2.《全唐诗补编·全唐诗续拾》卷一六(1首)
王建*	2		2	3			3①	515②	0.6%	尹占华校注:《王建诗集校注》,成都:巴蜀书社,2006年。
朱湾*	2		1	1			2③	22	9.1%	1.《全唐诗》卷三〇六(20首)④ 2.《全唐诗补编·全唐诗续拾》卷一六(2首)

① 王建《题应圣观》为背景、意义两类注释兼有,在其自注诗总数中不重复计算。

② 《王建诗集校注》中有8首误收之作,不计入诗歌总数:《铜雀台》《柘枝词》《赞娑金》《梦好梨花歌》《塞上》《题别遗爱草堂兼呈李十使君》《李处士故居》《维扬冬末寄幕中二从事》。

③ 朱湾《遇寒节寄崔七》为背景、意义两类注释兼有,在其自注诗总数中不重复计算。

④ 据《全唐诗重篇索引》第198页"朱湾"条,《秋夜宴王郎中宅赋得露中菊》作者有争议。又据佟培基《全唐诗重出误收考》,《长安喜雨》《送李司直归浙东幕兼呈鲍行军持节大夫初拜东平郡王》《秋夜宴王郎中宅赋得露中菊》为朱湾所作,计入诗歌总数;其余诸诗或非出自其手或作者仍无定论,不计入诗歌总数。

1—4,仅《秋夜宴王郎中宅赋得露中菊》(20首)为朱湾所作,计入诗歌总数。

续表

作者	含体式注的诗歌（首）	含背景注的诗歌（首）	含意义注的诗歌（首）	含题下注的诗歌（首）	含句下注的诗歌（首）	含多注诗歌（首）	自注诗总数（首）	诗歌总数（首）	自注诗比例	备注
李幼卿		1	1	1			1①	6	16.7%	1.《全唐诗》卷三一二（5首）2.《全唐诗补编·全唐诗续拾》卷一五（1首）
刘洞			4		4		4	4	100%	《全唐诗》卷三一二
归登		1		1			1	1	100%	《全唐诗》卷三一四
李吉甫			1		1		1	4	25%	《全唐诗》卷三一八
崔备	1			1			1	5②	20%	《全唐诗》卷三一八
权德舆*	19	18	22	38	14	5	50③	393	12.7%	［唐］权德舆撰，郭广伟校点：《权德舆诗文集》，上海：上海古籍出版社，2008年。

① 李幼卿《前年春与独孤常州兄花时为别修已三年矣今兹花又尔睹物增怀因之抒情聊以奉寄》为背景、意义两类注释兼有，在其自注诗重总数中不重复计算。

② 据《全唐诗重篇索引》第184页"崔备"条，《奉酬中书相公至日圜丘行事合于中书宿直移止于集贤院叙情见寄之什》作者有争议。又据佟培基《全唐诗重出误收考》第288页"崔备"条条目1，此诗非崔备所作，不计入诗歌总数。

③ 权德舆以下8首诗为背景、意义两类注释兼有：《寄李衡州》《醉后戏赠苏九郎》《送李城门罢官归高阳》《早夏青龙寺致斋凭眺感物因书十四韵》《奉和崔阁老清明日口号》《酬张秘监阁老常大卿二阁老与德舆同日正拜相代之作》《待漏假寐梦归江东旧居》《赠友人》；（转下页）

续表

作者	含体式注的诗歌(首)	含背景注的诗歌(首)	含意义注的诗歌(首)	含题下注的诗歌(首)	含句下注的诗歌(首)	含多类注的诗歌(首)	自注诗总数(首)	诗歌总数(首)	自注诗比例	备注
羊士谔*		2	7	2	5	2	7①	101②	6.9%	《全唐诗》卷三三二
杨巨源*		2	3	2	2	2	4③	150	2.7%	1.《全唐诗》卷三三三、卷八三八(147首)④ 2.《全唐诗补编·全唐诗续拾》卷二五(3首)

(接上页)以下1首诗有体式、意义两类注释有《送三十叔赴任晋陵》。上述诗歌在自注诗总数中不重复计算。

① 羊士谔《梁园惠国惠康公主挽歌词二首》其一、《赴资阳经嶓冢山》为背景、意义两类注释兼有,在其自注诗总数中不重复计算。

② 据《全唐诗重篇索引》第502—503页"羊士谔"条,《郡中即事三首》其三与《寄裴校书》属羊士谔本人的异题重出诗,在诗歌总数中不重复计算。又据佟培基《全唐诗重出误收考》第297页"羊士谔"条目2—6、《泛舟入后溪》之二、《永宁里小园与沈校书接近怅然题寄》之二、《永宁里小园与沈校书接近怅然题寄》作者有争议。上述诸诗重出误收,计入人诗歌总数。又据诸诗为羊士谔所作,计入人诗歌总数。

③ 杨巨源《赠从弟茂卿》为背景、意义两类注释兼有,在其自注诗总数中不重复计算。

④ 据《全唐诗重篇索引》第406—408,503页"杨巨源"条,《题云师山房》《杨花落》《卢龙塞行送二首》《秋夜闲居即事寄庐山郑员外》《秋夜闲居即事上人院》《僧院听琴》《乌啼曲》《赋得沙门山寺》《春日题龙门香山寺》《艳女词》《美人春怨》《衔鱼翠鸟》作者有争议。又据杨日与刘禹锡评事过故证上人院寄赠庐山郑员外《秋夜闲居即事上人院》《僧院听琴》《乌啼曲》"杨巨源"条条目1—14、《赋得霸岸柳留辞》《名姝咏》《乌啼曲》《秋夜闲居即事寄庐山郑员外》《寄赠田仓曹深湾》作者有争议。又据佟培基《全唐诗重出误收考》第297—299页"杨巨源"条条目1—14,《乌啼曲》为杨巨源所作,计入人诗歌总数;其余诸诗或非出自其手或作者仍无定论,不计入人诗歌总数。

续表

作者	含体式注的诗歌（首）	含背景注的诗歌（首）	含意义注的诗歌（首）	含题下注的诗歌（首）	含句下注的诗歌（首）	含多注诗歌的诗歌（首）	自注诗总数（首）	诗歌总数（首）	自注诗比例	备注
令狐楚*		1	3		3	3	3	60①	5%	[唐]令狐楚著,尹占华,杨晓霭整理校笺:《令狐楚集》,兰州:甘肃人民出版社,1998年。
裴度*		2	2	1	2	1	3	19	15.8%	1.《全唐诗》卷三三五（18首）2.《全唐诗补编·全唐诗补逸》卷六（1首）
欧阳詹*		8	7	8	5	1	12②	78	15.4%	1.杨遗旗校注:《欧阳詹文集校注》,武汉:华中科技大学出版社,2012年。（77首）2.《全唐诗补编·全唐诗续拾》卷一九（1首）

① 《令狐楚集》附录一中有7首误收之作,不计入诗歌总数:《奉和严司空重阳日同崔常侍郎中及诸公登龙山落帽台佳宴》《酬苏少尹中元夜追怀去年此夕与鄙人与故李谏议郭员外见访感时伤旧之作》《赠毛仙翁》《圣明乐》《春闺思》《相思河》《赋山》。

② 欧阳詹《江夏留别华二》《建溪行待陈谢》《赠山南严兵马使》为背景,意义两类注释兼有,在其自注诗总数中不重复计算。

续表

作者	含体式注的诗歌（首）	含背景注的诗歌（首）	含意义注的诗歌（首）	含题下注的诗歌（首）	含句下注的诗歌（首）	含多注诗歌（首）	自注诗总数（首）	诗歌总数（首）	自注诗比例	备注
刘禹锡*	6	57	62	60	52	27	107①	796	13.4%	1.〔唐〕刘禹锡著，瞿蜕园笺证：《刘禹锡集笺证》，上海：上海古籍出版社，1989年。（790首）2.《全唐诗补编·全唐诗补遗》卷五；《全唐诗补编·全唐诗续拾》卷二七（6首）
柳宗元*	1	3	6	4	4	1	8②	164	4.9%	〔唐〕柳宗元著，王国安笺释：《柳宗元诗笺释》，上海：上海古籍出版社，1993年。

① 刘禹锡以下16首诗为背景，意义两类注释兼有：《赠致仕滕庶子先辈》《送工部张侍郎入蕃吊祭》《送李尚书镇滑州》《送太常萧博士弃官归养山南》《送孤博士赴东都》《送王司马之陕州》《送赵中丞自司金外郎转官充山南令狐仆射幕府》《送前进士蔡京赴襄府》《哭庞京兆》《伤韦宾客》《同乐天送令狐相公赴东都留守》《虎丘寺见元相公二年前题名怆然有咏》《令狐相公自天平移镇太原以诗申贺》《酬乐天醉后狂吟十韵》《寄杨八庶子》《酬杨八庶子喜韩吴兴与予同迁见赠》；以下2首诗为体式，意义两类注释兼有：《送陆侍御归淮南使府五韵》《酬杨八庶子喜韩吴兴与予同迁见赠》。上述诗歌在其自注总数中不重复计算。

② 柳宗元《段弘戏书后寄刘连州并示孟仑二童》《铜鱼使赴都寄亲友》为背景，意义两类注释兼有，在其自注总数中不重复计算。

续表

作者	含体式注的诗歌(首)	含背景注的诗歌(首)	含意义注的诗歌(首)	含题下注的诗歌(首)	含句下注的诗歌(首)	含多项注的诗歌(首)	自注诗总数(首)	诗歌总数(首)	自注诗比例	备注
张贾	4	6	1		1		1	2	50%	《全唐诗》卷三六六
吕温*			5	11			11①	187②	5.9%	《全唐诗》卷三七○—三七一
孟郊*	10	10	7	10	2		12③	484	2.5%	1.华忱之、喻学才校注:《孟郊诗集校注》,北京:人民文学出版社,1995年。(483首④) 2.《全唐诗补编·全唐诗续补遗》卷五(1首)

① 吕温《临洮送袁七书记归朝》《蕃中答退浑词二首》《道州将赴衡州酬别江华毛令》《上官昭容书楼歌》为背景、意义两类注释兼有,在其自注诗总数中不重复计算。

② 据《全唐诗重篇索引》第431页"吕温"条,《送僧归漳州》《和李使君三郎早秋城北亭送崔司户因寄关中张评事》《题从叔园林》作者有争议;又据佟培基《全唐诗重出误收考》第317页"吕温"条条目1—3,上述3首诗均非吕温所作,不计入诗歌总数。

③ 孟郊《邀花伴》《游石龙涡》《题卞峰总王故城下幽居》《赠李观》《逢江南故旧上人会中郑方回》为背景、意义两类注释兼有,在其自注诗总数中不重复计算。

④《孟郊诗集校注》中原收录496首诗歌,据《全唐诗重篇索引》中原收录496首诗歌,据《全唐诗重篇索引》"孟郊"条第152页,其中13首作者有争议,不计入诗歌总数:《征妇怨二首》之一、之二,《空城雀》《古别离》《赠农人》《访嵩阳道士不遇》《游子》《游子吟》之二。《怀南岳隐士二首》之一、之二,《君子勿郁郁士有谤毁者作诗以赠之二首》之一、之二。

续表

作者	含体式注的诗歌（首）	含背景注的诗歌（首）	含意义注的诗歌（首）	含题下注的诗歌（首）	含句下注的诗歌（首）	含多注的诗歌（首）	自注诗总数（首）	诗歌总数（首）	自注诗比例	备注
张籍*	1	1	1	2			2①	432	0.5%	[唐]张籍撰，徐礼节、余恕诚校注：《张籍集系年校注》，北京：中华书局，2011年。
卢仝*			1	1			1	105	1%	1.《全唐诗》卷三八七—三九八（104首②） 2.《全唐诗补编·全唐诗补逸》卷六（1首）
李贺*		3	3	4			4③	243	1.6%	王友胜、李德辉校注：《李贺集》，长沙：岳麓书社，2003年。
元稹*	17	97	84	113	60	32	155④	750⑤	20.7%	杨军笺注：《元稹集编年笺注》，西安：三秦出版社，2002年。

① 张籍《伤歌行》为背景、意义两类注释兼有，在其自注诗总数中不重复计算。

② 据《全唐诗重篇索引》第174页"卢仝"条，《山中》《逢病军人》《除夜》作者有争议；又据佟培基《全唐诗重出误收考》第323页"卢仝"条条目1—3，以上3首诗均非卢仝所作，不计入诗歌总数。

③ 李贺《唐儿歌》《高轩过》为背景、意义两类注释兼有，在其自注诗总数中不重复计算。

④ 元稹以下39首诗，背景、意义两类注释兼有。《春晚寄杨十二兼呈赵八》《开元观闲居酬吴士矩侍御三十韵》《送刘太白》《华岳寺》《天坛上境》《贞元历》《酬乐天》《华原磬》《驯犀》《立部伎》《胡旋女》《蛮子朝》《阴山道》（转下页）

续表

作者	含体式注的诗歌（首）	含背景注的诗歌（首）	含意义注的诗歌（首）	含题下注的诗歌（首）	含句下注的诗歌（首）	含多注诗歌（首）	自注诗总数（首）	诗歌总数（首）	自注诗比例	备注
白居易*	22	223	317	244	253	77	475①	2942②	16.1%	谢思炜：《白居易诗集校注》，北京：中华书局，2006年。

（接上页）《路口驿二首》其一、《清明日》《亚枝红》《梁州梦》《江楼月》《汉江上笛》《邮亭月》《赠吕二校书》《寄吴士矩端公五十韵》《渡汉江》《同醉》《酬翰林白学士代书一百韵》《独夜伤怀赠呈张侍御》《琵琶歌》《去杭州》《江边吟四十韵》《遣病》《感梦》《荛女樊素皇恭孝章武皇帝挽歌词三首》其二、《酬乐天早春闲游西湖颇多野趣根不得与微之同赏因思在越官重事因事殷勤未暇况恐未暇因成今子亦安镜湖南亭因述目前所睹以成酬答未亦示暇诚则势使之然亦姑为佯养之赠之赠耳》《酬乐天待漏入阁见赠》《和乐天示杨琼》《鄂州寓馆严涧宅》《和乐天送客游岭南二十韵》《酬乐天书怀见寄》《酬乐天喜邻郡》。以下2首同体式，意义两类注释兼有：

⑤ 《元稹集编年笺注》中，未编年诗部分有29首作品作者待考，不计入诗总数：《自述》《酬白太傅》《寄旧诗与薛涛因成长句》《题毛仙翁》《一字至七字诗·茶》《咏廿四首》共计24首。

① 白居易以下80首诗为背景、意义两类注释兼有：《秋日怀微之》《伤友》《石沟溪隐居》《秋日怀杓直》《感旧》《胡旋女》《驯犀》《题赠郑秘书徵君石沟溪隐居》《寄杨六》《和郑方及第后秋归洛下闲居》《叙德书情四十韵上宣歙崔中丞》《感秋怀王质夫》《惜梓榛怀李衢》《送武士曹归蜀》《临逝寄远》《重题西明寺牡丹》《赠杨秘书巨源》《蓝桥驿见元九诗》《忆微之伤仲远》《春题华阳观》《临渴遥爱草堂》《送客春游岭南二十韵》《刘十九同宿》《答微之》《寄微之》《奉酬李相公见示绝句》《红藤杖》《寄蕲州簟与元九因题六韵》《紫阳花》《忆旧游》《答崔宾客晦叔十二月四日见寄》（转下页）

续表

作者	含体式注的诗歌（首）	含背景注的诗歌（首）	含意义注的诗歌（首）	含题下注的诗歌（首）	含句下注的诗歌（首）	含多注的诗歌（首）	自注诗总数（首）	诗歌总数（首）	自注诗比例	备注
韦式	1	1		1			1①	1	100%	《全唐诗》卷四六三

（接上页）《闻歌妓唱严郎中诗因以绝句寄之》《题新居寄宣州崔相公》《重答和刘和州》《武丘寺路》《齐云楼晚望偶题十韵兼呈冯侍御周殷二协律》《答次休上人》、《新雪二首》之一、《哭皇甫七郎中》《府斋感怀酬梦得》《池上作》《酬牛相公官城早秋寄知府室见示兼呈梦得》《哭崔二十四常侍》《寄杨六侍郎》《韦七自太子宾客再授秘书监以长句贺以戏酬郑二司录与寄六郎中寒食日相遇同宴戏》《宿香山寺酬广陵牛相公见寄》《偶梦得酬牛相公初到洛中小饮见赠》《同梦得酬牛相公见赠》《和东川杨慕巢尚书府中独坐感戚公思黯见寄二十四韵》《和裴令公南庄二绝》《酬梦得比萱草见赠》《岁暮怀裴尚书》《过裴令公宅二绝句》《梦上山酬梦得十四韵》《酬思黯》《酬裴令公赠马相戏》《听都子歌》《水调》《开成二年夏闻新蝉赠梦得》《樱桃花下有感而作》《逸老》《梦上山》《偶吟自慰兼呈梦得》《赠卢尹中丞》；以下1首为背景、体式两类注释兼有：《与诸同年贺座主侍郎新拜太常同宴萧尚书亭子》；以下5首为背景、意义两类注释兼有：《霓裳羽衣歌》《酬郑侍御多雨春空忆去岁搜洛之作》《洛阳春赠刘李二宾客》《酬思黯戏赠》《奉和裴令公三月上巳日游太原龙泉忆去岁禊洛中不复计算》；以下1首为背景、意义两类注释兼有：《吟四虽》。上述诗歌在其自注诗总数中不重复计算。

② 《白居易诗集校注》外集卷二所录19首诗作者有争议，不计入诗歌总数：《李德裕相公贬崖州三首》《白侍郎蒲桃架一首》《赞氏夫人训女文赞》《崔氏协律》《南阳小将张彦税口镇税人场射虎歌》《宿诚禅师山房题赠》《过故洛城》《灵寿杖》《东山寺·竹》《一字至七字诗》《送阿龟归华》《春游》《辞闲中好三首》。

① 韦式《一字至七字诗·竹》为体式、意义两类注释兼有，在其自注诗总数中不重复计算。

续表

作者	含体式注的诗歌（首）	含背景注的诗歌（首）	含意义注的诗歌（首）	含题下注的诗歌（首）	含句下注的诗歌（首）	含多注的诗歌（首）	自注诗总数（首）	诗歌总数（首）	自注诗比例	备注
刘真		1		1			1	1	100%	《全唐诗》卷四六三
郑据		1		1			1	1	100%	《全唐诗》卷四六三
卢真		1		1			1	1	100%	《全唐诗》卷四六三
张渷		1		1			1	1	100%	《全唐诗》卷四六三
李谅		1	1	1		1	2	2	100%	1.《全唐诗》卷四四三（1首）2.《全唐诗补编·全唐诗补逸》卷七（1首）
牛僧孺			1		1		1	5	20%	1.《全唐诗》卷六六六（4首）2.《全唐诗补编·全唐诗续补遗》卷五（1首）
薛存诚		1	1	1			1	2①	50%	《全唐诗》卷四六六

① 据《全唐诗重篇索引》第384、530页"薛存诚"条，《嵩山望幸》《闻击壤》《太学创置石经》《华清宫望幸兔》《东都父老望幸》《菁泽多丰年》《御题国子监门》《御制段大尉碑》作者有争议。又据终培基《全唐诗重出误收考》第332—333页"薛存诚"条条目1—4，6—10，上述诗歌中仅《御制段大尉碑》为薛存诚所作，计人诗歌总数；其余诸诗或非出自其手或作者仍无定论，不计人诗歌总数。此外，据同书"薛存诚"条条目5、11，薛存诚《观南郊回仗》《谒见日将至双阙》两诗又作无名氏，属于重出作品，但不见于《全唐诗重篇索引》。上述两诗作者仍无定论，不计人诗歌总数。

续表

作者	含体式注的诗歌（首）	含背景注的诗歌（首）	含意义注的诗歌（首）	含题下注的诗歌（首）	含句下注的诗歌（首）	含多注诗歌（首）	自注诗总数（首）	诗歌总数（首）	自注诗比例	备注
崔玄亮		1	1	1	1	1	1①	2	50%	《全唐诗》卷四六六
沈传师		1	1		1		1	7	14.3%	1.《全唐诗》卷四六六（5首）2.《全唐诗补逸·全唐诗续拾》卷二六（2首）
刘言史*		4	1	5			5	78②	6.4%	《全唐诗》卷四六八
先汪		1	1	1			1③	1	100%	《全唐诗》卷四七二
薛嵩		1		1			1	1	100%	《全唐诗》卷四七二
李德裕*		31	26	32	16	9	43④	165	26.1%	1.［唐］李德裕撰，傅璇（转下页）

① 崔玄亮《和白乐天》为背景、意义两类注释兼有，在其自注诗总数中不重复计算。

② 据《全唐诗重篇索引》第451页"刘言史"条，《广州王园寺伏日即事寄北中亲友》《奉酬》作者有争议。又据佟培基《全唐诗重出误收考》第336页"刘言史"条条目1—2，《广州王园寺伏日即事寄北中亲友》为刘言史所作，计入诗歌总数；《奉酬》非出自其手，不计入诗歌总数。

③ 先汪《题安乐山》为背景、意义两类注释兼有，在其自注诗总数中不重复计算。

④ 李德裕以下14首诗为背景、意义两类注释兼有，在其自注诗总数中不重复计算。李德裕寄江西沈大夫阁老》《忆平泉山居赠沈吏部一首》《思山居一十首》之《忆村中老人春酒》《春暮思平泉杂咏二十首》之《罗浮山》《忆平泉杂咏》之《忆辛夷》之《红桂树》《山桂》《月桂》《金松》《柏》《芳荪》《海棠》《花药栏》，《重忆山居六首》之《罗浮山》，《招隐山观王母祠书即事》：《清冷池怀古》。

续表

作者	含体式注的诗歌(首)	含背景注的诗歌(首)	含意义注的诗歌(首)	含题下注的诗歌(首)	含句下注的诗歌(首)	含多注诗的诗歌(首)	自注诗总数(首)	诗歌总数(首)	自注诗比例	备注
										（接上页）琮,周建国校笺:《李德裕文集校笺》,北京:中华书局,2018年。(158首①) 2.《全唐诗》卷四七五(2首②) 3.《全唐诗补编·全唐诗续拾》卷二九(5首③)
熊孺登*		2	1	1	1		24④	30⑤	6.7%	《全唐诗》卷四七六

① 《李德裕文集校笺》中以下10首诗为误收或存疑作品，不计入诗歌总数：《故人寄茶》《南梁行》《岭外守岁》《题柳郎中故居》《离平泉马上作》《鸳鸯篇》《汨罗》《盘陀岭驿楼》《失题》《寄家书》。

② 《全唐诗》卷四七五《郊坛回舆中二相公圣慈召至御马前仰感恩遇辄书是诗兼呈二相公》《羹食日三殿侍宴进诗一首》两诗不见于《李德裕文集校笺》，补入诗歌总数。

③ 《全唐诗补编》原辑录7首，其中《晚下北固山喜松径成荫怅然怀古偶题临江亭》《阙题》两首诗《李德裕文集》已录，算入《李德裕文集》收诗数，《全唐诗补编》中不重复计算。

④ 熊孺登《蜀江水》为背景、意义两类注释兼有，在其自注诗数中不重复计算。

⑤ 据《全唐诗重篇索引》第180页"熊孺登"条，《羹食》《羹》作者有争议；又据佟培基《全唐诗重出误收考》第346页"熊孺登"条条目1，此诗作者仍无定论，不计入诗歌总数。

续表

作者	含体式注的诗歌（首）	含背景注的诗歌（首）	含意义注的诗歌（首）	含题下注的诗歌（首）	含句下注的诗歌（首）	含多条注的诗歌（首）	自注诗总数（首）	诗歌总数（首）	自注诗比例	备注
李涉*		1	1	1			1	25	4%	1.《全唐诗》卷四七七、卷八三①（21首）2.《全唐诗补编·全唐诗逸》卷七；《全唐诗补编·全唐诗续拾》卷二五（4首）
韦处厚		1	1	1			1	12	8.3%	《全唐诗》卷四七九
李廓		1	1	1			1①	17②	5.9%	《全唐诗》卷四七九

① 据《全唐诗重篇索引》第312—313页"李涉"条，《竹枝词》《春晚游鹤林寺寄府诸公》《别南溪二首》《重到襄阳哭亡友韦寿朋》《失题》作者有争议。又据佟培基《全唐诗重出误收考》第346—347页"李涉"条条目1—4,6,《春晚游鹤林寺寄使府诸公》《别南溪二首》其一为李涉所作，计入诗歌总数，其余诸诗或非出自其手或作者仍无定论，不计入诗歌总数。此外，据同书"李涉"条条目5，李涉名下《竹里》为宋初诗僧所作，属误收诗，不计入诗歌总数。

① 李廓《镜听词》为背景、意义两类注释兼有，在其自注诗总数中不重复计算。

② 据《全唐诗重篇索引》第274页"李廓"条，《赠商山东于岭僧》作者有争议。又据佟培基《全唐诗重出误收考》第348—349页"李廓"条条目1，此诗非李廓所作，不计入诗歌总数。

续表

作者	含体式注的诗歌（首）	含背景注的诗歌（首）	含意义注的诗（首）	含题下注的诗歌（首）	含句下注的诗歌（首）	含多注诗歌的诗歌（首）	自注诗总数（首）	诗歌总数（首）	自注诗比例	备注
李绅*	7	47	27	55	8	7	60①	136	44.1%	1.〔唐〕李绅著，卢燕平校注：《李绅集校注》，北京：中华书局，2009年。（134首） 2.《全唐诗》卷四八三（2首②）
唐扶		1	1	1			1③	2	50%	《全唐诗》卷四八八
朱昼		1	1	1	1		1	3	33.3%	《全唐诗》卷四九一
段尧藩*		1	1	1	1		1④	55⑤	1.8%	《全唐诗》卷四九二

① 李绅以下3首诗为体式、背景两类注释兼有：《移九江》《上家山》《赋月》；以下18首诗为背景、意义两类注释兼有：《忆万岁楼望金山》《杭州天竺灵隐二寺顷之游及赴镇会稽不敢以登临不复宽谓之孙团所长庆其类因追忆因为诗二首》《东武亭》《龙宫寺》《龟山》《寒林寺》《若耶溪》《题法华寺五言二十韵》《却到浙西》《姑苏台杂句》《别石泉》《别双温树》《重别西湖》《毗陵东山》《望鹤林寺》《拜三川守》《灵蛇见少林寺》《拜宣武军节度使》。上述诗歌在其自注诗总数中不重复计算。

② 《李绅集校注》中未收《答章李标》《赋月》两诗，据《全唐诗》卷四八三补人李绅诗总数中。

③ 唐扶《和兵部郑侍郎省中四松诗》为背景、意义两类注释兼有，在其自注诗总数中不重复计算。

④ 段尧藩《和赵相公登鹳雀楼》为背景、意义两类注释兼有，在其自注诗总数中不重复计算。

⑤ 据《全唐诗重篇索引》第226页"段尧藩"条，《送韦侍御朝报使西蕃》《中元日观诸道士步虚》《送源中丞使新罗》（转下页）

续表

作者	含体式注的诗歌（首）	含背景注的诗歌（首）	含意义注的诗歌（首）	含题下注的诗歌（首）	含句下注的诗歌（首）	含多注诗歌的诗歌（首）	自注诗总数（首）	诗歌总数（首）	自注诗比例	备注
姚合*		4	7	4	5	2	9①	531	1.7%	[唐]姚合著，吴河清校注：《姚合诗集校注》，上海：上海古籍出版社，2012年。
李余		1	1		1		1	2	50%	《全唐诗》卷五〇八
李回		1	1	1			1	3	33.3%	《全唐诗》卷五〇八
平曾		1	1	1			1	3	33.3%	《全唐诗》卷五〇八
景审			1	1			1	1	100%	《全唐诗》卷五〇八
李敬方		1	1	1			1②	8	12.5%	1.《全唐诗》卷五〇八（7首） 2.《全唐诗补编·全唐诗补遗》卷七（1首）

（接上页）作者有争议。又据佟培基《全唐诗重出误收考》第 355—361 页"段尧藩"条条目 4,25,26,上述诗歌中仅《中元日观诸道士步虚》为段尧藩所作；其余 2 首或非出自其手或作者仍无定论。此外，据《全唐诗重出误收考》第 355—361 页"段尧藩"条条目 1—3,5—24,27—36 可知，其名下尚有《过雍陶博士邸中饮》《赠龙阳尉马戴》等 33 首确系误收之作，不计入诗歌总数。

① 姚合《寄紫阁无名头陀》《寄白师》为背景、意义两类注释兼有，在其自注诗总数中不重复计算。

② 李敬方《题小华山》为背景、意义两类注释兼有，在其自注诗总数中不重复计算。

续表

作者	含体式注的诗歌（首）	含背景注的诗歌（首）	含意义注的诗歌（首）	含题下注的诗歌（首）	含句下注的诗歌（首）	含多注诗歌的诗歌（首）	自注诗总数（首）	诗歌总数（首）	自注诗比例	备注
顾非熊*	1	1	1	1			1①	79	1.3%	1.《全唐诗》卷五〇九（74首②） 2.《全唐诗补编·全唐诗续拾》卷二九（5首）
张祜*	6	6	7	2	2	1	9③	476④	1.9%	尹占华校注：《张祜诗集校注》，成都：巴蜀书社，2007年。
朱庆余*	2	1	3	3			3	168⑤	1.8%	《全唐诗》卷五一四—五一五

① 顾非熊《题永福寺临淮亭》为背景、意义两类注释兼有，在其自注诗总数中不复计算。

② 据终培基《全唐诗重出误收考》第374页"顾非熊"条条目1，《送友人归汉阳》作者又作朱庆余，属重出诗，但不见于《全唐诗续拾》卷二九，此诗非顾非熊所作，不计入诗歌总数。

③ 张祜《题真娘墓》《所居即事六首》《高闲上人》之一、为背景、意义两类注释兼有，在其自注诗总数中不重复计算。

④ 《张祜诗集校注》中有21首误收之作，不计入诗歌总数：《采桑》《穆护砂》《思归乐》《墙头花二首》《胡渭州二首》《戎浑》《杨下采桑》《登山寺》《寄题商洛王隐居》《润渭杨别驾宅送蒋侍御收兵归扬州》《平望驿寄吴徐君玄之》《破阵乐》《送周尚书赴滑台》《边思》等。

⑤ 据《全唐诗重篇索引》第198—200页"朱庆余"条，《镜湖西岛言事》《上翰林蒋舍人》《南湖》《湖州韩使君置宴》《望翰关》《上张水部》《赠江夏卢使君》《啄木儿》《送僧任台岳》作者有争议。又据终培基《全唐诗重出误收考》第380—384页"朱庆余"条条目1—4,6—7,9—10,12—13，上述诗歌中《湖州韩使君置宴》《上张水部》《送顾非熊下第归》为朱庆余所作，计入诗歌总数；其余诸诗或其手或作者仍定论，不计入诗歌总数。此外，（转下页）

续表

作者	含体式注的诗歌（首）	含背景注的诗歌（首）	含意义注的诗歌（首）	含题下注的诗歌（首）	含句下注的诗歌（首）	含多注的诗歌（首）	自注诗总数（首）	诗歌总数（首）	自注诗比例	备注
灵一*		1	1	1			1①	37②	2.7%	《全唐诗》卷八〇九
法照			1		1		1	3	33.3%	《全唐诗》卷八一〇
无可*	1	1		1			1	89③	1.1%	《全唐诗》卷八一三—八一四

（接上页）据佟培基《全唐诗重出误收考》第380—384页"朱庆余"条条目5,8,11,朱庆余《与石昼秀才过普照寺》《鉴下曲》《送崔秀才游江陵》也属重出之作，但不见于《全唐诗重篇索引》。3首诗中仅《与石昼秀才过普照寺》为朱庆余所作，计入诗歌总数；其余2首或非出自其手或作者兼有，在其自注释总数中不重复计算。

① 灵一《静林精舍》为背景、意义两类注释兼有，在其自注释总数中不重复计算。

② 据《全唐诗重篇索引》第70页，《全唐诗重出误收考》第622—623页"灵一"条，作者有争议。又据佟培基《全唐诗重出误收考》第622—623页"灵一"条，《妙乐观》《项王庙》《题黄公陶顺业》《酬皇甫冉再陵见寄》《留别忠州故人》作者或出自其手或作者仍无定论，不计入诗歌总数。《赠灵澈禅师》作者又作刘长卿，属重出之作，《同使君宿大梁驿》为灵一所作，计入诗歌总数。其余诸条，但不见于《全唐诗重篇索引》，属重出之作，不计入诗歌总数。

③ 据《全唐诗重篇索引》第500—502页"无可"条，《雪》《和宾客相国咏雪诗》《中秋台看月》《中秋月彩如昼寄上南海从翁侍御》《寄青龙寺原上人》《送李骑曹之武宁》《京口别崔固》作者有争议。又据佟培基《书事寄万年厉员外》第627—628页"无可"条条目1—12,14—15,《寄青龙寺原上人》《送李骑曹之武宁》《书事寄万年厉员外》作者有争议。《寄姚谏议》（转下页）

续表

作者	含体式注的诗歌（首）	含背景注的诗歌（首）	含意义注的诗歌（首）	含题下注的诗歌（首）	含句下注的诗歌（首）	含多条注的诗歌（首）	自注诗总数（首）	诗歌总数（首）	自注诗比例	备注
皎然*	6	19	53	40	30	15	63①	473	13.3%	1.《全唐诗》卷八一五一八二一（471首②） 2.《全唐诗补编·全唐诗续拾》卷一九（2首）

（接上页）为无可所作，计入诗歌总数；其余诸非出自其手，不计入诗歌总数。此外，据傅璇琮《全唐诗重出误收考》第628页"无可"条条目13,无可《中秋夜集山脚下看月》作者又作李群玉，属重出之作，但不见于《全唐诗重篇索引》。此诗非无可所作，不计入诗歌总数。

① 皎然《奉酬袁高寺院新亭对雨》《遥和尘外上人与陆澧夜集山寺问涅槃义兼赏陆生文卷》《奉和颜使君真卿与陆处士羽登妙喜寺三癸亭》《奉和陆使君长源夏月游太湖》《和李侍御萼初夜集幽上人阁》《题报德寺清幽上人西峰》《题郑郢江畔桐斋》《寄题云门寺梵月无侧房》《酬别襄阳诗僧少微》《送至洪沙弥赴上元受戒》《浮云三章》《寒栖子歌》《奉和颜鲁公真卿落玄真子张志和渔父词》《薛卿教体兼行歌》《酬李侍御萼题看心道场赋以眉毛肠心牙等五字》为体式，意又两类注释兼有，在其自注诗总数中不重复计算。

② 据《全唐诗重篇索引》第165—166页"皎然"条，《送韦向睦州谒独孤使君汜》《春夜与诸公同宴呈陆郎中》《酬姚补阙郏独孤使君寄》《怀旧山》《浣纱女》《冬日梅溪送裴方舟宣州》作者有争议。又据傅璇琮《全唐诗重出误收考》第628—629页"皎然"条条目1,3—4,6—9,《送韦向睦州谒独孤使君汜》《奉和颜使君真卿与陆处士羽登妙喜寺三癸亭》《酬南仲云溪馆中戏题随书见寄》《皎然》《冬日梅溪送裴方舟宣州》或作者出自其手或作者仍无定论，不计入诗歌总数。又据同书条目2,5,皎然《酬南仲云溪馆中戏题随书见寄》作者又作白居易，属重出之作，但不见于《全唐诗重篇索引》。此非皎然所作，不计入诗歌总数。

续表

作者	含体式注的诗歌（首）	含背景注的诗歌（首）	含意义注的诗歌（首）	含题下注的诗歌（首）	含句下注的诗歌（首）	含多注的诗歌（首）	自注诗总数（首）	诗歌总数（首）	自注诗比例	备注
毛押牙		1	3				3①	12	25%	《全唐诗补编·补全唐诗拾遗》卷一
各项总值	112	685	783	839	492	186	1275	14109	9%	

---

① 毛押牙《白云歌》为背景、意义两类注释兼有，在其自注诗总数中不重复计算。

　　从表3数据来看,中唐诗歌自注发展之迅猛是显而易见的:就诗人数量而言,盛唐时期有30位诗人使用诗歌自注,而中唐时期则达到95位,较之盛唐高出2倍有余。就自注诗数量来说,盛唐自注诗共297首,占自注诗人诗歌总数的6.1%,人均自注诗近10首;中唐自注诗达到1275首,占自注诗人诗歌总数的9%,人均自注诗13首,自注诗数量较之盛唐增加了约3.3倍,占比上升了近3个百分点,人均自注诗数增加3首。而推动中唐诗歌自注数量迅猛增长的决定性力量依然是这一时期的主力作家群。这虽与盛唐时期的情况相似,但仍有内在差异。

　　盛唐时期使用自注的诗人有30位,自注诗共297首,其中主力诗人11位,自注诗278首,分别占此时期自注诗人总数及自注诗总数的36.7%与93.6%。而自注诗数达到或超过均值10首的高产诗人及诗歌数量如下:储光羲11首、李白37首、岑参62首、高适12首、杜甫129首,5人共计251首诗歌。占盛唐自注诗人总数不到四成的主力诗人产出的自注诗,达到此时期自注诗总量的九成以上。其中又以5位自注诗高产者的贡献为最,其自注诗构成了主力诗人自注诗数量的主体。因此可以说,推动盛唐自注发展的根本动力是诗坛主力诗人,尤其是当中的自注高产群体。与此不同的是,中唐主力诗人对自注的使用则表现出广泛性与集中性的并存。广泛性是指使用自注的主力诗人规模明显扩大,成为自注诗人的主体。在表3所列95位使用自注的中唐诗人中,有55位主力诗人,占该时期自注诗人总数的57.89%,较之盛唐时期的同类占比36.7%有明显提高。集中性是指主力诗人中自注高产者的占比锐减,自注使用的垄断性更加明显。中唐时期自注诗数量超过均值13首的高产者共有11位,分别是刘长卿、韦应物、顾况、卢纶、皎然、白居易、刘禹锡、元稹、李绅、李德裕、权德舆,仅占主力诗人总数的20%;其自注诗共1057首,占55位主力诗人1224首自注诗总数的86.4%。可见中唐诗歌自注的繁荣并非主力诗人群体努力的结果,而是得益于当中少数自注诗高产者的积极推动。

　　自注对诗歌内蕴的阐释力度发展到最强阶段,诗、注的深度融合最终实现。这主要表现在四方面:首先,各类自注比例的变化反映出自注阐释重点向诗歌核心层面倾斜。从表3可知,中唐时期使用体式注的诗歌为112首,在1275首自注诗中占8.8%,明显低于盛唐同类自注31%的占比。而使用意义注的诗歌占比则由盛唐的34.3%猛增至61.4%。虽然在783首使用意义注的诗歌中,有286首出现了兼释句意的背景注,但仍有497首使用了纯粹的意义注,占此类自注诗总量的63.5%,较之盛唐时期的61.8%增加了近2个百分点。与诗歌内蕴关联最弱的体式注锐减而关系最密切的意义注激增,尤其是使用纯粹意义注的诗歌比例上升,意味着自注重点已转向诗歌情旨本事的层面。

　　其次,多注诗中意义注连用的情况更加普遍,且注释频次增加。意义注连用即在一首诗中使用两次及以上的意义类自注,包括单独的意义注连用及体式、背景(两者兼有或仅有其一)与意义注的合用。如前所述,盛唐时期有11首多注诗,其中7首为意义注连用,占比63.6%。中唐时期的多注诗共186首,其中意义注连用者136首,占比73.1%,无论是数量还是占比,都胜于盛唐。从意义注使用的频次看,盛唐的7首意义注连用多注诗中,有3首为一诗两注,2首为一诗四注,1首为一诗五注,频次最高者为李翰的《蒙求》共三十一注。而中唐的136首意义注连用多注诗中,一诗两注者63首,一诗三注者31首,一诗四注者17首,一诗五注者2首,一诗六注者4首,一诗七注者5首,一诗八注者2首,一诗九注者2首,一诗十注者1首,一诗十三注者1首,一诗十四注者2首,一诗十六注者2首,一诗十七注者1首,一诗十九注者2首,频次最高者为元稹的《酬乐天东南行诗一百韵》共二十一注。虽然中唐时期意义注连用的基本频次仍为一诗两注或三注,甚至最高频次不及盛唐多注诗,但高频段自注的基准却明显抬升:盛唐时期属于高频段的一诗四注及五注在中唐降至低频段;一诗六注至十注也仅属于中频段;一诗十注以上者方属于高频段的意义注连用。如上所述,盛唐时期属于高频段意义注连用的多注诗仅有李翰的《蒙求》。但在中唐,中、高频段意义注连用的多注诗已小有规模。意义注连用的诗歌数量及连用频次的增加,说明自注向诗歌内蕴的延伸在中唐达到前所未有的程度。

如元稹《酬乐天东南行诗一百韵》是其被贬通州时写给谪居江州的好友白居易的一封长信,也是元白通江次韵唱和的名篇,还是中唐多注诗中使用意义注最多的一首。全诗 21 处意义注集中出现在诗歌的两个部分,一是附于铺叙通州风土民俗的诗句之后,如"醽酒水淋沽"句后云:"巴民造酒如淋醋法。""金丸小木奴"句后云:"巴橘酸涩,大如弹丸。""烹鲢只似鲈"句后云:"通州俗以鲢鱼为脍。""背弝射桑弧"句后云:"巴民尽射木弓,仍于弓左安箭。"[1]这些自注一方面对诗句提及的通州物产风俗进行逐一介绍,从而淡化内容的地域性造成的句意陌生化;另一方面,自注实则是以散文句式重复书写通州风物习俗的怪诞,从而呼应诗句的叙述。诗人在自注中对贬谪地风俗的反复诉说,从深层次讲是其内心因文化习俗的隔阂而导致的精神孤独感在文字表述上的显现。诗句与自注一唱一和,揭示出"旁嗟物候殊"这一引出通州风物书写的总起句的情感内涵:明写物候之殊,而实言归属与认同感的缺失。由于文化壁垒的存在,异域民俗风情引发的只能是诗人难以融入又不得不适应的嗟叹,而非震撼心灵的欣喜。二是附于追忆与白居易宦海浮沉的诗句之后,如"科试铨衡局,衙参典校厨"句下注云:"书判同年,校正同省。""誓遣朝纲振,忠饶翰苑输"句下注云:"元和四年为监察御史,乐天为翰林学士。""骥

---

[1] 杨军笺注:《元稹集编年笺注》,第 768 页。下文自"科试铨衡局,衙参典校厨"始的六处引文,出处相同。

调方汗血,蝇点忽成庐……虎虽遭陷阱,龙不怕泥途"句下注云:"此已上并述五年贬掾江陵,乐天亦遭罹谤铄。""重喜登贤苑,方看佐伍符"句下注云:"九年,乐天除太子赞善,予从事唐州也。""因教罢飞檄,便许到皇都"句下注云:"十年春,自唐州诏予,召入京。""通川诚有咎,溢口定无辜"句下注云:"三月积之通川,八月乐天之江州。"这一系列自注不仅使诗句勾勒的元、白二人从同赴科举到分贬通、江的人生历程更为翔实饱满,而且也唤起了诗人对自己与知己好友患难相扶、荣乐共享经历的再次回忆。从某种意义上说,自注是诗人特意为自身提供的回味过往的手段。更值得注意的是,诗中蕴含于通州风物自注中的疏离隔阂感,与蕴含于追忆和白居易升沉与共经历自注中的沉溺回味之态构成了情感上的反向呼应,从而强化了"旁嗟物候殊"与"倍忆京华伴"两个关键句所表达的孤独感与归京之念。

复次,自注辅助诗歌明情达意的方式在继盛唐旧法的同时又有新创,从而推动了诗、注关系的进一步深化。一方面,中唐诗歌自注沿用了盛唐诗歌自注助推诗歌情旨表达的三种基本途径。自注作为触发诗人情感思绪的媒介,如李益《秋晚溪中寄怀大理齐司直》题下注:"时齐分司洛下,有东山之期。"全诗云:

> 凤翔属明代,羽翼文葳蕤。昆仑进琪树,飞舞下瑶池。振仪自西眷,东夏复分厘。国典唯平法,伊人方在斯。荒宁桁杨肃,芳辉兰玉滋。明质骛高景,飘飖服缨绥。天寒清洛苑,秋夕白云司。况复空岩侧,苍苍幽桂期。岁寒坐流霰,山川犹别离。浩思凭尊酒,氛氲独含辞。①

末句"浩思凭尊酒,氛氲独含辞"是理解全诗情感基调的关键。从

---

① 王亦军、裴豫敏编注:《李益集注》,第 251 页。

"氛氲独含辞"的表述中明显可见诗人内心的纷乱矛盾,究其根源则是自注所谓的"东山之期"。诗人希望与好友齐司直能如名士谢安隐居东山一般,归隐洛阳,携手同游,但诗中亦对齐司直的品格及能力给予高度评价,认为其堪当维护法理之大任,分司洛阳势必仕途顺畅,利国利民。齐司直的隐居于公而言是损失,但于私,能与友人携手同隐又是诗人心向往之的人生快事。由此可见,自注中的"东山之期"的确是撩动诗人内心"氛氲"之情的关键。若无相携卧白云的夙愿,诗人对友人分司东都、才尽其用的现状必不会有强烈的纠结和些许失落。

朱湾的《逼寒节寄崔七》则是通过自注补充交代人物关系,明朗诗歌主旨的生动例证。该诗题下注云:"崔七,湖州崔使君之子。"全诗如下:

> 闲庭只是长莓苔,三径曾无车马来。旅馆尚愁寒食火,羁心懒向不然灰。门前下客虽弹铗,溪畔穷鱼且曝腮。他日趋庭应问礼,须言陋巷有颜回。①

朱湾一生未事科举,大历时期有一段山林隐居的经历。上元年间朱湾曾至苏州谒见刺史韩之晋,湖州与苏州相邻,故他又顺道拜访湖州刺史崔论,以求仕进②。朱湾无科举及第的优势,也不具世家大族的背景,故而寻求官宦的引荐便成为其步入仕途的唯一出路。因此朱湾的干谒之作总是充满自己与高门的距离感,以及由此生发的"欲济无舟楫"的焦虑情绪和希望得到提点引荐的急迫心情。他在给崔论的《别湖州崔使君书》中就写尽结交权贵无门的绝望与辛酸:"湾闻

---

① 〔清〕彭定求等编:《全唐诗》卷三〇六,第 3476—3477 页。
② 参见傅璇琮主编:《唐才子传校笺》卷三《朱湾传》,第 685 页。

蓬莱之山,藏杳冥之中,行可到;贵人之门,无媒而通,不可到。骊龙之珠,潜于瀗溟之中,或可识;贵人之颜,无因而前不可识。"①而此诗正与《别湖州崔使君书》作于同时,题注中的崔使君即崔论②。因自注揭明崔使君与诗歌寄赠对象崔七的父子关系,此诗真实的创作意图便随之显现:诗人极言自己贫陋、卑微的目的是向崔七表明拜谒无门的窘境,而诗末的"趋庭问礼"、颜回之比,则表达出诗人希望崔七向其父加以引荐的明确意图。可见,该诗与《别湖州崔使君书》一样,是诗人在争取仕进之机的过程中,坎坷狼狈却依然努力筹谋的真实写照。如果没有题注对崔氏父子关系的交代,那么诗人将此自比颜回之作寄予崔七的苦心便无法充分彰显。

再如顾况《刘禅奴弹琵琶歌》的自注便发挥了引申作用,挑明诗句背后的潜台词。此诗题下注云:"感相国韩公。"诗曰:

> 乐府只传横吹好,琵琶写出关山道。羁雁出塞绕黄云,边马仰天嘶白草。明妃愁中汉使回,蔡琰愁处胡笳哀。鬼神知妙欲收响,阴风切切四面来。李陵寄书别苏武,自有生人无此苦。当时若值霍骠姚,灭尽乌孙夺公主。③

自注中的"相国韩公"是指德宗朝宰相韩滉④。韩滉卒于贞元三年,此诗作于其离世之后。建中二年至贞元三年,韩滉任润州刺史兼浙

---

① 〔清〕董诰等编:《全唐文》卷五三六,第 2410 页。
② 对朱湾《逼寒节寄崔七》《别湖州崔使君书》写作时间及崔使君为崔论的推断,参见《唐才子传校笺》卷三《朱湾传》,第 685 页笺释部分。陶敏对崔使君确切姓名的考证结论与储仲君的推断相同,参见《全唐诗人名汇考》,3476E《逼寒节寄崔七》,第 595 页。
③ 王启兴、张虹注:《顾况诗注》,第 132 页。
④ 据陶敏:《全唐诗人名汇考》,2947B《刘禅奴弹琵琶歌》,第 490—491 页。

江东西节度使,顾况入幕为判官①,两人曾有长达八年的共事经历。作为属僚,诗人亲眼见证了韩滉在泾原兵变的动荡中,确保东南地区平安并解除朝廷军需物资供应危机的能力,及其讨伐信安乱匪洪光等人,最终平定徐州的魄力。如果没有自注的提示,那么此诗极易被作为一首单纯赋咏琵琶演奏的诗歌。但由于注释的说明,琵琶演奏者、《关山曲》及其边塞内涵就通过诗人的联想与特定的对象韩滉联系起来。琵琶演绎《关山曲》,成为韩滉忠诚品格与赫赫功勋的象征。诗人掩藏在听音赏曲之下的对故人的追忆之情与崇敬之意,因自注的提示而充分显现。

　　另一方面,中唐诗人又拓展了自注彰显诗歌情思意蕴的新途径——强化式。即通过自注对诗中情旨本事的烘染,增强诗歌的表现力与感染力,突显诗人的情感态度。如卢纶的《秋中过独孤郊居》,题下注:"即公主子。"全诗如下:

　　　　开园过水到郊居,共引家童拾野蔬。高树夕阳连古巷,菊花梨叶满荒渠。秋山近处行过寺,夜雨寒时起读书。帝里诸亲别来久,岂知王粲爱樵渔。②

诗中对独孤氏离尘索居的淡泊心境与晴耕雨读的生活状态的叹赏已表露无遗,自注又特意指出独孤氏乃玄宗之女信成公主与驸马独孤明之子这一非同寻常的身份③。如此,诗末的"帝里诸亲"之说便有

---

① 顾况任韩滉幕府判官时间的推断,参见《唐才子传校笺》卷三《顾况传》,第640—641 页笺释部分。
② 〔唐〕卢纶著,刘初棠校注:《卢纶诗集校注》卷三,第 349 页。
③ 参见陶敏:《全唐诗人名汇考》,3163D《秋中过独孤郊居》,第 545 页;〔宋〕宋祁、欧阳修:《新唐书》卷八三《诸帝公主传》,第 3659 页。

所依托,王粲之比的缘由也随之明了。更重要的是,自注强化了独孤氏身份与生活状态的反差,使其通透宁静的个性更加鲜明。诗人的仰慕赞誉之情也因自注对人物身份的揭示而愈显真挚浓郁。

再如李幼卿的《前年春与独孤常州兄花时为别倏已三年矣今莺花又尔睹物增怀因之抒情聊以奉寄》,题下注云:"时蒙溪幽居在义兴,益增怀溯。"诗曰:

> 近日霜毛一番新,别时芳草两回春。不堪花落花开处,况是江南江北人。薄宦龙钟心懒慢,故山寥落水潺沦。缘君爱我疵瑕少,愿窃仁风寄老身。①

此诗作于大历十一年,李幼卿任滁州刺史期间②。诗题中的独孤常州即独孤及③,他与李幼卿交谊深厚,屡有诗书往来。大历八年十二月,独孤及由舒州刺史调任常州刺史,赴任途中曾专程改道至滁州探望李幼卿,与之相聚甚欢。由独孤及《得李滁州书以玉潭庄见托因书春思以代书答》《答李滁州忆玉潭新居见寄》可知李幼卿将其在常州义兴的别业玉潭庄,即题注所说的蒙溪幽居托与独孤及照看。挚友与心爱之所不仅同在一处,而且有了密切的联系,因此,对李幼卿来说,友人与别业这两个能令他产生归属感与怀恋之情的对象已融为一体。诗人在此诗中已将怀友之情与去官闲居之意表现得直白而强烈。在"霜毛一番新"的时间意识衬托下,这种与故友、幽居重遇的诉求就更显迫切。在此基础上,诗人又通过自注强调蒙溪幽居的地理

---

① 〔清〕彭定求等编:《全唐诗》卷三一二,第3517—3518页。

② 参见郁贤皓:《唐刺史考全编》卷一二五"淮南道滁州"部分"李幼卿"条,第1709页。

③ 据陶敏:《全唐诗人名汇考》,3517B《前年春与独孤常州兄花时为别倏已三年矣今莺花又尔睹物增怀因之抒情聊以奉寄》,第602页。

位置,顺理成章地将其与挚友独孤及相联系,共同作为精神寄托。由此,诗歌中思友与怀居便不是花开两朵,而是融为一股合力,使诗人的情感表达既鲜明有力,又圆融深厚。

最后,纪事类新题乐府成为自注阐释的新对象,诗、注融合的空间进一步拓展。新题乐府是针对古题乐府而言,指不沿用乐府旧题而另创全新题目的乐府诗。新题乐府产生于唐代,是唐代诗人对乐府诗发展的杰出贡献。唐代的新题乐府从题材上可分为两类①。一类反映普遍而重大的社会现实问题,称为纪事类新题乐府或新乐府正题。这类乐府诗肇始于王维的《老将行》,继之有元结的《系乐府十二首》《舂陵行》,杜甫的《兵车行》《丽人行》《悲陈陶》等;李绅《新乐府二十首》、元稹《和李绅校书新题乐府十二首》、白居易《秦中吟》《新乐府五十首》是新乐府繁荣期的代表篇章;晚唐仍有皮日休《正乐府十首》《补九夏歌九首》。纪事类新题乐府创作的数量虽不多,却最能反映唐代新题乐府的成就。另一类书写闺情、行役、边塞等题材,也可称作新乐府杂题。这类诗作滥觞于隋末唐初谢偃的《新曲》。之后,王维、王昌龄、李白、杜甫、孟郊、张籍、王建、李贺、元稹等人都进行了大量的创作。自注在盛唐已运用于古题乐府中,如李白《上云乐》《司马将军歌》《君道曲》《东海有勇妇》《秦女休行》《怨歌行》的题下自注。而新题乐府中的自注则到中唐才出现,并且仅存于李绅、元稹、白居易的纪事类诗歌中,起到明确诗旨的作用。

纪事类新乐府的创作宗旨在于指陈时弊、疗救社会,即"惟歌生民病,愿得天子知",具有强烈的现实性与批判性。因此,叙述事件—剖析问题—提出见解主张是这类诗歌的基本创作思路。叙事是剖析问题的基础,阐明见解主张又是叙事、剖析的终极目的,三者构成严

---

① 唐代新题乐府的题材分类参见王辉斌:《乐府诗通论》,武汉:武汉大学出版社,2018 年,第 69—70 页。

密的逻辑链。在李绅、元稹、白居易的纪事类新乐府中，自注承担的大多是叙事任务。一方面，自注为诗中的叙、议衔接做铺垫，避免两者转换造成的意脉断裂。如元稹《和李绅校书新题乐府十二首·驯犀》题下注曰："李传云：贞元丙子岁，南海来贡，至十三年冬，苦寒，死于苑中。"①李绅的《新乐府二十首》虽已不存，但在元稹的十二首和作中，仍有部分诗歌沿用了李绅同题原唱的自注，《驯犀》的题下注即为一例。自注所言指的是贞元九年十月环王国向德宗皇帝所献犀牛因不抵贞元十二年冬的酷寒，死于禁苑之事②。这与诗歌开篇提到的建中年间顺宗释放舞象之事形成对比，从而表明诗人的态度：养物当顺其天性、重自然规律，不扰不夺方得久长。若无自注对驯犀事件的完整交代，那么诗人所发出的重天道、尊物性的警示势必因缺少前情提要而倍显突兀。此外，诗歌最后六句由驯犀之事上升到对治国理政的思考，不仅在逻辑上推进一层，也点出诗旨所在。显然，如果没有自注对驯犀事件的铺垫，那么，诗末所揭的"前观驯象后观犀，理国其如指诸掌"这一驯物之道与治人之道的类比关系便难以成立，由此进一步阐扬的治国如同驯物，当使百姓各司其职、各安其分的创作主旨也便失去了根基。

　　另一方面，自注以叙代议，作为彰显诗人情感意图的手段。"卒章显志"是元、白纪事类新乐府的共同特点，诗人的态度立场都毕陈于诗末。李绅二十首新乐府的真实面貌虽不得而知，但作为元、白新乐府的仿效对象，应当也有此特色。而自注的叙事则是对诗旨的烘托暗示，为诗末的点题蓄势，使诗旨的揭示自然有力，从而更有效地发挥纪事类新乐府针砭时弊、疗救社稷的政治功能。如白居易《法曲

---

① 杨军笺注：《元稹集编年笺注》，第 119 页。

② 参见〔后晋〕刘昫等撰：《旧唐书》卷一三《德宗纪》"贞元九年十月"条，第 377 页；同书同卷"贞元十二年十二月"条，第 385 页。

歌》中首三句下自注云:"永徽之思,有贞观之遗风,故高宗制《一戎大定》乐曲也。"①《一戎大定》曲为永徽六年(650)三月,高宗远征高丽前所观乐舞,因寄寓王师平定辽东而边地大定之意,故名《一戎大定》。在此之前,太宗亦曾于贞观十九年御驾亲征高丽,欲灭之并将其纳入大唐版图以绝东北边境之患,但终成未竟之业,故而方有高宗征辽之举。诗人借自注交代《一戎大定》曲的创作背景,突显其作为平夷之乐所承载的贞观、永徽两朝帝王开疆拓土、缔造王朝一统格局的谋略与抱负,从而呼应诗中"治世之音安以乐"的命题。诗中另一处自注细陈玄宗变革法曲的详情始末,则作为《一戎大定》曲的反例出现:"法曲虽似失雅音,盖诸夏之声也,故历朝行焉,玄宗虽雅好度曲,然未尝使蕃汉杂奏。天宝十三载,始诏道调法曲与胡部新声合作,识者深异之。明年冬,而安禄山反也。""未尝"一词包含着对胡乐入法曲这一变革的质疑。而"识者深异"则是借鉴《庄子》的重言手法,以当朝音乐权威的"深异"态度为己代言,增强反对颠覆法曲作为华夏正声传统的立场。自注以安史之乱的爆发作结,也是对这场音乐变革后果的交代,两者在时间上前后相继的巧合被诗人刻意转化为前因后果的必然联系,从而指出胡曲之于华音与胡人之于中原王权一样,具有相同的入侵本质。诗人对法曲变革历程的叙述,实则蕴含着重建皇权正统的政治深意。正因为自注将礼乐与政治表里一体的古老命题进行了富于时代性的诠释,并于其中表现出诗人鲜明的立场,篇末"正华音,别夷夏"的呐喊才更铿锵自然。

二、中唐诗歌自注的典型个案——皎然、白居易的自注诗

诗歌自注在中唐实现全面繁荣,虽是诗人们共同努力的结果,但其参与程度与贡献大小却不可同日而语。皎然与白居易是其中的代

---

① 谢思炜撰:《白居易诗集校注》卷三,第283页。

表。他们的诗歌自注不仅在数量上位居同时代诗人的前列,而且各种类型兼备,更重要的是基本上能够反映出中唐诗歌自注的重要新变。

皎然是唐代首位使用诗歌自注的诗僧。唐代诗僧虽数量不少,但使用诗歌自注者却只有七位,分别是灵一、皎然、法照、无可、僧鸾、贯休、齐己。他们当中在自注数量及类型运用的全面性上均比较突出的非皎然莫属。此外,皎然自注诗总数为 63 首,是中唐前期即大历、贞元时期使用诗歌自注最多的诗人;也是此时期除韦应物和权德舆之外,唯一一位全面呈现各种重要自注现象的诗人。要之,皎然不仅是大力使用诗歌自注的诗僧,也是中唐自注诗人的典型代表。

大力发展意义注的连用是皎然多注诗的第一个重要贡献。中唐时期有多注诗的 19 位诗人不仅都采用过意义注连用的方式,而且也将其作为多注诗的主要注释形式。但值得注意的是,中唐多注诗中意义注连用的兴起是一个渐进的过程,这种注释形式在中唐前期的多注诗中并不常见,直到后期在白居易、元稹、李绅等人的诗作中才开始焕发活力。而皎然则是推动中唐意义注连用兴起的先锋。

在中唐前期采用一诗多注形式的诗人有 6 位,出现意义注连用的多注诗共 17 首,其中皎然 11 首,权德舆 3 首,李华、韦应物、韦夏卿各 1 首。除数量优势外,皎然多注诗中意义注的使用频度也是最高的。17 首多注诗可分为十韵以下(不包括十韵)的短篇、十韵(包括十韵)至二十韵(包括二十韵)的中篇、二十韵以上至三十韵(包括三十韵)的长篇及三十韵以上的超长篇四类。其中,短篇诗歌共 4 首:韦夏卿《送顾况归茅山》为四韵八句,意义注两处,平均四句一注;权德舆《酬崔舍人阁老冬至日宿直省中奉简两掖阁老并见示》为八韵十六句,意义注两处,平均八句一注;皎然《送沈居士还太原》为四韵八句,意义注两处,平均四句一注;皎然《酬秦山人赠别二首》其一为四韵八句,意义注三处,平均近三句一注。中篇诗歌共 7 首,韦应物 1

首,皎然6首。韦应物的《送杨氏女》为十二韵二十四句,意义注两处,平均十二句一注;皎然的《薛卿教长行歌》与韦诗情况相同,其《早春书怀寄李少府仲宣》为十四韵二十八句,《白云歌寄陆中丞使君长源》为十五韵三十句,《答裴集阳伯明二贤各垂赠二十韵今以一章用酬两作》为二十韵四十句,都仅有两处意义注,分别为平均十四句、十五句、二十句一注。就上述几首中篇多韵诗而言,皎然对意义注使用的频度显然是不及韦应物的。但其两首十韵二十句的诗歌《述祖德赠湖上诸沈》及《奉和陆使君长源夏月游太湖》均有四处意义注,平均五句一注,则是意义注使用最频繁的中篇多注诗。长篇诗歌共3首:其中权德舆的2首诗歌《伏蒙十六叔寄示喜庆感怀三十韵因献之》《贞元七年蒙恩除太常博士自江东来朝时与郡君同行西岳庙停车祝谒元和八年拜东都留守途次祠下追计前事已二十三年于兹矣时郡君以疾恙续发因代书却寄》都为三十韵六十句,意义注三处,平均二十句一注;而皎然的《哭吴县房聱明府》则为二十八韵五十六句,意义注五处,平均十一句一注,使用频度明显高于权德舆之作。超长篇诗歌3首:李华的《寄赵七侍御》三十一韵六十二句,意义注有七处,平均约九句一注;皎然的《因游支硎寺寄邢端公》三十二韵六十四句,共三处意义注,平均二十一句一注,使用频度远低于李华诗。皎然的《苕溪草堂自大历三年夏新营洎秋及春弥觉境胜因纪其事简潘丞述汤评事衡四十三韵》四十三韵八十六句,是17首意义注连用多注诗中篇幅最长的一首,共有19处意义注,平均不到十句一注。此诗使用意义注的频度与李华《寄赵七侍御》基本相同。综而言之,在不同篇幅的多注诗中,意义注使用频度最高的诗作大都出自皎然。

如前所述,意义注与诗歌情旨内涵的关联甚密,而意义注在一首诗中出现的次数越多,诗歌就被分解得越精细,其内涵也被解读得越充分。较之中唐后期元、白等人动辄几十甚至上百首的意义注连用多注诗,皎然此类诗歌的数量似乎并不足称道。但若考虑到中唐前期意义注连用多注诗尚未成蓬勃之势这一背景,皎然便是当之无愧的标志性人物。拉开中唐多注诗特别是意义注连用多注诗繁荣序幕的是皎然。同样,也正是从皎然开始,中唐诗歌自注才真正呈现细解中长篇诗歌情蕴内涵的趋势。从这个意义上讲,皎然是中唐时期利用意义注连用的注释方式推动诗、注关系向纵深发展的杰出先驱。

对典故的着力阐释是皎然诗歌自注的又一贡献。使事用典是唐诗惯用的修辞方式之一,因此,自注也会对典故进行阐释说明。释典自注在初、盛唐诗歌中既已有之,但数量甚少,仅见于马怀素《奉和送金城公主适西蕃应制》、岑参《梁园歌送河南王说判官》以及杜甫《奉赠萧十二使君》3 首诗作。中唐时期释典类自注的数量达到顶峰,出现在 9 位诗人的 63 首诗歌中,其中皎然 5 首,落蕃诗人毛押牙、权德舆、羊士谔各 1 首,白居易 35 首,刘禹锡 9 首,元稹 3 首,李绅 3 首,姚合 5 首。可见,释典自注的真正勃兴在中唐后期,标志性的人物是白居易。虽然如此,中唐前期的几位诗人使释典自注在初、盛唐之后获得虽显缓慢但终究稍有起色的发展,也为这类自注在中唐后期的进一步繁荣奠定了基础,而皎然又是中唐前期释典自注发展最强有力的推动者。

皎然使用释典自注的 5 首诗歌均为中、长篇,且对典故的注释都比较密集。《早春书怀寄李少府仲宣》共两处自注,均为释典自注;《述祖德赠湖上诸沈》共四处自注,有两处释典;《奉和陆使君长源夏月游太湖》共五处自注,有两处释典;《苕溪草堂自大历三年夏新营泊秋及春弥觉境胜因纪其事简潘丞述汤评事衡四十三韵》共九处自注,有四处释典;《哭吴县房耸明府》共五处自注,有两处释典。在 9 位自注典故的中唐诗人中,唯有皎然对一首诗作中的多处典故进行了阐释。即使是与中唐后期的白居易比较,白居易也只胜在释典自注诗的数量,若论单篇诗作中释典注出现的频率,他则明显不及皎然。典故是传递诗情诗思的代码,自注典故就意味着诗人亲手解码自身作品,从而明确其真实写作意图。皎然在继承前人自释典故这一传统的基础上,创造性地采用多次释典的方式,这是其强烈自觉的作品阐释意识的表现,同时也加深了自注与诗歌内蕴的关联。

诗歌中的典故往往作为传递诗句情旨内涵的代码,其本事本意与诗歌语境中的实际指涉相交叠,因此,唐诗中的释典自注也有释本事本意与释实指事意两个不同的维度。初、盛唐时期使用释典自注的三位诗人马怀素、岑参、杜甫就选择了不同的阐释视角。马怀素重在交代典故本意及出处,其《奉和送金城公主适西蕃应制》中的自注"黄鹄见《汉书·西域传》,公主歌云:愿为黄鹄兮归故乡"便是对"空余愿黄鹄,东顾忆回翔"①句中"黄鹄"这一语典来源的说明。而岑参与杜甫诗歌的释典自注则直揭典故实指的事意。岑参《梁园歌送河南王说判官》中"单父古来称宓生,只今为政有吾兄"句下注"家兄时宰单父"②并非对宓生治单之典的解释,而是阐明此典所类比的实情。同理,杜甫《奉赠萧十二使君》中对"终始任安义"以下六句的注释亦不是对诗中四个典故本身的说明,而是揭明典故所比喻的实事情状。前文对此已有详析,兹不赘言。

中唐诗歌的释典自注延续了盛唐马怀素诗歌释典自注以典故本事本意为重点的阐释角度。而在这一阐释重点形成的过程中,皎然发挥了至关重要的作用。因为重在说明典故出处及内容,以典故本事本意为释解对象的自注往往涉及诸多史料典籍,诗人释典的过程就是将自身读书与用典功夫外化的过程,带有浓厚的崇学炫才意味。这种释典以显才的做法虽盛于中唐后期元、白等人,却肇始于皎然。由于诗僧的特殊身份,皎然诗歌中的用典不仅包括前人诗文,而且涵纳了佛教故事、高僧语录。其释典自注往往就典故的来源始貌侃侃

---

① 〔清〕彭定求等编:《全唐诗》卷九三,第 1008—1009 页。
② 〔唐〕岑参撰,廖立笺注:《岑嘉州诗笺注》卷二,第 313 页。

而谈,如《苕溪草堂自大历三年夏新营洎秋及春弥觉境胜因纪其事简潘丞述汤评事衡四十三韵》中"原上无情花,山中听经石"两句下分别注云:"圣教意,草木等器世间,虽无情而理性通。又云:郁郁黄花,无非般若。是其义。""高僧诠公诗曰:'学徒数块石。'生公有通经石。"①诗人通过自注细陈无情花与听经石之典的来由,不仅为草堂的花木山石赋予灵性,活化了诗句中的景物元素,而且彰显出对佛典教义的熟稔,最终实现了显扬自身学识及诗艺的目的。

如果说中唐前期最具代表性的诗歌自注出自皎然,那么白居易的诗歌自注则是中唐乃至整个唐代诗歌自注发展的巅峰。数量的迅速增长是中唐诗歌自注走向繁荣的重要表现之一,而白居易自注诗的数量不仅远超同时期其他诗人,也是所有唐代诗人之最。他的自注诗占中唐自注诗总数的近四成,占唐代自注诗总数的两成。白居易的自注诗奠定了中唐自注诗的规模,是该时期自注诗实现量的飞跃的关键。而庞大的数量,又为其诗歌自注纳旧创新提供了足够的空间,使之成为推动中唐诗歌自注走向繁荣的最活跃的力量。

白居易对中唐诗歌自注的发展主要有两大贡献。第一个贡献是他进一步充实、拓展诗歌自注的内容。白诗自注是当时内容最为全面的诗歌自注,是透视中唐诗歌自注阐释范围的最佳窗口。首先,其诗歌自注中的体式注囊括了诗歌用韵、字数、诗体及仿效对象这些传统注释内容。如《东都冬日会诸同声宴郑家林亭》题下注"得先字"②,《和武相公感韦令公旧池孔雀》题下注"同用深字"③,分别交代了同题分韵与同题同韵两种不同的诗歌用韵情况;《答元郎中杨员

①〔清〕彭定求等编:《全唐诗》卷八一六,第 9187 页。
② 谢思炜撰:《白居易诗集校注》卷一三,第 996 页。
③ 谢思炜撰:《白居易诗集校注》卷一五,第 1198 页。

外喜乌见寄》题下注"四十四字成"①说明了诗歌字数;《吟四虽》题下注"杂言"②指出诗歌的体裁;而《九日代罗樊二妓招舒著作》的题下注"齐梁格"③则提供了该诗仿效的特殊体制。在兼收旧有内容的同时,白居易诗歌的体式注也增添了新内容,即对次韵诗用韵的说明。如其《戏和微之答窦七行军之作》题下注"依本韵"④指出该诗用韵是严格依照元稹答窦行军诗的韵脚,但并未交代具体韵字。白居易和元稹是唐代次韵诗创作的代表人物,两人元和年间的通江唱和及长庆至大和年间的杭越唱和将中唐次韵诗的创作推向高峰。随着次韵唱和在中唐的风行,此时期诗歌的体式注也开始出现对这类诗歌用韵情况加以说明的内容。除白居易外,自注次韵诗用韵的还有元稹和刘禹锡。单就这类内容的自注而言,使用最多的是元稹,在15首自注用韵的次韵诗中,元稹有12首,白居易2首,刘禹锡1首。单就说明次韵诗用韵的体式注数量而言,白居易显然不及元稹,但若论体式注涉及内容的全面性,中唐则无人能比肩白居易。要之,白居易诗歌中的体式注既全面继承了传统的注释内容,又能从新兴诗歌样式入手,生成新的释解内容,从而成为折射中唐诗歌体式注发展状况的典型窗口。

其次,白诗自注注重对民俗风物及典故的诠释,是这两类内容在中唐诗歌自注释解范围内能够占据一席之地的决定性力量。唐诗自注自产生以来,诠释的对象一直以史实、实事、人物经历、景物信息为主,风土民俗及典故从未成为主流。这两类内容在中唐诗歌自注中有较明显的增加,只是相对于初、盛唐的情况而言,并且仅出现在部

① 谢思炜撰:《白居易诗集校注》卷一〇,第843页。
② 谢思炜撰:《白居易诗集校注》卷二九,第2281页。
③ 谢思炜撰:《白居易诗集校注》卷二一,第1714页。
④ 谢思炜撰:《白居易诗集校注》卷二八,第2203页。

分诗人的诗歌自注中。前文提到,以风土民俗为阐释对象的自注始于杜甫,但仅有三条,且在三首诗歌中分别出现。可见,杜甫虽已意识到将风土民俗纳入诗歌自注的阐释范围,但始终用力不够。杜甫之后,这类内容的自注一度消失,直至中唐后期在白居易等人的诗歌自注中才重新受到重视。中唐时期以介绍风土民俗为内容的自注共33处,分属白居易、元稹、刘禹锡、李绅四人的17首诗歌。其中白居易有8首,自注12处,贡献最大。此外,与诗中通过铺叙方式展现一地民俗风情相呼应,白诗自注也采用意义注连用的方式进行同步阐释,从而增加了自注的密度。如其《送客春游岭南二十韵》是专为即将游岭南的友人而作的介绍当地风物民俗的诗歌,即该诗题下注所言"因叙岭南方物以谕之"。诗中分别在"天黄生飓母""黑雨长枫人""须防杯里蛊"三句下注云:"飓母如断虹,欲大风即见。""枫人因夜雷雨,辄阁长数丈。""南方蛊毒,多置酒中。"[1]自注不仅对诗句所述岭南气候及民众风习加以详解,更对当地特有又极度危险的飓风天气、制蛊习俗进行强调,以起到警示友人的作用。又如《杭州春望》的两处自注"杭州出柿蒂花者尤佳也""其俗酿酒趁梨花时熟,号为梨花春"[2]分别对杭城的特色花卉及酿酒传统进行说明。再如《齐云楼晚望偶题十韵兼呈冯侍御周殷二协律》中则通过自注"按食盐籍,苏州人口多于扬州"与"长安坊百廿,苏州坊六十"[3]交代了苏州的人口与坊里情况。这种通过意义注的连用来同步介绍风土民俗的方式在杜甫诗中未曾出现。虽然解说风土民俗并非中唐诗歌自注的主流,但较之此前仅在杜甫诗中零星出现,此类自注在中唐时期明显已更规模。在这一发展转变过程中,白居易诗中此类自注的数量及注

---

① 谢思炜撰:《白居易诗集校注》卷一七,第 1349 页。

② 谢思炜撰:《白居易诗集校注》卷二〇,第 1623 页。

③ 谢思炜撰:《白居易诗集校注》卷二四,第 1935 页。

释方法发挥了关键作用。

　　与风土民俗类的自注相比,白居易对释典类自注的贡献更甚。释典类自注早在初、盛唐诗歌中已经出现,但直至中唐才逐渐为诗人们所常用。中唐诗歌中释典自注的运用始于皎然而盛于白居易。初、盛唐时期使用释典自注的诗歌仅有 3 首,中唐则猛增至 63 首,这其中有 35 首来自白居易。由此可见,他的确是推动释典类自注走向繁荣的关键人物。白居易承袭了马怀素、张说诗歌释典自注以典故本事、出处为重点的阐释角度,采用始自皎然的多注释典的注释方式,但更侧重对语典的解释说明。比较典型的诗例如《想东游五十韵》的三处释典自注:"余芳认兰泽,遗咏思蘋洲"句下注"古诗云:'兰泽多芳草。'又柳恽诗云:'汀洲采白蘋。'"①,指出诗中"余芳""兰泽"及"蘋洲"的所本诗句。对比之下不难发现,白诗此二句对原诗句采用留神而变形的语典化用方式,用其意而变其词。"精神昂老鹤,姿彩媚潜虬"句下注"大谢诗云:'潜虬媚幽姿。'"则指明"姿彩"一句乃是对谢灵运《登池上楼》开篇"潜虬"句的活用。与"余芳"二句取原典之意而变化其词的方式相反,此句对谢灵运诗句的化用则是留其词而变其意,将语典中本要突出的潜虬自媚之态变为诗人对自己风姿神采的夸炫,"潜虬"成为诗人风神的衬托。最后一处自注则出现在"志气吾衰也,风情子在不"句下,同样是交代诗句所用语典的来源:"吾衰、子在,并出《家语》。""吾衰""子在"分别出自《论语》的《述而》《先进》两篇②,原文云:"子曰:'甚矣吾衰也! 久矣吾不复梦见周公!'"③"子畏于匡,颜渊后。子曰:'吾以女为死矣。'曰:'子

---

① 谢思炜撰:《白居易诗集校注》卷二七,第 2118 页。

② 谢思炜在《想东游五十韵》"志气吾衰也,风情子在不"句的笺注部分已指出自注所言《家语》实为《论语》之误,参见谢思炜撰:《白居易诗集校注》卷二七,第 2123 页。

③ 杨伯峻译注:《论语译注·述而篇第七》,北京:中华书局,1980 年,第 67 页。

在,回何敢死?'"①"吾衰""子在"都出自《论语》。"吾衰"一词原指
年龄的衰老,诗句将其引申为诗人自己情志的衰退。而"子在"之
"子"更由《论语》中对孔子的专属尊称变为对元稹的代称。白诗正
是通过转换语典本意,写尽对岁月沧桑的唏嘘以及与友人半生情谊
的怀恋。如是之例,在白诗释典自注中尚有很多,兹不详举。值得注
意的是,与事典的运用相比较,语典的化用往往更不着痕迹。诗人通
常对前人现成词句加以变化并将其融入自己的语言表述系统,因此
也降低了语典在诗句中的辨识度。鉴于此,白居易特别注意对诗中
语典的阐释,就不单纯是为了说明典源典意,而是一方面将自注作为
用典之处的标示,与自己的话语体系相区分;另一方面通过自注引出
语典出处及原文,不仅一展自己的典籍涉猎功夫,而且使化用后的词
句与语典原貌形成比较,从而彰显诗人驾驭典故从心逾矩的深厚功
力。总之,对语典的注解反映出白居易崇学使才的创作观念,又是实
现此观念的有效途径。换言之,对才学诗技的重视客观上推动了白
居易诗歌释典自注的发展,这又进一步成为该类自注在中唐走向勃
兴的关键。

　　作为中唐诗歌自注的代表诗人之一,白居易对中唐诗歌自注发
展的第二个贡献,体现在他对推动自注向诗歌内蕴进一步延伸所作
的全方位努力。唐诗自注与诗歌内蕴的关联在中唐时期最为密切。
这固然是所有使用自注的中唐诗人共同努力的结果,但白居易的贡
献尤为突出也最具典范意义,主要依据有三:

　　第一,白居易是将自注对诗歌内蕴的四种基本阐释方式运用得
最全面自如的诗人,其自注诗是自注向诗歌内蕴深度渗透的典型。

　　如其《酬微之夸镜湖》是以自注来引发诗情。此诗为长庆三年白
居易任杭州刺史时写给任浙东观察使兼越州刺史的元稹的寄酬之

---

① 杨伯峻译注:《论语译注·先进篇第十一》,第117页。

作。元稹赠诗中的"孙园虎寺随宜看,不必遥遥羡镜湖"①以退为进,似抬高以孙园、虎丘为代表的苏州景致而淡化以镜湖为代表的越州山色之美,并刻意以"不必遥羡"作宽解之语,实则暗含镜湖乃至越州的独特风光无可替代,已能睹其秀美,而友人却只有徒生羡慕的自得之态,字里行间充满老友间调侃、撩逗的戏谑意味。正是这两句戏语成为白居易酬诗中末两句"一泓镜水谁能羡,自有胸中万顷湖"②的自注。诗人在自注中除引用元稹诗句外,还特别强调自己的这两句诗亦纯为戏言,以答元稹之酬句。显而易见,白居易"胸中有湖"的机智回答及"谁能羡"的偏做淡定,是对元稹赠诗中逗引之意的回应。换言之,是自注中元稹赠诗诗句的玩笑游戏态度决定了白诗要以同样的戏谑口吻来表现幽默机巧。

　　以自注作为诗句的补充,彰显其未能言明或言之未尽的内容,如《寄蕲州簟与元九因题六韵》。元和十一年身处江州的白居易为被贬通州的元稹寄去蕲州簟,故有此作。谪居通、江是元、白仕途的低谷时期,白居易的寄簟之举无疑想表达对同为沦落人的元稹一份守望相助的关怀与鼓励。诗歌字里行间,尤其是末两句"通州炎瘴地,此物最关身"③流露出的似乎也仅是诗人对远谪友人身心的挂怀。但由于题下自注"时元九鳏居"提供了更为特别的背景事件,则诗人借寄簟与赠诗所表达的便不惟是对仕途沉落的挚友的惦念,更是对一位心怀丧妻之痛的丈夫的宽慰。在自注的提示下,诗中"双人簟"的双关之意随即浮现:"双人"不仅是织簟之法,也隐喻着合欢团圆之意。将"双人簟"寄予"独眠人"以慰孤独哀思,是诗人对失伴友人最深刻的理解与最深沉的抚慰。可见,该诗实则包含白居易对元稹所

---

① 杨军笺注:《元稹集编年笺注》,第886页。
② 谢思炜撰:《白居易诗集校注》卷二三,第1804页。
③ 谢思炜撰:《白居易诗集校注》卷一六,第1286页。

承受的失志和伤情双重打击的慰藉,前者显而后者隐,自注是使后者外显的关键。

从《洛下送牛相公出镇淮南》中则可见白居易如何通过自注再度突显强化诗歌的情感基调。大和六年牛僧孺以检校右仆射同平章事、扬州大都督府长史充淮南节度使之职赴任淮南,途中取道洛阳拜访时任河南尹的白居易。此诗正是白居易送牛僧孺离洛时所作。诗中虽反复渲染牛僧孺的显赫与排场,但诗人最终都将此化为自身的荣耀。对牛僧孺风光的描写其实是"樽前我亦荣"的铺垫,名为抬人实为扬己。诗中"何须身自得,将相是门生"①两句揭明诗人与牛僧孺的师生之谊,这正是其能巧借对方光芒荣耀自身的关键。在此句后,诗人又专门添加自注详释其与牛僧孺师生缘分的来由:"元和初,牛相公应制策,登第三等,予为翰林考核官。"看似客观的叙述暗藏着诗人自夸慧眼识珠的意味,从而使其因人荣而自荣的感受转化得更为自然合理,自炫心理亦表露得更加充分明朗。

白诗自注发挥直指诗句本真之意的引申作用,如其《对酒有怀寄李十九郎中》在"往年江外抛桃叶,去岁楼中别柳枝"两句后分别注云:"结之也""樊、蛮也。"②强调"桃叶""柳枝"在此诗中属于有别于其原意的特殊指代,前者实指诗人的姜室陈结之,后者乃其格外钟爱的两位歌舞姬樊素、小蛮。此三人陪伴诗人良久又先后离他而去,这为诗人留下了追忆的空间与感伤情绪释放的突破口。正因自注点明此二句中看似寻常词汇的独特含义,蕴藏在篇末四句的无限怅惘寂寥之情才水到渠成合乎逻辑,诗人为何将同样因失爱妓而伤怀的李郎中视为知己也才能获得合理的解释。总之,自注对诗句中关键语词实指内容的说明,是衔接该诗情感脉络,使其圆润顺畅的关键。

---

① 谢思炜撰:《白居易诗集校注》卷三一,第 2355 页。
② 谢思炜撰:《白居易诗集校注》卷三五,第 2693 页。

第二,白居易对意义注的积极使用极大带动了此类自注在中唐的繁荣,并进而成为该时期自注向诗歌意蕴层进一步延伸的决定力量。意义注是与诗歌情思内蕴关联最密切的自注类型,因而其数量的消涨是判定诗、注内在关联度的重要标志之一。中唐是意义注发展势头最为迅猛的时期,使用纯粹意义注的诗歌已达到497首,若将兼释性的背景注也算在内,则诗歌数量可至783首,均远超其他时期的同类数值。而白居易又是使用意义注最多的中唐诗人,他的自注诗中出现纯粹意义注的就有237首,加上使用兼释性背景注的诗歌,两者共计有317首,分别占中唐同类自注诗总数的47.7%和40.5%。由此不难看出,白居易实为推动意义注在中唐走向繁荣的决定力量。

再从对诗歌内蕴阐扬尤为充分的多注诗数量看,中唐意义注连用的多注诗共计186首,白居易有77首,占比41.4%,其对意义注连用这一注释方式的使用程度实为中唐乃至整个唐代自注诗人之最。此外,白居易也是意义注连用多注诗注释密集化走向最有力的推动者。如前所述,中唐意义注连用多注诗的注释频度较盛唐明显增加,尤其以一诗六至十处及十处以上的中、高频段的意义注连用为甚。此时期属于中频段的意义注连用多注诗共14首,其中有4首来自白居易:《余思未尽加为六韵重寄微之》《自到郡斋仅经旬日方专公务未及宴游偷闲走笔题二十四韵兼寄常州贾舍人湖州崔郎中仍呈吴中诸客》均为七处意义注;《新乐府五十首·七德舞》及《想东游五十韵》则分别出现九处意义注。属于高频段意义注连用的多注诗共9首,白居易同样占4首:《司徒分守东洛移镇北都一心勤王三月成政形容盛德实在歌诗况辱知音敢不先唱辄奉五言四十韵寄献以抒下情》意义注十三处,《霓裳羽衣歌》意义注十四处,《东南行一百韵寄通州元九侍御澧州李十一舍人果州崔二十二使君开州韦大员外庾三十二补阙杜十四拾遗李二十助教员外窦七校书》意义注十六处,《代书诗一百韵寄微之》为白诗中使用意义注最多的一首,共十九处。由上不难发现,白居易的中、高频段意义注连用多注诗基本属于中长篇叙事诗。一方面,诗歌篇幅及所涉事件能够提供足够的注释点;另一方面,这些自注又以散点渗透的方式全方位揭示诗句背后的本事与情旨。可以说白居易中长篇叙事诗中意义注使用频次的增加,是其自明诗歌意旨这一强烈诉求的表现,这又反过来加强了自注对诗句意蕴的阐释力度,从而助推自注向诗歌深层内蕴的延伸。当然,在长篇叙事诗中高频使用意义注的中唐诗人不止白居易,元稹、刘禹锡、权德舆等均在此列,但若论典型性,则非白居易的诗歌自注莫属。

　　第三,白居易在纪事类新乐府中将自注明情达意的功用发挥得更加自如充分。自注运用于纪事类新乐府是中唐诗人的创举,滥觞于李绅赠元稹、白居易的《新题乐府二十首》。元、白于元和四年又分别作《和李校书新题乐府十二首》与《新乐府五十首》以追步响应,除择采李绅新乐府诗的部分题目外,还延续其以自注入诗的举措。单就自注而言,元稹 12 首和诗中有 8 首的自注是对李绅同题诗作原注的复刻。这八首诗分别是《华原磬》《驯犀》《立部伎》《骠国乐》《胡旋女》《蛮子朝》《缚戎人》《阴山道》,自注均采用题下注并且几乎都以"李传云"领起。更值得注意的是,这些自注又全为背景注。李诗原注今虽不存,但从元诗转录的情况看,其对背景类注释的倚重是显而易见的。

　　与元稹相较,白居易《新乐府五十首》中的自注已较少抄取的痕迹,基本属于改写甚至原创。而无论采用何种撰写方式,充分阐扬诗歌的深层情蕴始终是《新乐府五十首》自注所发挥的重要作用。首先,直接扣合诗句本事含义的意义注有所增加。元稹 12 首新题乐府中带自注的有 9 首,其中使用意义注的有 5 首,分别是《上阳白发人》《西凉伎》《立部伎》《胡旋女》《缚戎人》。而白居易《新乐府五十首》

中带自注的有 17 首，其中使用意义注的有 11 首，分别为《七德舞》《新丰折臂翁》《捕蝗》《红线毯》《杏为梁》《法曲歌》《上阳白发人》《驯犀》《蛮子朝》《西凉伎》《缚戎人》。白居易 17 首带注的新乐府中，有 8 首的自注属于诗人原创，其中属于原创意义注的就有 6 首，即上文所列《七德舞》至《法曲歌》诸篇。有 6 首的自注为改写李绅诗注而成，其中以意义注为改写对象的即上文中《上阳白发人》至《西凉伎》4 首。有 3 首诗作的自注是对李绅诗注的转录，其中转录意义注的即上文所列《缚戎人》。不难看出，在能够充分发挥创造力并表现自己意图的改编或原创自注中，与诗歌内蕴层直接相关的意义注显然占据主体。

其次，白居易改写或原创的意义注明情达意的目的更加明确。换言之，诗人往往选择内蕴丰富的诗句自撰注语或修改加工李绅、元稹的原始自注，从而达到以注申意扬情的目的。如白居易新乐府中自注最多的《七德舞》，单原创意义注就有八处。诗末二句"太宗意在陈王业，王业艰难示子孙"①即全篇主旨。诗歌通过铺叙太宗创业的艰难与功绩，旨在劝谏宪宗勤勉治国，从而达到以诗谏上、为君而作的目的。为了增强劝谏力度，诗中借鉴汉赋"劝百讽一"的谋篇方法，罗列太宗执政时期下诏找寻并掩埋将士遗骸等八件深得民心、臣心之举，以达到为申明诗旨蓄势铺垫的目的。而为了增强所举事实的震撼力与说服力，诗人又通过自注铺叙事件的细节经过，从而使王业艰难的陈述及以之示子孙的诗旨言之有据、掷地有声。总之，此诗八处意义注对应的诗句均是诗人精心选择的明情达意发力点，自注阐释的过程便是积极呼应诗旨的过程。又如元稹、白居易的同题之作《西凉伎》表达的主旨基本相同，即对宪宗元和时期边镇将领无复

---

① 谢思炜撰：《白居易诗集校注》卷三，第 276 页。

经略河湟失地的强烈愤慨①。元稹在《西凉伎》"开远门前万里堠,今来蹙到行原州"两句后注云:"平时开远门外立堠,云去安西九千九百里,以示戎人不为万里行,其实就盈数矣。"②此注实则仅针对"开远门"一句而言,且注释的重点在陈明"万里"之说的来由。由于自注中缺少对"原州"作为当时大唐与吐蕃边界这一特殊地标意义的揭示③,诗中"万里"与"蹙到"构成的对比,及借此表达的对王朝疆土沦丧的痛心与武将不思雪耻的愤慨之情便晦涩不明。而白居易的处理方式则与元稹不同,其在"平时安西万里疆,今日边防在凤翔"两句后注曰:"平时开远门外立堠,云去安西九千九百里,以示戍人,不为万里行,其实就盈数也。今蕃汉使往来,悉在陇州交易也。"④很明显,此注是在元稹注的基础上添加了新内容。自注的第一句基本是对元稹注的转写,第二句则是白居易针对"今日"句新添的注释。正是这增添的一句强调了凤翔作为区隔蕃汉领地、政权的边界标志,与前句中"九千九百里"之数形成反差,凸显当今王朝中心与边地距离的逼仄感,从而与诗句构成的对比相呼应。诗人对国之疆域收缩而边地武将无所作为的愤慨与批判在自注的增写中表露无余。

---

① 陈寅恪云:"自安史乱后,吐蕃盗据河湟以来,迄于宪宗元和之世,长安君臣虽有收复失地之计图,而边镇将领终无经略旧疆之志意。此诗人之所以同深愤慨,而元白二公此篇所共具之历史背景也。"陈寅恪:《元白诗笺证稿·新乐府·西凉伎》,第 233 页。文中对元、白《西凉伎》创作主旨的阐释,以陈氏之论为据。

② 杨军笺注:《元稹集编年笺注》,第 115 页。

③ 建中四年正月,唐与吐蕃于清水会盟,定两邦边界如下:泾州西至弹筝峡西口,陇州西至清水县,凤州西至同谷县,剑南西山大渡河东,为唐界。兰州、渭州、原州、会州属吐蕃,临洮以东,成州以西,大渡河西南为吐蕃界。详见《旧唐书》卷一九六《吐蕃传》,第 5247 页。可见,元稹《西凉伎》中的原州为吐蕃边镇,白居易《西凉伎》中所言之凤翔、陇州则为大唐边地。

④ 谢思炜撰:《白居易诗集校注》卷四,第 367 页。

第四节 晚唐诗歌自注的特征

一、晚唐诗歌自注的总体特征

晚唐时期是唐诗自注发展的最后阶段,自注诗及使用自注的诗人数量开始下降,诗坛主力作家自注己诗的热情也渐趋回落,自注对诗歌内蕴的阐释力度较之中唐虽有增无减,但其阐扬诗歌情旨的途径也逐渐固化,这些都反映出晚唐诗歌自注的衰退之势。笔者同样以量化表(表4)为依据,通过对相关数据的分析,梳理晚唐诗歌自注的新特征。

就表4所示数据来看,晚唐诗歌自注最显著的变化莫过于量的缩减,这既包括使用自注的诗人数量也包括自注诗的总量。这一时期,81位诗人共有637首自注诗,占其诗歌总数的5.5%。较之中唐,使用自注的诗人少了14位,自注诗总数则锐减638首。虽然晚唐自注诗在绝对数量上仅次于中唐,但就自注诗占比而言不仅远不及中唐,甚至比盛唐时期还低0.6个百分点。此外,晚唐的人均自注诗数量约8首,仅高于初唐。由于自注诗的占比与均值最能直接反映唐代各阶段诗歌自注的使用情况,因此,通过这两项指标在唐诗自注各发展阶段的排行,就更可见晚唐自注诗增速的下降及规模的收缩。

诗坛主力作家对自注使用力度的下降是晚唐诗歌自注发展的又一重要特征。晚唐637首自注诗中,有603首出自主力诗人之手,占当时自注诗总数的94.7%。主力诗人虽然仍是自注使用的主体,但其规模和实践力却在萎缩衰退,以下两组数据便是有力证明。一组数据是中、晚唐时期以注入诗的诗坛主力诗人的占比。以《全唐诗》及《全唐诗补编》所收年代可考的诗人为依据,以前述诗歌单独成卷为判定标准,中唐主力诗人共92位,其中使用诗歌自注的有55位,

表 4　晚唐诗歌自注详表

作者	含体式注的诗歌（首）	含背景注的诗歌（首）	含意义注的诗歌（首）	含题下注的诗歌（首）	含句下注的诗歌（首）	含多注诗歌的诗歌（首）	自注诗总数（首）	诗歌总数（首）	自注诗比例	备注
文宗		1		1			1	7	14.3%	《全唐诗》卷四
宣宗		1	1	1			1①	9	11.1%	1.《全唐诗》卷四（6首）2.《全唐诗补逸》卷一；《全唐诗补编·全唐诗续拾》卷二九（3首）
厉玄		1	1	1	1		1②	6	16.7%	《全唐诗》卷五一六、卷八四
杨乘		1	1	1			1	5	20%	《全唐诗》卷五一七
雍陶*	2	3		2	2		4③	131	3.1%	1.周啸天、张效民注：《雍陶诗注》，上海：上海古籍出版社，1988年。（129首④）（转下页）

① 唐宣宗《南安夕阳山真寂寺题诗》为背景、意义两类注释兼有，在其自注诗总数中不重复计算。
② 厉玄《寄婺州温郎中》为背景、意义两类注释兼有，在其自注诗总数中不重复计算。
③ 雍陶《题友人所居》为背景、意义两类注释兼有，在其自注诗总数中不重复计算。
④ 《雍陶诗注》中《岳阳晚景》《闻杜鹃二首》其一、《夷陵城》3首诗亦见于《全唐诗》雍陶卷。据佟培基《全唐诗重出误收考》第385—386页"雍陶"条条目1,4,5,以上3首诗或非雍陶所作者仍无定论，不计入诗歌总数。

续表

作者	含体式注的诗歌（首）	含背景注的诗歌（首）	含意义注的诗歌（首）	含题下注的诗歌（首）	含句下注的诗歌（首）	含多注诗歌的诗歌（首）	自注诗总数（首）	诗歌总数（首）	自注诗比例	备注
										（接上页）2.《全唐诗》卷四八八（1首①）3.《全唐诗补编·全唐诗续拾》卷二二（1首）
李远*		1	1	1			1②	35	2.9%	1.《全唐诗》卷五一九（34首③）2.《全唐诗补编·全唐诗补遗》卷七（1首）
杜牧*		17	23	14	24	6	38④	414⑤	9.2%	吴在庆撰：《杜牧集系年校注》，北京：中华书局，2008年。

①《全唐诗》卷四八八《将仕郎守省中四松诗》和兵部郎省《和兵部郑侍郎省中四松诗》系于陶雍名下，据《全唐诗补编》，陶雍为雍陶之误，此诗移至雍陶名下。

②李远《观廉女真葬》为背景，意义又两类注释兼有，在其自注诗总数中不重复计算。

③据《全唐诗重篇索引》第314页"李远"条，《过马嵬山》李远所作。又据佟培基《全唐诗重出误收考》第386—387页"李远"条条目1—2，《过马嵬山》为李远所作，计入诗歌总数。《黄陵庙词》作者有争议，《黄陵庙词》作者仍无定论，故不计入诗歌总数。

④杜牧《郡斋独酌》为背景，《题茶山》意义又两类注释兼有，在其自注诗总数中不重复计算。

⑤《杜牧集系年校注》集外诗中的全部81首诗以及外集和别集中的36首诗为伪作，不计入诗歌总数中。具体考证详见各诗注释。

续表

作者	含体式注的诗歌（首）	含背景注的诗歌（首）	含意义注的诗歌（首）	含题下注的诗歌（首）	含句下注的诗歌（首）	含多注诗歌（首）	自注诗总数（首）	诗歌总数（首）	自注诗比例	备注
许浑*		11	18	12	8	2	20①	531②	3.8%	〔唐〕许浑撰，罗时进笺证：《丁卯集笺证》，北京：中华书局，2012年。
李商隐*		16	24	15	24	4	39③	590④	6.6%	刘学锴、余恕诚著：《李商隐诗歌集解》，北京：中华书局，1998年。
刘得仁*		1	3	1	2		3⑤	133	2.3%	1.《全唐诗》卷五四四—五四五、卷八八四（132首⑥）2.《全唐诗补编·全唐诗补逸》卷一二（1首）

① 许浑《题青山馆》《太和初靖恭里感事》《酬报先上人登楼见寄》《题崇寺》《凌歊台》《题崇寺》《湖州韦长史山居》《晨起白云楼寄龙兴江淮上人兼呈萝秀才》《赠河东虞咸押衙二首》之一、《白云潭禅院》为背景、意义两类注释兼有，在其自注诗数中不重复计算。

② 《丁卯集笺证》中以下7首诗歌或非许浑所作或作者待考，不计入诗歌总数：《赠僧》《游茅山》《江上燕别》《送沈卓少府任江都》《客至》《僧院影堂》《三十六湾》。

③ 李商隐《戏题赠稷山驿吏王全》为背景、意义两类注释兼有。

④ 《李商隐诗歌集解》附编诗部分所收15首作品均非李商隐所作。具体考证详见各诗按语。

⑤ 刘得仁《马上别单于刘评事》为背景、意义两类注释兼有，在其自注诗总数中不重复计算。

⑥ 据《全唐诗重篇索引》第463—464《刘得仁》条，《长信宫》《上巳日》《上张水部》《送友人下第归觐》《吊草堂禅师》《哭鲍溶有感》《寄姚谏议》《书事寄万年厉员外》《对月寄卢使君》《对月寄雍陶》作者有争议。又据佟培基《全（转下页）

续表

作者	含体式注的诗歌（首）	含背景注的诗歌（首）	含意义注的诗歌（首）	含题下注的诗歌（首）	含句下注的诗歌（首）	含多注的诗歌（首）	自注诗总数（首）	诗歌总数（首）	自注诗比例	备注
郭圆			1		1		1	1	100%	《全唐诗》卷五四七
薛逢*			2	1	1	1	2	76	2.6%	1.《全唐诗》卷五四八（74首①） 2.《全唐诗补编·全唐诗续拾》卷三三（2首）
赵嘏*	1	5	4	8			8②	241③	3.3%	谭优学注：《赵嘏诗注》，上海：上海古籍出版社，1985年。

（接上页）唐诗重出误收考》第416—418页"刘得仁"条条目2—6,8—12,上述诗歌中《长信宫》《送友人下第归觐》《对月寄雍陶》为刘得仁所作，计入诗歌总数；其余诸条作者仍无定论，不计入诗歌总数。此外，据培基《全唐诗重出误收考》第416—417页"刘得仁"条条目1.7,刘得仁《听夜泉》《听歌》分别又归属于武陵,杜牧名下，属重出诗，但未见于《全唐诗重篇索引》。《听夜泉》为刘得仁所作，计入诗歌总数；《听歌》非出自其手，不计入诗歌总数。

① 据《全唐诗重篇索引》第380—383页"薛逢"条，《凉州词三首》其一、其三，《送同年郗郜先辈归汉南》《送萧俛相公归山》《题鹤林寺》《早发上东门》《冬夜寓居寄储太祝》《观竞渡》《韦寿博书斋》《早发剡山》《送李蕴赴郑州因献卢郎中》《送裴评事》《送沈单作尉江都》《送薛耽归汉南》《李宰辈擢第东归有赠送》《送韩绛归淮南寄韩年先辈》《送卢缄归扬州》《送刹客》作者有争议。又据培基《全唐诗重出误收考》第419—422页"薛逢"条条目1—15,第100—102页"綦毋潜"条条目1,2,5,以上诗歌均为背景，意义两类注释兼有，在其自注诗总数中不复计算。

② 赵嘏《平戎》《题开元水阁》为背景注，意义注释兼有，不计入诗歌总数。

③ 《赵嘏诗注》中《哭李进士》《风蝉》《将赴循州社日于所居馆宴送》《灵岩寺》《赠被客》《冷日过骊山》《晓发》（转下页）

续表

作者	含体式注的诗歌(首)	含背景注的诗歌(首)	含意义注的诗歌(首)	含题下注的诗歌(首)	含句下注的诗歌(首)	含多注诗的诗歌(首)	自注诗总数(首)	诗歌总数(首)	自注诗比例	备注
卢肇*		2	1	2			2	34	5.9%	1.《全唐诗》卷五五一(27首①) 2.《全唐诗补编·全唐诗逸》卷一二;《全唐诗补编·全唐诗续拾》卷三一一(7首)
高退之			1		1	1	1	1	100%	《全唐诗》卷五五二
项斯*		1	1	1			1②	88	1.1%	1.徐光大校注:《项斯诗注》,杭州:浙江古籍出版社,2006(转下页)

① (接上页)《送沈单作尉江都》《送薛既先辈归渭汉南》《客至》《华清宫和杜舍人》《长信宫》《广陵城》13首诗亦见于《全唐诗》赵嘏卷。据佟培基《全唐诗重出误收考》第422—425"赵嘏"条条目2—4,11,13,14,17—21,24,以上13首诗或非赵嘏所作或作者仍无定论,不计入诗歌总数。此外,据《全唐诗重出误收考》"赵嘏"条条目12,23,《江亭晚望》又作郑邽诗,《咏端正春树》又作贞元文士诗,属重出之诗,作者仍无定论。以上2首诗歌亦见于《赵嘏诗注》中,当从诗歌总数中去除。

② 据《全唐诗重篇索引》第173页"卢肇"条,计入诗人诗所作,计入诗歌总数。此外,据佟培基《全唐诗重出误收考》第425页"卢肇"条条目2,《金钱花》《金钱花》作者有争议。又据佟培基《全唐诗重出误收考》第425页"卢肇"条条目1,3,卢肇所作,但不见于《全唐诗《全唐诗重篇索引》。《戏题》《金钱花》又分别归属范元凯、吴融名下,《戏题》《木笔花》作者仍无定论。《戏题》为卢肇所作,计入诗歌总数;《木笔花》作者仍无定论。项斯《送刘道士之成都严真观》为背景、意义两类注释兼有,在其自注诗数中不复计算。

续表

作者	含体式注的诗歌（首）	含背景注的诗歌（首）	含意义注的诗歌（首）	含题下注的诗歌（首）	含句下注的诗歌（首）	含多注的诗歌（首）	自注诗总数（首）	诗歌总数（首）	自注诗比例	备注
										（接上页）年。（87首①） 2.《全唐诗补编·全唐诗续拾》卷三〇（1首）
马戴*			1	1			1	162②	0.6%	杨军、戈春源注：《马戴诗注》，上海：上海古籍出版社，1987年。
易重		1	1		1		1	1	100%	《全唐诗》卷五五七。
薛能*		8	12	7	7		14③	306	4.6%	1.《全唐诗》卷五五一—五五（转下页）

① 《项斯诗注》中《鲤鱼》《螢家》《中秋夜怀》《荆州夜与友亲相遇》《送客归新罗》《送客归江州友人初下第》《送苏处士归西山》《送僧归南岳》《子规》《献令狐相公郊坛行事回》11首诗亦见于《全唐诗》项斯卷。据佟培基《全唐诗重出误收考》第427—430页"项斯"条条目1—2,4—8,10,12—13,16,以上11首诗歌或非项斯所作者仍无定论,不计入诗歌总数。

② 《马戴诗注》中《蛮家》《江中遇客》《远水》《赠越客》《题静人山居》《题章野人山居》《赠客》《江边游回》《题镜湖野老所居》《送王道士》《送王炼师山居》《秋日送僧志幽归山寺》《题女道士居》14首诗亦见于《全唐诗》马戴卷。据佟培基《全唐诗重出误收考》第430—431页"马戴"条条目1—2,4,6,10—18,以上14首诗或非马戴所作或作者仍无定论,不计入诗歌总数。

③ 薛能《送人归上党》《上盐铁尚书》《送人归上党》《闲题》《北都题崇福寺》《题汉州西湖》《赠汉州西湖》《赠欢娘》为背景、意义两类注释兼有,在其自注诗总数中不重复计算。

续表

作者	含体式注的诗歌（首）	含背景注的诗歌（首）	含意义注的诗歌（首）	含题下注的诗歌（首）	含句下注的诗歌（首）	含多注诗歌的诗歌（首）	自注诗总数（首）	诗歌总数（首）	自注诗比例	备注
										（接上页）六一,卷八八四(304首①) 2.《全唐诗补编·全唐诗续拾》卷二二(2首)
李玖		4	4		4	4	4	72②	57.1%	《全唐诗》卷五六二
周墀		1	1	1	1		2	2	100%	《全唐诗》卷五六三
于兴宗		1	1	1	1	1	1	2	50%	《全唐诗》卷五六三
李续		1	1	1	1	1	1③	1	100%	《全唐诗》卷五六四

① 据《全唐诗重篇索引》第 377—380 页"薛能"条,《升平乐》之一、之二、之三、之六、之十,《丁巳上元日放三雄》《惜春》《华清宫和杜舍人》《逢友人边游回》《老圃堂》《春试夜》《嘲赵麟》作者有争议。又据佟培基《全唐诗重出误收考》第 432—435 页"薛能"条 1—5,7—9,11—12,上述诗歌中《升平乐》之一、之二、之三、之六、之十,《下第后夷门乘舟至永城驿题》《春色满皇州》为薛能所作,计入人诗总数。此外,据佟培基《全唐诗重出误收考》第 433—434 页"薛能"条条目 6,10,薛能诗或非出自其手或作者仍无定论,不计入人诗总数。其余诸诗,《全唐诗重篇索引》此诗作者仍无定论,在诗歌内部重出,在诗歌总数中不复计算。

② 据佟培基《全唐诗重出误收考》第 435 页"李玖"条条目 1,《白衣叟途中吟二首》其一归李玖洞名下,重又属薛洞名下,属重出之作,但未见于《全唐诗补编·全唐诗续拾》卷二二(2首)。此诗非李玖所作,故不计入人诗总数。

③ 李续《和绵州于中丞登越王楼见寄》为背景、意义两类注释兼有,在其自注释总数中不重复计算。

续表

作者	含体式注的诗歌（首）	含背景注的诗歌（首）	含意义注的诗歌（首）	含题下注的诗歌（首）	含句下注的诗歌（首）	含多注的诗歌（首）	自注诗总数（首）	诗歌总数（首）	自注诗比例	备注
郑嵎			1	1	1	1	1	1	100%	《全唐诗》卷五六七
李群玉*	7	8	7	7	5		12①	265	4.5%	1.羊春秋辑注：《李群玉诗集》，长沙：岳麓书社，1987年。（263首②）2.《全唐诗补编》卷七（2首）
温庭筠*	7	8	5	15	3	2	18③	323	5.6%	刘学锴撰：《温庭筠全集校注》，北京：中华书局，2007年。
段成式*		1	1	1			1	51④	2%	〔唐〕段世式著，元锋、烟照编注：《段成式诗文辑注》，济南：济南出版社，1995年。

① 李群玉《送萧绍之桂林》《重经巴丘追感》《献王中丞》为背景、意义两类注释兼有，在其自注诗总数中不复计算。

② 《李群玉诗集》中《黄陵庙二首》《送秦炼师归岑公山》《浔阳观水》《河阳观水》《谪仙吟赠赵道士》《湘妃庙》6首诗作，亦见于《全唐诗》卷七"李群玉"条条目 13—15,17,21，以上诗歌或非李群玉所作或作者仍无定论，不计入诗歌总数。据羊春秋基《全唐诗重出误收考》第443—445页"李群玉"条条目

③ 温庭筠《赠袁司录》《题城南杜邠公林亭》为背景、意义两类注释兼有，在其自注诗总数中不复计算。

④ 《段成式诗文辑注》中《折杨柳七首》其一、其二、其四，《桃源僧舍看花》4首诗亦见于《全唐诗》段成式卷。据终培基《全唐诗重出误收考》第452页"段成式"条条目 3—4，以上诗歌作者仍无定论，不计入诗歌总数。

续表

作者	含体式注的诗歌（首）	含背景注的诗歌（首）	含意义注的诗歌（首）	含题下注的诗歌（首）	含句下注的诗歌（首）	含多注的诗歌（首）	自注诗总数（首）	诗歌总数（首）	自注诗比例	备注
刘驾*		1	1	2			2	61①	3.3%	《全唐诗》卷五八五
刘沧*		1	1	1			1②	101	1%	《全唐诗》卷五八六
李频*		1	1	1			1③	197	0.5%	1. 方干编著：《李频诗集编年笺注》，北京：中国文史出版社，2015年。（194首④）2.《全唐诗补编·全唐诗补遗》卷七；《全唐诗补编·全唐诗续拾》卷三一（3首）

① 据《全唐诗重篇索引》第448—449页"刘驾"条，《鄠下即事》《送卢使君赴婺州》《姜下曲》，《下第后屏居长安书怀寄太原从事》《春夜二首》《鄠中感怀》《晓登迎春阁》《白鼍》《长门怨》《下第后屏居长安书怀寄太原从事》《春夜驾》诸条目1—8，以上诗歌仅《下第后屏居长安书怀寄太原从事》为刘驾所作，其余诸诗或误出或非刘驾所作，作者仍无定论，不计入诗歌总数。

② 刘沧《送元泊上人归上党》意义、背景两类注释兼有，在其自注诗总数中不重复计算。

③ 李频《镜湖夜泊有怀》意义、背景两类注释兼有，在其自注诗总数中不重复计算。

④《李频诗集编年笺注》"误置"部分考证以下8首诗为误收之作，不计入诗歌总数：《秋夜山中思归送友人》《渡汉江》《嵩山夜还》《镜湖夜泊人归觐》《即席送许口曹南省兄》《送罗著作两浙按狱》《下第后屏居书怀寄张侍御》《答韩中丞东溪泛舟》亦见于《全唐诗》李频卷。据佟培基《全唐诗重出误考》第454—455页"李频"条，此外，集中《八月十五夜对月》《宋少府东溪泛舟》《苏州角直饮酒》条目4,15，两诗均非李频所作，同样不计入诗歌总数。

续表

作者	含体式注的诗歌（首）	含背景注的诗歌（首）	含意义注的诗歌（首）	含题下注的诗歌（首）	含句下注的诗歌（首）	含多注的诗歌（首）	自注诗总数（首）	诗歌总数（首）	自注诗比例	备注
李郢*			1		1		1	99	1%	1.《全唐诗》卷五九〇、卷八八四（64首①） 2.《全唐诗补编·全唐诗补遗》卷八、《全唐诗补编·全唐诗续拾》卷三〇（35首②）
曹邺*	1	2	2	3			3③	108④	2.8%	梁超然、毛水清注：《曹邺诗注》，上海：上海古籍出版社，1982年。

① 据《全唐诗重篇索引》第325、529页"李郢"条、《钱塘青山题李隐居西斋》《酬王令公人雪中见寄》《七夕》《春晚与诸同舍出城迎座主侍郎》作者有争议；又据佟培基《全唐诗重出误收考》第457—458页"李郢"条条目2—4、6—7，上述诗歌均非李郢所作，不计入诗歌总数。此外，据佟培基《全唐诗重出误收考》第457页"李郢"条条目5，李郢《江亭晚望》又归属赵嘏名下，属重出之作，但未见于《全唐诗重篇索引》，此诗作者仍无定论，不计入诗歌总数。

② 《全唐诗补编·全唐诗续拾》卷八补录李郢诗39首，其中《寄友人乞菊栽》《送僧游天台》《紫极宫上元斋次日呈诸道流》《伤贾岛无可》《四望楼》《续忧顶》为背景、意义两类注释兼有，在其自注诗总数中不重复计算。

③ 曹邺《曹邺诗注》中《故人寄茶》《送曾德迈归宁宜春》《送郑谷谷归宜春》3首诗作，亦见《全唐诗》曹邺卷。据佟培基《全唐诗重出误收考》第458页"曹邺"条条目1—3，以上诗歌或非出自其手或作者仍无定论，不计入诗歌总数。

④ 《全唐诗续补遗》卷一补录曹邺诗，《全唐诗续拾》仅对部分字句进行纠补，不在诗歌总数中重复计算。

续表

作者	含体式注的诗歌（首）	含背景注的诗歌（首）	含意义注的诗歌（首）	含题下注的诗歌（首）	含句下注的诗歌（首）	含多注的诗歌（首）	自注诗总数（首）	诗歌总数（首）	自注诗比例	备注
储嗣宗*			1		1		1	39	2.6%	1.《全唐诗》卷五九四（38首①）2.《全唐诗补编·全唐诗续补遗》卷七（1首）。
郑馥		1		1			1	5	20%	《全唐诗》卷五九七，卷八七○。
于濆*		1		1	1		1	42②	2.4%	梁超然、毛水清注：《于濆诗注》，上海：上海古籍出版社，1983年。
许棠*		1	2	1	1		2③	153④	1.3%	《全唐诗》卷六○三二—六○四
林宽*		1	1		1		1	33	3%	《全唐诗》卷六○六

① 据《全唐诗重篇索引》第 194 页"储嗣宗"条，《沧浪峡》《登芜城》作者有争议；又据佟培基《全唐诗重出误收考》第 459 页"储嗣宗"条条目 1—2，上述两诗作者仍无定论，不计入诗歌总数。

② 《于濆诗注》中《对花》《陇头引》《思归引》《秦富人》4 首诗，亦见于《全唐诗》于濆卷。据佟培基《全唐诗重出误收考》第 463—464 页"于濆"条条目 1，3—5，上述 4 首诗均非于濆所作，不计入诗歌总数。

③ 许棠《题青山馆》为背景、意义两类注释兼有，在其自注诗总数中不重复计算。

④ 据《全唐诗重篇索引》第 35 页"许棠"条，《送友人归江南》《洞庭湖》作者有争议；又据佟培基《全唐诗重出误收考》第 467 页"许棠"条条目 1—2，上述两诗所作或非许棠所作者仍无定论，不计入诗歌总数。

续表

作者	含体式注的诗歌（首）	含背景注的诗歌（首）	含意义注的诗歌（首）	含题下注的诗歌（首）	含句下注的诗歌（首）	含多注的诗歌（首）	自注诗总数（首）	诗歌总数（首）	自注诗比例	备注
皮日休*	1	37	44	37	38	12	75①	418②	17.9%	〔唐〕皮日休著，萧涤非、郑庆笃校注:《荆楚文库·皮日休集》，武汉:长江文艺出版社,2018年。
陆龟蒙*	3	10	69	13	47	16	76③	599	12.7%	何锡光校注:《陆龟蒙全集校注》，南京:凤凰出版社,2015年。
崔璞			1	1	1	1	1	2	50%	《全唐诗》卷六三一
羊昭业			1	1	1	1	1	1	100%	《全唐诗》卷六三一
颜萱			2		2	2	2	3	66.7%	《全唐诗》卷六三一

① 皮日休《孤园寺》《圣姑庙》《俺里》《伤卢秀才》《病中书情寄上崔谏议》《女坟湖》《夜会问答十》其一为背景、意义两类注释兼有，在其自注诗总数中不重复计算。

② 《皮日休集》中《石榴歌》一诗亦见于《全唐诗》皮日休卷。据佟培基《全唐诗重出误收考》第467页"皮日休"条条目2，此诗诗作仍无定论，不计入诗歌总数。

③ 陆龟蒙以下5首诗为背景、意义两类注释兼有:《引泉诗》《纪梦游甘露寺》《同袭美游北禅院》《秋赋有期因寄袭美》《和袭美女坟湖》；以下1首为体式、意义两类注释兼有:《秋夕文宴》。此6首诗在其自注诗总数中不重复计算。

续表

作者	含体式注的诗歌（首）	含背景注的诗歌（首）	含意义注的诗歌（首）	含题下注的诗歌（首）	含句下注的诗歌（首）	含多注诗歌（首）	自注诗总数（首）	诗歌总数（首）	自注诗比例	备注
司空图*	1	1	4	1	3	3	4①	375②	1.1%	祖保泉、陶礼天笺校：《司空表圣诗文集笺校》，合肥：安徽大学出版社，2002年。
周朴*			1	1			1	20③	5%	《全唐诗》卷六三五
聂夷中*		1		1	1		1	23④	4.3%	《全唐诗》卷六三六

① 司空图《浙上重阳》为背景、意义两类注释兼有，在其自注诗总数中不重复计算。

② 《司空表圣诗文集笺校》中《寄怀元秀上人》《次韵和秀上人游南五台》《赠南防公》《赠圆防公》《赠信美岑上人》《赠日东鉴禅师》《洛阳咏古》6诗亦见于《全唐诗》司空图卷，据佟培基《全唐诗重出误收考》第469—471页"司空图"条条目2—5、10、12，以上诗歌均非司空图所作，不计入诗歌总数。

③ 据《全唐诗重篇索引》第483页"周朴"条，《咏萤》作者有争议。又据佟培基《全唐诗重出误收考》第472页"周朴"条条目1，《咏萤》非周朴所作，不计入诗歌总数。此外，据佟培基《全唐诗重篇索引》又见于子处默名下，但不见于子《全唐诗重篇索引》。此诗作者仍无定论，不计入诗歌总数。又归于赠月公《全唐诗重篇索引》第71—74页"聂夷中"条，《过比干基》《访嵩阳道士不遇》《空城雀》《赠衣》三首、《游子行》《古别离》其二、《古别离》作者有争议。又据佟培基《全唐诗重出误收考》第472页"周朴"条条目2，周朴《题金陵栖霞寺赠月公》又归于赠月公，此诗作者仍无定论，不计入诗歌总数。

④ 据《全唐诗重篇索引》之一、《过比干基》《访嵩阳道士不遇》《空城雀》《赠衣》《杂怨》三首《游子行》《古别离》其二、《古别离》作者有争议。又据佟培基《全唐诗重出误收考》第472—473页"聂夷中"条条目1—10、《杂怨》三首《古别离》为聂夷中所作，计入诗人诗歌总数。又据佟培基《全唐诗重出误收考》《送友人归江南》《全唐诗重出误收或非》其条诗歌总数；计入诗人所作或非唐诗歌总数或作者仍无定论，不计入诗歌总数。

续表

作者	含体式注的诗歌(首)	含背景注的诗歌(首)	含意义注的诗歌(首)	含题下注的诗歌(首)	含句下注的诗歌(首)	含多注的诗歌(首)	自注诗总数(首)	诗歌总数(首)	自注诗比例	备注
曹唐*			1		1		1	149	0.7%	1.陈继明注:《曹唐诗注》,上海:上海古籍出版社,1996 年。（148 首①） 2.《全唐诗补编·全唐诗续拾》卷三二(1 首)
来鹄*			1		1		1	27②	3.7%	《全唐诗》卷六四二
李咸用*				1			1	194③	0.5%	《全唐诗》卷六四四~四四六
方干*	1	4	5	5	3	1	8④	338	2.4%	1.《全唐诗》卷六四八~六（转下页）

①《曹唐诗注》中《升平词五首》《洛东兰若归》《小游仙诗九十八首》之三十一、《题武陵洞五首》之五 8 诗,亦见于《全唐诗》曹唐条目 1—2,6,9,以上诗歌或非曹唐所作或作者仍无定论,不计入诗歌总数。

② 据《全唐诗重篇索引》第 355 页"来鹄"条,《晓鸡》《古剑池》作者仍无定论,不计入诗歌总数。又据佟培基《全唐诗重出误收考》第 476 页"来鹄"条所作或作者仍无定论,不计入诗歌总数。

③ 据《全唐诗重篇索引》第 343 页"李咸用"条,《陇头水》作者仍有争议;又据佟培基《全唐诗重出误收考》第 478 页"李咸用"条条目 1,此诗又见于资名下,属重出之作,在其自注总数中不重复计算。

④ 方干《涵碧亭》为背景、意义两类注释兼有,在其自注诗总数中不重复计算。

续表

作者	含体式注的诗歌（首）	含背景注的诗歌（首）	含意义注的诗歌（首）	含题下注的诗歌（首）	含句下注的诗歌（首）	含多注的诗歌（首）	自注诗总数（首）	诗歌总数（首）	自注诗比例	备注
罗隐*		14	15	16	4		20②	502③	4%	（接上页）五，卷八八五(330首①) 2.《全唐诗补编·全唐诗续遗》卷九;《全唐诗补编·全唐诗续拾》卷三三(8首) 李定广系年校笺:《罗隐集系年校笺》,北京:人民文学出版社,2013年。

① 据《全唐诗重篇索引》第6—9页"方干"条,《涵碧亭》《冬夜泊僧舍》《鉴湖西岛言事》《过申州作》《送郭大祝归江东》《新秋独夜寄戴叔伦》《重阳日送洛阳李丞才》《衢州别李秀才》《湖南使院道情送江夏贺侍郎》《送卢评事东归》《送友及第归浙东》《送友书怀呈友人》之一、《暮春子陵祠二首》之二、《题严子陵祠二首》之一、《暮冬书怀呈友人》《涵碧亭》《冬夜泊僧舍》,上述诗歌中《涵碧亭》《冬夜泊僧舍》作者有争议。又据《全唐诗重出误收考》第479—481页"方干"条目2—9,11,13,16,19,21,上述诗歌或诗或非出自其手或呈方干所作,其余诸诗或诗或非出自其手或呈方干所作,计入诗歌总数。考第479—481页"方干"条又见程贺名下,属重出之作,但不见于《赠江南僧》《全唐诗僧》《过涵碧亭》又见贯休名下,计入诗歌总数。又据书目14方干条目10,12,18,20,方干诗重出之作,属重出名名下。同书目14方干条目14《出山寄苏从事》与其《山中言事寄赠苏判官》为异名重出之作,在诗歌总数中不重复计算。上述4诗或诗或非方干所作或异名重出之作,在诗歌总数中不重复计算。

② 罗隐《郑州献卢含人》《西塞山》《题君山》《寄公乘亿侍郎》《寄苏拾遗》《姑苏真娘墓》《野狐泉》《题润州妙善前石羊》《题润州妙善前石羊》又见苏拾遗,在苏自注释兼有,在其自注诗总数中不重复计算。

③《罗隐集系年校笺》中有7首存疑之作,不计入诗歌总数:《泾溪》《题项羽庙》《游石门》《忆雁山》《洛阳》《秋闱新月》《咏新月》《洛阳》。

续表

作者	含体式重注的诗歌（首）	含背景注的诗歌（首）	含意义注的诗歌（首）	含题下注的诗歌（首）	含句下注的诗歌（首）	含多注诗歌的诗歌（首）	自注诗总数（首）	诗歌总数（首）	自注诗比例	备注
章碣*			1	1	1		1	26	3.8%	《全唐诗》卷六六九
唐彦谦		1	1	1	1		2	155	1.3%	1.《全唐诗》卷六七一—六七二（154首①）其余诸诗或非出自其手或作者仍无定论，不计入诗歌总数。 2《全唐诗补编·全唐诗续拾》卷三六（1首）
周朴*		1	1	1	1	1	1②	49	2%	1.《全唐诗》卷六七三（转下页）

① 据《全唐诗重篇索引》第13—14页"唐彦谦"条，《送韦向之睦州谒使君》《咏月》《垂柳》《收王宅》《湘妃庙》作者有争议。又据佟培基《全唐诗重出误收考》第487—493页"唐彦谦"条条目3，上述诗歌中《垂柳》《收王宅》为唐彦谦重出误收之作，计入诗歌总数。此外，据佟培基《全唐诗重出误收考》第487—492页"唐彦谦"条条目1—4、6—28、32—34，其名下《逢韩喜》《夜坐示友》《梅亭》《岁除》《闻应德茂先离棠溪》《忆孟浩然》《夜坐》《拜越公墓因游定水寺有怀源老》《吊方干处士二首》《题证道寺》《宿赵喉别业》《游阳明洞呈王理得诸君》《第三溪》《眺含中溪》《越城待旦》《过陈少府兼简叔高》《过凉凉寺王导墓下》《舟中望紫岩》《九日游中溪》《六月十三日上陈微博士》《寄同上人》《自咏》《和陶渊明贫士诗七首》《感物九日》《金陵三首》《春风四咏》实则均为戴表元诗歌，属误收之作，不计入诗歌总数。

② 周朴《王霸坛》为背景、意义两类注释兼有，在其自注诗总数中不重复计算。

续表

作者	含体式注的诗歌（首）	含背景注的诗歌（首）	含意义注的诗歌（首）	含题下注的诗歌（首）	含句下注的诗歌（首）	含多注的诗歌（首）	自注诗总数（首）	诗歌总数（首）	自注诗比例	备注
										（接上页）（44首①） 2.《全唐诗补逸》卷一三；《全唐诗补编·全唐诗续编·全唐诗续拾》卷三一（5首）
郑谷*		8	22	10	19	7	28②	335	8.4%	1.〔唐〕郑谷著，赵昌平等笺注《郑谷集笺注》，上海：上海古籍出版社，2009年。（332首③） 2.《全唐诗补编·全唐诗续拾》卷三六（3首）

① 据《全唐诗重篇索引》第483—484页"周朴"条，《宿刘温书斋》《春宫怨》《春宫斋》《寄处士方干》作者有争议。又据佟培基《全唐诗重出误收考》第492—493页"周朴"条条目1—3，《宿刘温书斋》《寄处士方干》为周朴所作，故计入诗歌总数。《春宫怨》非出自其手，不计入诗歌总数。

② 郑谷《赠刘神童》《赠圆防公》为背景，意义两类注释兼有，在其自注诗总数中不重复计算。

③ 《郑谷诗集笺注》中《曲江》一诗亦见于《全唐诗》郑谷卷。据佟培基《全唐诗重出误收考》第493页"郑谷"条条目3，此诗非郑谷所作，不计入诗歌总数。

续表

作者	含体式注的诗歌（首）	含背景注的诗歌（首）	含意义注的诗歌（首）	含题下注的诗歌（首）	含句下注的诗歌（首）	含多注诗歌（首）	自注诗总数（首）	诗歌总数（首）	自注诗比例	备注
韩偓*	2	29	10	31	9	5	37①	337②	11%	［唐］韩偓撰，吴在庆校注：《韩偓集系年校注》，北京：中华书局，2015年。
吴融*	3	10	11	11	7	2	18③	304	5.9%	1.《全唐诗》卷六八四—六八七（301首④） 2.《全唐诗补编·全唐诗续拾》卷三六（3首）

① 韩偓《锡宴日作》《出官经硖石县》《感事三十四韵》《别锦儿》为背景、意义两类注释兼有，在其自注诗总数中不重复计算。

② 《韩偓集系年校注》附录二中所收 9 首诗非韩偓所作，不计入诗歌总数。《大庆堂赐宴元巧而有诗呈赵王》《又和》《再和》《重和》《大酺乐》《思归乐》《御制春游长句》《长信宫二首》。

③ 吴融以下 1 首诗为体式、背景两类注释兼有：《和严谏议萧山庙十韵》；以下 5 首诗为背景、意义两类注释兼有：《古锦裙六韵》《题兖州泗河中石床》《还俗尼》《楚事》《早梅》，上述诗歌在其自注诗总数中不重复计算。

④ 据《全唐诗重篇索引》第 222 页"吴融"条，《华清宫四首》其一作者有争议，计入诗歌总数。此外，据佟培基《全唐诗重出误考》第 496 页"吴融"条条目 1、3，吴融《寓言》又见于白居易名下，《木笔花》又见于卢肇名下，属重出之作，但不见于《全唐诗重篇索引》。《木笔花》为吴融所作，计入诗歌总数；《寓言》非其作品，不计入诗歌总数。

续表

作者	含体式注的诗歌（首）	含背景注的诗歌（首）	含意义注的诗歌（首）	含题下注的诗歌（首）	含句下注的诗歌（首）	含多注诗歌的诗歌（首）	自注诗总数（首）	诗歌总数（首）	自注诗比例	备注
裴廷裕			1		1	1	1	2	50%	《全唐诗》卷六八八
杜荀鹤*		7	7	7	1		8①	337②	2.4%	胡嗣坤、罗琴著：《杜荀鹤及其〈唐风集〉研究》，成都：巴蜀书社，2005年。
孙郃		1		1			1	6	16.7%	1.《全唐诗》卷六九四（2首）2.《全唐诗补编·全唐诗续拾》卷三六（4首）
韦庄*		13	6	13	3	1	15③	325	4.6%	［五代］韦庄著，聂安福笺注：《韦庄集笺注》，上海：上海古籍出版社，2002年。

① 杜荀鹤《题战岛僧居》《题历山舜祠》《赠李镡》《送韦书记归京》《题仇处士郊居》《读张仆射诗》为背景、意义两类注释兼有，在其自注诗总数中不重复计算。

② 《杜荀鹤及其〈唐风集〉研究》"辨伪与重出"部分中考证以下4首诗非杜荀鹤所作，不计入诗歌总数：《南游有感》《过侯王故宅》《叙雪寄喻凫》《春日期巢湖旧事》。

③ 韦庄《渔塘十六韵》《李氏小池亭十二韵》《官庄》《雨霁晚眺》《李氏小池亭十二韵》为背景、意义两类注释兼有，在其自注诗总数中不重复计算。

续表

作者	含体式重篇注的诗歌（首）	含背景注的诗歌（首）	含意义注的诗歌（首）	含题下注的诗歌（首）	含句下注的诗歌（首）	含多注诗歌（首）	自注诗总数（首）	诗歌总数（首）	自注诗比例	备注
王贞白*	1		1		1		1	77	1.3%	1.《全唐诗》卷七〇一、卷八八五（65首①） 2.《全唐诗补编·全唐诗补逸》卷一—四（12首）
黄滔*	1	12	12	12	8	2	19②	208	9.1%	1.《全唐诗》卷七〇四—七〇六（207首③） 2.《全唐诗补编·全唐诗补逸》卷一—四（1首）

① 据《全唐诗重篇索引》第 63 页"王贞白"条,《春日咏梅花》《宿新安村行步》《远闻本郡行春到旧山二首》《陵楼晓望》《湘妃怨》《折杨柳三首》《看天王院牡丹》作者有争议。又据佟培基《全唐诗重出误收考》第 680 页"王贞白"条条目 1,第 352 页"王初"条条目 10,第 327 页"白居易"条条目 7,第 304 页"陈羽"条条目 3,上述诗歌仅《湘妃怨》为王贞白所作,计入诗歌总数;其余诸诗或非出自其手或作者仍无定论,不计入诗歌总数。

② 黄滔以下 1 首诗为体式,背景两种注释类型兼有:《省试奉诏涨曲江池》;以下 5 首诗为背景,意义两种注释类型兼有:《省献斩樗山侯侍御》《寄献樗山侯侍御》《金公山》《寄杨赞图学士》《乌石村》《寄同年封舍人谓》《蘩水卢校书》,上述诗歌在其自注诗总数中不重复计算。

③ 据《全唐诗重篇索引》第 386 页"黄滔"条,《黄滔》条有争议。又据佟培基《全唐诗重出误收考》第 502 页"黄滔"条条目 1,此诗非黄滔所作,不计入诗歌总数。

续表

作者	含体式注的诗歌（首）	含背景注的诗歌（首）	含意义注的诗歌（首）	含题下注的诗歌（首）	含句下注的诗歌（首）	含多注的诗歌（首）	自注诗总数（首）	诗歌总数（首）	自注诗比例	备注
殷文圭*	1	1	1	1			1①	29	3.4%	1.《全唐诗》卷七〇七（26首） 2.《全唐诗补编·全唐诗续补遗》卷一一（3首）
徐黄*	3	3	4	4	3		7	267②	2.6%	《全唐诗》卷七〇八一一
钱珝*	2	2	2	2	2		2	116	1.7%	1.《全唐诗》卷七一二（108首③） 2.《全唐诗补编·全唐诗续补》卷三五（8首）
曹松*	5	5	3	6	1		7④	130	5.4%	1.《全唐诗》卷七一六—七（转下页）

① 殷文圭《贻李南平》为背景、意义两类注释兼有，在其自注诗总数中不重复计算。

② 据《全唐诗重出误收考》第233页"徐黄"条，《咏灯》为徐黄文圭所作，不计入诗歌总数；又据佟培基《全唐诗重出误收考》第502页"徐黄"条条目1，徐黄《题琉璃院》又见于游承赞名下，属重出诗，但不见于《全唐诗重篇索引》。此诗当为殷文圭所作，不计入诗歌总数。

③ 据《全唐诗重篇索引》第503页"钱珝"条，《同程九旱人中书》《江行无题一百首》作者有争议；又据佟培基《全唐诗重出误收考》第503页"钱珝"条条目1—2，两诗均为钱珝所作，计入诗歌总数。

④ 曹松《哭李频员外》为背景、意义两类注释兼有，在其自注诗总数中不重复计算。

续表

作者	含体式注的诗歌(首)	含背景注的诗歌(首)	含意义注的诗歌(首)	含题下注的诗歌(首)	含句下注的诗歌(首)	含多注的诗歌(首)	自注诗总数(首)	诗歌总数(首)	自注诗比例	备注
										(接上页)一七;卷八八六(129首①) 2.《全唐诗补编·全唐诗补逸》卷一四(1首)
崔庸		1	1	1			1②	1	100%	《全唐诗》卷七一九
李洞*		2	2	2	2	2	4	164③	2.4%	《全唐诗》卷七二一—七二三

① 据《全唐诗重篇索引》第428—429页"曹松"条,《滕王阁春日晚眺》与《滕王阁春日晚望》二首同收于曹松名下,为异名同篇之作,不重复计算;《吊建州李员外》《南塘膜兴》《中秋月》《寄云》《梢方干》《送德迈归宁宜春》《送邵谷归宜春》《宿山寺》《寄李处士》《寄李江楼》《冬日登江楼》《罗让》据佟培基《全唐诗重出误收考》第504—505页"曹松"条条目3—4,第284页"罗让"条条目5,上述诗歌中,仅《赠雷卿张明府》为曹松所作,计入诗歌总数;其余诸诗或非出自其手或重出,不计入诗歌总数。此外,据佟培基《全唐诗重出误收考》第504页"曹松"条条目2,曹松《吊贾岛二首》之一二又见于李端名下,但不见于《全唐诗重篇索引》。该诗非曹松所作,不计入诗歌总数。

② 崔庸《题惠严寺》为背景、意义两类注释兼有,在其自注诗总数中不重复计算。

③ 据《全唐诗重篇索引》第314—315页"李洞"条,《山泉》《寓言》《中秋月》《吊草堂禅师》作者有争议。又据佟培基《全唐诗重出误收考》第506—507页"李洞"条为李洞所作,计入诗歌总数;《山泉》《寓言》条条目2—3,5,《中秋月》《吊草堂禅师》《全唐诗重出误收考》第507页"李洞"条条目4,6,李洞诗重出之作,属重出之作,但不见于《全唐诗重篇索引》又见许浑名下。《中秋月》又见李玖名下,《岁暮自广江至新兴往复中题峡山寺》又见许浑名下,属重出之作,但不见于《全唐诗重篇索引》。

续表

作者	含体式注的诗歌总数（首）	含背景注的诗歌（首）	含意义注的诗歌（首）	含题下注的诗歌（首）	含句下注的诗歌（首）	含多注诗歌的诗歌（首）	自注诗总数（首）	诗歌总数（首）	自注诗比例	备注
孙棨			1	1			1	7	14.3%	1.《全唐诗》卷七二七（6首）2.《全唐诗补编·全唐诗续拾》卷四一（1首）
张直		1	1	1			1	2	50%	《全唐诗》卷七二七
罗衮			1	1	1		1	4①	25%	1.《全唐诗》卷七三四（3首）2.《全唐诗补编·全唐诗续拾》卷四一（1首）
僧鸾		1	1	1			1②	2	50%	《全唐诗》卷八二三
贯休*	7	7	60	10	56	10	63③	737	8.5%	陆永峰著：《禅月集校注》，成都：巴蜀书社，2012年。

（接上页）篇索引）。《绣岭宫词》为李洞所作，计入诗歌总数；《岁暮自广江至新兴往复中题峡山寺》非出自其手，不计入诗歌总数。

① 据《全唐诗重篇索引》第 432 页 "罗衮" 条，《赠罗隐》作者有争议；又据佟培基《全唐诗重出误收考》第 516 页 "罗衮" 条目 1，此诗为罗衮所作，计入诗歌总数。

② 僧鸾《赠李秀才》意义、背景两类注释兼有，在其自注诗总数中不重复计算。

③ 贯休《避地毗陵上王慥使君》《寄杭州灵隐寺宋使君》《春游灵泉寺》为背景、意义两类注释兼有，在其自注诗总数中不重复计算。

续表

作者	含体式注的诗歌（首）	含背景注的诗歌（首）	含意义注的诗歌（首）	含题下注的诗歌（首）	含句下注的诗歌（首）	含多注诗的诗歌（首）	自注诗总数（首）	诗歌总数（首）	自注诗比例	备注
齐己*		9	15	11	7	2	17①	797	2.1%	王秀林著：《齐己诗集校注》，北京：中国社会科学出版社，2011年。
郑遨		1	1	1	1	1	1②	18③	5.6%	《全唐诗》卷八五五
李宣古		1	1		1		1	5	20%	《全唐诗》卷八七〇
范的	1			1			1	1	100%	《全唐诗补编·全唐诗补逸》卷七
王睿	1			1			1	1	100%	《全唐诗补编·全唐诗补逸》卷一二
黄蟾		1	1		1		1	1	100%	《全唐诗补编·全唐诗补逸》卷一四

① 齐己《夏满日偶作寄孙支使》《寄顾蟾处士》《江上望远山寄郑谷郎中》《松化为石》《过陆鸿渐旧居》《寄尚颜》为背景，意义两类注释兼有，在其自注诗总数中不重复计算。

② 据《全唐诗重篇索引》第507页"郑遨"条，《茶诗》《伤时》《偶题》《山居》《富贵曲》《咏西施》《思山咏》《招友人游春》《题霍山秦尊师》《景福中作者有争议。又据佟培基《全唐诗重出误收考》第646页"郑遨"条条目1—4，第462页"郑遨"条条目1，上述诗歌中仅《茶诗》非郑遨所作，不计入诗歌总数。其余诸诗皆出自其手，计入诗歌总数。

③ 郑遨《题中条静观》为背景，意义两类注兼有，在其自注诗总数中不重复计算。

续表

作者	质素	含体式注的诗歌（首）	含背景注的诗歌（首）	含意义注的诗歌（首）	含题下注的诗歌（首）	含句下注的诗歌（首）	含多注的诗歌（首）	自注诗总数（首）	诗歌总数（首）	自注诗比例	备注
质素		22	1		1			1	1	100%	《全唐诗补编·全唐诗补逸》卷一八
崔致远*			1	6	1	6		7	256	2.7%	1.〔新罗〕崔致远著，李时人、詹绪左编校：《崔致远全集》，上海：上海古籍出版社，2018年。（185首） 2.《全唐诗补编·全唐诗补逸》卷一九；《全唐诗补编·全唐诗续拾》卷三六（71首）
各项总值		278	443	309	324	79	637	11612	5.5%	

占比 59.8%,人均约 22 首。晚唐主力诗人共 87 位,使用诗歌自注的
有 52 人①,占比 59.8%,人均自注诗约 12 首。较之中唐,晚唐时期使
用自注的主力诗人比例虽未变,但人均自注诗数却减少了 10 首。另
一组数据是中、晚唐时期自注诗高产诗人及自注诗在当时使用自注
的主力诗人及自注诗总数中的占比。中唐时期的自注诗高产诗人有
11 位,自注诗共 1057 首,占主力诗人自注诗总数的 86.4%,人均自注
诗高达 96 首。晚唐时期的自注诗高产诗人共 19 位,自注诗仅有 533
首,人均自注诗降至 28 首。由于自注诗高产诗人都属于主力作家,
是其中使用自注力度最强的成员,而主力诗人的自注诗数量又奠定
了除初唐之外唐代各时期自注诗的基本规模,可见自注诗高产诗人
的自注使用率、主力诗人的自注诗数量与自注诗总量之间形成了环
环相扣的关系链。晚唐时期,自注诗高产诗人对自注使用的明显乏
力直接导致主力诗人群体自注诗数量的下降,从而也影响到此时期
自注诗的总体规模。

　　晚唐时期自注对诗歌内蕴的阐释力表现出强劲深入与衰退停滞
并存的局面。一方面,从各类自注的数量分布看,使用体式注的诗歌
有 22 首,占此时期自注诗总数的 3.5%,比中唐的同类占比下降超过
5 个百分点。作为与诗歌内蕴毫无关涉的一类自注,体式注在晚唐
显然被进一步边缘化,成为几乎可以忽略的存在。背景注的数量虽
然可观,但在自注诗总数中的占比却从中唐的 53.7% 降至 43.6%。
而作为与诗歌内蕴联系最紧的意义注,则出现在 443 首晚唐诗歌中,
占当时自注诗总数的 69.5%。其中,使用纯粹意义注的诗歌有 341
首,占使用意义注诗歌总数的 77%,占该时期自注诗总数的 53.5%。

---

①　崔致远诗《全唐诗》不录,见收于《全唐诗补编》之《全唐诗补逸》卷一九、《全
　　唐诗续拾》卷三六,均非单独成卷。但按《全唐诗》的标准,《补编》辑录崔致
　　远诗歌 77 首,已够独立成卷,因此将崔致远纳入作品独立成卷的诗人之列。

较之中唐的两项同类比值,分别增长了 13.5% 与 14.5%。虽然中唐时期使用意义注的诗歌数量已经超过了使用背景注的诗歌数量,但若就使用纯粹意义注的诗歌数量而言,中唐则不及晚唐。晚唐时期出现纯粹意义注的诗歌数已反超使用背景注的诗歌数,跃居三类自注之首,从而彻底改变了初唐以来背景注规模占优的自注类型格局。此外,晚唐多注诗在自注诗总数中的占比较之中唐虽略有下降,但意义注连用类多注诗共有 62 首,占该时期多注诗总数的 78.5%,相较于中唐 73.1% 的同类占比增长了 5.4%。以上足以证明,对诗歌内蕴的阐扬在晚唐诗歌自注中成为更加普遍的趋势。利用自注传递诗歌的内在意旨,于晚唐诗人而言是对前人确立的自注传统的承续。

　　另一方面,就对诗歌内蕴的渗透程度及阐释途径而言,晚唐自注则表现出明显的乏力与固化之势。首先,多注诗中意义注连用的频次明显降低,自注对诗歌情旨的阐扬力度随之减弱。由前文可知,中唐意义注连用多注诗以一诗两注及三注为主,最高为二十一注。一诗两注至五注为低频段,六注至十注为中频段,十三至二十一注为高频段。晚唐意义注连用多注诗仍以一诗两注与三注为主,高频段多注诗仅郑嵎的《津阳门诗》一首,共三十二注。中频段多注诗共 5 首,仅有一诗六注与七注两种情况,若对应中唐多注诗的相应频段,则只属于其中的低频次层级。意义注与诗歌情旨内涵的关联最深,晚唐多注诗中意义注使用频次的下降,必然会削弱诗、注的内在黏合度,而导致此结果的一个重要原因便在于长篇诗作中意义注使用频次的减少。除《津阳门诗》外,晚唐时期意义注连用的 16 首二十韵至百韵长诗中,两注及三注诗共 13 首,分别是:杜牧《杜秋娘》诗五十六韵,两注;皮日休《游毛公坛》二十六韵,两注;陆龟蒙《奉酬袭美先辈吴中苦雨一百韵》三注;韩偓《感事三十四韵》两注;黄滔《壶公山》三十韵,三注;李商隐《哭遂州萧侍郎二十四韵》两注、《寄太原卢司空三十韵》两注;温庭筠《开成五年秋以抱疾郊野不得与乡计偕至王府将议遝适隆冬自伤因书怀奉寄殿院徐侍御察院陈李二侍御回中苏端公鄠县韦少府兼呈袁郊苗绅李逸三友人一百韵》两注、《感旧陈情五十韵献淮南李仆射》两注；贯休《闻赤松舒道士下世》二十韵、三注，《和韦相公见示闲卧》二十韵、两注，《避地毗陵上王慥使君》二十韵、两注，《蜀王入大慈寺听讲》二十四韵、两注。其余 3 首均为四注诗，分别是：皮日休《鲁望昨以五百言见贻过有褒美内揣庸陋弥增愧悚因成一千言上述吾唐文物之盛次叙相得之欢亦迭和之微旨也》一百韵，四注；陆龟蒙《袭美先辈以龟蒙所献五百言既蒙见和复示荣唱至于千字提奖之重蔑有称实再抒鄙怀用伸酬谢》一百韵，四注；陆龟蒙《奉和袭美太湖诗二十首·初入太湖》二十韵，四注。较之中唐白居易、元稹等人的百韵长篇动辄使用十余条意义注，晚唐长篇多注诗中意义注的稀疏程度显而易见。由于长篇诗作的信息量更丰富，因此意义注也更容易发挥明情达意的作用。中唐诗人在推进自注与诗歌情蕴深度融合的过程中，充分利用了长篇诗作的可阐释空间，通过高频次使用意义注，实现对诗歌情旨本事的充分诠释。而晚唐诗人显然并无详解其长篇诗作的积极意识，零星的意义注散落于规模可观的篇什间，释解的乏力与由此产生的诗、注深入融合的困难便在所难免。

其次，晚唐诗人继承了盛、中唐以来自注在阐释诗歌内蕴时所采用的触引、补充、强化、引申四种途径，并在创作实践中将其运用到极其圆熟的境地。如李续的《和绵州于中丞登越王楼见寄》中的自注即是牵动诗心诗情的引线。此诗题下注云："时为同州刺史。"原诗及句下注如下：

早年登此楼，退想不胜愁。地远二千里，时将四十秋。续相从东川奏举，过绵州，刺史韦洪皋尚书携登此楼，于今三十七年矣。遭迍多失路,华皓任虚舟。诗酒虽堪使,何因得共游。①

此诗为大中七年前后李续任同州刺史时作②。诗歌以回忆起笔,遥想早岁曾登越王楼的经历,只是此经历仅被"早年登此楼"一句笼统带过,其中的始末究竟诗人并未详述。因此,在"登楼"事件与"不胜愁"的情绪之间就存在因缺乏铺垫而产生的断裂感。诗中自注则将三十七年前的往事娓娓道来,既对开篇所言登楼之事进行补充叙述,更作为由叙事到抒情的过渡,从而承接诗歌后四句的慨叹:当年与好友携手登楼之事今已难再,只化作回忆尘封于心;今日好友见寄之诗,又唤起心底同登共赏之愿,只恨友朋不在,愿望难成。自注采用追忆式的叙述,尤其是对"三十七年"这一漫长时间的强调,不仅体现出抚今追昔时的沧桑感,也将回忆的欢愉与现实的孤独衔接得更为圆融。

诗歌主抒情而自注补充交代情感生成的具体背景,韩偓《秋霖夜忆家》即为一例。诗歌题下注云:"随驾在凤翔府。"诗曰:

　　垂老何时见弟兄,背灯愁泣到天明。不知短发能多少,一滴秋霖白一茎。③

诗人流露出的对乡园、亲人的思念明显超越了一般的乡恋性质,饱含着生离死别的极端痛楚与"白头搔更短"的深刻焦虑。诗歌起于垂老之叹,讫于白发之哀,终篇沉浸于对情绪的抒写、内心的剖显,但撩动

---

① 〔清〕彭定求等编:《全唐诗》卷五六四,第 6543 页。

② 韦洪皋约元和十二年在绵州刺史任。参郁贤皓:《唐刺史考全编》卷二二七"剑南道绵州"部分"韦洪皋"条,第 3005—3006 页。又据该诗自注,此诗作于韦洪皋任绵州刺史的三十七年之后,则诗歌约成于大中七年前后。

③ 〔唐〕韩偓撰,吴在庆校注:《韩偓集系年校注》卷一,第 62 页。

此情的原因却并未言明。自注则正好对诗歌创作背景进行补白:注语提到的诗人随驾凤翔府实际上是一次极度危险的经历。天复元年十一月,由宰相崔胤召入朝中用以打击以韩全诲为首的宦官集团的凤翔节度使李茂贞,反与韩全诲联合发动兵变,将昭宗皇帝挟持至凤翔。时任中书舍人的韩偓即刻赶往凤翔,与昭宗共度危机,随即被委以兵部侍郎之职兼翰林承旨。在化解这场政治危局的过程中,韩偓受倚重的程度可见一斑,其所处之险境亦不言而喻。皇权社稷的稳固与诗人个体的存亡已交织一体。因此,诗歌中对兄弟、家园的怀恋以及想到疏短白发时的自伤自怜,都必定包含了更为深沉隐秘的家国忧患意识。而只有在自注提供的事件背景下,这种隐藏在思亲怀乡表层情感下的家国与个体的生死忧患方能清晰浮现。

　　自注发挥强化作用,对诗歌情旨加以凸显强调的诗例,如郑谷的《赠刘神童》。该诗题下注云:"六岁及第。"全诗及句下注如下:

　　　　习读在前生,僧谈足可明。还家虽解喜,登第未知荣。时果曾沾赐,上召于便殿亲试,称旨,赐以果实。春闱不挂情。灯前犹恶睡,寱语读书声。①

此诗用文字勾勒出一幅神童肖像:既天赋异禀、聪慧超群,又不失孩童率真稚嫩的本色。诗人在对"神"与"童"两种相关却又不同的特质的精细刻画中,渗透着对诗歌主人公———一个天才孩童的亲爱之意。两处自注则为诗歌对刘神童神异与童真的描绘锦上添花。"六岁及第"的注语一方面突出刘氏孩童的确拥有极高天资,非常人所及;也对应"习读在前生"之句,表现出刘神童今生所知仿佛前世所遗的轮回延续,"神"之内涵由自注中孩童年龄与功名的强烈对比得到

①〔唐〕郑谷著,赵昌平等笺注:《郑谷诗集笺注》卷三,第 292 页。

充分体现。另一方面，通过对刘神童年龄的强调，突出的是其童稚的一面。而对"时果"句的注释，则是将诗句中的事件梗概通过铺陈的方式转化为更逼真的场景重现，从而突出小主人公的才智与性情。自注呈现刘神童得皇上亲试并获得奖赏的场面，足见其"神"；奖赏之物非官非利，而是果品小食，又可想其单纯幼稚的儿童心性。加之诗句中对其喜于还家而未解登第之荣利的真率洁净的赤子之情的展现，对其酣睡痴语、梦中读书片段的捕捉，一个气韵灵动的神童形象跃然纸上。如果说诗句本身已将这一形象描绘得格外精彩，那么自注的添加就如几道细腻的工笔，让这一形象更加丰满鲜活。

自注通过引申的方式，剥离诗句的表层意义而直达其真实所指，兹以皮日休《送董少卿游茅山》为例说明。全诗及自注如下：

> 名卿风度足杓斜，一舸闲寻二许家。天影晓通金井水，山灵深护玉门沙。空坛礼后销香母，阴洞缘时触乳花。尽待于公作廷尉，卿尝为大理，用法有廉平之称。不须从此便餐霞。①

作者借此诗表达的主要意思是：茅山风光虽美，方外之游虽畅，但仍希望董少卿勿起出世之念，要坚守入世为政之心。末两句为全诗的重点，句下注没有囿于对于公之典的阐释，而是直指以此典作类比的真实意图，即借于公而称颂董少卿清廉无私的品性，从而暗示诗人的话外音：此种品质正是为官济世者所难能可贵的，秉持此心，分君之忧，则上为君之愿，中为臣之范，下为民之福。故坚持居庙堂之高而为君为民，比处江湖之远而仅修己身更有价值。诗末"尽待于公作廷尉，不须从此便餐霞"所要表达的终极意义，正是通过自注对董少卿的评价而彰显得更为透彻。

---

① 〔唐〕皮日休著，萧涤非、郑庆笃校注：《荆楚文库·皮日休集》，第420页。

由上可见,晚唐诗人全面继承了盛、中唐时期自注阐扬诗歌情旨内蕴的方式,并将其运用得更加灵活成熟。触引、补充、引申、强化四种途径在晚唐诗人手中不但被逐一应用,更出现了像李续《和绵州于中丞登越王楼见寄》的题下注兼用触引与补充两种方式彰显诗歌情旨的现象。然而拘泥于固有的途径,也消解了晚唐诗人的探索热情。或者反过来说,正是追求新变的乏力,才使晚唐诗人格外努力地恪守旧式,终未能开创自注阐释诗歌内蕴的新途径。而如李续诗注之类,也不过是对旧有阐释方式的排列组合,并非根本性的创变。综而言之,晚唐自注对诗歌内蕴的揭示手法看似纯熟,实则是失去创造活力的套路操作,从根本上暴露了此时期诗歌与自注深度融合进程的停滞。

二、晚唐诗歌自注的典型个案——皮日休、陆龟蒙的自注诗

晚唐虽是唐诗自注走向衰滞的阶段,诗人对自注使用的能动性及探索自注阐扬诗歌情蕴新途径的热情整体上渐趋冷却,但依然存在诗歌自注的积极使用者,他们为步入颓势的晚唐诗歌自注注入了最后的活力。陆龟蒙与皮日休便是其中的典型,两人在晚唐诗歌自注发展过程中的贡献,可从以下三方面加以观照:

首先,皮、陆是拉动晚唐诗歌自注数量增长,并与整体颓势逆向而行的关键力量。正如前文所指出的,自注高产诗人对自注使用的整体乏力,是导致晚唐诗歌自注规模迅速缩减的根本原因。而皮日休与陆龟蒙则是该群体中运用自注最积极的诗人,也是支撑晚唐诗歌自注发展规模的中流砥柱。这一时期有 81 位诗人在 637 首诗歌中使用了自注。皮日休与陆龟蒙的自注诗分别为 75 首和 76 首,共占晚唐自注诗总数的 23.7%。换言之,该时期有五分之一的自注诗出自皮、陆之手。晚唐时期超过自注诗均值的诗人有 19 位,自注诗共 533 首,人均 28 首。这 19 人属于当时的自注诗高产群体,皮日休

与陆龟蒙自然也在其中。两人的自注诗占 19 位高产诗人自注诗总数的 28.3%，其个人自注诗数量则为高产诗人群自注诗均值的近三倍。要之，在晚唐诗歌自注发展势头明显回落的趋势下，皮日休与陆龟蒙的诗歌自注的确是两股逆向生长的突出力量，虽不能扭转整体的颓势，却为晚唐自注规模的形成奠定了重要基础。

　　其次，皮日休、陆龟蒙是晚唐时期诗、注融合关系的重要维系者，这主要表现在他们对与诗歌意涵关联甚密的意义注的积极使用上。如前所述，由于纯粹意义注使用的增加，晚唐时期实现了意义注对背景注的彻底反超，即仅凭纯粹意义注的数量而无须借助兼释性背景注，意义注就成为注释对象标准下三类自注中数量最多的一类，从而最终改变了自初唐以来背景注数量长期居首的局面。纯粹意义注与具有兼释诗句含义的背景注相比，最本质的区别在于对句意内涵阐发的针对性。而晚唐时期纯粹意义注数量的增加，意味着自注对诗歌内蕴的聚焦阐释达到了新高度。这固然是诗人们合力推动的结果，但皮、陆二人则是决定晚唐诗歌自注格局发生根本变化的关键。从表 4 可知，晚唐时期采用意义注的诗歌共 443 首，其中使用纯粹意义注的诗歌有 341 首。皮、陆二人使用意义注的诗歌共 113 首，占当时同类诗歌总数的 25.5%；其中使用纯粹意义注的诗歌 101 首，占当时同类诗歌总数的 29.6%。若无皮、陆使用纯粹意义注诗歌数量的加持，晚唐诗歌的意义注便无法实现对背景注的彻底超越。由于意义注与诗歌情蕴意涵关联甚密，皮、陆二人在该类自注数量上的突出贡献，反映出晚唐诗人维续诗、注密切关系的努力。

　　最后，训释字词的释义类自注明显增加，且内容上表现出日常化、细碎化的特点。本书在讨论史书自注对唐诗自注的影响时曾指出，释义注是唐诗训体自注中数量最少的一种，远不及对人、物介绍说明的自注普遍。这类自注首见于杜甫诗歌，之后陆续出现在中晚唐 11 位诗人的 41 首诗作中，不仅自注数量少，而且使用此类注释的诗人也比较有限。具体情况如下：杜甫《谢严中丞送青城山道士乳酒一瓶》《除草》《秋日夔府咏怀奉寄郑监李宾客一百韵》，皎然《题报恩寺惟照上人房》，白居易《东南行一百韵寄通州元九侍御澧州李十一舍人果州崔二十二使君开州韦大员外庾三十二补阙杜十四拾遗李二十助教员外窦七校书》《寻郭道士不遇》《春尽日》《酬令狐留守尚书见赠十韵》，元稹《望云骓马歌》《酬翰林白学士代书一百韵》《梦游春七十韵》《疟卧闻幕中诸公征乐会饮因有戏呈三十韵》，姚合《题金州西园九首》之《石潭》，许浑《岁暮自广江至新兴往复道中留题峡山寺四首》其三，薛能《边城作》，皮日休《吴中苦雨因书一百韵寄鲁望》《鲁望昨以五百言见贻过有褒美内揣庸陋弥增愧悚因成一千言上述吾唐文物之盛次叙相得之欢亦迭和之微旨也》《公斋四咏》之《新竹》、《销夏湾》《酒池》《鲁望以躬掇野蔬兼示雅什用以酬谢》《吴中书事寄汉南裴尚书》《寄题罗浮轩辕先生所居》《寄题玉霄峰叶涵象尊师所居》《夏景冲澹偶然作二首》其二，陆龟蒙《奉酬袭美先辈吴中苦雨一百韵》《销夏湾》《孤雁》《渔具诗》之《沪》《篊》、《樵人十咏》之《樵子》、《奉和袭美茶具十咏》之《茶鼎》、《袭美以鱼笺见寄因谢成篇》《奉和袭美题达上人药圃二首》其二、《奉和袭美夏景无事因怀章来二上人次韵》其一、《幽居有白菊一丛因而成咏呈知己》《和袭美酒病偶作次韵》《和胥口即事》其二，韦庄《李氏小池亭十二韵》《鹧鸪》，智远《律僧》。由上可见，释义注始于盛唐末，中唐后期初有规模，使用该类自注的诗人与诗作数量均有增加，其中又以元稹、白居易的诗歌数为最。至晚唐进一步兴盛，皮、陆诗中的此类自注为个中代表。皮、陆二人的释义类自注诗共23首，占该类自注诗总数的一半以上，是运用此类自注最多的两位诗人。

　　释义自注的日常化与细碎化是指自注解释说明的对象多是常态生活领域的小词，而自注诠释的内容也相应呈现出琐屑、显微化的特点。这不仅是皮、陆释义类自注的共性，而且也普遍存在于上举诸家的同类自注中。如杜甫《除草》题下注对莠草的解释："去莠草也。莠音潜,山韭。"①皎然《题报恩寺惟照上人房》中对"旋草"的说明:"亦名苾蒭草,枝叶皆右旋,故名旋草。草有五德。"②白居易《寻郭道士不遇》的自注"庐山中云母多,故以水碓捣炼,俗呼为云碓"③是对"云碓"这一名物的解说。元稹《梦游春七十韵》的自注对"百叶髻""重台履""钿头裙""合欢裤"一系列时世妆容进行了诠释。许浑《岁暮自广江至新兴往复道中留题峡山寺四首》其四的自注则是对诗中"虚""逻""禾堂"三个方言词汇进行翻译:"南方呼市为虚,呼戍为逻。""其地人以木槽舂米,谓之禾堂也。"④可见,作为训释对象的词汇确与日常生活、风土民俗息息相关,而对其进行阐释的自注在内容上自然也呈现出与之相应的精细、碎薄之感。换言之,就释义类自注的对象和生活化、细碎化的特点而言,皮日休、陆龟蒙的该类自注既非首创,亦非独创,其最突出的贡献在于以绝对的数量优势将注释内容生活化、精细化的特点凸显放大,进而发展到极致。

如上所述,释义类自注内容上的微末细碎与阐释对象的特性紧密相关。而皮日休与陆龟蒙诗歌中此类自注数量的突出优势,反映出二人对日常名物、生活小词越发自觉的关注意识。他们或通过释义类自注,实现词语表述上生新与旧熟的转化,如皮日休《公斋四咏·新竹》中"有箨可以馨"句下注"《竹谱》云:竹实也"⑤,《夏景冲澹偶然作二首》其二中"湖目芳来百度游"句下注"湖目,莲子也"⑥;陆龟蒙《消夏湾》中"日为篷笛徒"句下注"渠曲二音,篁之异名"及

---

① 〔唐〕杜甫著,〔清〕仇兆鳌注:《杜诗详注》卷一四,第1203页。

② 〔清〕彭定求等编:《全唐诗》卷八一七,第9209页。

③ 谢思炜撰:《白居易诗集校注》卷一七,第1354页。

④ 〔唐〕许浑撰,罗时进笺证:《丁卯集笺证》卷一〇,第684页注释1、4。

⑤ 〔唐〕皮日休著,萧涤非、郑庆笃校注:《荆楚文库·皮日休集》,第367页。

⑥ 〔唐〕皮日休著,萧涤非、郑庆笃校注:《荆楚文库·皮日休集》,第412页。

"分作祇裯襦"句下注"祇刀二音，并单衣"①，《袭美以鱼笺见寄因
谢》中"临风时辩白萍文"句下注"鱼子曰白萍"②，《幽居有白菊一丛
因而成咏呈知己》中"还是延年一种材"句下注"菊之别名"③。他们
或通过释义类自注，表现出措辞用语的雅、俗之别，如皮日休《鲁望昨
以五百言见贻过有襃美内揣庸陋弥增愧悚因成一千言上述吾唐文物
之盛次叙相得之欢亦迭和之微旨也》中"于我如踶䶩"句下注"语不
正貌"④；陆龟蒙《奉酬袭美先辈吴中苦雨一百韵》中"茶枪露中撷"
句下注"茶芽未展者曰枪，已展者曰旗"⑤，均是将诗句中文雅生僻的
词汇以通俗易懂之语进行说明。而皮氏《销夏湾》中"小艖或可泛"
句下注"方言云：'小舸谓之艖。'"⑥；陆氏《渔具诗·滬》题下注"吴
人今谓之簎"，《渔具诗·篊》题下注"吴人今谓之丛"⑦，以及《樵人
十咏·樵子》中"能谙白云养"句下注"山家谓养柴地为养"⑧，自注
与诗中用词实则构成了标准用语对方言俗语的对应翻译。而无论基
于何种目的的释义，都折射出诗人对细微且寻常的名物、小词的浓厚
兴趣。值得注意的是，使用释义类自注的诗歌在皮日休与陆龟蒙的
自注诗总数中占 10% 以上，这在一定程度上反映出其诗歌格局逼仄
内敛的走向，也正好与晚唐诗歌重日常书写及生活小趣的整体特点
契合。

---

① 何锡光校注：《陆龟蒙全集校注·唐甫里先生文集》卷二，第 239 页。《全唐
　诗》中此诗名写作《销夏湾》。
② 何锡光校注：《陆龟蒙全集校注·唐甫里先生文集》卷八，第 518 页。《全唐
　诗》中此诗名写作《袭美以鱼笺见寄因谢成篇》。
③ 何锡光校注：《陆龟蒙全集校注·唐甫里先生文集》卷一〇，第 622 页。
④ 〔唐〕皮日休著，萧涤非、郑庆笃校注：《荆楚文库·皮日休集》，第 360 页。
⑤ 何锡光校注：《陆龟蒙全集校注·唐甫里先生文集》卷一，第 131 页。
⑥ 〔唐〕皮日休著，萧涤非、郑庆笃校注：《荆楚文库·皮日休集》，第 374 页。
⑦ 何锡光校注：《陆龟蒙全集校注·唐甫里先生文集》卷五，第 373 页。
⑧ 何锡光校注：《陆龟蒙全集校注·唐甫里先生文集》卷五，第 382 页。

　　通过对唐诗自注阶段特征的勾勒,可以得出以下结论。首先,各时期的主力诗人,特别是其中的自注诗高产诗人对自注的使用力度,是决定该阶段自注规模及繁荣程度的关键因素。其次,唐诗自注的阶段特征虽不尽相同,但自注与诗歌内蕴的亲疏关系始终是贯穿唐诗自注各发展阶段的根本问题,而体式、背景、意义三类自注的分布格局以及诗人对自注的诗歌阐释途径的熟稔程度,又直接影响到诗、注关系的深浅。最后,在唐诗自注各发展阶段均出现了极具代表性的诗人,他们对自注使用的数量、内容以及深化诗、注关系作出了突出贡献,其诗歌自注不仅堪为呈现唐诗自注阶段特征的窗口,而且在唐诗自注发展史上具有举足轻重的地位:或为自注发展新趋势的引领者,如王勃、李适;或为唐诗诗、注关系的转关者,如杜甫;或为自注全面繁荣的经典缩影,如白居易。可以说,唐诗自注阶段性特征的最终形成是诗人们合力推动的结果,又鲜明集中地体现在典范诗人的诗歌自注中。

第四章 唐诗自注的价值与局限

自注不仅贯穿唐代诗歌的各个阶段,而且涉及的诗人与诗歌数量众多,其中不乏各时期的著名诗人,这使得自注成为唐诗发展过程中值得关注的现象。而自注除了发挥对诗歌文本的阐释作用外,是否还具有其他重要的价值,是否也存在无法避免的局限? 总而言之,如何客观评价唐诗自注,是本章将要论述的核心问题。下文将围绕对典籍记载的印证、补充、纠误来阐述唐诗自注的价值,并从内容的讹误、诠释的未尽以及对诗脉的割裂论其局限。

第一节 唐诗自注的价值

唐诗自注作为诗歌注释的一种形式,与他注相比有两点明显的区别:一是诗歌创作者与阐释者的一体性,即诗人对其诗歌的亲自诠释;二是内向发掘,即相较于他注重在训释字词、解释典故,自注则更倾向于对诗歌中史实本事的阐扬。这在很大程度上使唐诗自注成为保存大量时人时事信息并且可信度较高的载体,进而为印证及纠补其他史料文献的记载提供依凭。因此,唐诗自注的史料价值也主要表现在证典籍之存、补典籍之缺、纠典籍之误三方面。下文将逐一论之。

一、证典籍之存

唐诗自注中包含丰富的人事信息,大到史实原貌小到个人的行藏经历均有涉及,而且由于其出自诗歌作者之手,当中的许多内容是其亲历或熟知的,因而具有高度的真实性,可以作为印证他方文献记载的重要依据。其印证作用主要表现在以下几个方面:

(一)史实记录

唐诗中不乏对当时重要历史事件的书写,但由于语言、句式、篇幅等诸多因素的限制,诗歌无法对史实充分铺叙,而自注则承担了详释历史事件的任务。这类自注的内容可呼应史载,以证其真实准确。兹举数例进行说明:

岑参《阻戎泸间群盗》题下自注既是对该诗写作背景的说明,也是对其亲历的一场地方叛乱的记录:"戊申岁,余罢官东归,属断江路,时淹泊戎州作。"①此注所言正是大历三年发生在蜀中的泸州刺史杨子琳之乱。据《资治通鉴》所载,大历三年四月,西川节度使崔旰入朝,以其弟崔宽为留后。五月,泸州刺史杨子琳率兵入成都发动兵变,崔宽不能敌。七月,崔旰妾室任氏出家财募勇士,并亲自统军抗击杨子琳,子琳败还泸州后,又集聚亡命之徒,沿江攻城略县,江路遂断②。两《唐书》中亦有类似记载③。此浩劫发生时,正逢杜鸿渐被罢剑南西川节度使,其幕府随后解散。作为幕僚的岑参结束戎幕生涯,正在折返长安杜陵别业的途中,即自注所谓的"罢官东归"。行至戎州时,因杨子琳的叛乱而归程受阻,诗人遂将此大事件以诗歌加自注的方式记录下来,而注释则恰好成为正史记载的佐证。

刘长卿《闻逢迎皇太后使沈判官至因而有作》题下注:"太后,德宗皇帝母也。安史之乱,失于东都。帝即位,分命使臣周行天下求

① 〔唐〕岑参撰,廖立笺注:《岑嘉州诗笺注》卷一,第 269 页。

② 参见〔宋〕司马光编著,〔元〕胡三省音注:《资治通鉴》卷二二四"代宗大历三年"条,第 7200—7201 页;同书同卷"代宗大历四年"条,第 7207 页。

③ 参见〔后晋〕刘昫等撰:《旧唐书》卷一一《代宗本纪》,第 289—290 页;〔宋〕宋祁、欧阳修:《新唐书》卷六《代宗本纪》,第 174 页。

访,终不得。"①由自注可知德宗皇帝母沈氏在安史之乱期间失踪,德宗曾遣使寻访,最终未有结果。此事在正史中有相应的记载:《旧唐书》云,沈太后在安史之乱期间被囚拘于东都掖庭。代宗收复东都后,因后续战事之故,未将其及时送返长安,而是权且安置于东都宫中。待东都再次陷落又再度被收复时,沈太后则不知所踪。代宗遣使求访,十余年未果。德宗即位后,曾命睦王述及沈氏宗亲四方搜求,甚至数次出现诈称太后之事,但至贞元之际,沈太后始终杳无音信②。《新唐书》《唐会要》及《资治通鉴》与《旧唐书》所述基本相同③。而刘长卿诗注保存的德宗寻母这一皇家重大事件,再次证明正史记载的确凿不虚。尤其是将自注所述与诗题中沈判官逢迎皇太后使的身份结合来看,就更能证明史书所云德宗"又命诸沈四人为判官,与中使分行诸道求之"④的寻母过程真实可信。

白居易《裴侍中晋公出讨淮西时过女几山下刻石题诗末句云待平贼垒报天子莫指仙山示武夫果如所言克期平贼由是淮蔡迄今底宁殆二十年人安生业夫嗟叹不足则咏歌之故居易作诗二百言继题公之篇末欲使采诗者修史者后之往来观者知公之功德本末前后也》一诗中"骡军成牛户"句下注云:"蔡寇骁锐者号骡子军,陈蔡间农人畜牛者呼为牛户。"⑤有关"骡子军"这一称谓的由来,《旧唐书》中有两处

①　储仲君撰:《刘长卿诗编年笺注》,第472页。
②　参见〔后晋〕刘昫等撰:《旧唐书》卷五二《后妃传》,第2188—2189页。
③　参见〔宋〕宋祁、欧阳修:《新唐书》卷七七《后妃传》,第3501—3502页;〔宋〕王溥:《唐会要》卷三"皇后"条,上海:上海古籍出版社,2006年,第31—32页;〔宋〕司马光编著,〔元〕胡三省音注:《资治通鉴》卷二二六"德宗建中元年十月"条,第7290页;〔宋〕司马光编著,〔元〕胡三省音注:《资治通鉴》卷二二六"德宗建中二年二月"条,第7296—7297页。
④　〔宋〕司马光编著,〔元〕胡三省音注:《资治通鉴》卷二二六"德宗建中元年十月"条,第7290页。
⑤　谢思炜撰:《白居易诗集校注》卷三〇,第2303页。

记载:《吴少诚传》云,申蔡地区马少而骡多,军队因之以骡代马训练、作战,勇猛异常,谓之"骡子军"①;《刘沔传》云,蔡将董重质的部下乘骡即战,极为悍劲,号为"骡子军"②。《新唐书》所载与《旧唐书·吴少诚传》基本相同③。由之可见,史籍中所言的"骡子军"是对申蔡一带以骡代马、强劲彪悍的藩镇军队的代称。这与白居易诗注的说明一致,两者可参照互证。

　　杜牧《李给事二首》其二"可怜刘校尉,曾讼石中书"句下自注云:"给事因忤仇军容,弃官东归。"④给事指李中敏,诗句借汉代中垒校尉刘向欲罢免宦官兼权臣石显,反被诬入狱的史实,影射李中敏因开罪仇士良而弃官之事。《新唐书》与《资治通鉴》均有关于此事的记载且内容基本一致:文宗开成五年,仇士良凭开府仪同三司之勋阶,奏请恩荫其子为千牛卫。给事中李中敏则以"开府阶荫其子,内谒者监安得有子"拒之,与仇士良结怨,遂主动辞官⑤。自注虽未细述李、仇恩怨的始末,但对事件的梗概交代得比较清晰,依然能与史载互参。

　　(二)地理及建筑形胜

　　除了对历史事件的存录,唐诗自注中还涉及对自然景观及建筑物的介绍。由于诗人们的登临游赏之地多富有历史文化或政治意义,因此自注重在对其地理位置、历史渊源、兴建背景等信息的交代,而这些内容往往又能与史地文献的记载相契合。

---

① 参见〔后晋〕刘昫等撰:《旧唐书》卷一四五,第 3951 页。
② 参见〔后晋〕刘昫等撰:《旧唐书》卷一六一,第 4233 页。
③ 参见〔宋〕宋祁、欧阳修:《新唐书》卷二一四《吴少诚传》,第 6002 页。
④ 吴在庆撰:《杜牧集系年校注》卷二,第 195 页。
⑤ 参见〔宋〕宋祁、欧阳修:《新唐书》卷一一八《李中敏传》,第 4290 页;〔宋〕司马光编著,〔元〕胡三省音注:《资治通鉴》卷二四六"文宗开成五年十一月"条,第 7948 页。

　　耿沣《题清源寺》题下自注"即王右丞故宅"①,指出清源寺的前身为王维宅院。关于清源寺的情况,史籍亦有相应记载:李肇《唐国史补》云,王维从宋之问处所获之辋川别业,后改为清源寺②。洪迈《容斋随笔》载录李德裕《辋川图》的一段题跋,曰:王维在其母去世后,舍宅为寺,将辋川别业改为鹿苑寺,母冢即安置于寺之西南方。洪氏又言"白乐天诗所说清凉寺,即辋川云",他本中"清凉寺"又写作"清源寺"③。可知李德裕跋语中的鹿苑寺即清源寺,曾是王维的辋川别业,盖寺名有所变更,故叫法不同。陈振孙《直斋书录解题》又云,王维得宋之问蓝田辋川别业,后表为清源寺,其母冢在寺之西侧④。史籍中对清源寺的三处记载虽略有差异,但在其为王维舍辋川别业而建这点上并无分歧。耿沣此注所揭清源寺与辋川山庄的渊源关系也为史载提供了佐证。

　　窦牟《奉诚园闻笛》题下注:"园,马侍中故宅。"⑤马侍中即马燧,诗题中的奉诚园即马燧宅园。权德舆在为马燧所撰行状中,清楚说明了马氏于贞元十一年八月十七日卒于安邑里私第⑥。韩愈在为马燧孙马继祖撰写的墓志中,提及兄长韩弇作为马燧旧僚,曾于其安邑

---

① 〔清〕彭定求等编:《全唐诗》卷二六九,第 2995 页。

② 参见〔唐〕李肇撰,曹中孚校点:《唐国史补》卷上"王维取嘉句"条,《唐五代笔记小说大观》,上海:上海古籍出版社,2000 年,第 163 页。

③ 参见〔宋〕洪迈撰,孔凡礼点校:《容斋随笔·容斋三笔》卷六"李卫公辋川图跋"条,北京:中华书局,2005 年,第 498 页。

④ 参见〔宋〕陈振孙撰,徐小蛮、顾美华点校:《直斋书录解题》卷一六,第 469 页。

⑤ 刘兴超著:《窦氏联珠集校注》,第 83 页。

⑥ 参见〔唐〕权德舆:《故司徒兼侍中上柱国北平郡王赠太傅马公行状》,〔唐〕权德舆撰,郭广伟校点:《权德舆诗文集》卷一九,第 304 页。

坊私第相拜会之事①。宋敏求《长安志》中"安邑坊"条目下列有马燧的奉诚园,并详注其来历背景:"司徒兼侍中马燧宅,在安邑里。燧子少府监畅以赀甲天下。畅亦善殖财。贞元末,神策中尉杨志廉讽使纳田产,遂献旧第为奉诚园。"②《旧唐书》所载与之基本相同:马燧富甲天下,卒后旧业为其子马畅承袭,却屡遭权贵豪幸掠取,奉诚园即为马畅捐舍的旧宅之一③。从史载可知马燧宅在长安安邑坊,其逝后,子马畅盖迫于权豪的威力将宅舍献出,并易名奉诚园,则此园为马燧旧宅无疑。窦诗题注与史载相吻合。

　　王建《过崎岫宫》的题下注"东都永宁县西五里"④交代了行宫的具体地理位置。崎岫宫为唐代著名的行宫之一,《新唐书》与《读史方舆纪要》中对其有专门记载:《新唐书·地理志》云,崎岫宫在永宁县西五里,又西三十三里有兰峰宫,两宫并为高宗显庆三年(658)所置⑤;《读史方舆纪要》对崎岫宫地理位置的记载与《新唐书》完全一致⑥。王建对崎岫宫方位的注释与史载相符,可证其确凿不虚。

　　许浑《凌歊台》题下注"台在当涂县北五里,宋高祖所筑"⑦,明确指出凌歊台的方位及建造者身份。宋人祝穆在其《方舆胜览》中对此亦有记载,言凌歊台建于当涂县城北的黄山上,刘宋时期武帝南游,

---

① 参见〔唐〕韩愈:《唐故殿中少监马君墓志》,〔唐〕韩愈著,刘真伦、岳珍校注:《韩愈文集汇校笺注》卷二三,北京:中华书局,2010年,第2564页。
② 〔宋〕宋敏求撰,〔元〕李好文编绘,阎琦、李福标、姚敏杰校点:《长安志》卷八"唐京城二",西安:三秦出版社,2013年,第162页。
③ 〔后晋〕刘昫等撰:《旧唐书》卷一三四《马畅传》,第3701—3702页。
④ 尹占华校注:《王建诗集校注》卷九,第347页。
⑤ 参见〔宋〕宋祁、欧阳修:《新唐书》卷三八《地理志》"河南府永宁县"条,第983页。
⑥ 参见〔清〕顾祖禹撰,贺次君、施和金点校:《读史方舆纪要》卷四八"河南府永宁县崎岫宫"条,北京:中华书局,2005年,第2072页。
⑦ 〔唐〕许浑撰,罗时进笺证:《丁卯集笺证》卷六,第303页解题。

曾登临此台，并于其上置离宫①。《江南通志》载："凌歊台在当涂县西北黄山，宋孝武帝筑以避暑，即宋行宫也。面势虚敞，高出尘壒之表。"②所述与《方舆胜览》基本相同。上述地理志与方志对凌歊台的记载又和许浑诗自注的内容相印证。

（三）人物生平经历

唐诗中时常涉及包括诗人自身在内的诸多人物，而对人物生平背景的说明也成为唐诗自注最主要的内容。自注提供的人物信息虽然简略且碎片化，无法与系统全面的史传相比，但因其出自时人之笔，依然能够印证史籍之记载。唐诗自注保存了众多唐人的生平经历，主要包括历官、科举、家庭及家族成员、行踪事迹四个方面。这些内容同样可以证史之载。

对人物历官情况的说明是四类自注中数量最多的一类，因而有相当一部分人物的仕宦信息可与史书记载互证。兹举数例：

储光羲《陆著作挽歌》题下注云："陆为起居郎、集贤院直学士，赠著作郎，吴郡人。"③诗名中的"陆著作"为陆去泰，开元时人④，生平经历史无专书，然其历官情况尚能从各类文献记载中窥见一二。《元和姓纂》吴郡陆氏谱系中有陆去泰，载其为起居郎、集贤学士⑤。《八琼室金石补正》存有陆去泰所书《东闲居寺元珪纪德幢》，篇末题云："左补阙集贤院直学士陆去泰书。"⑥由上可见，自注对陆去泰籍

---

① 参见〔宋〕祝穆撰，祝洙增订，施和金点校：《方舆胜览》卷一五"江东路太平州古迹"条，北京：中华书局，2003 年，第 268 页。
② 〔清〕赵田恩：《江南通志》卷三五"舆地志古迹"条，《景印文渊阁四库全书》第 508 册"史部·地理类·都会郡县之属"，第 8 页。
③ 〔清〕彭定求等编：《全唐诗》卷一三六，第 1380 页。
④ 参见陶敏：《全唐诗人名汇考》，1380D《陆著作挽歌》，第 195 页。
⑤ 参见〔唐〕林宝撰，岑仲勉校记：《元和姓纂》卷一〇"吴郡陆氏"，第 1413 页。
⑥ 〔清〕陆增祥：《八琼室金石补正》卷五三，北京：文物出版社，1985 年，第 362 页。

贯及起居郎、集贤院学士之职的记载与谱牒及金石文献所存内容一致,可证典籍中对陆去泰人物生平经历的记载。

杜甫《承沈八丈东美除膳部员外郎阻雨未遂驰贺奉寄此诗》中"司存何所比,膳部默凄伤"句下注云:"甫大父昔任此官。"①据此可知杜甫祖父杜审言曾任膳部员外郎,这与两《唐书》中的记载相符。《旧唐书·杜审言传》云:"(审言)因令作《欢喜诗》,甚见嘉赏,拜著作佐郎。俄迁膳部员外郎。"②《新唐书》本传所载与之基本相同③。此外,同书《崔融传》亦云,崔融曾褒奖并引荐时任膳部员外郎的杜审言④。

包佶《酬兵部李侍郎晚过东厅之作》题下注"时自刑部侍郎拜祭酒"⑤交代了诗人作此诗时所任的官职。包佶仅《新唐书》有专传,云其曾任谏议大夫、刑部侍郎、秘书监,但未载国子祭酒之职⑥。《旧唐书·德宗纪》则明确记载包佶于贞元元年三月任刑部侍郎,贞元二年正月又以国子祭酒的身份知礼部贡举⑦。显然,其拜国子祭酒与任刑部侍郎同在贞元元年。《唐会要》中"公卿巡陵"与"社稷"两条目下录有包佶于贞元四年二月、贞元五年九月呈递的两份奏章,皆署"国子祭酒包佶奏"⑧。而同书"太常乐章"条目下,亦录有包佶的《祭风师乐章四》《祭雨师、雷师乐章五》,均署"贞元六年秘书监包佶

---

① 〔唐〕杜甫著,〔清〕仇兆鳌注:《杜诗详注》卷三,第 213 页。

② 〔后晋〕刘昫等撰:《旧唐书》卷一九〇《杜审言传》,第 4999 页。

③ 参见〔宋〕宋祁、欧阳修:《新唐书》卷二〇一《杜审言传》,第 5735—5736 页。

④ 参见〔宋〕宋祁、欧阳修:《新唐书》卷一一四《崔融传》,第 4196 页。

⑤ 〔清〕彭定求等编:《全唐诗》卷二〇五,第 2139 页。

⑥ 参见〔宋〕宋祁、欧阳修:《新唐书》卷一四九《包佶传》,第 4799 页。

⑦ 参见〔后晋〕刘昫等撰:《旧唐书》卷一二《德宗纪》,第 348、352 页。

⑧ 参见〔宋〕王溥:《唐会要》卷二〇"公卿巡陵"条,第 467 页;同书卷二二"社稷"条,第 493 页。

撰"①。可见,包佶确曾拜国子祭酒,且任职时间应当是在贞元元年至五年。自注与史书所载正好吻合。

张籍《伤歌行》题下注云:"元和中,杨凭贬临贺尉。"②关于杨凭被贬临贺,《旧唐书》本传亦有记载:杨凭任江西观察使时,监察御史李夷简至江西巡察,因遭杨凭轻慢而有所记恨。元和四年,李夷简以杨凭任观察使期间贪赃及行其他不法之事为由将其弹劾,并贬为贺州临贺县尉③。同书《宪宗纪》所述杨凭被贬临贺的缘由,与其本传相同④。《新唐书·李夷简传》与同书《杨凭传》对其临贺之贬均有记载⑤,两者既相呼应,又能与《旧唐书》的内容及张籍诗注互证。

姚合《和门下李相饯西蜀相公》中,"李相"与"西蜀相公"分别指李德裕、崔郸⑥。诗中有两处自注涉及李、崔二人的仕宦情况:"乌台情已洽,凤阁分弥浓"句下注:"元和十四年,崔相公与门下相公连御史台,今又在中书矣。"又"栈转旌摇水,崖高马蹋松。恩深施远俗,化美见前踪"句下注:"大和四年门下相公出镇至今,西蜀理化清净,民俗歌谣不绝。"⑦从自注中不难获取以下信息:李德裕和崔郸曾于元和十四年同在御史台任职,后又共事于中书省;大和四年,李德裕曾以节度使身份镇守西川。这些信息可与史书及墓志文献的记载相呼应。首先,关于元和十四年两人同在御史台的经历,《旧唐书·崔郸传》只云

① 参见〔宋〕王溥:《唐会要》卷三三"太常乐章"条,第 707 页。

② 〔唐〕张籍撰,徐礼节、余恕诚校注:《张籍集系年校注》卷一,第 70 页校记 1。

③ 参见〔后晋〕刘昫:《旧唐书》卷一四六《杨凭传》,第 3967 页。

④ 参见〔后晋〕刘昫:《旧唐书》卷一四《宪宗纪》"元和四年七月"条,第 428 页。

⑤ 参见〔宋〕宋祁、欧阳修:《新唐书》卷一三一《李夷简传》,第 4510 页;同书卷一六〇《杨凭传》,第 4970—4971 页。

⑥ 参见陶敏:《全唐诗人名汇考》,5693A《和门下李相饯西蜀相公》,第 948 页。

⑦ 〔唐〕姚合著,吴河清校注:《姚合诗集校注》卷九,第 450 页。

其累迁至监察御史,但未说明迁官时间①。根据洛阳偃师出土的《崔郸墓志》,其在入浙西观察使李翛幕不久,便由监察御史里行拜正监察②。又据《旧唐书》所载,李翛任润州刺史兼浙西观察使的时间为元和十一年至十四年③,则崔郸拜监察御史的时间最晚不会超过元和十四年。而同书又载李德裕于元和十五年正月以监察御史充翰林学士④,则其任监察御史至少是在此前一年即元和十四年。综上可推知崔、李二人于元和十四年同为监察御史供职御史台,这又得到姚合诗注的证明。其次,两人共事中书省。李、崔二人一生均几入中书,但有时间交集的仅开成末至会昌初一回。开成五年九月,李德裕为门下侍郎同平章事⑤;开成四年七月,崔郸以太常卿之职同中书门下平章事,不久即拜中书侍郎平章事⑥。推其拜侍郎当在开成四、五年间,与李德裕拜相时间基本相同,两人同在中书省行宰相之职。史载与自注相契合。再次,自注交代李德裕大和四年曾镇西川,史书亦云其于大和四年十月以成都尹兼剑南西川节度使⑦,两者内容相符。

　　科举经历是唐代士子生平中极为重要的组成部分,特别是登第信息尤其关键。在唐人诗歌及自注中便有提及诗人自己或他人荣登

---

① 参见〔后晋〕刘昫:《旧唐书》卷一五五《崔郸传》,第4119页。
② 参见〔唐〕令狐绹:《唐故淮南节度副大使知节度事管内营田观察处置等使金紫光禄大夫检校司空兼扬州大都督府长史御史大夫上柱国清河郡开国公食邑二千户赠司徒崔公墓志铭并序》(以下简称《崔郸墓志》),毛阳光、余扶危主编:《洛阳流散唐代墓志汇编》,北京:国家图书馆出版社,2013年,第603页。
③ 参见〔后晋〕刘昫:《旧唐书》卷一五《宪宗纪》"元和十一年十月"条,第457页;卷一六二《李翛传》,第4240页。
④ 参见〔后晋〕刘昫:《旧唐书》卷一六《穆宗纪》"元和十五年正月"条,第476页。
⑤ 参见〔后晋〕刘昫:《旧唐书》卷一八《武宗纪》"开成五年九月"条,第585页。
⑥ 参见〔唐〕令狐绹:《崔郸墓志》,毛阳光、余扶危主编:《洛阳流散唐代墓志汇编》,第603页。
⑦ 参见〔后晋〕刘昫:《旧唐书》卷一七《文宗纪》"大和四年十月"条,第539页。

科第的情况,能与其他文献中的记载互证。

如白居易《喜敏中及第偶示所怀》中,"桂折一枝先许我,杨穿三叶尽惊人"句下注云:"始予进士及第,行简次之,敏中又次之。"①由此可知,白居易、白行简、白敏中兄弟三人皆中进士。白居易及第最早,行简居中而敏中最晚。白居易进士及第的情况见载于诸多文献,《旧唐书》本传云其贞元十四年登第,《新唐书》则笼统地表述为其贞元中擢进士②。而白居易在其《箴言序》中明确交代自己于贞元十六年高郢座下登第③。辛文房《唐才子传》及汪立明《白香山年谱》亦将白居易进士及第的时间系于贞元十六年④。《白香山年谱》引唐人所纂《登科记》中白居易进士及第的信息,叙述尤详:白居易为贞元十六年二月十四日,中书舍人高郢下第四人登第。《旧唐书·白居易传》中言白居易贞元十四年登进士第之说,显然有误,当以贞元十六年为是。白行简进士登第的时间,《旧唐书》本传仅云贞元末,《新唐书》本传则未载时间⑤。据《唐诗纪事》的记载,其登第时间应为元和二年⑥,徐松《登科记考》据此将白行简列置元和二年进士科条下。而白敏中的登第时间,两《唐书》本传仅言为长

---

① 谢思炜撰:《白居易诗集校注》卷一九,第 1546 页。

② 参见〔后晋〕刘昫:《旧唐书》卷一六六《白居易传》,第 4340 页;〔宋〕宋祁、欧阳修:《新唐书》卷一一九《白居易传》,第 4300 页。

③ 参见〔唐〕白居易著,朱金城笺校:《白居易集笺校》卷四六,第 2822 页。

④ 参见傅璇琮主编:《唐才子传校笺》卷六《白居易传》,第 4 页;〔清〕汪立名编:《白香山年谱》,《景印文渊阁四库全书》第 1081 册"集部·别集类"《白香山诗集》,第 5 页。

⑤ 参见〔后晋〕刘昫:《旧唐书》卷一六六《白行简传》,4358 页;〔宋〕宋祁、欧阳修:《新唐书》卷一一九《白行简传》,第 4305 页。

⑥ 参见〔宋〕计有功辑撰:《唐诗纪事》卷四一"白行简"条,北京:中华书局,2013年,第 627 页。

庆初①；陈振孙《香山年谱》及汪立名《白香山年谱》据此系于长庆元年，实误。徐松《登科记考》将白敏中列入长庆二年王起座下进士及第②。由上可见，白诗自注所言家中三兄弟进士登第的次序，与史典、年谱中的系年先后相吻合。

刘禹锡《酬郑州权舍人见寄二十韵》中，"彀中飞一箭，云际落双鸧"句下自注云："舍人一举登科，又判入等第。"③诗题中的权舍人为权德舆之子权璩。《旧唐书》本传云其于元和初登进士第，《嘉定镇江志》则明确记载权璩的及第时间为元和二年，徐松《登科记考》依此将权璩置于元和二年进士科下④。自注虽不及《旧唐书》与县志的载录详细，但仅就权氏曾进士登科这一信息而言，则完全可与史书及方志的记载互证。

周墀在《贺王仆射放榜》诗中忆及自己当年荣登进士的情形，云："曾忝木鸡夸羽翼，又陪金马入蓬瀛。"结合句下自注"墀初年《木鸡赋》及第，常陪仆射守职内庭"⑤可知，周墀进士试是以《木鸡赋》为题，即诗中"木鸡"之所指；而当年的主考官正是诗题中的王仆射王起。有关周墀中进士之事，《旧唐书》本传中有更为确切的记载，言其登长庆二年进士第⑥；又据同书《穆宗纪》，王起于长庆元年十月由中书舍人改拜礼部侍郎，仍知贡举⑦，则周墀确为王起座下进士及第。

---

① 参见〔后晋〕刘昫：《旧唐书》卷一六六《白敏中传》，4358 页；〔宋〕宋祁、欧阳修：《新唐书》卷一一九《白敏中传》，第 4305 页。

② 参见〔清〕徐松撰，赵守俨点校：《登科记考》卷一九"长庆二年进士科"条，北京：中华书局，1984 年，第 710 页。

③ 〔唐〕刘禹锡著，瞿蜕园笺证：《刘禹锡集笺证·外集》卷六，第 1365 页。

④ 参见〔宋〕宋祁、欧阳修：《新唐书》卷一六五《权璩传》，第 5080 页；〔清〕徐松撰，赵守俨点校：《登科记考》卷一七"元和二年进士科"条，第 622 页。

⑤ 〔清〕彭定求等编：《全唐诗》卷五六三，6532 页。

⑥ 参见〔后晋〕刘昫：《旧唐书》卷一七六《周墀传》，第 4571 页。

⑦ 参见〔后晋〕刘昫：《旧唐书》卷一六《穆宗纪》，第 491 页。

综上所言,自注与史载相吻合。

罗隐《题新榜》题下注"在浙幕,沈崧得新榜示,题其末"①,交代了诗歌的创作动机,乃有感于沈崧进士登第。其时,罗隐在钱镠幕府中任职。沈崧以新榜示罗隐之事,《唐摭言》有载,内容与此诗自注相似②;《吴越备史》亦有所书:乾宁二年进士科考试,初及第者二十五人,后仅有十五人通过复考,成为名副其实的及第进士,沈崧便位列其中③。《吴越备史》不仅提供了沈崧登第的具体时间,而且备言应试过程的曲折不易,叙述甚详。而就沈崧进士登科这一核心信息而言,自注与《唐摭言》及《吴越备史》的内容一致。

除仕宦及科第外,唐诗自注对人物的亲族关系也有交代,并能与史籍所载相印证。兹举两例说明。

岑参《奉送李太保兼御史大夫充渭北节度使》题下注曰:"即太尉光弼之弟。"④诗题中的李大夫即李光进,注释点明了其与太尉李光弼的兄弟关系。《旧唐书·李光弼传》云,广德二年正月,光弼之弟光进与李辅国一同掌管禁兵。此时,其任太子太保兼御史大夫、渭北节度使、凉国公⑤。《新唐书》本传所载与之基本相同⑥。由上可见,自注与诗题拼合的信息确能佐证正史传记的记载。

杜牧《题永崇西平王宅太尉愬院六韵》诗题中的西平王指李晟,

---

① 李定广系年校笺:《罗隐集系年校笺·甲乙集补编》卷二,北京:人民文学出版社,2013年,第601页校记。

② 参见〔五代〕王定保:《唐摭言》卷一〇"海叙不遇"条,《唐五代笔记小说大观》,第1661页。

③ 参见〔五代〕钱俨:《吴越备史》卷三"天福三年二月"条,《景印文渊阁四库全书》第464册"史部·载记类",第10页。

④ 〔唐〕岑参撰,廖立笺注:《岑嘉州诗笺注》卷三,第504页。

⑤ 参见〔后晋〕刘昫:《旧唐书》卷一一〇《李光弼传》,第3311页。

⑥ 参见〔宋〕宋祁、欧阳修:《新唐书》卷一三六《李光弼传》,第4591页。

德宗时因镇压朱泚叛乱有功,得封西平郡王①。《长安志》载,永崇坊有司徒兼中书令李晟宅②。诗中有"家呼小太尉,国号大梁公"之句,自注云:"太尉季弟司徒听,亦封梁国公。"③由之可见,李愬与其弟李听均被封为梁国公,"大梁公"是对李愬的称呼。同时,李愬又与其父均被授太尉,因此"小太尉"则是李愬相对于其父而言的称呼。据两《唐书》李晟本传载,其于贞元三年拜太尉,有十五子,李愬与李听分别为第十一和十三子④。又两《唐书》李愬本传云其于元和十二年因平吴元济之乱有功,封凉国公;元和十五年卒,赠太尉⑤。李听传载,大和二年,听因成功讨伐李同捷,获封凉国公;开成四年卒,赠司徒⑥。综而言之,自注与正史在人物关系、官职方面的记载基本吻合,两者可以互证其实。

与历官、科举一样,人物重要行踪及事迹是其生平传记不可或缺的组成部分。这类内容同样以碎片化的形式保留在唐诗自注中,且往往能与史书记载吻合。

如元稹《酬乐天闻李尚书拜相以诗见贺》中,"初因弹劾死东川,又为亲情弄化权"句下注云:"予为监察御史,劾奏故东川节度使严砺籍没衣冠等八十余家,由是操权者大怒,分司东台日,又劾奏宰相亲

---

① 参见〔后晋〕刘昫:《旧唐书》卷一三三《李晟传》,第 3671 页;〔宋〕宋祁、欧阳修:《新唐书》卷一五四《李晟传》,第 4869 页。

② 〔宋〕宋敏求撰,〔元〕李好文编绘,阎琦、李福标、姚敏杰校点:《长安志》卷八"京城二",第 154 页。

③ 吴在庆撰:《杜牧集系年校注》卷二,第 196 页。

④ 参见〔后晋〕刘昫:《旧唐书》卷一三三《李晟传》,第 3672、3676 页;〔宋〕宋祁、欧阳修:《新唐书》卷一五四《李晟传》,第 4871 页。

⑤ 参见〔后晋〕刘昫:《旧唐书》卷一三三《李愬传》,第 3681—3682 页;〔宋〕宋祁、欧阳修:《新唐书》卷一五四《李愬传》,第 4877—4878 页。

⑥ 参见〔后晋〕刘昫:《旧唐书》卷一三三《李听传》,第 3683、3685 页;〔宋〕宋祁、欧阳修:《新唐书》卷一五四《李听传》,第 4879—4880 页。

因缘,遂贬江陵士曹耳。"①自注中的"弹劾死东川"与"亲情弄化权"是元稹仕途中的重要遭遇,在其他史料文献中亦有明确记载。有关元稹在任剑南东川详覆使任上弹劾严砺等不法官僚,获罪权贵而分司东都之事,《旧唐书》本传所言甚详:"四年,奉使东蜀,劾奏故剑南东川节度使严砺违制擅赋,又籍没涂山甫等吏民八十八户田宅一百一十一、奴婢二十七人、草千五百束、钱七千贯。时砺已死,七州刺史皆责罚。稹虽举职,而执政有与砺厚者恶之。使还,令分务东台。"②白居易在元稹墓志铭中亦专门叙及此事:元稹因上奏严惩严砺,又平反涂山甫等八十八家冤案,名震三川,百姓敬爱之,多以其姓为子作名③,然"天下方镇,皆怒元稹守官"④。关于元稹被贬江陵士曹,自注仅交代是因其弹劾了宰相偏护之人,便再无进一步说明。结合元稹《叙奏》及白居易所作元稹墓志铭中所列其分司东都期间上书弹奏的十大事件,其中奏请对诬杀书生尹太阶的河南尹杜兼判以死罪一事,与自注内容甚符。杜兼为贞观朝宰相杜正伦五世孙,心性浮躁阴险,为濠州刺史期间擅自扩充军队,练兵修武,并先后诬杀名士重臣韦赏、陆楚、李藩等人,不仅未获罪,反而一路仕途顺达,官拜河南尹。这仰赖于宰相杜佑的庇护⑤。而元稹明知如此,依然上奏杜兼之罪行,势必站在了杜佑的对立面,也成为其被贬江陵的原因之一。

---

① 杨军笺注:《元稹集编年笺注》,第767页。

② 〔后晋〕刘昫:《旧唐书》卷一六六《元稹传》,第4331页。

③ 参见〔唐〕白居易:《唐故武昌军节度处置等使正议大夫检校户部尚书鄂州刺史兼御史大夫赐紫金鱼袋赠尚书右仆射河南元公墓志铭并序》,〔唐〕白居易著,朱金城笺校:《白居易集笺校》卷七〇,第3736页。

④ 〔唐〕白居易:《论元稹第三状》,〔唐〕白居易著,朱金城笺校:《白居易集笺校》卷五九,第3361页。

⑤ 参见〔后晋〕刘昫:《旧唐书》卷一四六《杜兼传》,第3969页;卷一四八《李藩传》,第3998页。

再如李绅《忆过润州》题下注云:"元和二年,余以前进士为镇海军书奏从事。秋九月,兵乱。余以不从书奏飞檄之请,遭庶李锜暴怒,腰领不殊者再三。后军平,尚书李公欲具事以闻。余以本乃誓节,非欲求荣,请罢所奏。"①注释发挥了解题的作用,详叙润州之忆的具体内容,即诗人元和二年在浙西节度使李锜幕府中一段惊险而惨痛的经历:润州刺史兼镇海军节度使李锜欲举兵叛乱,为掩人耳目,强令时任掌书记的李绅草拟还朝之伪奏,李绅不从,险遭李锜诛杀。《新唐书·李绅传》、沈亚之《李绅传》及白居易《李公家庙碑》均记载此事,与李绅诗自注相较,在细节上略有差异:《新唐书·李绅传》的叙述与自注最为接近,仅将"尚书李公"的称呼替换为"或"②;《李绅传》则略去李尚书欲奏闻于上,为李绅谢绝的情节③;《李公家庙碑》与《李绅传》相似,仅书李绅拒拟伪檄之事,而不载李绅坚辞李尚书上奏相助之事④。尽管如此,在对李绅抗命不书伪奏,而险为李锜所戮的记载上,自注与其他三处文献的内容完全可以互证。此外,需要指出的是,据《旧唐书·李绅传》载,李绅险遭杀身之祸的原因并非拒绝代李锜草拟还朝伪奏,而是拒收其赠礼⑤,这与上述包括自注在内的四处记载均不相同。赵翼在《廿二史劄记》中已指出此问

---

① 〔唐〕李绅著,卢燕平校注:《李绅集校注》,第142页。据该注本第132页《忆过润州》校记,《唐诗纪事》、清东武刘氏味经书屋抄本《追昔游诗》中"庶李锜"均作"庶人李锜",当以此说为是。

② 参见〔宋〕宋祁、欧阳修:《新唐书》卷一八一《李绅传》,第5347页。

③ 参见〔唐〕沈亚之:《李绅传》,〔唐〕沈下贤著,肖占鹏校注:《沈下贤集校注》卷四,天津:南开大学出版社,2003年,第70—71页。

④ 参见〔唐〕白居易:《淮南节度使检校尚书右仆射赵郡李公家庙碑铭并序》,〔唐〕白居易著,朱金城笺校:《白居易集笺校》卷七一,第3792页。

⑤ 参见〔后晋〕刘昫:《旧唐书》卷一七三《李绅传》,第4497页。

题①,而该诗自注作为诗人回忆的内容,应当是比较确凿可信的,故《旧唐书·李绅传》中李绅是因坚拒李锜书币而险些丧命的说法实属讹误。

二、补典籍之缺

唐诗自注虽然内容简略,对人事的叙述记录又缺乏系统性与完整性,但其所涉人物众多,所载事件上关乎社稷天下,下围绕生活日常,丰富多样,所言之人、事、物并非史籍所能全备。正因如此,唐诗自注对其他典籍中相关信息的辑录记载具有重要的补充作用,保存了他处所无的独特资料。唐诗自注对各类典籍,特别是历史与文学类典籍的补白,主要通过两种途径实现:一是自注存载的内容不见于其他典籍文献,仅凭自注得以传世;二是自注内容亦为其他典籍文献所载,但自注是唯一或最早的信息来源。自注对典籍的补缺之功主要表现在史实、景观形胜、人物历官、婚姻及家族状况、文学创作五个方面②。

（一）补充史实

自注对史实的补充具体又分两种情况:一是事件层面的补缺,即自注提供的事件完全不见于典籍记载,或即使为典籍所有,亦是依据自注而来;二是细节层面的补缺,即自注所书史实亦见于典籍,但相关细节却仅存于自注。自注补史之缺的情况,如顾况《龙宫操》题下

---

① 参见〔清〕赵翼著,王树民校证:《廿二史劄记校证》卷一八《新旧书互异处》,北京:中华书局,2013 年,第 414 页。

② 关于唐诗自注在补史及纠史方面的价值,拙文《论中唐诗歌自注的纪实性及文献价值》,《文献》2010 年第 2 期,第 39—50 页;拙著《中唐诗歌新变研究》,北京:学苑出版社,2017 年,第 68—97 页;滕汉洋:《白居易诗歌自注的文献价值》,《盐城工学院学报(社会科学版)》2016 年第 3 期,第 50—52 页,上述各文对此问题有专门探讨,此处所论与之不相重复,可互为参补。

注云:"大历壬子癸丑大水时在滁作。"①壬子岁癸丑为大历八年二、三月间,由注可知,滁州在此期间曾患水灾。两《唐书》仅载大历七年五月的雨雹、十月淮南的旱灾及十二月的雨土,未有大历八年滁州水患的记载②;并且此次洪灾亦不见于其他典籍。综上所言,顾况该诗自注可补史载所缺的大历八年滁州水灾的相关实情。

元稹《酬乐天得微之诗知通州事因成四首》其一中"虎怕偏蹄蛇两头"句下注云:"通州元和二年偏蹄虎害人,比之白额。两头蛇处处皆有之也。"③这组诗歌作于元和十三年④,是时任通州刺史的元稹通过以诗代书的方式向好友白居易介绍通州的风土民情。该诗正是其中一首,主要铺写通州与中原地区截然不同的险怪可怖的自然环境。而自注提到的元和二年偏蹄虎害人之事,显然是元稹至通州后所闻。该诗创作时间距此事发生已十一年,但偏蹄虎惨案在当地人的记忆中依然清晰如昨,其造成的危害与恐慌可见一斑。由于此事除该诗自注外不见于他载,故而自注不仅提供了偏蹄虎的栖居之地,而且补充了元和二年通州地区猛虎害人的大事件。

白居易《华原磬》题下注云:"天宝中,始废泗滨磬,用华原石代之。询诸磬人,则曰:故老云:泗滨磬下调之不能和,得华原石考之乃和。由是不改。"⑤此注反映的是玄宗天宝年间改制钟磬之事,由其

---

① 〔清〕彭定求等编:《全唐诗》卷二三,第 306 页。
② 参见〔后晋〕刘昫:《旧唐书》卷一一《代宗纪》,第 299 页;〔宋〕宋祁、欧阳修:《新唐书》卷六《代宗纪》,第 176 页。
③ 杨军笺注:《元稹集编年笺注》,第 644 页。
④ 关于此诗的编年,杨军《元稹集编年笺注》、周相录《元稹集校注》均系于元和十年,而吴伟斌《新编元稹集》则系于元和十三年。两种系年时间相较,吴氏系年的依据更为充分合理,笔者依之。有关诗歌系年的详细论证,参见〔唐〕元稹原著,吴伟斌辑佚、编年、笺注:《新编元稹集》,西安:三秦出版社,2015年,第 4519、4539 页。
⑤ 谢思炜撰:《白居易诗集校注》卷三,第 294 页。

可知以华原石代替泗滨石作为制磬的原料，始于天宝年间。而改换原料的理由则是华原石磬的音高、音准及音色等均优于泗滨磬。由于音声乐调长久以来被视为国祚兴衰的重要表征，因此对乐曲、乐器的改革从某种意义讲，显然是国之大事。而有关唐代钟磬的改制，史书也有记载：《旧唐书·音乐志》确实提到制磬之石由泗滨石改为华原石①，至于其发生于何时却并未说明。《通典》与《新唐书·礼乐志》则记载了乾元三年肃宗因乐器音准的偏差而令太常寺更制钟磬之事，但并未涉及钟磬材质原料的问题②。白诗自注的重要价值在于提供了唐代始以华原石制钟磬的具体时段，正好补充了《旧唐书·音乐志》中有关此事记载的时间缺漏。关于玄宗天宝年间以华原石取代泗滨石作为制磬材料一事，亦见于《大唐新语》《文献通考》《乐府诗集》《通志》《乐律全书》，内容与白诗自注几乎相同，应该是对自注的转录。由此可见，白居易《华原磬》诗自注最早记载了华原石开始作为制磬原料的时间，成为后继典籍文献载录相应信息的初始来源。

李绅《却到浙西》题下注云："出杭州界入苏州。八年，浙西六郡灾旱，百姓饥殍，道路相望，米价翔贵。是岁，浙东大稔，因请出米五万斛贱估，以救浙西居人，诏下蒙允。是岁，王璠不奏饥旱，反怒邻境所救，以为卖己。遂与王涯合计诬构，罔上奏陈，米非官米，足私求利。及璠伏诛，蒙圣恩加察奸邪所罔。初入浙西苏州界，吴人以恤灾之惠，犹惧旌幡留戒于迥野之处，不及城郭之所，则相率拜泣于舟楫前。是岁，卢周仁为苏州刺史。"③此诗为大和八年李绅

---

① 参见〔后晋〕刘昫：《旧唐书》卷二九《音乐志》，第 1078 页。
② 参见〔宋〕宋祁、欧阳修：《新唐书》卷二一《礼乐志》，第 462 页；〔唐〕杜佑撰，王文锦等点校：《通典》卷一四三《乐典·历代制造》，第 3657 页。
③ 〔唐〕李绅著，卢燕平校注：《李绅集校注》，第 193 页。

初任浙东节度使时所作,自注中提供了三点重要信息:本年浙西六郡旱灾严重而浙东恰值丰收;朝廷应允李绅的上奏,将浙东五万斛粮食贱卖与浙西百姓以为救助;时任浙西观察使的王璠联合宰相王涯反诬李绅贩私粮以牟利。上述史实在两《唐书》李绅、王璠、王涯的传记及文宗本纪中均无记载,亦不见于其他史典中,此注可补其缺漏。

自注补充史实细节的例证,如张九龄《(洪州)西山祈雨》题下注云:"是日辄应因赋诗言事。"①可见洪州当时久旱不雨,此作乃时任洪州刺史的张九龄为祈雨而作。而与之相呼应的是张九龄在开元十五年六月十日撰写的《祭洪州城隍神(祈晴)文》,文中云洪州淫雨不止,已严重影响粮食的生长与收成。这与《册府元龟》中开元十五年洪州雨水为患,百姓房屋田地时有被冲毁的记载一致②。一般而言,一地在夏季暴发洪灾,则同年的秋冬之季便会遭遇旱灾。而关于开元十五年秋冬旱情的记载,《旧唐书·玄宗纪》仅云该年有十七州遇旱灾,并未言及具体的州郡名称③。此事除《旧唐书》外,未见于他处。结合张九龄祈晴文的写作时间,不难推断其洪州祈雨诗应当写于同年秋季。如此,通过该诗自注可知,《旧唐书》所载开元十五年秋遭受旱灾的十七州中应当有洪州。

韦应物《谢栎阳令归西郊赠别诸友生》中有一处句下注云:"大历十四年六月二十三日自鄠县制除栎阳令,以疾辞归善福精舍,七月二十日赋此诗。"④由注可知韦应物是由鄠县县令改任栎阳县令,改授时间为大历十四年六月二十三日。但其并未应命,在接到调职任

① 〔唐〕张九龄撰,熊飞校注:《张九龄集校注》卷四,第359页。
② 参见〔北宋〕王钦若等编:《册府元龟》卷一〇五《帝王部·惠民》,北京:中华书局,1960年,第1259—1260页。
③ 参见〔后晋〕刘昫:《旧唐书》卷八《玄宗纪》,第191页。
④ 孙望编著:《韦应物诗集系年校笺》卷四,第183页校记3。

命的同时便称病辞官。而据傅璇琮先生考证，韦应物任鄠县县令的时间是大历十三年秋，大历十四年六月改调，任职时间前后不满一年，而栎阳县令虽授却并未赴任①。新出土《韦应物墓志》对韦应物这段历官情况亦有说明，但只言其除鄠县、栎阳两县县令，并未提供更多信息。诗注则将韦应物由鄠县县令改除栎阳县令的具体时间及始末经过交代得十分清楚，从而补充了墓志记载中的时间盲点。此外，其他传世文献如沈作喆《韦应物补传》、晁公武《郡斋读书志》及傅璇琮主编的《唐才子传校笺》中的韦应物传，在叙述其任鄠县、栎阳两县县令的经历，尤其是改授栎阳令的时间，均以该诗自注为依据。自注作为最早的史料来源对信息的保存之功显而易见。

卢纶《寄赠库部王郎中》题下注云："时充折籴使。"②王郎中为王纾，工部员外郎王瑞之子，兵部尚书王绍之兄。此人在两《唐书》中无传，现有文献史料中的相关记载也极少。柳宗元《先君石表阴先友记》云，王纾为尚书王绍之兄，曾为尚书郎③。其《祭六伯母文》中有"承顺必敬，滑甘则丰，致养有荣，其道克终"之句，孙汝听注曰："李氏三女，皆得良婿。陇西李伯和为扬子丞，太原王纾为右补阙，颍川陈苌为校书郎、渭南尉。"④此文乃柳宗元代叔父柳缋所作，则六伯母之称乃比之柳缋而言，于其当为六伯祖母；而王纾则为柳宗元伯祖母李氏的二女婿，即宗元之姑父。柳宗元撰此文时，王纾正任右补阙。权德舆在其《唐故尚书工部员外郎赠礼部尚书王公神道碑铭》中提及王纾，言其历右补阙、起居郎、右司员外郎、库部郎中⑤，与上述史料及卢纶诗题所言可互证。但除卢纶诗自注外，其他文献中都未见对

---

① 参见傅璇琮：《唐代诗人丛考》，北京：中华书局，2003 年，第 306—311 页。
② 〔唐〕卢纶著，刘初棠校注：《卢纶诗集校注》卷三，第 332 页。
③ 参见〔唐〕柳宗元：《柳宗元集》卷一二，北京：中华书局，1979 年，第 303 页。
④ 〔唐〕柳宗元：《柳宗元集》卷四一，第 1095—1096 页。
⑤ 参见〔唐〕权德舆撰，郭广伟校点：《权德舆诗文集》，第 277 页。

王纾任库部郎中时又兼折籴使的记载,卢纶诗注可补充王纾的任职情况。

（二）景观建筑

诗歌中往往有对一地一处之山水形胜或建筑景观的赋咏,诗人又借助自注对其地理位置、渊源由来等进行介绍说明,有些内容能与其他典籍文献的记载相印证,此类情况在前文已有论述;而有些内容则在一定程度上填补了史载之缺。兹举四例说明:

1. 李白《题江夏修静寺》题下注云:"此寺是李北海旧宅。"①李北海即李邕,因厚贿左骁卫兵曹柳绩而于天宝六载为李林甫杖杀。其中是非曲直史有详载,不复赘言。此诗乃李白追怀李邕之作,通过诗题及自注可知李邕卒后,其在江夏的宅第被改为修静寺。此注是关于李邕居宅的仅有记载;至于修静寺,也仅见于曹学佺的《大明一统名胜志》,言其为唐李邕府宅,李白有《游修静寺》诗。《游修静寺》实为《题江夏修静寺》,而李白诗及自注则成为曹氏对修静寺介绍说明的唯一依据。若无此自注,则李邕宅第及其与修静寺的渊源将无从获知。

2. 李白《答杜秀才五松山见赠》题下自注交代了五松山的地理位置:"五松山,南陵铜坑西五六里。"②李白于五松山所赋诗歌除此首之外,尚有《于五松山赠南陵常赞府》《五松山送殷淑》等七首,但史籍中却几乎没有对五松山的记载。而关于南陵铜坑,史地文献中则不乏确载:《元和郡县图志》在宣州南陵县下所列山川古迹中有铜井山,云其在南陵西南八十里处,出铜矿③;《太平寰宇记》所辑池州铜

①〔唐〕李白著,瞿蜕园、朱金城校注:《李白集校注》卷二五,第1447页校记1。

②〔唐〕李白著,瞿蜕园、朱金城校注:《李白集校注》卷一九,第1137页。

③ 参见〔唐〕李吉甫撰,贺次君点校:《元和郡县图志》卷二八"江南道宣州南陵县",北京:中华书局,1983年,第682页。

陵县山川遗址中便有铜山，坐落于县南十里处，因产铜而得名①。《太平寰宇记》中的铜陵县即唐代宣州南陵县，宋时归属池州，故而《元和郡县图志》中的南陵铜井山与《太平寰宇记》中的铜陵铜山实属一处。而李白诗注中所云之铜坑，当位于铜井山上，因采挖铜矿而成。但无论是铜井山还是铜山显然都并非五松山。据自注的描述，五松山应当在铜山西面五六里的位置。而除李白《答杜秀才五松山见赠》诗注外，提及五松山并对其具体方位有记载的文献，目前仅有王象之编纂的《舆地纪胜》。王氏甚至将李白《答杜秀才五松山见赠》诗及注全文照搬作为对五松山的介绍性文字，也作为其收录五松山的唯一依据②。则该诗注与《题江夏修静寺》自注一样，成为后世史地著作检索并辑录相应文献资料时的唯一史源。从此意义上讲，《舆地纪胜》对五松山补白式的记载，本质上是李白《答杜秀才五松山见赠》自注补史价值的体现。

　　3. 先汪《题安乐山》题下注云："合江青溪上六七里，隋刘珍登真之地，有祠。"③自注提供了有关安乐山的三点信息：一是其具体的地理位置，在泸州合江县的清溪上游六七里处；二是相关的历史人事，此山为隋朝道士刘珍登仙之处；三是山上保留的建筑古迹，即为纪念刘真登仙所修建的祠堂。对安乐山的记载亦见于各种史地专著中。《元和郡县图志》载："安乐山，在县东八十三里。县取名焉。"④《方舆胜览》云："（安乐山）在合江西五里。三峰俱秀，有溪及延真观，有

①　参见〔宋〕乐史撰，王文楚等点校：《太平寰宇记》卷一〇五"江南西道池州铜陵县"，北京：中华书局，2007 年，第 2090 页。

②　参见〔宋〕王象之：《舆地纪胜》卷一九"江南东路宁国府"，道光二十九年甘泉岑氏惧盈斋刊文选楼影宋抄本，叶 10。

③　〔清〕彭定求等编：《全唐诗》卷四七二，第 5355 页。

④　〔唐〕李吉甫撰，贺次君点校：《元和郡县图志》卷三三"剑南道泸州合江县"，第 866 页。

石柜,为仙人藏经之所。"①《太平寰宇记》又曰:"安乐山,在县东五里八十步。群峰峭峻,有瀑布千尺飞流。天宝六年敕改为合江山。"②三方文献中对安乐山的地理位置虽都有记载,但在相对于县城的方向及距离上,说法却并不一致,甚至南辕北辙。孰是孰非姑且不论,但从上述文献记载中可提炼出如下信息:首先,安乐山又名合江山,天宝六年依合江县县名所改;其次,此山附近有溪流、瀑布;复次,山上建有延真观及仙人藏经的石柜。与之相较,先汪自注可对文献记载进行三方面的补充:一是溪流及瀑布的定名。安乐山附近之溪流名为清溪,瀑布应为此溪流遇山而成,故瀑布实为清溪瀑布。二是仙人身份的确定。《方舆胜览》中所谓的藏经仙人,若结合自注来看,应当是隋朝道士刘珍。三是建筑古迹的补充。自注中的刘珍祠不见载于上述文献,《方舆胜览》提及的延真观与之显然并非一回事。由此可知安乐山上除延真观外,还有刘珍祠。

4. 李绅《晏安寺》题下注云:"寺在州城东北隅,越中谓之小北邙。"③晏安寺不见于史典记载,此注乃唯一一则保存该寺相关信息的史料,可补典籍的缺载。该诗为李绅所作组诗《新楼诗二十首》之一。这二十首组诗是诗人为追忆大和七年至九年任浙东观察使时期的生活而作,诗中所写之建筑景观物或为其在辖境内游赏所见,或为其亲自督造而成,而晏安寺便是诗人的游览地之一。据此可知自注中的"州城"当是浙东观察使治所所在的越州城,晏安寺便坐落在城东北角。此外,该寺坐落的州城东北正好是墓葬区,类

---

① 〔宋〕祝穆撰,祝洙增订,施和金点校:《方舆胜览》卷六二"潼川府路泸州山川"条,第 1086 页。

② 〔宋〕乐史撰,王文楚等点校:《太平寰宇记》卷八八"剑南东道泸州合江县",第 1741 页。

③ 〔唐〕李绅著,卢燕平校注:《李绅集校注》,第 174 页。

似洛阳的北邙山。要之，李绅诗注对越州晏安寺及公墓的地理位置有补白之功。

（三）人物历官

崔峒《初入集贤院赠李献仁》题下注云："曾于常山联官。"①崔峒在两《唐书》中无传，其籍贯、生平史书亦无详载。《新唐书》卢纶传中提及崔峒，仅言其官终右补阙②。《唐诗纪事》中对崔峒历官情况的记载稍详，云其为拾遗、集贤殿学士、州刺史③。辛文房《唐才子传》载其曾任潞府功曹，后历左拾遗、右补阙④。《全唐诗》作者小传对崔峒历官情况的介绍兼取《唐诗纪事》与《新唐书》两家之言，并无增补⑤。显然，上述史料都遗漏了崔峒任职常山的经历。而据此诗题目及自注可知，其在充任集贤殿学士前曾有在镇州常山郡任职的经历，且与诗歌的献赠对象李献仁为同僚。而储仲君先生为《唐才子传》中的《崔峒传》进行校笺时，正是据此诗自注补入崔峒任职常山的信息，从而使其仕宦经历更加清晰完整⑥。

白居易《会昌二年春题池西小楼》有"苏李冥濛随烛灭，陈樊漂泊逐萍流"之句，句下自注分别交代了苏、李、陈、樊四人的身份："苏庶子弘、李中丞道枢及陈、樊二妓，十余年皆楼中歌酒中伴，或殁或散，独予在焉。"⑦四人中特别值得注意的是苏、李二人，苏弘其人不见史载，由白居易此诗自注可知其于太子东宫任庶子之职。李道枢

① 〔清〕彭定求等编：《全唐诗》卷二九四，第3342页。
② 参见〔宋〕宋祁、欧阳修：《新唐书》卷二〇三《卢纶传》，第5786页。
③ 参见〔宋〕计有功辑撰：《唐诗纪事》卷三〇"崔峒"条，第476页。
④ 参见傅璇琮主编：《唐才子传校笺》卷四《崔峒传》，第62页。
⑤ 参见〔清〕彭定求等编：《全唐诗》卷二九四，第3341页。
⑥ 参见《崔峒传》"工文，有价……终右补阙"句下校笺部分。傅璇琮主编：《唐才子传校笺》卷四《崔峒传》，第63页。
⑦ 谢思炜撰：《白居易诗集校注》卷三六，第2767页。

虽史无专传,但其仕宦情况在文献中却有零星记载:白居易有《开成二年三月三日祓洛滨留守裴令公召河南少尹李道枢等一十五人合宴舟中》,由诗题可知李道枢于开成二年曾任河南少尹;《唐刺史考全编》载李道枢于开成二年至四年在苏州刺史任上①;《旧唐书》云其于开成四年正月由苏州刺史除浙东观察使兼越州刺史,当年三月去世②。《新唐书·独孤朗传》中亦言及李道枢,知其在敬宗宝历年间为侍御史,因醉酒拜谒御史中丞独孤朗,被其以失仪不敬之罪弹劾,贬为司议郎③。此事在《旧唐书》及《册府元龟》中有相似的记载④。根据上述材料,可以大致梳理出李道枢的仕宦经历:宝历年间曾任侍御史,后贬为司议郎;开成二年三月前已任河南少尹,同年由河南少尹改任苏州刺史;开成四年正月至三月由苏州刺史除浙东观察使兼越州刺史。当中并没有其任御史中丞的记载,则此诗自注可补李道枢任职御史中丞的经历。

刘禹锡《赠致仕滕庶子先辈》中"凌寒却向山阴去,衣绣郎君雪里迎"句下注云:"时令子为御史,主务在越中。"⑤诗题中的滕庶子为滕珦,曾任太学博士、茂王傅,大和三年以右庶子致仕⑥。自注所说的滕珦之子为滕迈,文献史料对他的记载极其有限:《唐诗纪事》云,滕迈元和年间进士及第,后任郎中之职⑦;《咸淳毗陵志》中录

---

① 参见郁贤皓:《唐刺史考全编》卷一三九"江南东道苏州"部分"李道枢"条,第1925页。

② 参见〔后晋〕刘昫:《旧唐书》卷一七《文宗纪》,第577页。

③ 参见〔宋〕宋祁、欧阳修:《新唐书》卷一六二《独孤朗传》,第4993页。

④ 参见〔后晋〕刘昫:《旧唐书》卷一六八《独孤朗传》,第4382页;〔北宋〕王钦若等:《册府元龟》卷五二二《宪官部·遣让》,第6235页。

⑤ 〔唐〕刘禹锡著,瞿蜕园笺证:《刘禹锡集笺证》卷二五,第779页。

⑥ 参见〔唐〕林宝撰,岑仲勉校记:《元和姓纂》卷五"河东滕氏"条,第639页;〔清〕彭定求等编:《全唐诗》卷二五三滕珦小传,第2857页。

⑦ 参见〔宋〕计有功辑撰:《唐诗纪事》卷四九"滕迈"条,第744页。

其墓志题额为《唐尚书刑部郎官睦州刺史滕公之墓》,可知滕迈曾任刑部郎官、睦州刺史。结合《唐诗纪事》中的郎中之称,能够确定滕迈担任了刑部某司的郎中,但具体供职于何司,仍有待考证。《唐刺史考全编》载滕迈曾三任刺史:开成四年为台州刺史,会昌初年任睦州刺史,会昌中期又为吉州刺史①。上述文献中均不见滕迈担任御史的经历,自注言其任御史时主务在越中,则其担任的极有可能是监察御史。滕珦于大和三年四月上奏书乞准归乡②,动身时已至冬季。此诗为刘禹锡送别滕珦时所作。从自注中可知,滕迈在其父致仕之时正担任监察御史,且可推断大和三年冬其已在任上。

　　刘禹锡《送浑大夫赴丰州》题下注云:"自大鸿胪拜,家承旧勋。"③浑大夫为浑鐬,乃中书令、咸宁郡王浑瑊之子。浑鐬任丰州刺史,两《唐书》本传中均有记载,为大和初年之事④。但在此之前其曾任鸿胪卿一职,则除此诗注外不见于他处。据郁贤皓先生考证,浑鐬任丰州刺史在大和二至四年间⑤,又据自注可知,其由鸿胪寺卿改任丰州刺史。因此不难推知大和元年浑鐬应当在鸿胪卿任上。《唐九

① 参见郁贤皓:《唐刺史考全编》卷一四四"江南东道台州"部分"滕迈"条,第2050页;同卷"江南东道睦州"部分"滕迈"条,第2107页;同卷"江南西道吉州"部分"滕迈"条,第2351页。
② 参见〔宋〕王溥:《唐会要》卷六七"致仕官"条,第1390页。
③ 〔唐〕刘禹锡著,瞿蜕园笺证:《刘禹锡集笺证》卷二八,第877页。
④ 参见〔后晋〕刘昫:《旧唐书》卷一三四《浑鐬传》,第3711页;〔宋〕宋祁、欧阳修:《新唐书》卷一五五《浑鐬传》,第4895页。《旧唐书·浑鐬传》中将其任丰州刺史的时间误写为"元和初",实则为"大和初"。元和初刘禹锡正值外贬,绝无可能在长安城为浑鐬赴丰州刺史任送行。此讹误瞿蜕园先生在《刘禹锡集笺证》中《送浑大夫赴丰州》诗笺证部分已指出。当从《新唐书》之说,为"大和初"。
⑤ 参见郁贤皓:《唐刺史考全编》卷二二"关内道丰州"部分"浑鐬"条,第372页。

卿考》鸿胪寺卿部分,从长庆二年的张平叔至大和三到四年的张贾,
这七年间鸿胪寺卿的任职情况完全是空白①。刘禹锡此诗自注正好
补充大和元年鸿胪寺卿任职人员的信息。

　　羊士谔《乾元初严黄门自京兆少尹贬牧巴郡以长才英气固多暇
日每游郡之东山山侧精舍有盘石细泉疏为浮杯之胜苔深树老苍然遗
躅士谔谬因出守得继兹赏乃赋诗十四韵刻于石壁》诗中一处句下注
云:"时郘詹事昂自拾遗贬清化尉,黄门年三十余,且为府主。与郘意
气友善,赋诗高会,文字犹存。"②诗题中的严黄门为严武,因上疏力
保陈涛斜兵败的房琯而被贬巴州刺史。自注中的郘昂为忠武节度使
郘士美之父③,两《唐书》郘士美传中对郘昂的历官情况有附带说明,
言其为拾遗、补阙、员外、郎中、谏议大夫、中书舍人,以太子詹事致
仕④。常衮有《授郘昂知制诰制》,知其乃以尚书省司勋郎中兼知制
诰⑤,则两《唐书》中所言郘昂郎中之职,当指司勋郎中。《唐语林》又
载,郘昂因曾任安禄山所授伪职而被贬歙县尉⑥。但在目前可见的
史典文献中,均未记载其被贬巴州清化县尉的经历。据自注可知,郘
昂任清化尉期间正值严武牧巴州,其又入严武幕府效力。乾元元年

① 参见郁贤皓、胡可先:《唐九卿考》卷八"鸿胪寺"条,北京:中国社会科学出版
　社,2003 年,第 446—447 页。
② 〔清〕彭定求等编:《全唐诗》卷三三二,第 3700 页。
③ 郘昂当作郘昂,即郘纯,为郘士美之父。对此问题的详细辨析,参见陶敏:
　《全唐诗人名汇考》,3699E《乾元初严黄门自京兆少尹贬牧巴郡以长才英气
　固多暇日每游郡之东山山侧精舍有盘石细泉疏为浮杯之胜苔深树老苍然遗
　躅士谔谬因出守得继兹赏乃赋诗十四韵刻于石壁》,第 662 页;1808D《送郘
　昂谪巴中》,第 277 页;1936B《送郘詹事》,第 296 页。
④ 参见〔后晋〕刘昫:《旧唐书》卷一五七《郘士美传》,第 4145 页;〔宋〕宋祁、欧
　阳修:《新唐书》卷一四三《郘士美传》,第 4695 页。
⑤ 参见〔清〕董诰等编:《全唐文》卷四一〇,第 1863 页。
⑥ 参见〔宋〕王谠撰,周勋初校证:《唐语林校证》卷五,北京:中华书局,1987 年,
　第 454—455 页。

至三年严武在巴州刺史任上，则郗昂为清化县尉当在同一时段。此诗注不仅可补郗昂的仕宦信息，而且提供了其与严武诗文唱和、交谊往来的资料。

（四）婚姻及家族状况

尽管唐人的婚姻及家族状况在传世典籍及出土文献中有不少记载，但仍有未能周全之处。这些为传世及出土文献所缺载的信息，有的可能最终永远消逝，有的则通过其他途径得以呈现。而诗歌自注就是一种重要的补白渠道，人物的家世、婚姻及亲族成员往往在自注中有所体现，其中部分内容又为传世典籍与出土文献所无，对其有补白之功：

1. 杜甫家族成员的增补。杜甫《醉歌行》题下注云："别从侄勤落第归。"①由注可知杜甫有一位叫杜勤的从侄。关于杜勤其人，除杜甫此诗注外，尚见载于陶宗仪的《书史会要》、凌迪知的《万姓统谱》、陈梦雷的《明伦汇编》及倪涛的《六艺之一录》中。但值得注意的是，上述典籍中对杜勤的记载均以杜甫《醉歌行》诗及注为文献依据。而由杜甫与杜勤的从叔侄关系可知，杜勤当为杜甫叔伯兄弟之子。而《元和姓纂》对杜甫父辈的记载，除其父杜闲外再无他人②。换言之，其中并无有关杜甫叔伯的信息。胡可先先生结合新出土墓志文献，对杜甫家世及家族成员进行补正，考得杜甫三位叔父分别为杜并、杜专、杜登，但此三人的子嗣情况依然不得而知③。杜并因为父报仇，十六岁被杀于吉州官舍④，从年龄推断其有子嗣的可能性极

---

① 〔唐〕杜甫著，〔清〕仇兆鳌注：《杜诗详注》卷三，第 240 页。

② 参见〔唐〕林宝撰，岑仲勉校记：《元和姓纂》卷六"襄阳杜氏"条，第 932 页。

③ 参见胡可先：《新出石刻与唐代文学家族研究》，北京：北京大学出版社，2017年，第 264—268 页。

④ 参见李献奇、郭引强编：《洛阳新获墓志》，北京：文物出版社，1996 年，第 45 页。

小。如此，则杜诗自注中的从侄杜勤，应当为杜专或杜登之孙。目前虽无法得出进一步结论，但结合诗歌自注及现有考证成果，至少可以补充的信息是：杜甫的叔父杜专或杜登有一孙名为杜勤。

2. 元结家族成员的增补。元结《将牛何处去二首》其二中"叔闲修农具，直者伴我耕"句下注云："叔闲，漫叟韦氏甥；直者，漫叟长子也。"①《将船何处去二首》其一中"叔静能鼓枻，正者随弱翁"句下注云："叔静，漫翁李氏甥；正者，漫翁次子也。"②诗人在两条自注中说明了自己与四个人物的关系：直、正二人分别为长、次子；韦叔闲、李叔静则是两外甥。元结有直、正二子，已见史载，但李氏与韦氏两位外甥则除此诗自注外，不见于他处。《元和姓纂》及颜真卿所撰元结墓志也并未说明其兄弟姊妹的情况③。据自注，可对元结家族成员的情况作出两点补充：一是元结至少有两位姊妹，且分别嫁与韦氏子、李氏子；二是这两位姊妹至少各有一子，分别为韦叔闲、李叔静。从诗歌的表述中亦可知韦、李二甥与元结的关系较为亲厚融洽。

3. 元稹韦氏女之婚况。白居易《梦微之》诗有"阿卫韩郎相次去，夜台茫昧得知不"之句，其下注云："阿卫，微之小男。韩郎，微之爱婿。"④朱金城先生指出，阿卫可能就是元稹继室裴氏所生次女道卫，白诗自注中称其为微之小男，当为小女之误；而韩郎则疑为韩泰

---

① 〔唐〕元结撰，孙望编校：《新校元次山集》卷二，第 30 页。

② 〔唐〕元结撰，孙望编校：《新校元次山集》卷二，第 30 页。

③ 参见〔唐〕林宝撰，岑仲勉校记：《元和姓纂》卷四"太原元氏"条，第 430 页；〔唐〕颜真卿：《唐故容州都督兼御史中丞本管经略使元君表墓碑铭并序》，〔清〕董诰等编：《全唐文》卷三四四，第 1545—1546 页。

④ 谢思炜撰：《白居易诗集校注》卷三五，第 2669 页。

之子,却未言其所据①。韩泰有两子师仁、懿文,史无详载,二人名姓仅见于《八琼室金石补正》所收《韩泰等题名》中②。该题名为韩泰于长庆四年在睦州刺史任上所为,其女婿及两子之名紧随于后,且三人姓名之前均未冠以官衔。据此可知师仁、懿文此时尚未释褐受官,且随韩泰同至睦州。据白居易撰元稹墓志所述,元稹与韦氏、裴氏两位夫人先后育有四女:裴氏所出三女在元稹去世时均未到婚嫁年龄;韦氏所出独女保子已婚配,其夫为校书郎韦绚③。作为至交好友,白居易在墓志中对元稹子嗣的记载当无缺漏,但其在诗注中又称韩郎为元稹之爱婿,如此,则只有一种情况,即韦氏独女保子有两段婚姻,先嫁与韩氏子,韩氏夫君去世后,又再嫁韦绚。若韩郎即为韩泰之子,则起码可知保子之先夫,或为师仁或为懿文。而保子再适的校书郎韦绚,与韦执谊子韦绚姓名相同。但白居易为元稹撰写墓志在大和六年,志中称韦绚为校书郎,而据《郡斋读书志》及《文献通考》所载,韦执谊子韦绚在大和年间为李德裕幕府从事④,可见此二“韦绚”并非一人。换言之,保子再嫁之韦绚并非韦执谊子。

4. 源乾曜后裔的增补。刘禹锡《送源中丞充新罗册立使》题下注云:“侍中之孙。”⑤源侍中为源乾曜,源中丞为源寂⑥。据自注之意,源寂乃源乾曜之孙。《元和姓纂》中仅载源乾曜四子之名:复、弻、

---

① 参见〔唐〕白居易著,朱金城笺校:《白居易集笺校》卷三五《梦微之》,第2423页笺注。
② 参见〔清〕陆增祥:《八琼室金石补正》卷六七《韩泰等题名》,第464页。
③ 参见〔唐〕白居易:《唐故武昌军节度处置等使正议大夫检校户部尚书鄂州刺史兼御史大夫赐紫金鱼袋赠尚书右仆射河南元公墓志铭并序》,〔唐〕白居易著,朱金城笺校:《白居易集笺校》卷七〇,第3737页。
④ 参见〔宋〕晁公武撰,孙猛校证:《郡斋读书志校证》卷一三“戎幕闲谈”条,第656页。
⑤ 〔唐〕刘禹锡著,瞿蜕园笺证:《刘禹锡集笺证》卷二八,第878页。
⑥ 据陶敏:《全唐诗人名汇考》,4045D《送源中丞充新罗册立使》,第726页。

洁、清,而未录其孙辈的名姓情状①。源乾曜在两《唐书》中有传,然仅言及其从孙光裕及光裕子洧②。源寂在两《唐书》中虽无传,但其仕宦经历仍散见于多处,惜均无其与源乾曜关系的交代。刘禹锡此诗注的价值正在于揭明源乾曜与源寂的祖孙关系,补充史典对源乾曜后裔记载的缺漏。

5. 王同皎后裔的增补。刘禹锡《送王师鲁协律赴湖南使幕》题下注云:“即永穆公之孙。”③“永穆公”当为永穆公主之讹④。永穆公主为玄宗第二十九女,尚王繇,其后裔史书无载。结合刘禹锡此诗题、注来看,王师鲁乃王繇与永穆公主之孙。此诗作于贞元末王师鲁将赴湖南使幕府前,贞元十八年至永贞元年(805)正值杨凭在湖南观察使、洪州刺史任上⑤,故王师鲁投奔的对象极有可能是杨凭。元稹有《授王师鲁等岭南判官制》,《南部新书》又有王师鲁在岭南节度使孔戣幕府中的记载⑥。孔戣任岭南节度使、广州刺史的时间为元和十二至十五年间⑦,则王师鲁赴岭南当在此期间。综上,则王师鲁贞元至元和年间的行迹、仕宦大致可见:贞元十八年前后为太常寺协律郎,后赴湖南观察使杨凭幕府,又于元和年间奔投岭南节度使孔戣为

---

① 参见〔唐〕林宝撰,岑仲勉校记:《元和姓纂》卷四“代北源氏”条,第453页。
② 参见〔后晋〕刘昫:《旧唐书》卷九八《源乾曜传》,第3072页;〔宋〕宋祁、欧阳修:《新唐书》卷一二七《源乾曜传》,第4451页。
③ 〔唐〕刘禹锡著,瞿蜕园笺证:《刘禹锡集笺证》卷二八,第892页。
④ 参见陶敏:《全唐诗人名汇考》,4013A《送王师鲁协律赴湖南使幕》,第718页。
⑤ 参见郁贤皓:《唐刺史考全编》卷一六六“江南西道潭州”部分“杨凭”条,第2417页。
⑥ 参见〔宋〕钱易撰,黄寿成点校:《南部新书》戊卷,北京:中华书局,2002年,第62页。
⑦ 参见郁贤皓:《唐刺史考全编》卷二五七“岭南道广州”部分“孔戣”条,第3171页。

其判官。而王师鲁的祖父王繇为中宗定安公主与驸马都尉王同皎之子①，同皎因诛杀武三思失败，反被其诬而为中宗所杀②。刘禹锡此注补充了王繇子嗣后裔在史载中的空缺。以此自注为基础，再缀合相关史料，便能进一步发现王同皎、王繇、王师鲁之间的直系血亲关系。不仅如此，该自注也为拼合王师鲁的生平信息提供了重要线索。

6. 狄仁杰后裔的增补。李群玉《别狄佩》题下注云："梁公玄孙，旅于南国。"③梁公为狄仁杰，诗题中的狄佩乃狄仁杰玄孙。此人不见史载，生平经历无从考证，据此诗仅知其与李群玉有交谊。对狄仁杰子嗣后裔记载最为周全详尽的当数《元和姓纂》，载其子三人：光嗣、光远、景昭；曾孙两人：博通、博济，均为光嗣所出；玄孙一人：博通之子元范④。两《唐书》狄仁杰传中虽亦载其家族成员，但直系后裔仅录光嗣、景晖二子；狄郊、郊子狄迈、迈子狄兼谟，则分别为其族侄、侄孙及侄曾孙⑤。可见传世文献中对狄仁杰后裔的记录未有狄佩其人，此注可补传世文献所载不足，在狄仁杰玄孙中除狄元范外，可增入狄佩。

（五）文学创作

除保存史实、建筑遗迹、人物科第仕宦及家世婚况外，唐诗自注还提供了不少时人诗文创作方面的信息，有些可补史籍所载或诗文集收录之不足。自注涉及的唐人诗文创作，主要分为三类：一类是保存诗篇或诗句内容，即自注记录了完整诗篇或部分诗句；一类是说明

---

① 参见〔宋〕王溥：《唐会要》卷五四"给事中"条，第 1098 页。
② 参见〔后晋〕刘昫：《旧唐书》卷一八七《王同皎传》，第 4878 页。
③ 羊春秋辑注：《李群玉诗集》，长沙：岳麓书社，1987 年，第 10 页注释 1。
④ 参见〔唐〕林宝撰，岑仲勉校记：《元和姓纂》卷一〇"天水狄氏"，第 1605 页。
⑤ 参见〔后晋〕刘昫：《旧唐书》卷八九《狄仁杰传》，第 2896 页；〔宋〕宋祁、欧阳修：《新唐书》卷一一五《狄仁杰传》，第 4214 页。

诗文题目,即自注中仅存留了某人诗文篇目的题名;还有一类则是略述文学创作活动,即自注仅言某人曾有撰诗为文之举,却不存其作品内容或题目。因此,唐诗自注对唐人文学创作实绩的丰富补充也相应体现在作品内容、作品题目及创作活动三方面。

1. 保存作品内容

唐诗自注是唐诗编纂尤其是诗歌补遗所依凭的重要资料来源。如《全唐诗》卷六六八高蟾名下收有"君有君恩秋叶后,可能更羡谢玄晖"两句残诗,句后小注言此诗诗题为《宫词》。而郑谷《高蟾先辈以诗笔相示抒成寄酬》句下自注曰:"蟾有后宫词云:君恩秋叶后,日日向人疏。"可见高蟾名下残句诗的收录及诗名的确定,应当是源自郑谷诗自注。除此之外,同书卷五六一薛能名下的《论诗》残句"李白终无取,陶潜固不刊",是据郑谷《读故许昌薛尚书诗集》诗自注而来;同书卷七九五补遗部分辑得晚唐诗人王龟的两句残诗"珠箔卷繁星,金樽泻月明",则是源自方干《献王大夫》的诗中自注。在《全唐诗补编》中,据唐诗自注辑录增补的唐人诗歌及残句亦不在少数。如从孙逖《奉和李右相中书壁画山水》自注中辑得李林甫"八载忝司存"残句;从钱起《酬考功杨员外见赠佳句》自注中辑出杨考功诗"黄卷读来今已老,白头受屈不曾言"残句;由白居易《蓝桥驿见元九诗》《得湖州崔十八使君书喜与杭越邻郡因成长句代贺兼寄微之》《奉酬侍中夏中雨后游城南庄见示八韵》三首诗中分别辑出元稹残句诗一句,崔玄亮残句诗两句,裴度残句诗两句。尽管前贤及当世学者已从唐诗自注中辑录出一定数量的唐人诗歌,但仍有未尽之处。笔者据整理所得的唐诗自注,对前辈同仁漏收之作加以补充:

次休上人残句诗。白居易《答次休上人》题下注:"来篇云:'闻有余霞千万首,何妨一句乞闲人。'"①次休上人诗在各类唐人诗集中

① 谢思炜撰:《白居易诗集校注》卷二四,第 1947 页。

均未见载,据此可补其残句诗两句,并可知残句出自其赠予白居易的诗篇之中。由"何妨一句乞闲人"推断,次休上人的赠白之作带有明显的乞诗目的。

李处士残句诗。储光羲《酬李处士山中见赠》诗"邀以青松色"句下注曰:"李诗云,青青此松柏。"①李处士姓名、生平不详,唐人诗文集中未见收此残句或原诗。据自注可补李处士赠储光羲诗残句一句。

刘禹锡残句诗。白居易《酬梦得贫居咏怀见赠》诗"日望挥金贺新命"句下注曰:"来篇云:'若有金挥胜二疏。'"②注中诗句不见于各版刘禹锡诗文集,亦不见收于《全唐诗》及补遗类文献。据此可补刘禹锡赠白居易诗残句一句。据谢思炜《白居易诗集校注》,白居易的酬诗作于开成四年,而刘禹锡当时以秘书监分司东都,因而可知刘禹锡残句诗的原篇当作于其开成四年分司东都之初。

崔八残句诗。李商隐《酬崔八早梅有赠兼示之作》诗"维摩一室虽多病,亦要天花作道场"句下注云:"时余在惠祥上人讲下,故崔落句有'梵王宫地罗含宅,赖许时时听法来。'"③诗题中崔八的确切名姓尚无定论,或以为是崔珏,或以为是桂管补巡管崔兵曹,或以为是名为崔福者④。无论崔八为何人,可以确定的是李商隐诗自注可补其残句诗两句。

2. 提供作品题目

存目自注中提及的诗文作品均为亡佚之作。因此,这类自注的辑佚价值及受重视程度远不及存文自注。尽管如此,存目自注仍然

① 〔清〕彭定求等编:《全唐诗》卷一三八,第 1397 页。
② 谢思炜撰:《白居易诗集校注》卷三五,第 2640 页。
③ 刘学锴、余恕诚著:《李商隐诗歌集解》,第 1282 页注释 5。
④ 黄世中注疏:《类纂李商隐诗笺注疏解》卷三,合肥:黄山书社,2009 年,第 913—914 页校记 1。

能在一定程度上反映出唐人的创作实绩,不容忽视。现将此类自注中保留的作者及作品名称罗列如下:

阎防《石门草堂诗并序》。储光羲《贻阎处士防卜居终南》诗"草堂著新书"句下注云:"时阎子有石门草堂诗序。"①可知阎防曾作《石门草堂诗并序》,然该诗及序不见于各类唐人文集中,自注存目可补现载之缺。

薛据《同诸公登慈恩寺塔》或《同诸公登慈恩寺浮屠》诗。杜甫《同诸公登慈恩寺塔》题下注云:"时高适、薛据先有作。"②与杜甫同登慈恩寺塔者,除自注中提及的高适、薛据,还有岑参。除薛据外,其余三人的登塔诗均得以留存。岑参诗与杜甫诗同题,高适之作题目略有不同,为《同诸公登慈恩寺浮屠》。故而薛据佚作题名当不外乎此。据闻一多先生《岑嘉州系年会笺考证》,此四人同游慈恩寺当在天宝十一载秋天。则可知薛据曾有题为《同诸公登慈恩寺塔》或《同诸公登慈恩寺浮屠》诗作一首,作于天宝十一载秋。

王季友《苦哉行》。戎昱《苦哉行五首》题下注云:"宝应中过滑州洛阳后同王季友作。"③可知王季友有同题之作《苦哉行》,但该诗不见于各类诗文集,仅有此注存其题目。戎昱《苦哉行五首》作于宝应二年,当时他正在出任华阴县尉的好友王季友官舍,诗歌反映的是回纥军队在东都洛阳一带的掠杀恶行④。由此可知王季友《苦哉行》亦作于宝应二年,诗歌旨意当与戎诗基本相同。

钱徽《白牡丹》诗。白居易《白牡丹》题下注云:"和钱学士作。"⑤钱学士为钱起之子钱徽。《全唐诗》未收其诗,《全唐诗补编》

① 〔清〕彭定求等编:《全唐诗》卷一三八,第1404页。

② 〔唐〕杜甫著,〔清〕仇兆鳌注:《杜诗详注》卷二,第103页。

③ 〔清〕彭定求等编:《全唐诗》卷二七〇,第3006页。

④ 参见傅璇琮主编:《唐才子传校笺》卷三《戎昱传》,第661页。

⑤ 谢思炜撰:《白居易诗集校注》卷一,第72页。

收《小庭水植率而成诗》一首、《同乐天登青龙寺上方望蓝田山绝句》残句,《白牡丹》诗不在其列,应已亡佚。据诗注可知,钱徽先作《白牡丹》诗,白诗乃和作。这组唱和诗作于元和三年八月至元和六年四月,两人同为翰林学士之时①。

厉玄《早鸿》诗。无可《书事寄万年厉员外》诗"抽毫咏早鸿"句下注云:"公与诸文士赋早鸿诗也。"②《早鸿》乃厉玄等诗人的同题赋咏之作,此诗不见于厉玄现存作品中,而目前所存同题之作仅有李群玉的《早鸿》诗,则据无可诗自注可知厉玄曾作《早鸿》一诗。此外,注中所说的"诸文士"应当包括李群玉。

薛能《嵩山》诗。郑谷《读故许昌薛尚书诗集》中有自注"公有嵩山巨篇"③,可知郑谷所见薛能诗集中尚有《嵩山》一诗,且其篇幅规模较为宏大,但今已不存。除《嵩山》外,郑谷在其诗中亦提到薛能的《华岳》《黄河》二作,并有将其与《嵩山》并举共论之意。《华岳》《黄河》二诗尚存,均为五言二十八句长排,由此可推《嵩山》诗的规模、题材应与之相仿。而这三首诗歌亦构成薛能赋咏名山大川类篇章的代表作。

3. 补充创作活动

裴霸铭、诔文的创作。高适《酬裴员外以诗代书》中"辛酸陈侯诔"句下注云:"陈二补阙铭诔即裴所为。"④陈二补阙为陈兼,裴员外为裴霸⑤。由注可知,陈兼去世后其墓志铭及诔文均为裴霸所撰。今所见唐人文集中未存裴霸作品,高适此诗自注可补裴霸的散文创

---

① 参见谢思炜撰:《白居易诗集校注》卷一,第 73 页注释 1。
② 〔清〕彭定求等编:《全唐诗》卷八一四,第 9167 页。
③ 〔清〕彭定求等编:《全唐诗》卷六七六,第 7759 页。
④ 刘开扬著:《高适诗集编年笺注》,第 308 页注释 65。
⑤ 参见陶敏:《全唐诗人名汇考》,2194D《酬裴员外以诗代书》,第 359 页。

作信息。据李华《云母泉诗序》,陈兼上元年间尚在人世①,而其必卒于高适作此诗之前。《酬裴员外以诗代书》作于乾元二年至上元元年高适任彭州刺史期间,则陈兼当卒于上元元年。故裴霸为陈兼撰写铭、诔的时间亦在此年。

　　元宗简的诗文创作。元宗简是中唐时期颇有创作实绩的作家,与张籍、元稹、白居易等交情深厚。但其作品在宋代便散佚殆尽,故只能通过时人评述对其诗文规模及创作情况进行勾勒。白居易在《题故元少尹集后二首》中云:"遗文三十轴,轴轴金玉声。"②据此可知其原有诗文集三十卷,包括格诗 185 首、律诗 509 首、文 75 篇③。可见元宗简诗文兼擅,相较而言诗歌成就更高,且以格律诗见长。除白居易外,元稹《见人咏韩舍人新律诗因有戏赠》的句下自注亦提供了元宗简诗歌创作的信息:"侍御八兄,能为七言绝句。赞善白君,好作百韵律诗。"④侍御八兄、赞善白君分别为元宗简与白居易。不难看出,元宗简在格律诗创作上又尤以七言绝句的成就最高。

　　柳浑的状文创作。柳浑为大历时人,现存作品仅有《全唐诗》所收《牡丹》诗、《全唐文》所收《请禁田季羔货宅奏》。皎然《送德清卫明府赴选》题下注"时柳黜陟有荐状"⑤则提供了柳浑撰文的新信息。自注中的柳黜陟即柳浑⑥,卫明府名字不详。皎然称柳浑为黜陟,则可知此诗作于大历十四年至建中元年,柳浑任浙江东西黜陟

① 参见〔清〕彭定求等编:《全唐诗》卷一五三,第 1587—1588 页。
② 谢思炜撰:《白居易诗集校注》卷二一,第 1686 页。
③ 参见〔唐〕白居易:《故京兆元少尹文集序》,〔唐〕白居易著,朱金城笺校:《白居易集笺校》卷六八,第 3653 页。
④ 杨军笺注:《元稹集编年笺注》,第 647 页。
⑤ 〔清〕彭定求等编:《全唐诗》卷八一八,第 9217 页。
⑥ 参见陶敏:《全唐诗人名汇考》,9217C《送德清卫明府赴选》,第 1351 页。

使期间①。德清县为湖州属县,亦为柳浑管辖范围。则结合皎然此诗题、注可知大历十四年至建中元年,柳浑任浙江东西黜陟使期间,曾向朝廷举荐其下辖湖州德清县明府卫氏,并为之撰写荐状。

三、纠典籍之误

唐诗自注作为诗人亲手书写的文献资料,可作为史载之参照,在证史、补史的同时,亦发挥了重要的纠误作用。学者们已充分注意到自注作为纠误依据的价值,利用唐诗自注纠正史籍错讹的实例也早已有之。如储仲君先生在为《唐才子传校笺》中的《薛据传》作笺注时,便利用刘长卿《送薛宰涉县》的题下自注,纠正了辛文房《唐才子传》中对薛据由万年县录事直接改授涉县令的错误记载。再如关于唐德宗时期重修盐州城的时间,《德宗实录》、《旧唐书》的《德宗纪》《杜希全传》《杨朝晟传》及《吐蕃传》均写作贞元九年,而《新唐书·吐蕃传》则记为贞元八年。《资治通鉴考异》结合白居易《城盐州》诗自注及其他相关史料考定重筑盐州城的时间为贞元八年,从而纠正《德宗实录》及《旧唐书》中记载的错讹。又如葛立方在《韵语阳秋》中,以杜牧《李给事二首》的两条自注为线索,并结合诗意推断诗题中的李给事并非李石而是李中敏,纠正了诗中人物注释的错误。此类纠误之例尚有不少,兹不逐一举出。尽管如此,诸位方家学人在以注纠史的过程中,仍有缺漏未周之处,笔者拟以所发现的两条材料进行补充。

1. 李华被贬杭州司功参军,非司户参军。李华曾被安禄山授凤阁舍人之职,肃宗回朝后因此遭贬。关于其所贬官职在《旧唐书》本

---

① 柳浑任黜陟使的时间,参见〔后晋〕刘昫:《旧唐书》卷一二五《柳浑传》,第 3553 页;〔北宋〕王钦若等编:《册府元龟》卷一六二《帝王部·使命》,第 1957 页。

传中未具体说明,只云"收城后,三司类例减等,从轻贬官"①。《新唐书》本传则言其被贬杭州司户参军,《全唐诗》及《全唐文》的李华小传亦同此说②。两处作者小传极有可能是依《新唐书》本传撰写而成,故与其说法一致。但李华《寄赵七侍御》诗自注则提供了不一样的信息,诗中"相顾无死节,蒙恩逐殊封"句下注曰:"华贬杭州司功,赵贬泉州晋江尉。"③诗句所言正是《旧唐书》所说"从轻贬官"之意,而被贬之职却并非杭州司户参军而是司功参军。此外,李华在《云母泉诗》序中也明言其被贬杭州司功参军:"乾元初,公贬清江丞,移武陵丞。华贬杭州司功,恩复左补阙。"④这段文字对其被贬时间及官职交代得非常清晰。可见出自李华之手的自注及诗序均表明其被贬为杭州司功参军,如此则《新唐书》李华传及以其为依据的《全唐诗》《全唐文》作者小传对李华被贬杭州司户参军的记载是错误的,应据自注及诗序改正。

2. 宣州当涂县之龙山非落帽台所在之龙山。龙山落帽台之名源自东晋孟嘉龙山落帽之典。在现有史地文献中,对落帽台所在之龙山的地理位置有两种说法:一种认为在当涂县,《元和郡县图志》《太平寰宇记》均持此说,将当涂县的龙山视为落帽台所在之处⑤;另一种认为在江陵府,《方舆胜览》与《元丰九域志》中作如是

---

① 〔后晋〕刘昫:《旧唐书》卷一九〇《李华传》,第 5048 页。
② 参见〔宋〕宋祁、欧阳修:《新唐书》卷二〇三《李华传》,第 5776 页;〔清〕彭定求等编:《全唐诗》卷一五三,第 1585 页;〔清〕董诰等编:《全唐文》卷一三四,第 1408 页。
③ 〔清〕彭定求等编:《全唐诗》卷一五三,第 1589 页。
④ 〔清〕彭定求等编:《全唐诗》卷一五三,第 1587—1588 页。
⑤ 参见〔唐〕李吉甫撰,贺次君点校:《元和郡县图志》卷二八"江南道宣州当涂县"条,第 684 页;〔宋〕乐史撰,王文楚等点校:《太平寰宇记》卷一〇五"江南西道太平州当涂县"条,第 2082 页。

记载①。而元稹在其《答姨兄胡灵之见寄五十韵》中有两处自注可为确定落帽台所在龙山的地理位置提供依据。诗中"登楼王粲望，落帽孟嘉情"句下注云："龙山落帽台，去府城二十里。"②此诗作于元和五年元稹任江陵府士曹参军之时，自注中的府城必为其所居之江陵府，否则诗人无法说明落帽台与府城间的准确距离，此其一也。诗句中将王粲登楼与孟嘉落帽对举，两人一为滞留荆州，一为祖籍江夏，实属同一区域，正与元稹身处江陵之地吻合。可见诗人是有意选取两个与其所处空间相同的历史人物和自身相呼应，孟嘉的落帽台当与宣州无关。此其二也。诗中"登楼"两句后紧接"巫峡连天水，章台塞路荆"两句，句下注云："章华台去府十里。"③章华台是春秋时期楚国离宫，应在荆州无疑。而这四句诗在意脉上是贯通的，元稹所取均为其周边景物古迹，故而落帽台所在的龙山应当在荆州，而非宣州，此其三也。综上而言，源自孟嘉落帽之典的龙山落帽台当在江陵府而非宣州。元稹诗注可纠《元和郡县图志》及《太平寰宇记》所载之误。

第二节　唐诗自注的局限性

唐诗自注作为诗人亲手书写且随诗保存下来的文献资料，在证史、补史及纠史方面发挥的积极作用毋庸置疑。但这一阐释形式也存在并引发了诸种问题，从而暴露了其无法规避的局限性。总体而

① 参见〔宋〕祝穆撰，祝洙增订，施和金点校：《方舆胜览》卷二七"湖北路江陵府山川"条，第480页；〔宋〕王存撰，王文楚、魏嵩山点校：《元丰九域志》卷六"江陵府"条，北京：中华书局，1984年，第266页。
② 杨军笺注：《元稹集编年笺注》，第322—323页。
③ 杨军笺注：《元稹集编年笺注》，第323页。

言,唐诗自注的局限主要表现在三个方面:就其自身来说,最明显的问题在于内容的讹误与诠释的未尽;而就其对诗歌文本的消极干预而言,则集中体现为破坏诗歌形式的完整进而割裂连贯的意脉。

一、内容的讹误

唐诗自注虽然具有极高的可信度,但由于很多自注并非与诗歌创作同步完成,而是在诗人后期翻阅、整理作品时所添加,这就使因记忆误差而导致的内容错误在所难免。此外,在作品被不断转抄、刻印的过程中,由误抄、误读、误解而造成的对诗歌及自注内容的篡改同样无法避免。这些都成为导致诗歌自注在内容上产生讹误的原因。关于唐诗自注内容的讹误,已有学者在整理、笺注诗人作品的过程中指出。如储仲君先生在笺注刘长卿诗集时,就认为其《郧上送韦司士归上都旧业》题下注"司士即郑公之孙,顷客于郧上"中的"郑公"当为"郧公"之误①。陶敏先生则进一步考证出此郧公乃中宗时期的中书令、郧国公韦安石②。又如韦应物《杂言送黎六郎》的题下注云:"寿阳公之子。"孙望先生指出自注中的"寿阳公"应为"寿春公";诗题中的黎六郎乃黎幹,其父即京兆尹、寿春公黎燧③。再如白居易《曲江感秋》自注"五年作"的系年之误④,《胡旋女》自注"天宝末,康居国献之"对胡旋舞输出地及传入中原时间记述的错误⑤,以及《蛮子朝》自注"天宝十三载,鲜于仲通统兵六万讨云南王阁罗凤

---

① 储仲君撰:《刘长卿诗编年笺注》,第 478 页校记 1。

② 参见陶敏:《全唐诗人名汇考》,1572B《郧上送韦司士归上都旧业》,第242 页。

③ 参见孙望编著:《韦应物诗集系年校笺》卷二,第 101 页。

④ 参见谢思炜撰:《白居易诗集校注》卷九,第 745 页。

⑤ 参见谢思炜撰:《白居易诗集校注》卷三,第 307 页;〔日〕石田干之助著,钱婉约译:《长安之春》,北京:清华大学出版社,2015 年,第 13—15 页。

于西洱河,全军覆殁也"对历史事件记载的错误等等①,均已被逐一指出。诸如此类的例子不止以上所举,兹不尽数罗列。下面仅将尚未被方家指陈的三处自注讹误辨正如下:

1. 元稹自注对白居易诗句记录的错讹。元稹《酬乐天得微之诗知通州事因成四首》其三中"敢唱沧浪一字歌"句下注云:"本句云:时时三唱濯缨歌。"②自注所引诗句出自白居易的《得微之到官后书备知通州之事怅然有感因成四章》其三,各版白居易集中此诗的原句均为"莫遣沉愁结成病,时时一唱濯缨歌"③。可见元稹自注中的"三唱"乃"一唱"之误。

2. 白居易自注对刘禹锡诗句记录的错讹。白居易《和梦得》题下注云:"梦得来诗云:'谩读图书四十车,年年为郡老天涯。一生不得文章力,百口空为饱暖家。'"④自注所引诗句出自刘禹锡的《郡斋书怀寄河南白尹兼简分司崔宾客》,"谩读"一句在笔者所见各版刘禹锡集中有两种表述:瞿蜕园笺证本及其所据清代朱学勤的朱氏结一庐刊本均写作"谩读图书二十车"⑤;陶敏、陶红雨校注本及其所据底本徐玉森影印宋浙刻本《刘宾客文集》及《全唐诗》中均写作"谩读图书三十车"⑥。"二十车"与"三十车"的不同,极有可能是在诗歌传抄时引起的错讹。至于刘诗原句是"二十车"而被误加一笔成

---

① 参见谢思炜撰:《白居易诗集校注》卷三,第 343 页。

② 杨军笺注:《元稹集编年笺注》,第 647 页。

③ 参见〔唐〕白居易:《白氏长庆集》卷一五《得微之到官后书备知通州之事怅然有感因成四章》其三,北京:文学古籍刊行社,1955 年,第 10 页;〔唐〕白居易著,朱金城笺校:《白居易集笺校》卷五,第 923 页;谢思炜撰:《白居易诗集校注》卷一五,第 1206 页。

④ 谢思炜撰:《白居易诗集校注》卷三一,第 2366 页。

⑤ 参见〔唐〕刘禹锡著,瞿蜕园笺证:《刘禹锡集笺证·外集》卷二,第 1139 页。

⑥ 参见〔唐〕刘禹锡撰,陶敏、陶红雨校注:《刘禹锡全集编年校注》卷九,第 981 页;〔清〕彭定求等编:《全唐诗》卷三六〇,第 4067 页。

"三十车",还是原本为"三十车"而误减一笔成"二十车",实难确证。但从字形的相似度看,"二""三"错写的可能性是极大的,因此,刘诗原句应当或为"二十车"或为"三十车"。而白居易的《和梦得》是对刘禹锡《郡斋书怀寄河南白尹兼简分司崔宾客》的回作,对刘禹锡而言他定当十分清楚白居易的和作针对的是哪首诗歌;对白居易来说,其在写作和诗的当时,无须也不会专门通过自注提示刘禹锡所和的具体篇目。因此,该诗自注很可能是白居易在编定整理文集时才添加补入的,将刘禹锡原作中的"二十车"或"三十车"误记为"四十车"。

3. 李绅自注对元稹题壁诗记录的缺误。李绅《新楼诗二十首》题下注云:"到越州日,初引家累登新楼,望镜湖,见元相微之题壁诗云:'我是玉京天上客,谪居犹得小蓬莱。四面寻常对屏障,一家终日在楼台。'"[①]依自注,元稹在越州新楼的题壁诗为七言绝句。此诗得见于传世元稹集中,题为《以州宅夸于乐天》,各版元稹集中均写作:"州城回绕拂云堆,镜水稽山满眼来。四面常时对屏障,一家终日在楼台。星河似向檐前落,鼓角惊从地底回。我是玉皇香案吏,谪居犹得住蓬莱。"[②]可见此诗原为七言律诗,李绅自注中的引用不仅句数有缺、文辞有误,而且在语句顺序上亦有颠倒错乱。自注对原诗的错写极可能是李绅记忆偏差所致。上文对李绅诗自注的引用并不完整,自注原文的最后一句为:"顷在越之日,荏苒多故,未能书壁,今追思为新楼诗二十首。"由之可见,此二十首诗乃李绅对其浙东观察使生活经历的追忆。诗人大和七年冬至越州,大和九年五月改授太子宾客分司东都。换言之,这组组诗的创作时间不会早于大和九年五

---

① 〔唐〕李绅著,卢燕平校注:《李绅集校注》,第 160—161 页。

② 参见杨军笺注:《元稹集编年笺注》,第 881 页;〔唐〕元稹著,周相录校注:《元稹集校注》卷二二,第 651 页。

月。再结合题注所言,诗人是在大和七年冬初到越州登楼时看到的元稹题壁诗,而将其以自注的形式进行转录,则是三年之后的事,因此出现语词、句数的讹误及句次的混乱是很有可能的。

综上可见,唐诗自注在内容上的讹误涉及爵位、诗歌系年、史实、引用诗句等诸多方面。这些错讹若未被及时纠正,势必影响读者对诗歌原貌、史实真相、人物真实身份等问题的正确判断及认识,甚至导致以讹传讹。

二、诠释的未尽

诗歌自注作为一种阐释手段,主要目的在于明诗歌之意。而唐诗自注又以诠释诗歌所涉史实本事及人物行状为重点,诗人期待自己所写诗歌被正确、透彻理解的意图不言而喻。事实上,当诗人试图通过自注对诗歌的创作背景或与诗句相关的人事进行揭示说明时,自注的表述往往并不透彻,需要进一步诠释,反倒成为新的被释对象。如岑参《送张都尉东归》的题下自注"时封大夫初得罪"[1],虽然提供了诗歌的写作背景,但未对封大夫其人及获罪之事详细说明,从而使已交代的创作背景依然有模糊不明之处。再如韩翃《送郑员外》题下注"郑时在熊尚书幕府"[2]提供了郑员外的行迹线索,但并未明确郑员外及熊尚书的名字、身份,而这又成为需要被继续阐释的新问题。

唐诗自注的诠释未尽之处集中体现在人物与事件两个方面。人物的阐释未尽,主要指对人物姓名、身份交代得不清。如严维《奉和皇甫大夫夏日游花严寺》题下注云:"时大夫昆季同行。"[3]自注既提

---

① 〔唐〕岑参撰,廖立笺注:《岑嘉州诗笺注》卷三,第440页。
② 〔清〕彭定求等编:《全唐诗》卷二四五,第2750页。
③ 〔清〕彭定求等编:《全唐诗》卷二六三,第2918页。

供了诗歌创作的背景,又明确了诗中"王家少长行"一句的具体所指,还原了诗歌场景,有助于对诗意的理解,但自注没有交代皇甫大夫及其昆季的名字、身份,这本身又成为需要继续追讨的问题。再如欧阳詹《送潭州陆户曹之任》题下注"户曹自处州司仓除"①尽管提供了陆户曹的历官信息,但此人的名字则是自注的空白。又如李德裕《忆金门旧游奉寄江西沈大夫》中"又借天边一卧龙"句下注云:"杜西川谪官南海。"②此注揭明诗句所喻的事实,但又缺乏对杜西川及其贬谪缘由的说明。

自注对事件的阐释未尽,是指诗人在自注中虽提及诗句包含的史实本事或与诗歌创作相关的背景事件,但未详叙其中的缘由始末。如刘长卿《自江西归至旧任官舍赠袁赞府》题下注云:"时经刘展平后。"③由自注仅可知刘展叛乱被平,但此叛乱的缘由及平叛过程则均无法从自注中获知。又如白居易《忆洛下故园》题下注云:"时淮、汝寇戎未灭。"④其《登郢州白雪楼》中"朝来渡口逢京使,说道烟尘近洛阳"句下注曰:"时淮西寇未平。"⑤《送客春游岭南二十韵》中"战舰犹惊浪,戎车未息尘"句下注云:"时黄家贼方动。"⑥上述自注的确揭示出牵动诗情或隐于诗句中的史实本事,但亦因点到即收的释解方式从而造成对事件过程的阐释空白。

总之,部分唐诗自注因诠释的局限,往往需要二次解读,即对其再注释方能在最大程度上发挥其明诗情达诗意的作用。如韦应物

---

① 〔清〕彭定求等编:《全唐诗》卷三四九,第 3903 页。

② 〔唐〕李德裕撰,傅璇琮、周建国校笺:《李德裕文集校笺·别集》卷四,第 591 页。

③ 储仲君撰:《刘长卿诗编年笺注》,第 208 页。

④ 谢思炜撰:《白居易诗集校注》卷一〇,第 822 页。

⑤ 谢思炜撰:《白居易诗集校注》卷一五,第 1219 页。

⑥ 谢思炜撰:《白居易诗集校注》卷一七,第 1349 页。

《再游龙门怀旧侣》题下注云：“尝与窦黄州、洛阳韩丞、渑池李丞、密郑二尉同游。”①注释仅以官职称龙门旧游，若不对注释中所提诸人作进一步考证，则无法获得有关韦应物交游方面的有效信息，而这恰是此自注最具价值之处。卢纶《送抚州周使君》题下自注“即侍中之婿”②指出某侍中与周使君的翁婿关系，但若要将此真正转化为人物的家庭资料，则必须先弄清侍中及周使君两人的名姓、身份。白居易在其《寄唐生》中排比列举了唐生敬佩叹惋的忠义之人及其凛然之举，并分别以注释之：“太尉击贼日”句下注曰“段太尉以笏击朱泚”；“尚书叱盗时”句下注曰“颜尚书叱李希烈”；“大夫死凶寇”句下注曰“陆大夫为乱兵所害”；“谏议谪蛮夷”句下注曰“阳谏议左迁道州”③。注释的目的是将诗句所概括的史实事件作进一步充实细化，从而使全诗对“忠义凛然”的突显更扎实有力，但自注实际上只交代了事件却未详述具体过程，而未展开的内容才是真正能够呼应诗歌所要表现的致敬人物义举的关键。因此，若止于自注所言而不追究其未言，则无法充分发挥其对诗歌情感表达的助力作用。李益《从军有苦乐行》题下自注“时从司空鱼公北征”④提供了李益出使边塞的相关线索，但也因未交代司空鱼公的名字，从而导致后世在考定鱼公其人及李益赴边塞次数、时间上的分歧⑤，自注的价值亦因此而打了折扣。

① 孙望编著：《韦应物诗集系年校笺》卷一，第53页。
② 〔唐〕卢纶著，刘初棠校注：《卢纶诗集校注》卷五，第544页。
③ 谢思炜撰：《白居易诗集校注》卷一，第78页。
④ 王亦军、裴豫敏编注：《李益集注》，第106页。
⑤ 参见王亦军、裴豫敏编注：《李益集注》，第107—108页注释2；傅璇琮主编：《唐才子传校笺》卷四《李益传》，第94—98页；同书同卷，第187页。

三、对诗脉的割裂

诗歌的脉络包括意义脉络与情感脉络两方面,而脉络的圆融连贯则是诗歌创作的基本要求。具体地说,诗歌在意义与情感表达上的完整是诗脉融通的关键。这必须依靠诗歌从结构布局到行文措辞再到呈现形式的环环相扣、彼此彰显方能实现。形式的紧凑能够流畅完整地传递诗篇内在的事意情气,而自注特别是句下注则破坏了诗歌语句的紧密衔接,造成其形式上的破碎断裂。自注在诗篇中的插入及对诗句的割裂,不仅阻断了诗句间的连接,更导致诗歌叙事节奏、情气流动的阻滞与混乱,从而破坏了诗歌外在面貌与内在意脉的圆融完整。这一消极影响在长篇诗作中表现得尤为明显。

以白居易《东南行一百韵寄通州元九侍御澧州李十一舍人果州崔二十二使君开州韦大员外庚三十二补阙杜十四拾遗李二十助教员外窦七校书》为例,该诗为两百句的鸿篇巨制,单句下注就出现 16 次,堪为中唐乃至整个唐代高频自注诗的代表。自注在全诗的分布并不平均,主要集中在诗歌的中段,即诗人回顾自己自科举登第到被贬江州的经历部分。自注涵盖的诗句数量亦多少不等,一句一注、两句一注、四句一注、六句一注兼有,各种情况在诗中的出现具有明显的随机性,无规律可循。这 16 处自注的确保存了白居易贞元、元和年间的行迹经历乃至长安、江州的风土人情,具有重要的文献价值;同时,作者以自注详解的方式成功凸显了其书写并希冀读者关注的重点。但不可否认的是,自注在诗歌中频密出现,虽然增加了信息含量,却也因信息量过大而导致诗歌叙述进程受阻及情感节奏的被迫停滞。而读者为了吸收消化诗句及自注提供的丰富信息,势必放慢阅读速度,从而使这一自注密集的部分因过于浓墨重彩而造成与前后内容在节奏与叙事上的割裂。

综而言之,诗人通过自注尤其是句下注,一方面的确明确并丰富了诗句意义,但另一方面又破坏了诗篇形式的完整性,而且干扰了诗歌叙事及情感表达的正常节奏,从而导致诗歌外在形态与内在脉络的双重断裂。

参考文献

古籍

〔汉〕班固:《汉书》,北京:中华书局,1962年。

〔汉〕司马迁:《史记》,北京:中华书局,1959年。

〔后晋〕刘昫等撰:《旧唐书》,北京:中华书局,1975年。

〔魏〕杨衒之撰,周祖谟校释:《洛阳伽蓝记校释》,北京:中华书局,
　　2010年。

〔唐〕白居易:《白氏长庆集》,北京:文学古籍刊行社,1955年。

〔唐〕白居易著,朱金城笺校:《白居易集笺校》,上海:上海古籍出版
　　社,1988年。

〔唐〕曹唐著,陈继明注:《曹唐诗注》,上海:上海古籍出版社,1996年。

〔唐〕岑参撰,廖立笺注:《岑嘉州诗笺注》,北京:中华书局,2004年。

〔唐〕戴叔伦著,蒋寅校注:《戴叔伦诗集校注》,上海:上海古籍出版
　　社,2010年。

〔唐〕窦常等:《窦氏联珠集》,《四部丛刊三编》第76册,上海:上海书
　　店,1986年。

〔唐〕独孤及撰,刘鹏、李桃校注:《毗陵集校注》,沈阳:辽海出版社,
　　2006年。

〔唐〕杜甫著,〔清〕仇兆鳌注:《杜诗详注》,北京:中华书局,1979年。

〔唐〕杜甫著,〔清〕杨伦笺注:《杜诗镜铨》,上海:上海古籍出版社,

1980 年。

〔唐〕杜甫著,谢思炜校注:《杜甫集校注》,上海:上海古籍出版社,
　　2015 年。

〔唐〕杜牧:《樊川文集》,《四部丛刊初编》第 126 册,上海:上海书店,
　　1989 年。

〔唐〕杜牧著,〔清〕冯集梧注:《樊川诗集注》,上海:上海古籍出版社,
　　1978 年。

〔唐〕杜荀鹤:《杜荀鹤文集》(宋蜀刻本唐人集丛刊),上海:上海古籍
　　出版社,1994 年。

〔唐〕杜佑撰,王文锦、王永兴等点校:《通典》,北京:中华书局,1988 年。

〔唐〕房玄龄等:《晋书》,北京:中华书局,1974 年。

〔唐〕韩偓撰,吴在庆校注:《韩偓集系年校注》,北京:中华书局,
　　2015 年。

〔唐〕韩愈著,刘真伦、岳珍校注:《韩愈文集汇校笺注》,北京:中华书
　　局,2010 年。

〔唐〕李白:《李太白文集》(宋蜀刻本唐人集丛刊),上海:上海古籍出
　　版社,1994 年。

〔唐〕李白著,〔清〕王琦注:《李太白全集》,北京:中华书局,2011 年。

〔唐〕李德裕撰,傅璇琮、周建国校笺:《李德裕文集校笺》,北京:中华
　　书局,2018 年。

〔唐〕李贺:《李长吉文集》(宋蜀刻本唐人集丛刊),上海:上海古籍出
　　版社,1994 年。

〔唐〕李吉甫撰,贺次君点校:《元和郡县图志》,北京:中华书局,1983 年。

〔唐〕李林甫等撰,陈仲夫点校:《唐六典》,北京:中华书局,1992 年。

〔唐〕李颀著,隋秀玲校注:《李颀集校注》,郑州:河南人民出版社,
　　2007 年。

〔唐〕李绅著,卢燕平校注:《李绅集校注》,北京:中华书局,2009 年。

〔唐〕李泰等著,贺次君辑校:《括地志辑校》,北京:中华书局,1980年。

〔唐〕林宝撰,岑仲勉校记:《元和姓纂》,北京:中华书局,1994年。

〔唐〕刘长卿:《刘文房文集》(宋蜀刻本唐人集丛刊),上海:上海古籍出版社,1994年。

〔唐〕刘禹锡:《刘梦得文集》(宋蜀刻本唐人集丛刊),上海:上海古籍出版社,1994年。

〔唐〕刘禹锡:《刘梦得文集》,《四部丛刊初编》第118册,上海:上海书店,1989年。

〔唐〕刘禹锡著,瞿蜕园笺证:《刘禹锡集笺证》,上海:上海古籍出版社,1989年。

〔唐〕刘禹锡撰,陶敏、陶红雨校注:《刘禹锡全集编年校注》,北京:中华书局,2019年。

〔唐〕柳宗元:《柳宗元集》,北京:中华书局,1979年。

〔唐〕柳宗元著,王国安笺释:《柳宗元诗笺释》,上海:上海古籍出版社,1993年。

〔唐〕卢纶著,刘初棠校注:《卢纶诗集校注》,上海:上海古籍出版社,1989年。

〔唐〕卢照邻著,祝尚书笺注:《卢照邻集笺注》,上海:上海古籍出版社,2011年。

〔唐〕骆宾王:《骆宾王集》,北京:中国书店,1988年。

〔唐〕孟浩然:《孟浩然诗集》(宋蜀刻本唐人集丛刊),上海:上海古籍出版社,1994年。

〔唐〕孟浩然著,佟培基笺注:《孟浩然诗集笺注》,上海:上海古籍出版社,2000年。

〔唐〕孟郊:《孟东野文集》(宋蜀刻本唐人集丛刊),上海:上海古籍出版社,1994年。

〔唐〕欧阳询撰,汪绍楹校:《艺文类聚》,上海:上海古籍出版社,

1982 年。

〔唐〕皮日休、陆龟蒙：《松陵集》，卢靖辑《湖北先正遗书》影汲古阁本，1923 年。

〔唐〕皮日休著，萧涤非、郑庆笃校注：《荆楚文库·皮日休集》，武汉：长江文艺出版社，2018 年。

〔唐〕权德舆：《新刊权载之文集》（宋蜀刻本唐人集丛刊），上海：上海古籍出版社，2013 年。

〔唐〕权德舆撰，郭广伟校点：《权德舆诗文集》，上海：上海古籍出版社，2008 年。

〔唐〕沈下贤著，肖占鹏校注：《沈下贤集校注》，天津：南开大学出版社，2003 年。

〔唐〕释贯休：《禅月集》（中华再造善本），北京：国家图书馆出版社，2013 年。

〔唐〕司空图著，祖保泉、陶礼天笺校：《司空表圣诗文集笺校》，合肥：安徽大学出版社，2002 年。

〔唐〕王勃著，〔清〕蒋清翊注，汪贤度校点：《王子安集注》，上海：上海古籍出版社，1995 年。

〔唐〕王建著，尹占华校注：《王建诗集校注》，成都：巴蜀书社，2006 年。

〔唐〕王维：《王摩诘文集》（宋蜀刻本唐人集丛刊），上海：上海古籍出版社，1994 年。

〔唐〕王维撰，〔清〕赵殿成笺注：《王右丞集笺注》，上海：上海古籍出版社，1984 年。

〔唐〕魏征、令狐德棻：《隋书》，北京：中华书局，1973 年。

〔唐〕吴兢撰，葛景春、张弦生注译：《贞观政要》，郑州：中州古籍出版社，2008 年。

〔唐〕项斯著，徐光大校注：《项斯诗注》，杭州：浙江古籍出版社，2006 年。

〔唐〕许浑:《许用晦文集》(宋蜀刻本唐人集丛刊),上海:上海古籍出版社,2013 年。

〔唐〕许浑撰,罗时进笺证:《丁卯集笺证》,北京:中华书局,2012 年。

〔唐〕姚合:《姚少监诗集》(宋蜀刻本唐人集丛刊),上海:上海古籍出版社,1994 年。

〔唐〕姚合:《姚少监诗集》,《四部丛刊初编》第 126 册,上海:上海书店,1989 年。

〔唐〕姚合著,吴河清校注:《姚合诗集校注》,上海:上海古籍出版社,2012 年。

〔唐〕姚思廉:《梁书》,北京;中华书局,1973 年。

〔唐〕元结撰,孙望编校:《新校元次山集》,台北:世界书局,1984 年。

〔唐〕元稹:《新刊元微之文集》(宋蜀刻本唐人集丛刊),上海:上海古籍出版社,2013 年。

〔唐〕元稹著,吴伟斌辑佚、编年、笺注:《新编元稹集》,西安:三秦出版社,2015 年。

〔唐〕元稹著,周相录校注:《元稹集校注》,上海:上海古籍出版社,2011 年。

〔唐〕张祜:《张承吉文集》(宋蜀刻本唐人集丛刊),上海:上海古籍出版社,1994 年。

〔唐〕张祜著,尹占华校注:《张祜诗集校注》,成都:巴蜀书社,2007 年。

〔唐〕张籍:《张文昌文集》(宋蜀刻本唐人集丛刊),上海:上海古籍出版社,1994 年。

〔唐〕张籍撰,徐礼节、余恕诚校注:《张籍集系年校注》,北京:中华书局,2011 年。

〔唐〕张九龄撰,熊飞校注:《张九龄集校注》,北京:中华书局,2008 年。

〔唐〕张说著,熊飞校注:《张说集校注》,北京:中华书局,2013 年。

〔唐〕赵嘏著,谭优学注:《赵嘏诗注》,上海:上海古籍出版社,1985 年。

〔唐〕郑谷:《郑守愚文集》(宋蜀刻本唐人集丛刊),上海:上海古籍出版社,1994 年。

〔唐〕郑谷著,赵昌平等笺注:《郑谷诗集笺注》,上海:上海古籍出版社,2009 年。

〔五代〕韦庄著,聂安福笺注:《韦庄集笺注》,上海:上海古籍出版社,2002 年。

〔北宋〕陈旸:《乐书》,《景印文渊阁四库全书》,台北:台湾商务印书馆,1986 年。

〔北宋〕王钦若等编:《册府元龟》,北京:中华书局,1960 年。

〔宋〕晁公武撰,孙猛校证:《郡斋读书志校证》,上海:上海古籍出版社,1990 年。

〔宋〕陈振孙撰,徐小蛮、顾美华点校:《直斋书录解题》,上海:上海古籍出版社,1987 年。

〔宋〕范晔:《后汉书》,北京:中华书局,1965 年。

〔宋〕郭茂倩:《乐府诗集》,北京:中华书局,1979 年。

〔宋〕洪迈撰,孔凡礼点校:《容斋随笔》,北京:中华书局,2005 年。

〔宋〕计有功辑撰:《唐诗纪事》,上海:上海古籍出版社,2013 年。

〔宋〕乐史撰,王文楚等点校:《太平寰宇记》,北京:中华书局,2007 年。

〔宋〕李昉等编:《文苑英华》,北京:中华书局,1966 年。

〔宋〕钱俨:《吴越备史》,《景印文渊阁四库全书》,台北:台湾商务印书馆,1986 年。

〔宋〕司马光编著,〔元〕胡三省音注:《资治通鉴》,北京:中华书局,1956 年。

〔宋〕宋敏求撰,〔元〕李好文编绘,阎琦、李福标、姚敏杰校点:《长安志》,西安:三秦出版社,2013 年。

〔宋〕宋祁、欧阳修:《新唐书》,北京:中华书局,1975 年。

〔宋〕王谠撰,周勋初校证:《唐语林校证》,北京:中华书局,1987 年。

〔宋〕王象之:《舆地纪胜》,道光二十九年甘泉岑氏惧盈斋刊文选楼
　　影宋抄本。

〔宋〕祝穆撰,祝洙增订,施和金点校:《方舆胜览》,北京:中华书局,
　　2003 年。

〔元〕方回选评,李庆甲集评校点:《瀛奎律髓汇评》,上海:上海古籍
　　出版社,2005 年。

〔元〕马端临著,上海师范大学古籍研究所、华东师范大学古籍研究所
　　点校:《文献通考》,北京:中华书局,2011 年。

〔清〕董诰等编:《全唐文》,上海:上海古籍出版社,1990 年。

〔清〕顾祖禹撰,贺次君、施和金点校:《读史方舆纪要》,北京:中华书
　　局,2005 年。

〔清〕劳格、赵钺著,徐敏霞、王桂珍点校:《唐尚书省郎官石柱题名
　　考》,北京:中华书局,1992 年。

〔清〕黎庶昌辑:《古逸丛书》,扬州:广陵书社,2013 年。

〔清〕陆增祥:《八琼室金石补正》,北京:文物出版社,1985 年。

〔清〕彭定求等编:《全唐诗》,北京:中华书局,1960 年。

〔清〕钱曾撰,丁瑜点校:《读书敏求记》,北京:书目文献出版社,
　　1984 年。

〔清〕孙星衍:《廉石居藏书记》,新文丰出版公司编辑部主编:《丛书
　　集成新编》第 2 册,台北:新文丰出版公司,1985 年。

〔清〕徐松撰,李健超增订:《增订唐两京城坊考》,西安:三秦出版社,
　　1996 年。

〔清〕徐松撰,孟二冬补正:《登科记考补正》,北京:北京燕山出版社,
　　2003 年。

〔清〕徐松撰,赵守俨点校:《登科记考》,北京:中华书局,1984 年。

〔清〕严可均校辑:《全上古三代秦汉三国六朝文》,北京:中华书局,
　　1958 年。

〔清〕永瑢等:《四库全书总目》,北京:中华书局,1965年。

〔清〕章学诚著,仓修良编注:《〈文史通义〉新编新注》,北京:商务印书馆,2017年。

〔清〕赵田恩编:《江南通志》,《景印文渊阁四库全书》,台北:台湾商务印书馆,1986年。

〔清〕赵翼著,王树民校证:《廿二史劄记校证》,北京:中华书局,2013年。

〔清〕赵钺、劳格撰,张忱石点校:《唐御史台精舍题名考》,北京:中华书局,1997年。

白云译注:《史通》,北京:中华书局,2014年。

陈尚君辑校:《全唐诗补编》,北京:中华书局,1992年。

陈贻焮主编:《增订注释全唐诗》,北京:文化艺术出版社,2001年。

储仲君撰:《刘长卿诗编年笺注》,北京:中华书局,1996年。

方苇编著:《李频诗集编年笺注》,北京:中国文史出版社,2015年。

傅璇琮主编:《唐才子传校笺》,北京:中华书局,1987年。

郭绍虞辑:《宋诗话辑佚》,北京:中华书局,1980年。

何锡光校注:《陆龟蒙全集校注》,南京:凤凰出版社,2015年。

河南大学唐诗研究室编著:《全唐诗重篇索引》,开封:河南大学出版社,1985年。

华忱之、喻学才校注:《孟郊诗集校注》,北京:人民文学出版社,1995年。

黄世中注疏:《类纂李商隐诗笺注疏解》,合肥:黄山书社,2009年。

金荣华校注:《王绩诗文集校注》,台北:新文丰出版公司,1998年。

瞿蜕园、朱金城校注:《李白集校注》,上海:上海古籍出版社,1980年。

李定广系年校笺:《罗隐集系年校笺》,北京:人民文学出版社,2013年。

李献奇、郭引强编:《洛阳新获墓志》,北京:文物出版社,1996年。

连波、查洪德校注:《沈佺期诗集校注》,郑州:中州古籍出版社,1991年。

梁超然、毛水清注:《曹邺诗注》,上海:上海古籍出版社,1982 年。

梁超然、毛水清注:《于濆诗注》,上海:上海古籍出版社,1983 年。

刘开扬著:《高适诗集编年笺注》,北京:中华书局,1981 年。

刘兴超著:《窦氏联珠集校注》,呼和浩特:内蒙古人民出版社,2010 年。

刘学锴、余恕诚著:《李商隐诗歌集解》,北京:中华书局,1988 年。

刘学锴撰:《温庭筠全集校注》,北京:中华书局,2007 年。

陆永峰:《禅月集校注》,成都:巴蜀书社,2012 年。

逯钦立辑校:《先秦汉魏晋南北朝诗》,北京:中华书局,1983 年。

马鞍山李白研究所整理:《李翰林集》,合肥:黄山书社,2004 年。

毛阳光、余扶危主编:《洛阳流散唐代墓志汇编》,北京:国家图书馆出
　　版社,2013 年。

彭庆生校注:《陈子昂集校注》,合肥:黄山书社,2015 年。

上海古籍出版社编:《唐五代笔记小说大观》,上海:上海古籍出版社,
　　2000 年。

孙望编著:《韦应物诗集系年校笺》,北京:中华书局,2002 年。

王定璋校注:《钱起诗集校注》,杭州:浙江古籍出版社,1992 年。

王启兴、张虹注:《顾况诗注》,上海:上海古籍出版社,1994 年。

王秀林著:《齐己诗集校注》,北京:中国社会科学出版社,2011 年。

王亦军、裴豫敏编注:《李益集注》,兰州:甘肃人民出版社,1989 年。

王友胜、李德辉校注:《李贺集》,长沙:岳麓书社,2003 年。

文航生校注:《司空曙诗集校注》,北京:人民文学出版社,2011 年。

吴云、冀宇校注:《唐太宗全集校注》,天津:天津古籍出版社,2004 年。

吴在庆撰:《杜牧集系年校注》,北京:中华书局,2008 年。

谢思炜校注:《白居易文集校注》,北京:中华书局,2011 年。

谢思炜撰:《白居易诗集校注》,北京:中华书局,2006 年。

严耕望:《唐仆尚丞郎表》,上海:上海古籍出版社,2007 年。

羊春秋辑注:《李群玉诗集》,长沙:岳麓书社,1987 年。

杨伯峻编著:《春秋左传注》,北京:中华书局,1981 年。

杨鸿年:《隋唐两京坊里谱》,上海:上海古籍出版社,1999 年。

杨军笺注:《元稹集编年笺注》,西安:三秦出版社,2002 年。

杨军、戈春源注:《马戴诗注》,上海:上海古籍出版社,1987 年。

杨遗旗校注:《欧阳詹文集校注》,武汉:华中科技大学出版社,2012 年。

尹占华、杨晓霭整理校笺:《令狐楚集》,兰州:甘肃人民出版社,1998 年。

郁贤皓:《唐刺史考全编》,合肥:安徽大学出版社,2000 年。

郁贤皓、胡可先:《唐九卿考》,北京:中国社会科学出版社,2003 年。

元锋、烟照编注:《段成式诗文辑注》,济南:济南出版社,1995 年。

臧维熙注:《戎昱诗注》,上海:上海古籍出版社,1982 年。

詹锳主编:《李白全集校注汇释集评》,天津:百花文艺出版社,1996 年。

张锡厚主编:《全敦煌诗》,北京:作家出版社,2006 年。

张元济辑:《续古逸丛书》,扬州:广陵书社,2013 年。

郑炳林:《敦煌碑铭赞辑释》,兰州:甘肃教育出版社,1992 年。

周啸天、张效民注:《雍陶诗注》,上海:上海古籍出版社,1988 年。

〔新罗〕崔致远著,李时人、詹绪左编校:《崔致远全集》,上海:上海古
　　籍出版社,2018 年。

学术专著

曹道衡、沈玉成:《中古文学史料丛考》,北京:中华书局,2003 年。

岑仲勉:《岑仲勉史学论文集》,北京:中华书局,1990 年。

岑仲勉:《郎官石柱题名新考订》,北京:中华书局,2004 年。

陈尚君:《唐诗求是》,上海:上海古籍出版社,2018 年。

陈寅恪:《元白诗笺证稿》,北京:商务印书馆,2015 年。

傅璇琮:《唐代诗人丛考》,北京:中华书局,2003 年。

葛晓音:《杜诗艺术与辨体》,北京:北京大学出版社,2018 年。

胡可先:《杜牧研究丛稿》,北京:人民文学出版社,1993 年。

胡可先:《新出石刻与唐代文学家族研究》,北京:北京大学出版社, 2017年。

胡适撰,骆玉明导读:《白话文学史》,上海:上海古籍出版社,2009年。

胡嗣坤、罗琴:《杜荀鹤及其〈唐风集〉研究》,成都:巴蜀书社,2005年。

金开诚、葛兆光:《古诗文要籍叙录》,北京:中华书局,2005年。

靳德峻:《史记释例》,上海:商务印书馆,1933年。

李德辉:《全唐文作者小传正补》,沈阳:辽海出版社,2011年。

骆希哲编著:《唐华清宫》,北京:文物出版社,1998年。

吕思勉:《文字学四种》,上海:上海教育出版社,1985年。

任半塘:《唐戏弄》,上海:上海古籍出版社,1984年。

尚永亮等:《唐五代逐臣与贬谪文学研究》,武汉:武汉大学出版社, 2007年。

尚永亮等:《中唐元和诗歌传播接受史的文化学考察》,武汉:武汉大 学出版社,2010年。

陶敏、李一飞:《隋唐五代文学史料学》,北京:中华书局,2001年。

陶敏:《全唐诗人名汇考》,沈阳:辽海出版社,2006年。

万曼:《唐集叙录》,开封:河南大学出版社,2008年。

王辉斌:《乐府诗通论》,武汉:武汉大学出版社,2018年。

王运熙:《乐府诗述论》,上海:上海古籍出版社,2006年。

魏娜:《中唐诗歌新变研究》,北京:学苑出版社,2017年。

吴淑玲:《唐诗传播与唐诗发展之关系》,北京:中华书局,2013年。

徐公持编著:《魏晋文学史》,北京:人民文学出版社,1999年。

许云和:《汉魏六朝文学考论》,上海:上海古籍出版社,2006年。

张舜徽:《史学三书平议》,北京:中华书局,1983年。

周相录:《元稹年谱新编》,上海:上海古籍出版社,2004年。

〔日〕石田干之助著,钱婉约译:《长安之春》,北京:清华大学出版社, 2015年。

期刊论文

卞孝萱:《唐代次韵诗为元稹首创考》,《晋阳学刊》1986 年第 4 期。

蔡锦芳:《吴若本与〈钱注杜诗〉》,《杜甫研究学刊》1990 年第 4 期。

柴剑虹:《敦煌伯二五五五卷"马云奇诗"辨》,《中华文史论丛》第 2 辑,上海:上海古籍出版社,1984 年。

陈广忠:《〈九家集注杜诗〉"吴体"考》,《商丘师范学院学报》2013 年第 4 期。

陈尚君:《杜诗早期流传考》,《中国古典文学丛考》第 1 辑,上海:复旦大学出版社,1985 年。

崔媞:《自注"来诗"与诗歌空间的扩容》,《文学遗产》2018 年第 6 期。

党学谦:《吴体诗:杜甫提供的又一种七律范本》,《中国韵文学刊》2018 年第 1 期。

邓绍基:《关于钱笺吴若本杜集》,《江汉论坛》1982 年第 6 期。

房日晰:《关于乐史本〈李翰林集〉》,《天府新论》1986 年第 2 期。

傅如一:《李白乐府论》,《文学遗产》1994 年第 1 期。

葛景春:《吴体是杜甫所创的新体古诗》,《杜甫研究学刊》2018 年第 2 期。

葛晓音:《论李白乐府的复与变》,《文学评论》1995 年第 2 期。

葛晓音:《左延年〈秦女休行〉本事新探》,《苏州大学学报(哲学社会科学版)》1984 年第 4 期。

黄桂凤:《樊晃、戎昱:杜甫接受史上的桥梁——浅论杜甫在大历至贞元前期的接受》,《兰州学刊》2005 年第 3 期。

景遐东:《唐诗中的吴体诗刍议》,《湖北师范学院学报(哲学社会科学版)》2010 年第 5 期。

黎国韬:《〈老胡文康乐〉的东传与改编》,《西域研究》2012 年第 1 期。

李立朴:《唐诗人许浑〈丁卯集〉考述》,《贵州文史丛刊》1990 年第

3 期。

李明霞:《再论〈权载之文集〉版本源流关系》,《文史博览(理论)》
　　2015 年第 9 期。

李绍平、杨华文:《历史文献注释论述赘言》,《湖南师范大学社会科
　　学学报》2003 年第 6 期。

李万生:《关于〈贞观政要〉材料来源的商讨》,《人文杂志》1999 年第
　　2 期。

刘航:《〈文康乐〉与汉魏六朝戏剧艺术的发展》,《文艺研究》2011 年
　　第 2 期。

刘彦青:《论史书撰写艺术中的自注法——以〈史记〉为中心》,《陕西
　　师范大学学报(哲学社会科学版)》2018 年第 2 期。

刘治立:《〈洛阳伽蓝记〉自注的再认识》,《史学史研究》2001 年第
　　3 期。

刘治立:《〈史通·补注〉与史注》,《史学史研究》2005 年第 3 期。

刘治立:《合本子注与中国古代史书自注》,《宁夏师范学院学报(社
　　会科学)》2012 年第 5 期。

刘治立:《论〈汉书〉自注》,《咸阳师范学院学报》2008 年第 3 期。

刘治立:《史书自注的发展历程及其影响》,《宁夏社会科学》2005 年
　　第 4 期。

刘治立:《史注的发展脉络及其价值——简析瞿林东先生对史注的研
　　究》,《宁夏师范学院学报(社会科学)》2007 年第 5 期。

刘治立:《试论〈史记〉自注》,《渭南师范学院学报》2002 年第 6 期。

刘治立:《隋唐时期的史注》,《信阳师范学院学报(哲学社会科学
　　版)》2015 年第 5 期。

刘治立:《魏晋南北朝时期的史注体式》,《固原师专学报》2003 年第
　　1 期。

刘治立:《魏晋南北朝隋唐史注三题》,《宁夏社会科学》2007 年第

6 期。

吕海龙:《〈丁卯集〉传世轨迹述论》,《南京航空航天大学学报(社会
科学版)》2013 年第 3 期。

那世平:《〈汉书·艺文志〉班固自注浅析》,《图书馆学刊》1995 年第
2 期。

聂巧平:《"二王"本〈杜工部集〉版本的流传》,《广州大学学报(综合
版)》2000 年第 4 期。

潘重规:《敦煌唐人陷蕃诗集残卷作者的新探测》,《汉学研究》第 1
期,台北:汉学研究中心,1985 年。

秦子蓉:《试谈我国古典目录学中的典范——〈汉书·艺文志〉自
注》,《滨州师专学报》1992 年第 1 期。

孙博、李享:《〈全敦煌诗〉——敦煌学研究的重大收获》,《中国图书
评论》2009 年第 12 期。

滕汉洋:《白居易诗歌自注辨析三则》,《九江学院学报(社会科学
版)》2014 年第 4 期。

滕汉洋:《白居易诗歌自注的文献价值》,《盐城工学院学报(社会科
学)》2016 年第 3 期。

滕汉洋:《诗歌自注与白居易浅俗诗风之关系》,《古典文学知识》
2018 年第 1 期。

滕汉洋:《"诗史"意识与白居易诗歌自注的生成》,《现代语文(学术
综合版)》2016 年第 8 期。

田道英:《〈禅月集〉结集及其版本流传考》,《四川师范大学学报(社
会科学版)》2004 年第 6 期。

田道英:《贯休的诗集〈西岳集〉考》,《西南民族大学学报(人文社科
版)》2004 年第 9 期。

王奎光:《方回的"吴体"诗论及其诗学批评意义》,《文学遗产》2008
年第 4 期。

王新芳、孙微：《樊晃〈杜工部小集〉考论》,《中国韵文学刊》2011 年第 2 期。

王永波：《李白诗在宋代的编集与刊刻》,《吉林师范大学学报（人文社会科学版）》2014 年第 2 期。

魏娜：《回顾与思考：唐诗自注与唐诗研究境域的开拓》,《宁夏师范学院学报（社会科学）》2017 年第 4 期。

魏娜：《论白居易诗歌自注与诗歌传播间的关系》,《新疆教育学院学报》2017 年第 2 期。

魏娜：《论唐诗自注与情蕴的关系》,《文艺理论研究》2013 年第 4 期。

魏娜：《论中唐诗歌自注的纪实性及文献价值》,《文献》2010 年第 2 期。

魏娜：《史书自注对唐诗自注之影响》,《西南交通大学学报（社会科学版）》2019 年第 4 期。

吴世昌：《〈秦女休行〉本事探源——兼批胡适对此诗的错误推测》,《文学评论丛刊》第 5 辑,北京：中国社会科学出版社,1978 年。

咸晓婷：《从题写到编集：论唐诗题注的形成与特征》,《浙江大学学报（人文社会科学版）》2016 年第 5 期。

向回：《从本事的掌握和运用看李白"古乐府之学"》,赵敏俐主编：《中国诗歌研究》第 6 辑,北京：中华书局,2009 年。

项鸿强：《论〈文镜秘府论〉中的"合本子注"体例》,《南京师范大学文学院学报》2018 年第 1 期。

谢思炜：《〈宋本杜工部集〉注文考辨》,《中国历史文献研究集刊》第 5 集,长沙：岳麓书社,1984 年。

徐迈：《杜甫诗歌自注略论》,《杜甫研究学刊》2010 年第 3 期。

徐迈：《杜诗自注与诗歌境域的开拓》,《安徽大学学报（哲学社会科学版）》2010 年第 6 期。

徐适瑞：《略论〈唐六典〉的注》,《河南理工大学学报（社会科学版）》

2012 年第 4 期。

严杰:《〈津阳门诗〉注探源》,《古典文献研究》第 12 辑,南京:凤凰出版社,2009 年。

杨军:《唐人别集提要(孟东野诗集、窦氏联珠集、张司业诗集、唐风集)》,《铁道师院学报》1998 年第 6 期。

叶文举:《〈秦女休行〉本事考》,《古籍整理研究学刊》2006 年第 1 期。

俞绍初:《〈秦女休行本事探源〉质疑》,《文学评论丛刊》1980 年第 5 辑。

郁贤皓:《论李白乐府的特质》,《李白学刊》第 1 辑,上海:上海三联书店,1989 年。

曾贻芬:《论〈通典〉自注》,《史学史研究》1985 年第 3 期。

查正贤:《论自注所示白居易诗歌创作的若干特征与意义》,《文学遗产》2015 年第 2 期。

张忠纲:《关于樊晃与〈杜工部小集〉》,《杜甫研究学刊》2012 年第 4 期。

赵宏祥:《自注与子注——兼论六朝赋的自注》,《文学遗产》2016 年第 2 期。

赵立新:《李白新题乐府诗渊源及其特色》,《中国李白研究》,合肥:安徽文艺出版社,2000 年。

赵英翘:《司马迁〈史记〉自注别述》,《汉中师院学报(哲学社会科学版)》1988 年第 3 期。

赵元皓:《李德裕〈述梦诗〉自注中的翰林抒写》,《大连理工大学学报(社会科学版)》2016 年第 3 期。

周相录:《〈元氏长庆集〉版本源流考》,《文献》2008 年第 1 期。

〔日〕长谷部刚:《简论〈宋本杜工部集〉中的几个问题——附关于〈钱注杜诗〉和吴若本》,《杜甫研究学刊》1999 年第 4 期。

〔日〕柳川顺子:《汉代鼙舞歌辞考究——以曹植〈鼙舞歌〉为线索》,《乐府学》2015 年第 2 期。

学位论文

李明霞:《宋蜀刻〈唐六十家集〉版本新探》,华东师范大学博士学位
　　论文,2012 年。

徐迈:《杜甫诗歌自注研究》,浙江大学硕士学位论文,2008 年。

叶英俊:《〈松陵集〉研究》,西南大学硕士学位论文,2008 年。

俞芝悦:《中唐诗歌自注研究——以白居易、元稹为中心》,华东师范
　　大学硕士学位论文,2014 年。